반복
Die Wiederholung

Peter Handke

반복
Die Wiederholung

페터 한트케 지음 | 윤용호 옮김

슬로베니아 지도

본문의 *는 역자주 표시임

맹창
(*盲窓. 장식으로 만든 겉모양만 있는 가짜 창문.)

　실종된 형의 흔적을 찾아 슬로베니아의 국경도시 예세니체(*오스트리아의 케른텐 주와 국경을 접하고 있다.)에 도착한 이래 25년이란 세월이 하루처럼 흘러가 버렸다. 당시 내 나이는 스물이 채 안 되었고 학교에서 기말시험을 막 치르고 난 상태였다. 그 주일이 지나면 학기가 끝나고 졸업이기 때문에 사실은 자유로운 기분을 가질 수도 있었다. 그러나 나는 불화 속에서 고향을 떠났다. 링켄베르크의 고향 집에는 늙은 아버지, 병든 어머니 그리고 정신착란에 시달리는 누나가 있었다. 더욱이 나는 작년에 다니던 신부(神父)양성 기숙학교를 사퇴하고 여학생이 더 많은 클라겐푸르트(*오스트리아 케른텐 주 주도) 공립학교로 옮겨와 외톨박이로 학교생활을 하고 있었다. 그래서 다른 학생들이 모두 그리스로 졸업여행을 떠났는데 나만 혼자 유고슬라비아로 가는 독자적인 행동을 택했던 것이다(사실 단체여행은 나에게 돈 낭비였다). 게다가 나는 아직 한 번도 외국에 가 본 적이 없었고, 남쪽 케른텐 주 주민들에게 익숙한 언어인 슬로베니아어(語)에도 자신이 없었다.

　예세니체에 있는 국경 경비원은 나의 오스트리아 새 여권을 본 후 슬로베니아어로 스스럼없이 이야기를 시작했다. 그러나 내가 이해를 못하자, 그는 독일어로 내 이름 필립 코발에서 코발은 슬라브 민족의 성(姓)씨이며, 다리 사이의 공간, 즉 '걸음걸이의 간격'이나 또는 '다리를 벌리고 서 있는 인간'을 가리킨다고 했다. 내 성은 그의 말에 따른다면 오히려 군인인 그에게 더 적합할 것 같았다. 그의 옆에 사복차림으로 서 있던 머리가 하얗고, 학자풍의 둥근 안경을 낀 나이가 꽤 들어 보이는 관리가 웃으면서 설명했다. 코발에 따르는 동사로는 '기어오르다' 혹은 '말 타고 가다'가 있는데 나의 이름, 즉 '말을 사랑하는 사람'이라는 필립은 코발과 어울린다고 했다. 나는 내 이름에 대해 처음으로 자부심을 느꼈다(옛날에는 큰 제국의 일부였던 자칭 진보된 이 나라 관리들의 높은 교양을 그 후에도 자주 경험했다). 문득 그가 진지한 표정으로 한 걸음 가깝게 다가서더니 위엄 있게 내 눈을 들여다보며 말을 이었다. 그리고 250년 전 여기 이 땅에 코발이란 이름을 가진 민중의 영웅이 살았다는 이야기를 듣게 되었다. 멀리 아래쪽 이탈리아에서는 이손초라 불리는 강의 상류에 있는 톨민지역에 그레고르 코발이란 사람이 살았는데, 그는 1713년 이 지역의 대규모 농민폭동 지도자들 중 하나였으며 그 이듬해에 동료들과 함께 처형되었다고 했다. 오늘날 슬로베니아 공화국에서 '무모함'과 '대담무쌍함'에 대한 유명한 문장, 즉 "황제란 '공복(公僕)' 외에는 아무것도 아니며, 누구나 자기 일은 자신의 손으로 직접 해야 한다!"라는 문장은 그에게서 유래한 것이라고 했다. 내가 이미 알고 있었던 이런저런 사실과 함께 이처럼 가르침을 받은 후, 나는 어깨에 선원용 자루배낭을 메고 현금검사를 받지 않은 채 어두운 국경 철도역을 빠져나와 북부 유고슬라비아 도시[*예세니체는 슬로베니아 도시지만 이 책이 나온 1986년에는 아직 분리 독립이 안 되었기 때문에 유고슬라비아 도시로 서술되고 있다. 1945년 나치의 지배에서 해방된 후 세르비아를 중심으로 한 6개의 공화국이 '유고슬라비아 사회주의 연방공화국'으로 연합되었으나, 1991년 이들 중 슬로베니아(수도 류블랴나), 크로아티아(수도 자그레브), 마케도니아(수도 스코페), 보스니아-헤르체고비나(수도 사라예보)가 분리 독립되고, 2006년 몬테네그로(수도 포드고리차)가 세르비아(수도 베오그라드)와 분리 독립해서 유고슬라비아는 오늘날 여섯 나라로 분리되었으며 유고슬라비아라는 명칭은 역사 속으로 사라졌다. 2008년 2월 17일 세르비아에 속해 있던 코소보는 국제적인 합의 없이 세르비아로부터의 일방적인 분리 독립을 선언하여 갈등을 겪고 있다.]로 들어가도록 허락을 받았다. 그 도시는 당시 학교에서 배우는 지리부도에 예세니체 옆 괄호 속에 구(舊)오스트리아 명칭의 아쓰링으로 불렸다.

나는 오랫동안 정거장 앞에 서 있었다. 그때까지 내 인생에서 언제나 멀리 보였던 카라반켄 산맥이 지금은 바로 등 뒤에 솟아 있었다. 도시는 기차터널 출구에서 곧바로 시작되어 좁은 강 계곡 옆으로 뻗어 있었다. 계곡의 측면 위로 좁게 보이든 하늘이 남쪽으로 점점 넓어졌는데, 제철소에서 내뿜는 자욱한 연기에 의해 곧 희뿌옇게 흐려 보였다. 도시의 모습은 기다란 지형으로 이루어져 있었고 중앙에 난 큰길은 몹시 북적거렸으며, 그 길 왼쪽 혹은 오른쪽으로는 급격한 경사의 길들이 나 있었다. 1960년 6월 말 어느 따뜻한 저녁이었다. 거리에는 곧 어스름이 스며들었다. 나는 커다란 문 앞에 속속 도착했다가 출발하는 수많은 버스들의 실내가 어둠에 잠기는 것을 보았다. 독특하게도 케른텐에 있는 도시들의 색깔과는 완전히 반대인 회색 위주의 집들과 길 그리고 차들이 저녁 어스름 속에서 내 눈을 기쁘게 했다. 회색은 이곳 슬로베니아에서 19세기부터 전해오는 '아름다움'이라는 또 다른 명칭을 지니고 있었다. 내가 타고 왔던, 그리고 곧 터널을 통해 되돌아 갈 오스트리아 단거리 열차는 뒤쪽 선로들 위에 있는 육중하고 먼지투성이 유고슬라비아 기차들 사이에서 장난감처럼 깨끗하고 알록달록한 모습을 하고 있었으며, 철길 위에서 큰소리로 이야기하는 인부들의 회색 작업복들이 이웃 나라에서 온 알록달록한 기차를 암울한 모습으로 둘러싸고 있었다. 이 도시의 통행인들은 내 고향의 작은 도시와는 달리, 나를 비록 여기저기서 쳐다보기는 했지만 결코 주시하지 않는다는 것을 느꼈고, 내가 그곳에 오래 서 있으면 있을수록, 더욱 더 대도시에 있다는 확고한 기분이 들었다.

    내가 역사와 지리 선생님을 방문했던 빌락하(* 오스트리아 케른텐 주에 있는 도시.)의 오후가 겨우 한두 시간 지났는데 지금은 아주 멀게 느껴졌다. 우리들은 가을이 되면 내가 무슨 일을 할 수 있을지, 군대 복무를 치러야 할지 아니면 연기하고 대학에서 공부를 시작해야 할지, 그리고 한다면 어떤 전공을 할지 진지하게 논의했었다. 공원에서 선생님은 나에게 자작동화들 중 한 편을 낭독했고 의견을 물었다. 그리고 주의 깊게 나의 이야길 들었다. 그는 아직 결혼을 안 했고 어머니와 함께 살고 있었다. 내가 그의 방에 있는 동안 그의 어머니는 밖에서 필요한 것이 없냐고 아들에게 묻곤 했다. 그는 나를 정거장까지 동행해 주었고 그곳에서 마치 감시를 당하는 사람처럼 나에게 남몰래 돈을 찔러주었다. 몹시 고

마웠지만 표현할 수는 없었다. 내가 선생님을 국경 건너편에서 다시 상상했을 때, 창백한 이마 위에 사마귀가 하나 있는 것이 생각되었다. 그와 유사한 얼굴이 국경 경비병의 얼굴이었다. 그 군인은 내 또래의 나이였지만 자신의 신분에 걸맞은 태도와 목소리 그리고 시선을 지니고 있었다. 공원 숲 그늘 속의 탁자 위에서 체스를 두는 두 노인과 공원 한가운데 있는 마리아 입상 화관의 빛을 제외하면, 선생님이나 그의 집 그리고 도시전체에 관한 어떠한 모습도 남아있지 않았다.

   그와는 반대로 25년이 지났지만 마치 오늘처럼 뚜렷하게, 뒷산 이름을 따서 지은 고향마을 링켄베르크의 숲이 무성한 언덕 위에서 아버지와 작별을 했던 그날 아침을 잊을 수가 없었다. 나보다 훨씬 더 키가 작고 왜소한 모습의 늙은 아버지는 구부러진 두 무릎과 축 늘어진 두 팔 그리고 통풍으로 우그러진 손가락을 한 채 길가에 세워진 십자가 곁에서 계셨다. 이번에는 그 손가락들이 분노에 찬 주먹으로 모습이 바뀌어져, 나에게 고함을 치셨다. "네 형이 지옥으로 가버린 것처럼 그리고 우리 가족 모두가 몰락한 것처럼 네놈도 그러려고 하느냐! 될 놈은 떡잎부터 알아본다고, 도대체 무엇이 되려고 그러느냐! 네놈은 한때 아비처럼 여러 사람을 즐겁게 해주는 그런 인물은 될 수 없을 것이다." 그러면서도 아버지는 난생 처음으로 나를 꼭 껴안아 주었다. 나를 껴안았다기보다는 내가 아버지를 껴안은 것 같은 기분으로, 어깨너머 이슬 젖은 그의 바지를 내려다보았다. 예세니체의 정거장 앞에서 그날 저녁뿐 아니라 그 후로도 수년간을 나는 아버지의 포옹을 생각하며 견뎠다. 나는 아버지의 비난을 축복으로 들었다. 사실 아버지는 너무나 진지했었다. 나는 그의 비난을 들으면서 빙긋이 웃으며 그를 쳐다보았다. 이 이야기를 통해 아버지의 포옹이 조금이나마 보답 받게 되기를 소망해 본다.

　나는 지나가는 차량의 진동을 쾌적하게 느끼며 황혼 속에 서 있었다. 그리고 아버지의 포옹과는 대조적으로 다른 여인들과 포옹에서는 지금까지 별다른 감정을 느끼지 못했다는 생각이 떠올랐다. 사실 나에게 애인은 없었다. 내가 유일하게 알고 지냈던 한 소녀가 나를 포옹할 때마다 나는 그것을 장난이나 주위 사람들에 대한 경쟁으로 생각했다. 그래도 우리는 서로를 위한다는 심정으로 같이 어울려, 이 거리 저 거리를 돌아다닌 것은 자랑스러워하지 않았던가! 한번은 길 가는 소년들 중 누군가가 다음과 같이 외치는 소리를 들었다. "너, 여자 친구 참 예쁘구나!" 다른 한번은 늙은 부인이 멈추어 서서 그 소녀와 나를 번갈아 쳐다보고는 곧바로 말했다. "자네는 참 행복한 사람이야!" 그런 순간이면 내 소망이 이미 이루어진 듯 뿌듯한 마음이 되었다. 명멸하는 극장의 불빛 아래서 내 곁에 희미하게 빛나는 얼굴, 뺨, 눈 같은 옆모습을 본다는 것은 더 할 나위 없는 기쁨이었다. 가장 짜릿한 것은 가끔 느껴지는 가벼운 접촉이었다. 단순하고 우연한 접촉이지만 죄를 짓는 것 같았다. 나는 그 후에도 애인을 갖지 못했다. 나는 여인에 대한 생각을 욕구나 열망으로 알았던 게 아니라 단지 아름다운 맞은편 사람에 관한 소망의 형태로 알았다―그렇다, 내가 이야기할 수 있었던 그 맞은편 사람은 아름다워야 했다!―무엇을 이야기할까? 그저 단순한 이야기다. 스무 살 어린 시절 서로를 껴안고 그리워하고 사랑하는 것을, 아끼는 마음으로 진실하게, 때로는 감탄하는 말로 때로는 눈빛으로 전하는 온화하고 명랑한 이야기로써 마음에 그렸다. 더불어 그가 오랜 시간 집에서 나와 시내를 배회하거나 혼자서 숲속이나 들판을 돌아다니다 집에 돌아오면 매번 변함없이 "어떠했는지 이야기 좀 해봐!" 하고 강요했던 어머니도 머리에 떠올랐다. 미리 대답을 준비했음에도 불구하고 병중인 어머니 앞에서 이야기하는 것은 쉽지 않았다. 이야기란 강요받지 않고 할 때가 더 즐겁기 때문이다—그 이야기는 물론 그때그때 질문들이 필요했지만.

지금 정거장 앞에 서서, 내가 예세니체에 도착하기까지의 여정을 이미 말없이 내면에서 마음속 애인에게 이야기했음을 깨달았다. 무엇을 이야기했던가? 사건이나 일이 아니고 단순한 여행 과정들 또는 단순한 구경거리, 어떤 소음, 어떤 냄새 등이었다. 그리고 길 건너편에 있는 작은 분수의 물줄기, 신문 판매소의 붉은 깃발, 화물차의 매연 등을 말없이 속으로 이야기했기 때문에 그것들은 더 이상 개별적인 것이 아니고 서로 연결되어 움직였다. 그리고 그 순간 이야기했던 자는 내가 아니고 체험 자체였다. 나의 가장 깊은 내면에 있는 이 말없는 화자는 나보다 더한 어떤 존재였다. 그의 이야기에 등장하는 소녀는, 마치 스무 살짜리 청년이 내면에 화자의 인식을 가지고 나이먹지 않는 성인으로 변화되어 가는 것처럼, 늙음을 모르는 젊은 부인으로 변화되어 갔다. 우리는 서로 눈을 마주보고 서 있었다. 눈높이가 이야기의 기준이었다. 나는 가슴속 깊은 곳에서 아주 예민한 힘을 느꼈다. 그 힘은 나에게 "도약하라!" 하고 암시하는 것 같았다.

예세니체의 노란 공장지역 하늘에 별 하나가 빛나고 있었다. 유일한 별자리였다. 거리의 연기 속으로 반딧불 한 마리가 반짝이며 날아갔다. 두 대의 차량이 차례로 날카로운 굉음을 내고 지나갔다. 슈퍼마켓에서 계산원들이 청소하던 여자들과 임무를 교대했다. 어떤 높은 집의 창문에는 담배를 입에 문 남자가 셔츠바람으로 서 있었다.

긴장되는 일을 치르고 난 후에는 늘 그렇듯이, 나는 기진맥진해서 그 당시 유고슬라비아에서 코카콜라 역할을 하고 있던 검고 달콤한 음료수 한 병을 시켜놓고 자정까지 정거장에 있는 식당에 앉아 있었다. 고향 집에서 보내던 저녁과는 달리 정신은 아주 초롱초롱해 있었다. 집이나 마을 그리고 기숙학교나 도시에서 그 시간이 되면 졸음 때문에 모임들을 견딜 수가 없었다. 사람들이 나를 데려간 무도회에서도 나는 눈을 뜬 채 잠을 잤다. 연말에 아버지는 카드놀이를 통해 나를 침대로부터 떼어 놓으려 매번 헛되이 노력했다. 그런 나를 그렇게 머리를 맑게 만들었던 것은 다른 지역에 왔다는 사실뿐만 아니라 식당 분위기 때문이기도 했다. 그렇지 않았더라면 나는 대기실에서 줄곧 졸고 있었을 것이다.

나는 갈색나무를 붙여 만든 벽의 오목한 부분들 중 하나에 앉아 있었다. 그곳은 교회 안의 성직자 좌석 같은 곳이었다. 내 앞에는 밝은 플랫폼이 멀리 뻗어 있었고, 등 뒤에는 불빛이 서로 어우러진 주거지역을 향해 밝은 길이 길게 뻗어 있었다. 사방팔방으로 사람들을 가득 태운 버스와 기차들이 다녔다. 나는 차 안의 여행자들 얼굴은 볼 수가 없었고 다만 윤곽들만 보았다. 나는 그 윤곽들을 유리면에 비쳐진 내 자신의 얼굴 너머로 관찰했다. 얼굴 전체를 나타낸 것이 아니라 그저 이마, 눈, 입술을 나타내고 있는 그런 모습의 도움으로 나는 여행자들뿐 아니라 이 방에서 저 방으로 움직이거나 여기저기 발코니 위에 앉아 있는 고층에 사는 사람들의 실루엣 모습도 그려볼 수 있었다. 그것은 경쾌하고 투명하고 명료한 환상이었다. 그 환상 속에서 나는 모든 검은색 모습들의 친절을 생각했다. 그들 중 어느 누구도 나쁜 사람은 없었다. 노인들은 늙었고, 부부들은 부부들이었고, 가족들은 가족들이었고, 고독한 자들은 고독했고, 가축들은 가축들이었고, 모두가 전체의 일부분이었다. 나도 거울에 비친 내 모습과 함께 이 사람들 중 하나였다. 나는 밤새도록 이들과 함께하는 평화롭고 모험적이며 침착한 도보여행을 상상했다. 또한 그 여행에는 잠자고 있는 사람, 병든 사람, 죽어가는 사람 심지어는 죽은 사람들도 함께 했다. 나는 똑바로 일어서서 이 환상을 믿으려 했다. 그런데 정확히 홀 중앙 계산대 위에 걸려있는 커다란 대통령 초상화가 환상을 방해했다. 레이스와 훈장이 달려 있는 제복을 입은 티토 원수(* Tito, Josip Broz, 1892~1980, 유고슬라비아 초대 대통령, 재임기간 1953~1980.)가 아주 선명하게 보였다. 그는 허리를 굽히고 책상 곁에 서 있었다. 책상 위에는 그의 둥근 주먹이 놓여 있었다. 그리고 완고한 밝은 눈으로 나를 쳐다보고 있었다. 나는 그가 서슴없이 "나는 너를 안다!"라고 말하는 것을 들었다. 나는 "그러나 나는 나를 모릅니다"라고 대답하고 싶었다.

몽롱한 상황은 카운터 뒤 흐릿한 조명 속에서 여자종업원이 나타날 때까지 계속되었다. 정면에서 보았을 때 그녀의 어두운 얼굴에는 눈에 덮여 있는 눈꺼풀이 특히 눈에 띄었다. 이 눈꺼풀을 보고 있자니 돌연 장백한 어머니의 모습이 내 앞에 어른거렸다. 여자종업원은 유리잔들을 설거지통에 넣고, 영수증을 푹 찔러 고정시켜 놓은 다음, 놋쇠판 위를 닦았다. 그녀의 시선이 잠깐 동안 나를 그다지 날카롭지는 않지만 조소적으로 쳐다보았을 때 느낀 형용키 어려운 놀라움, 그것은 차라리 충격이었고 보다 큰 환영 속으로 이동이었다. 이 환영 속에서 병든 어머니는 다시 건강하게 되었다. 어머니는 여자종업원으로 모습이 바뀌어서 기운차고 활발하게 넓은 음식점을 바쁘게 걸어 다녔는데, 뒤쪽이 터진 굽 높은 신발 때문에 하얀 발뒤꿈치가 드러나 보였다. 어머니의 다리는 정말 튼튼했고, 걸음걸이는 참으로 경쾌했으며, 또 수북이 쌓아올린 머리카락은 매우 탐스러웠다. 그녀는 마을에 있는 대부분의 부인들과는 달리 슬로베니아어를 단지 몇 마디밖에 할 줄 몰랐음에도 불구하고 이웃에 사는 낯선 남자들과 아주 자신 있고 당당하게 슬로베니아어로 대화하곤 했다. 그녀는 이제껏처럼 버려진 존재거나 도망자거나 독일 여자나 외국 여자가 아니었다. 일정한 행동들, 서투른 노래, 커다란 웃음소리, 재빠른 시선을 가진 이 여인이 자신의 어머니라는 사실에 스무 살짜리 청년은 갑자기 부끄러웠다. 그는 이 어머니를 낯선 여자종업원에게서 마치 처음인 것처럼 자세히 보았다. 그래, 어머니 역시 얼마 전까지 그 같은 서투른 노래 투로 말하곤 했다. 그녀가 실제로 노래하기 시작할 때마다 아들은 자신의 귀를 틀어막곤 했다. 모두가 하는 합창에서도 어머니의 목소리는 금방 알아들을 수 있었다. 떨림, 진동, 정열적인 울림에 의해서 그 가수는 열심히 듣는 사람과는 반대로 완전히 감동되어 있었다. 그리고 그녀의 웃음소리는 크고 씩씩했고 열광과 증오와 쓰라림과 경멸을 담고 있었다. 심지어 그것은 판결의 외침이었으며 일종의 폭발이기도 했다. 병이 들었을 때에도 초기에는 아직 그에 걸맞은 깜짝 놀라는 듯한, 절반은 즐거운, 절반은 불쾌한 폭소 같은 고함소리를 냈다. 그녀의 웃음소리는 시간이 감에 따라 점점 어찌할 바를 모르고 떠는 음의 노랫소리로 작아져 갔다. 나는 우리 집에서 난 수많은 소리를 떠올렸다. 아버지가 욕하는 소리, 누나의 킥킥 웃거나 울면서 혼자말로 중얼거리는 소리, 그리고 어머니의 마을 한편 끝에서 다른 편 끝까지 울리는 웃음소리를—링켄베르크는 기다란 마을이다(상상 속에서 나는 벙어리였다). 어머니가 지금의 여자종업원처럼 당당하게 행동했을 뿐 아니라 지배자 풍으로 행동했다는 것을 나는 깨달았다. 그녀는 언제나 고용인들을 신하로 부리면서 커다란 여관을 운영하고 싶어 했다. 우리 집의 대지는 작았고 그녀의 요구는 컸다. 내 형에 관한 어머니의 이야기에서 형은 왕관을 사기당한 왕으로 등장했다.

그리고 나는 어머니 곁에서 정당한 후계자였다. 동시에 어머니는 처음부터 내가 후계자의 임무를 수행할 수 있을지 의심했다. 나를 향한 그녀의 시선은 가끔 일말의 자비도 없는 연민의 표정으로 굳어져 있었다. 나는 지금까지 늘 신부, 교사, 처녀, 학교친구 같은 누군가에 의해 이야기되었기 때문이다. 다시 말해 어머니의 말없는 시선에서 느낄 수 있는 것은 내가 그것을 인지하고 있을 뿐 아니라 그에 대한 책임도 있다는 것이었다. 그리고 어머니는 외부 상황을 통해서가 아니라 내가 태어난 순간부터 나를 그렇게 보았다는 것을 확신했다. 어머니는 어린 나를 높이 치켜들고 밝은 곳으로 데리고 가 웃으면서 이리저리 살펴보았다. 그녀는 그 후에도 풀밭에서 허우적거리며 삶의 기쁨으로 소리를 지르는 어린애를 안아 올려서 햇볕 속으로 들고 가 웃으며 또 이리저리 살펴보았다. 나는 그것이 형과 누나의 경우에도 마찬가지였을 것이라고 생각해보려 했으나 그럴 수가 없었다. 어머니는 오직 나에게만 그런 시선에 이어 다음과 같은 말을 했던 것이다. "아, 우리 둘이!" 기회가 있을 때마다 어머니는 그 말을 도살장에 끌려온 가축에게 하듯이 했다. 나도 아주 어려서부터 그 말속에 숨겨진 욕구를 의식하고 느끼고 이해하고 이야기할 수도 있었지만—그렇게 하지는 않았다! 언젠가 어머니 대신 소녀가 "우리 둘이"라고 말했을 때 어떻게 느꼈던가. 그다음 성(姓)을 부르며 점잖게 말을 걸었었던 종교적인 기숙학교에서 몇 해를 보낸 후, 공립학교로 옮겨와 처음으로 옆 좌석의 여학생으로부터 이따금 내 이름 부르는 것을 들었을 때, 나는 그것을 속박에서 벗어나 나를 해방시키는 말로, 더 나아가 내 마음을 편안하게 하는 애교스러운 말로 체험했다. 아직까지도 그 여학생의 머리카락은 내 마음에 밝게 반짝거리고 있다. 그래 아니야, 내가 어머니의 시선을 판독할 수 있었던 날 이후로 거기는 내가 있을 곳이 아니라는 사실을 깨닫게 되었던 것이다.

그와 동시에 어머니는 이십 년 동안 나를 정확히 두 번 구해주었다. 내가 블라이부르크에 있는 하웁트슐레(*Hauptschule, 초등학교 4년을 마친 후 김나지움이나 레알슐레에 진학하지 않는 학생이 다니게 되는 5~9학년 의무교육.)를 다니다가 김나지움으로 갔다는 것은 아들이 보다 더 나은 인물이 되어야 한다는 부모의 명예심에서 이루어진 것은 결코 아니었다(어머니도 아버지도 내가 아무것도 안 되거나 혹은 '무엇인가 특별한 것'이 될 거라고 확신하고 있었다. 부모님에게 그것은 정상이 아닌 것을 의미했다). 전학의 이유는 그보다도 내가 12살의 나이로 내 생애에 처음으로 적(敵)을 가졌기 때문이었다. 그것도 대단한 적이었다.

마을에 사는 아이들 사이에서 다툼은 늘 있었다. 모두가 다른 사람의 이웃이었고, 가까워지면서 서로 다른 다양한 성질들 때문에 자주 다툼이 벌어지곤 했다. 어른이나 노인도 마찬가지였다. 그리되면 한동안 서로가 인사도 하지 않고 지나쳤으며, 그 중 하나가 이웃집에서 보이는 곳에서 자신의 일에 열중하고 있으면, 이웃집 사람도 앞마당에서 자신의 일에 열중했다. 울타리도 없는데 건너갈 수 없는 경계구역이 갑자기 생기는 것이었다. 또 각자의 집에서도 가족들로부터 정당치 못한 취급을 느낀 어린애가 말없이 벽으로, 말하자면 옛날 습관대로 방구석으로 얼굴을 돌리고 서 있곤 했다. 나의 상상 속에서는 마을의 모든 방들의 구석진 곳은 등을 돌리고 토라져서 성난 얼굴을 한 마을 아이들에게 필수적인 유일한 장소였다. 그리고 마침내 애들 중 하나가 또는 전부가 똑같이 (실제로 그런 일은 늘 일어났는데) 규칙을 깨뜨리는 말이나 웃음이 터져 나올 때까지 그렇게 서 있었다. 비록 마을에서 누구도 다른 사람을 친구라 부르지 않고 '좋은 이웃'이라고 불렀지만 적어도 아이들 사이에선 오래도록 적이 되는 그런 싸움은 없었다.

  나는 첫 번째 적과 마주치기 전에 이미 괴로움을 체험했다. 이 체험은 훗날 내 인생에서 몇 가지 결정에 영향을 주었다. 그렇지만 당시의 괴로움은 개인적으로 받은 게 아니라 링켄베르크 마을 아이들이 이웃마을 아이들로부터 집단으로 받은 것이었다. 그곳의 아이들은 우리보다 더 멀고 고생스럽게 학교에 다녔고, 깊은 도랑을 건너가지 않으면 안 되었다. 이미 그것 때문에 그쪽 아이들은 우리보다 훨씬 강했다. 학교가 끝나고 집으로 가는데 갈라지는 길까지 같이 걸어가게 되었을 때, '링켄베르크 아이들'이 '훔착커 아이들'에 의해 괴롭힘을 당한 것이었다. 이들은 우리보다 더 나이가 많은 것은 아니었지만, 결코 어린애로 볼 수 없었다(오늘 비로소 묘비들 위에 새겨진 때 이른 사고로 죽은 자들의 초상 앞에서 그들 모두가 얼마나 어리고 천진난만하고 또 개구쟁이였는가 하는 생각이 새삼스럽게 떠올랐다). 바로 그런 시간에는 자동차도 다니지 않는 국도 위에서 우리는 얼굴도 알 수 없고 다리통이 굵고 커다란 발을 가진 이웃마을 아이들의 위협적인 고함소리를 등 뒤로 들으면서 쉬지 않고 도망을 갔다. 그들은 고릴라 같은 긴 팔을 막대기처럼 흔들고, 등에는 책가방을 군인들이 돌격할 때 배낭처럼 둘러매고 있었다. 위협적인 홈착커 아이들이 지나갈 때까지 배고픈 시간을 참으면서 안전하게 소도시 블라이부르크에서 머물렀던 날들이 많았다. 위험만 없어지면 언제라도 집에 돌아갈 수 있는 그곳이 당시에는 내 마음에 들었다. 그러나 그 후 변화가 한 번 일어났다—아니, 차라리 돌변, 급변이 일어났다. 나는 도시 경계로부터 이해할 수 없는 위협적인 소리를 등 뒤에서 듣고 우리 마을 아이들을 먼저 달려가게 했다. 그리고 나는 그 길이 둘로 나눠지면서 만들어지는 삼각형 지점의 풀밭에 앉아 있었다. 사나운 소리가 나를 향해 돌진해 왔지만 이 순간 나는 아무것도 발생하지 않을 것이라는 사실을 확신했다. 나는 다리를 쭉 뻗고 산 정상으로 유고슬라비아 국경선이 지나고 있는 패첸 마씨브 산맥을 향해 남쪽을 바라보았다. 그리고 내가 안전하다는 것을 알았다. 내가 보았던 것을 동시에 생각했다는 사실이 마치 가슴에 방패를 한 것처럼 안전한 기분을 느끼게 했다. 나에게는 아무 일도 일어나지 않았을 뿐만 아니라 추적자들은 가까이 다가오면서 보다 느려졌고 하나하나가 내 시선을 피했다. "저 위가 아름답지!" "나는 아버지하고 한때 저 위에 올라가 본 적이 있다"란 소리를 나는 들었다. 나는 그들 모두를 바라보았고, 점차 그들이 두서너 개별 파트로 나눠지는 것을 보았다. 그들은 어슬렁어슬렁 옆을 지나가면서 마치 내가 그들의 유희를 이해하고 있다는 듯이, 또 그들 자신이 그것에 대해서 안심했다는 듯이 나를 보고 웃었다. 한마디 말도 주고받지 않았지만 분명한 것은 이 순간과 함께 추적이 포기되었다는 점이다. 그들의 뒷모습을 보면서 나는 무릎에 힘이 빠져 걸음걸이가 질질 끌리는 것 같았다. 이런 나와는 반대로, 얼마나 계속해서 그들은 그런 행동을 할 것인가. 훔착커 아이들의 먼지가 자욱이 일어나는 혼란스러운 뜀박질과 두려움을 일으키는 그 고함소리가 훗날 세월이 지나면 자연스럽게 댄스나 무도행렬로 바뀌게 될 거라는 생각이 들었다. 그것은 내가 사는 마을의 아이들에게서는 결코 떠오르지 않는 생각이었다. 그 행렬은 오늘도 한 마을의 구성원으로서 소년시절에 이런 모습으로 사는 것 외에 다른 목적은 없다는 듯이 천천히 앞을 향해 걸어가고 있었다(나중에 나는 온몸이 떨려서 삼각형 풀밭에서 더 이상 걸어 갈 수가 없었다. 나는 나무로 된 우유진열대에 몸을 기대고 서서 조용히 숫자들을 암송했다).

  나의 첫 번째 적에 대해서는 반대로 아무것도 도움이 되지 않았다. 그는 가까운 이웃집 아들이었고, 낮에는 어머니에게, 저녁에는 아버지에게 매를 맞았다(나는 집에서 매를 맞지 않았다. 그 대신 아버지가 나에 대한 분노로 내가 보는 앞에서 자주 자신의 가슴이나 뺨을, 특히 주먹으로 이마를 너무 세게 갈겨서 뒤로 비틀거리거나 무릎이 휘청거리곤 했다. 형은 외눈임에도 불구하고 매를 맞았고, 오후 내내 집 뒤에 있는 감자 창고로 쓰는 경사면 지하실에 감금되었다고 했다. 그곳에서 형은 자신의 한쪽 눈을 감으면 눈을 뜨고 있을 때보다 더 잘 보였다는 것이다)—훗날 '커다란' 것에 대한 반대로 내가 지금 부르는—나의 '조그만 적'은 폭력배는 아니었다. 그럼에도 불구하고 그는 첫 눈에 곧 적이 되었다. 말도 시선도 필요가 없었다. 흔히 하는 혀 내밀기, 침 뱉기, 올가미 치기도 아니었다. 그 어린 적은 자신의 의도를 설명하지 않고 단지 적개심에 차 그곳에 서 있었다. 그리고 그의 증오가 다음에는 습격으로 나타났다.

　어느 날 교회에서 모두가 일어서서 복음서를 낭독할 때 나는 뒤에서 오금 쪽에 가벼운 타격을 느꼈다. 아주 가볍게 미는 정도였으나 내 무릎이 꺾이기에는 충분했다. 나는 뒤돌아보았다. 그리고 앞만 응시하고 있는 그 애를 보았다. 이 순간부터 그는 나를 조용히 있게 하질 않았다. 그는 나를 때리지도 돌을 던지지도 욕을 하지도 않았지만 내가 가는 모든 길을 막았다. 내가 집에서 나오면 곧 내 곁을 따라왔다. 심지어 집안으로 들어오기도 했다 ─ 어린애들이 이웃집에 들어가는 것은 마을에서 흔히 있는 일이었다 ─ 그리고 내 몸을 밀었는데, 눈에 띄지 않아서 아무도 알아차리지 못했다. 그는 손을 이용하지는 않았다. 그가 행했던 모든 것은 작은 어깨 밀침들이었다(축구에서와 같은 부딪침이라고 부를 수는 없다). 그것은 친절하게 무엇인가에 주의하게 만들었지만, 사실은 나를 귀퉁이로 강제로 미는 것으로 여겨졌다. 그렇지만 그는 일반적으로 내 마음을 한 번도 움직이지 못했고 나를 흉내만 냈다. 내가 어디론가 갈 때면 그는 예를 들어 수풀에서 뛰어 일어나 내 옆에서 똑같이 내 행동에 따라 움직였고, 발걸음을 똑같이 맞추고, 팔을 같은 리듬으로 흔들었다. 내가 뛰어가면 그도 뛰었고 내가 가만히 서 있으면 그도 역시 멈추었다. 내가 눈썹을 실룩이면 그 역시 실룩였다. 그럴 때면 그는 나의 모든 행동을 가능한 한 벌써 시초에 알아차리고 반복하기 위하여 결코 내 눈을 바로 쳐다보지 않고 다른 신체부분들을 보듯이 훑어보았다. 나는 그를 자주 내 다음 걸음걸이에 대해 속이려고 시도했고, 틀린 방향을 암시했고, 지금 상태에서 빠져나가려고 했다. 그렇지만 그는 절대로 그런 속임수에 넘어가지 않았다. 이런 방식으로 그는 나를 흉내 내었다. 그의 행동이 나를 능가할 수는 없었지만, 나는 내 그림자의 포로였다.
 사려 깊게 생각해보면 그는 단지 짐스러울 뿐이었다. 이 괴로움은 시간이 지나면서 당연히 삶과 관계되는 증오로 변했다. 비록 나와 비교되는 존재는 아니더라도 반대쪽 존재가 되었다. 내가 한때 기뻐했더라도 금방 기쁨을 상실했다. 나는 그 기쁨이 적의 생각 속에서 흉내 내어지고 그와 함께 논쟁되는 것을 보았기 때문이다. 그 밖의 삶의 감정들도 있었다. 자부심, 비애, 분노, 호의 등의 감정은 흉내놀이에서 정당한 의미를 잃어버렸다. 내가 집중하며 가장 활기 있게 느꼈던 곳에 적이 대상과 나 사이로 가볍게 밀고 들어왔다. 그 대상이 책이든, 물가 장소든, 들 가운데 오두막집이든, 눈동자든 상관없이 밀고 들어와 나와 세상을 단절시켰다. 어떠한 증오도 그와 같이 끈질긴 채찍질처럼 행해지는 추적보다 더 살인적인 것으로 묘사될 수는 없었다. 나는 증오하지 않고 화해하려고 했다. 그렇지만 그를 달랠 수는 없었다. 그는 한 번도 뒤로 물러서지 않았고 단지 재빠르게 나의 화해 태도를 흉내 내었다. 어느 날 어느 꿈도 나에 대한 감시 없이는 더 이상 흘러가지 않았다. 내가 그 후 그에게 처음으로 고함을 질렀을 때 그는 뒤로 물러서는 것이 아니라 귀를 쫑긋 기울였다. 고함은 그가 기다리고 있었던 표시였다. 누군가가 마침내 행동하게 되면 그것은 나였다. 나는 열두 살짜리에다 다른 사람과의 혼란 속에서, 더 이상 정상이 아니었다. 다시 말해 나는 더 이상 제 정신이 아니었다. 나는 화가 치밀었다. 소년시절의 적은 (그가 그것을 미리 고려했다는 것이 분명했다) 내가 화났다는 것을, 내가 자기보다 더 화를 냈다는 것을, 그래서 내가 악한이라는 것을 나에게 보여주었다.
 처음에 나는 단순히 주먹을 흔들면서 나를 방어했다. 그것은 차라리

물에 빠져죽겠다고 위협하는 그런 사람의 파닥거림 같은 것이었다. 상대는 내 곁을 떠나지 않고 오히려 도발하는 자세로 얼굴을 내밀었다. 그 얼굴은 꿈을 꿀 때 느낄 수 있는 것처럼 서로 부딪칠 정도로 그렇게 가까웠다. 그럴 때 내가 할 수 있는 것은 방어하는 반응을 보이거나, 감정 표출 또는 고백 아니면 모두가 기다렸던 자백 등이었다. 그것이 내 상황이었다. 나는 맞잡고 싸움질하면서 적보다 더 나쁜 적이 되기를 결심했다. 실제로 나는 유창하지 못한 언변과 훌쩍거리는 콧물 사이에서 결코 두 번 다시 체험하고 싶지 않은 힘과 불의의 이중 감정을 가졌다. 내 앞에는 "너를 위해 더 이상 양보는 없다"는 승리의 마스크. 이제는 내가 마음을 독하게 먹고 그의 뒤로 갔다. 그는 막지 않았다. 그저 멈춰 서서 조롱 어린 표정을 짓고 있었다. 그는 목적을 달성한 것이다. 이날부터 나는 뭇사람이 보는 가운데 소위 말해 '그를 두들겨 패는 사람'이 되었다. 그는 이제 나를 결코 평화롭게 내버려두지 않을 이유와 권리를 가졌다. 그때까지 숨겨온 우리들의 적대관계는 전쟁으로 바뀌었다. 그 전쟁은 우리 두 사람의 공동파멸을, 다른 가능성 없이 공개적으로 결말짓지 않으면 안 되었다. 한번은 그의 아버지가 내가 그의 아들을 두들기는 것을 보고 뛰어와 우리를 뜯어말리고 나를 땅바닥에 밀어 던지고 가축우리용 신발로 짓밟은 일이 있었는데, (커다란 음성으로 이전에 아버지가 나에게 퍼붓던 욕설들—비탈길에서 미끄러질 놈, 벼락을 맞을 놈, 우박을 뒤집어 쓸 놈, 집안의 해충 같은 놈—하며 소리 높여 불러대면서) 그것이 내게는 행운을 가져다 주었다—그 당시뿐 아니라 십 년이 지난 후에도 나는 그것을 유일한 행운으로 알고 있었다.

그 가혹한 취급은 나에게 말문을 열게 했다. 나는 어머니에게(그렇다,

그녀에게) 적에 관해서 이야기할 수 있었다. 그 이야기는 "들어보세요!"라는 명령으로 시작했고 "어떻게 좀 하세요!"라는 다른 명령으로 끝났다. 그리고 어머니는 가족 중에서 늘 그렇듯이 행동하는 사람이 되었다. 신부와 교사가 그녀를 설득했다는 핑계로, 열두 살짜리 아들을 데리고 기숙학교 입학시험에 가는 것으로 어머니는 행동했다.

시험을 보고 돌아오는 길에 우리는 클라겐푸르트에서 블라이부르크로 가는 마지막 기차를 놓쳤다. 그래서 시내로 나와 차가 다니는 길에서, 비에 젖는 걸 생각도 못하고 비 오는 어둠 속에 서 있었다. 잠시 후 드라우 계곡 하부를 지나 슬로베니아의 마리보르 또는 마르부르크로 가는 자동차 한 대가 멈추어 서서 우리를 태워주었다. 차에는 등을 기대는 좌석이 없어서 우리는 뒤쪽 바닥에 앉았다. 어머니가 운전사에게 우리의 목적지를 슬로베니아어로 말했을 때 그는 처음에 그녀와 슬로베니아어로 대화하려고 했다. 그러나 그녀가 인사말이나 민요구절 몇 개를 제외하고는 슬로베니아어에 대해 아무것도 모른다는 것을 알아차렸을 때 입을 다물어 버렸다. 어머니와 함께 자동차의 뒤쪽 양철바닥에 앉아 가는 말없는 밤거리 여행은 한 폭의 그림으로 기억되었다. 그 그림은 기숙학교를 다니게 되면서 늘 반복해서 기억되었으며 깊은 영향을 주었다. 어머니는 여행할 때 머리에 콜드파마를 했었는데, 한번은 머릿수건 없이 한 적도 있었다. 얼굴은 오십대의 무거운 몸매에도 불구하고 햇볕에 그을린 채 젊게 보였다. 그녀는 무릎을 세우고 손수건을 옆에 둔 채 앉아 있었다. 바깥쪽 유리창에는 비스듬하게 빗방울들이 바쁘게 떨어지고 있었고, 안쪽 구석진 곳에서는 차가 커브길을 돌 때마다 무슨 연장이라든가, 못이 들어있는 꾸러미라든가, 빈 깡통들이 우리에게 미끄러져 왔다. 인생에서 처음으로 내면에서 솟구치는 어떤 억제할 수 없는 것, 격정적인 것, 어떤 확신 같은 것을 체험했다. 나는 어머니의 도움으로 올바른 길로 나올 수 있게 되었다. 그전에도 그 후에도 나는 낯설게 여겨지는 어머니를 자주 거부했다—단지 그녀에게 상응하는 말이 내 입술 위로 나오지 않았기 때문이다. 그렇지만 1952년 비 오는 여름 저녁 나에게 어머니가 있다는 것과 내가 그녀의 아들이라는 사실이 다시 한 번 분명해졌다. 또한 그녀는 농부의 부인, 농장일꾼, 마구간 일을 돕는 여자 혹은 마을에서 옷을 자주 갈아입고 교회에 가는 여자가 아니라 자신이 어떤 사람인가를 털어놓는 여자였다. 즉 가정주부보다는 차라리 아주머니요, 고향주부보다는 차라리 세상에 흔한 여인이요, 쳐다보는 여인보다는 차라리 행동하는 여인이었다.

링켄베르크로 가는 갈림길에서 운전사는 우리를 내려주었다. 나는 어머니가 한 바퀴 빙 돌 때까지 내 팔짱을 끼고 있다는 사실을 전혀 인식하지 못했다. 비는 더 이상 오지 않았다. 평야에 달빛을 받으며 팻첸 산이 솟아있었다. 하나하나의 모습은 그림문자 같았다. 좁은 골짜기의 개천, 암벽들, 나무 가장자리 형태들, 우묵한 분지들, 산봉우리 모습들. "우리들의 산!" 하면서 어머니는 계속해서 저 밑에는 전쟁 전에 산을 따라 형이 남동쪽으로 국경선을 넘어 슬로베니아의 도시 마리보르에 있는 농업학교로 '우리 운전사'가 지금 간 것과 같은 방향으로 차를 타고 갔다고 말씀하셨다.

기숙학교에서의 5년간은 이야기할 가치가 별로 없었다. 향수, 억압, 추위, 공동생활 등의 단어들이면 족했다. 모두가 목표로 하는 성직자의 직책이 한 번도 숙명으로 느껴지지 않았고, 청소년 가운데 어느 누구도 나에게 적격자로 생각되지 않았다. 마을 교회에서 세례, 견진, 고백 등등의 성사(聖事)를 유지시켰던 비밀이 여기서는 아침부터 저녁까지 대수롭지 않는 것으로 취급되었다. 해당 성직자들 가운데 어느 누구도 사제로서 날 대해주지 않았다. 그들은 따뜻한 방에 틀어박혀 앉아 있거나, 만약 누군가를 그들에게 오도록 할 때면 그것은 기껏해야 경고하기 위해서, 위협하기 위해서, 비밀을 알아내기 위해서였다—아니면 항상 바다까지 끌리는 검고 긴 성직자 제복을 입고 건물을 지키는 사람으로 또 감독자로 순시를 했다. 그들 가운데 이런 사람 저런 사람이 존재했다. 심지어 그들은 제단에서 날마다 미사 때 그들이 한때 임명되었던 성직자의 역할을 수행하지 않고, 그저 예배의식의 순서를 지키는 역할을 수행했다. 침묵의 상태에서 두 손을 하늘로 높이 들고 몸을 돌려 서 있게 되면, 그것은 등 뒤에서 무슨 일이 일어나는가를 엿듣는 것으로 보였다. 그러고 나서 그들은 모두를 축복하고 단지 나만을 체포하려는 것처럼 원래대로 다시 돌아섰다. 마을의 신부는 달랐다. 그는 내 면전에서 사과가 든 상자를 직접 지하실로 운반하기도 했고, 라디오 뉴스를 듣기도 했고, 귀쪽 머리를 스스로 자르기도 했다. 그리고 그는 장려한 제복을 입고 성당 안에서 무아지경에 빠져 공동체를 이루고 있는 우리를 불필요한 사람으로 취급하고 오직 성상 앞에서만 무릎을 꿇고 그 일에 전념하고자 했다.

성직자 숙소에서 유일하고 쾌적한 교제와는 반대로 난 혼자 공부하면서 배우게 되었다. 혼자 공부하면서 내가 기억하고 있었던 모든 어휘, 내가 올바르게 사용하는 모든 관용어, 내가 암기해서 따라 할 수 있는 모든 말의 흐름은 그 당시 나에게 '외부에, 자유롭게 존재하기'를 촉구했던 유일한 목표의 예비단계였다. 만약 누군가가 '제국'이란 말 아래 무엇을 상상할 수 있는가 하고 질문한다면, 나는 어떤 특정한 나라를 지명하기보다는 '자유의 제국'이라고 말할 정도였다.

그때까지 공부하면서 예감했던 그 제국의 구체적 존재로서 나에게 마지막 기숙학교 시절에 커다란 적이 되었던 인간이 나타났다. 이번에는 같은 또래가 아니고 어른이었으며, 성직자가 아니라 외부의 일반 사람들 중 한 사람이었으며, 성직과는 관계가 없는 교사였다. 그는 매우 젊었고 이제 막 대학을 졸업한 사람으로 교사 숙소에서 살았다. 그 숙소는 기숙학교 성곽과 산중턱에 마련된 주교 무덤과 조금 외떨어지고 밋밋한 언덕 위의 넓은 지역에 있는 건물이었다. 나는 다른 사람들에게는 그렇게 눈에 띄지 않았는데(10년 후에도 옛날 급우들을 만나면 항상 "조용히, 옆으로 떨어져, 집중하라"는 똑같은 옛날 말투를 들을 정도로 변함이 없었다), 그는 나에게 곧바로 관심을 가졌다. 그는 강의한 것을 나에게 정리해 주었다. 그래서 우리는 마치 개인적인 시간을 같이 하는 것 같았다. 그럴 때 그는 가르침의 목소리로 말하지는 않았다. 그보다는 주제를 문장으로 정리하는 그의 방법을 내가 이해할 수 있는지 물어보는 것 같았다. 물론 그는 나에게 주제가 오래전부터 익숙한 것처럼 행동했다. 그리고 그는 잘못된 것을 말하지 않았다는 것을 확인하기 위해 내가 고개를 끄덕이기를 기대했다. 내가 한번은 실제로 그의 틀린 문장을 교정했을 때, 그는 그것을 오히려 기뻐하며, 어떻게 학생이 선생보다 더 나을 수 있는가를 감격하면서 이야기했다. 그렇게 그는 그런 것을 늘 원했다. 그러나 나는 한 순간도 만족스런 기분이 들지 않았다. 그것은 완전히 다른 어떤 것이었다. 나는 그것을 점차 깨달아가게 되었다. 알아차리지 못하고 보낸 수년 후에 나는 마침내 인식하게 되었고, 그것은 바로 각성이었다. 그리고 나는 감정의 충만함 속에서 눈을 뜨게 되었다. 한동안 모든 것이 좋았다. 나와 학우들 그리고 특히 그 젊은 선생님, 모두는 수업 후 생각에 잠겨 날마다 교사숙소로 숨을 헐떡이며 종교의 감옥에서 나와 연구와 탐구 그리고 세계관찰을 자유롭게 할 수 있는 공간으로 같이 걸어갔다. 내가 그 당시 위대하다고 생각했던 고독 속으로 걸어갔던 것이다. 그가 주말에 차를 타고 도시로 떠나면, 나는 그곳에서 수업준비 외는 아무것도 하지 않을 그를 생각했다. 그리고 그가 한번은 교사숙소에 머물렀을 때, 밝게 빛나는 숙소 창문이 나에게 바깥쪽 어두운 기숙학교 교회의 제단 곁에서 힘없이 흔들거리는 작은 불꽃과는 완전히 다른 영원한 빛으로 보였다.

    내 자신은 선생님이 될 생각이 전혀 없었다. 나는 학생의 학생이자 동시에 선생인 그와 같은 선생님의 학생이고 싶었다. 거기에는 물론 거리감이 있었다. 이 어쩔 수 없는 거리감을 우리 두 사람, 즉 나는 깨달음의 열광 속에서, 그는 그때까지 꿈만 꾸었었던 발견의 열광 속에서 무시하며 보냈다. 그러나 결국은 나를 선택된 자로 생각하는 것을 견딜 수 없었다. 그가 나에 관해서 만들었던 상(想)이 나의 가장 깊은 내면에 아무리 잘 어울린다 해도 나는 그 상을 깨뜨리기 위해 노력했다. 나는 그의 눈에서 벗어나고 싶었다. 나는 16년 전처럼 내 책상의 넓고 어슴푸레한 내부에 숨어서 남의 눈에 띄지 않게 사는 것을 동경했다. 그곳에서는 나를 평가할 수 있는 사람은 아무도 없었다. 그래, 이전에 자주 내 머리에 떠올랐던 그런 사람이 아닌 누군가에게 아주 가깝게 알려지게 되었지만, 지금은 보다 올바르게 보다 아름답게 남의 눈에 띄지 않고 살고 싶었다. 더욱이 내가 다른 사람들 앞에서가 아니라 자신 앞에서 모범으로 또는 심지어 놀라움으로 여겨지는 것은 참을 수 없었다. 나는 그 반대 속으로 사라지길 갈망했다. 다시 한 번 나의 '함께 생각함'을 증명하는 돌발질문 후 내게는 커다란 기쁨의 순간인 감동이 피어올랐고, 그 젊은 선생님은 무섭게 찌푸린 얼굴로 나에게서 어쩔 수 없이 고개를 돌려야 했다. 그것이 내 마음을 아프게 했다. 그는 경직되어 교실을 떠나 그 시간에 다시는 돌아오지 않았다. 나를 제외하고 어느 누구도 그에게 무슨 일이 일어났는지를 몰랐다. 그는 바로 지금 나의 진실한 얼굴을 보았던 것이다. 나의 진지함, 공부에 대한 나의 열정, 자신의 일에 몰두하는 그에 대한 애정을 나는 단순히 속여서 진짜로 여기게 했다. 나는 사기꾼이었고 위선자였고 배신자였다. 다른 학생들이 서로 흥분해서 이야기하고 있는 동안 나는 창을 통해 바깥을 조용히 내다보았다. 선생님은 아래쪽 층계참에서 건물을 등지고 서 있었다. 그가 정확히 나에게로 몸을 돌렸을 때 나는 그의 눈을 피해 새부리처럼 굳고 뾰족한 그의 입술을 바라보았다. 그것은 나에게 괴로웠지만, 나는 정당했다. 나는 마침내 나 혼자만이 알고 있는 그 일을 심지어 즐겼다.

그다음부터 새부리는 더욱 신랄해졌다. 그렇지만 그것은 나를 증오하는 적과의 관계가 아니라 한번 내린 판결을 철회하기 어려운 냉정한 집행자와의 관계였다. 그리고 책상 내부는 생각했던 피난처가 될 수도 없었다. 학업과 더불어 그것은 지나가 버렸다. 선생님은 내가 아무것도 모른다는 사실을 또 내가 알았던 것도 '필요한 것'이 아니라는 사실을 매일같이 입증해 보였다. 소위 내가 알았던 것은 '하찮은 일'이지 '소재'

는 아니며, 그것은 다만 내 생각일 뿐이고 보편성에 의해 확인된 규정 없이 이러한 형식으로는 아무 가치가 없다고 했다. 나는 책상 속을 응시했다. 그곳은 한때 열성을 다해 다가가서 사물을 서로 구분할 수 있게 하는 글자들, 대상의 식별 방법들, 한 대상에서 다른 대상으로 이행들, 대상과 대상의 연결들 그리고 그들을 통합하는 공통점들의 밝은 지식세계가 푸르렀던 곳이고 내 자신만이 검은 구름 속에서 혼자였던 곳이다. 그 세계가 없어지는 것은 상상할 수 없는 일이었다. 그 지식세계는 보다 중요해졌고 넓어졌고 나의 입과 눈으로 들어가 목소리와 시선을 가로막았다. 그런 것은 물론 주목을 끌지는 못했다. 교회에서 공동으로 기도할 때 나는 그저 입술만 움직였고 학교에서 그 선생님이 수석교사였을 때는 질문도 인정도 받지 못했다. 이 시절에 나는 언어를 잃었다는 것이 무슨 뜻인가를 체험했다. 다른 사람들 앞에서 침묵뿐만 아니라 자신 앞에서도 한마디 말도, 어떠한 소리도, 어떠한 몸짓도 하지 못했다. 그와 같은 침묵은 힘을 열망했다. 굴복은 생각할 수 없었다. 그리고 그 힘은 이전의 작은 적과는 반대로 외부로 나갈 수는 없었다. 커다란 적은 그의 내면을, 즉 복강(腹腔)을, 횡격막(橫隔膜)을, 폐를, 숨통을, 호흡기를, 입천장을 내리 눌렀고 코와 귀를 그리고 그의 중심에 있는 심장을 폐쇄했다. 심장은 더 이상 두근거리거나 맥박이 뛰거나 고동치거나 떨리는 소리를 내거나 피가 흐르지 않고 날카롭고 예리하고 심술궂게 재깍재깍 소리를 냈다.

　그러던 어느 날 아침 기숙학교의 교장선생님이 어머니에게서 전화가 왔다며 나를 불렀다. 그는 당시 나를 가르쳤던 분으로, 내 이름을 부르며 말했다(어머니와 전화하면서 그는 나를 '필립'이라고 이름을 불렀다. 나는 그 외에는 오직 '코발'로 불렸다). 그때까지 나는 한 번도 전화로 어머니의 목소리를 들어 본 적이 없었다. 그녀의 거의 모든 다른 표현들, 즉 말이나 노래, 웃음 또는 탄식하는 소리 등이 희미해졌기 때문에, 나는 당시 그녀의 목소리를 오늘날까지 마치 우체국 전화실에서 들리는 것처럼 약하고, 단조롭고, 뚜렷하게 기억하고 있다. 어머니는 아버지하고 같이 나를 '신학교'에서 일반학교로 전학시키기로 의견의 일치를 보았다고 했다. 그것도 당장. 두 시간쯤 후에 그녀는 이웃집 자동차로 기숙학교 입구에서 나를 기다리겠다고 했다. 클라겐푸르트에 있는 김나지움에 나는 이미 수속을 밟아 신청되었다고 했다. "내일 바로 너는 새 학급으로 갈 수 있다. 네 자리는 여자애 옆이다. 너는 매일 기차로 통학해야 한다. 너는 집에서 네 방을 갖게 될 것이다. 식당은 더 이상 사용하지 않을 것이다. 아버지는 너에게 의자와 책상을 만들어 줄 것이다." 나는 반대하려고 했다. 그러나 더 이상 반대하지 못했다. 어머니의 목소리는 판결하는 자의 목소리였다. 어머니는 내가 무엇을 원하는지 알고 있었다. 그녀는 나를 위해 결정권이 있었다. 그녀는 결정했다. 그리고 지체 없이 나의 해방을 지시했다. 그것은 이번 한번을 위해 가슴속 깊은 곳에 오랫동안 축적되었던, 어쩌면 바로 한 순간에, 올바른 기회에, 저항하기 어렵게, 이번만으로, 주권자의 절대명령을 행하기 위해 축적되었던, 그 침묵에서 비약하는 목소리였다. 그리고 그다음 곧 그녀의 백성이 주권을 가진 침묵으로 되돌아 올 수 있었다. 경쾌하고 활기찬 무대에나 어울릴 칠현금 악기소리로 혼동할 목소리였다. 나는 어머니의 결정을 교장선생님께 털어놓았다. 그는 이 이야기를 말없이 받아들였다. 그리고는 얼마 후 쾌활한 작은 집단이 죄인의 탈을 벗은 나와 나의 짐을 뒤쪽 좌석에 싣고 높은 하늘아래 마치 자동차 덮개가 위로 젖혀진 것 같은 밝음 속에서 앞이 툭 터진 야외로 차를 타고 갔다. 우리 앞의 길이 텅 비어 있을 때마다 운전대를 잡은 이웃은 멀리 흔들거리는 구부러진 도로선 안으로 차를 달렸고 목청을 다해 빨치산 노래를 불렀다. 가사를 알지 못했던 어머니는 함께 흥얼대고 사이사이에 점잔을 빼는 목소리로 나의 고향길을 덮고 있는 좌우의 장소들 이름을 외쳤다. 나는 몸이 비틀거려서 짐을 꽉 붙들었다. 내 기분을 말해야 했다면 그것은 '경쾌함', '기쁨' 혹은 '축복'이 아니라 너무 많은 '빛'이었다.

그럼에도 불구하고 나는 이제까지 한 번도 올바르게 고향으로 돌아간 적이 없었다. 기숙학교 시절에는 집으로 가는 일이 축제 같은 기분이 들었다. 그것은 우리가 여름을 제외하고 유일하게 신앙의 시간에서 벗어났기에 일어난 것만은 아니었다. 크리스마스 전날 우리는 해방되어서 가로등 없는 깜깜한 산길을 지나 기숙학교가 있는 세르펜티넨을 떠날 기회를 갖게 되었다. 모두 함께 짐을 들고 언덕길을 넘어 일직선으로 가파르고 황량하게 얼어붙은 비탈진 경사로를 횡단해서 멀리 김이 피어오르는 실개천의 늪 지역을 지나 철도역을 향해 아우성을 치며 돌진해 갔다. 열차가 달리는 동안 나는 좌석 바깥쪽에 다른 학생들과 무리를 이루어 서 있었다. 모두가 내지르는 환호성에 귀가 멍멍했다. 아직도 밤이었다. 위로는 별들과 아래로는 기관차에서 솟구치는 섬광을 가진, 하늘과 땅을 둘러싸고 있는 힘찬 어두움이었다. 그리고 이러한 검은 기운의 지역을 세차게 불고 가는 바람을 나는 오늘날에도 신성한 것으로 생각했다. 그것은 마치 내가 더 이상 특별히 숨 쉴 필요가 없는 것 같았다. 그래서 나의 내부는 그날 밤 열차가 달리는 찬바람 속에서 코를 벌름거리며 활기를 띠었다. 옆 친구들이 질러대는 환호를 나는 단지 조용히 내 안에 간직했다. 나는 내 자신의 목소리 대신 외부세계에서 들리는 소리, 즉 바퀴들이 땅을 구르는 소리, 레일의 딸까닥거리는 소리, 전철기(轉轍機)의 철썩 소리, 길을 알리는 신호 소리, 길을 안전하게 하는 건널목 차단기 소리, 아주 요란하게 달려가는 기차의 우르릉거리는 소리를 들었다.

 아름다운 선로구간, 공상에 잠겨 걷는 외딴 들길 그리고 고향집에 다 왔다는 확신 속에서 각자 다른 사람들과 헤어졌다. 고립된 자는 결코 알지 못했던 그런 것이었다. 그리고 실제 그가 언젠가 도착역에서 들판을 넘어 마을로 걸어왔을 때, 당시 종교달력에 그려진 아기예수가 같이 동행하는 느낌도 들었다. 그가 지나가는 동안, 길가에 바싹 마른 옥수수 줄기들 뒤로 빈 공간들이 반짝 반짝 빛나는 것 외에는 물론 아무 일도 발생하지 않았다. 이 빈 공간들은 한 걸음 한 걸음 또 한 구간 한 구간 지나갈 때마다 항상 똑같이, 텅 비고, 하얗고, 바람이 부는 움직임 속에서 나타났다. 그리고 그 공간은 그를 동행할 뿐만 아니라 그를 밀치듯이 앞서서 날아가는 똑같은 작은 공간의 모습들을 가졌었다. 미풍(微風)은 눈 가장자리를 새처럼 빙빙 돌며, 나를 기다렸다가 그다음 다시 사라져버렸다. 어느 휴경지 전답 밭고랑으로부터 한 움큼 옥수수 왕겨가 소용돌이를 치며 공중으로 날아올랐고, 메마른 갈색 잎들이 처음 한동안 그 자리에서 떠다니다가 다음 천천히 빙빙 돌면서 둥근 기둥모양으로 땅위에 흩날렸다. 그리고 뒤쪽으로는 안개 속에서 희미해 보이는 기차가 지나갔다, 내 편에서 보면 그 기차는 안개 같은 어떤 것이 홱 당기듯이 궤도 위에서 한 번은 섰다가, 한 번은 앞으로 나가는 것으로 보였다. 나는 이것을 이야기하기 위하여 부리나케 집으로 달려갔다. 그러나 문지방을 들어서면서 이런 이야기를 직접 할 수 있는 식구는 아무도 없다는 것을 알게 되었다. 문이 열림과 함께 오래된 나무냄새를 풍기면서 기숙학교와는 달리 나의 식구들이 살고 있는 집안은 따뜻했다. 이른 아침 역에서 온 그을린 얼굴이 인사로는 충분했다.

　기숙학교는 대단히 낯선 곳이어서 그곳에서 집으로 가는 길은 집이 남쪽이든 서쪽이든 북쪽이든 동쪽이든 단지 하나의 방향만이 있었다. 밤중에 공동침실에서 아래쪽 평야지역에 기차들이 질주하는 소리를 들으며 고향으로 가는 사람들을 상상했다. 비행기는 정확히 마을 위로 그의 대륙항로를 날아갔다. 구름들 역시 그곳에 떠갔다. 가로수는 길을 표시했다. 그 가로수의 끝에는 가축이 다니는 오솔길 언덕이 이어져 있었다. 풀이 무성하게 자란 텅 빈 오솔길 위에서 사람들은 목적지에 매우 가깝게 있었기 때문에 아이들이 숨바꼭질하면서 "찾아라!" 하는 소리를 들을 수 있다고 믿었다. 일주일에 한 번 왔던 빵 운반차는 그다음 이름이 알려진 장소로 계속해 달렸다. 그 길 위의 밝은 빛은 내 마음의 고향 빛이었다. 저 멀리 보이는 대상들―산, 달, 비행기의 표지등은―출생증명서에 나타나듯이 사람들이 '거주하고' 있는 그 장소로 가는 하늘의 다리로 나타났다. 날마다 도망가고 싶은 생각이 드는 곳은 대도시나 외국이 아니라 항상 고향, 즉 그곳에 있는 곡물창고, 특정한 들판 오두막, 숲 속 예배당, 호수의 갈대 지역이었다. 거의 모든 사제 생도들은 시골 마을 출신들이었고, 실제로 달아난 생도들은 그들의 마을이나 혹은 마을로 가는 길에서 즉시 발견되었다.

　그러나 지금은 멀리 떨어져 있는 시골 마을과 도시 학교 사이를 날마다 왔다갔다 통학할 수 있어서 나만의 확고한 장소를 더 이상 가질 수 없었다. 나에게 정리된 방을 단지 잠자는 데만 이용했다. 기숙학교에 다니는 동안에도 그 지역에 하나도 변한 것이 없는 링켄베르크 마을을—교회, 나지막한 슬로베니아 농가들, 울타리가 없는 과수원들을—더 이상 연결된 것이 아니라 여기저기 서로 떨어진 거주지로 체험했다. 마을의 광장, 곡창, 주차장, 볼링 놀이터, 벌집들, 잔디밭들, 폭탄의 폭발터들, 제단 입상, 숲속의 공지가 존재했지만, 일치감 속에서 내가 이전에 활동했던 지역주민의 일원으로, 즉 '이 지방사람'으로 동질감을 느낄 수는 없었다. 그것은 마치 해 가리개가 날아가 버린 것 같았다. 눈부시고 차가운 빛 속에 만나는 장소도, 고정된 장소도, 은신처도, 주의를 끄는 것들도, 휴식처도 전혀 존재하지 않는 것 같았고—적어도 서로 바뀌는 공간들이 더 이상 없는 것 같았다. 나는 처음에 그것을 기계가 수공업 도구들을 대체했었던 마을에 있다고 생각했다. 그리고 그다음에 버릇이 없는 자, 일체감 속에서 탈선한 자는 바로 나라는 것을 인식했다. 나는 걸어가면서 뒤뚱거렸고 부딪쳤고 옆을 붙잡았다. 누군가 내게 마주 오면 나는 우리가 서로 어릴 때부터 아는 것처럼 그의 시선을 두려워했다. 오래도록 떠나 있었다는 것, 집에 있지 않았다는 것, 내 자리를 떠나 있었다는 것이 내 잘못으로 다가왔다. 나는 여기 있을 권리를 잃어버렸다. 한번은 마을에서 같이 초등학교를 다녔던 동년배가 나에게 이런저런 이웃 일들을 이야기하다가, 곧 중단하고 말했다. "너 정말 아무것도 모르는 것 같구나."

나는 같은 연배 무리에 더 이상 섞이질 못했다. 나는 그들 가운데서 아직 학교에 다니고 있는 유일한 사람이었다. 농장 후계자거나 수공업자거나 간에 다른 사람들은 모두 일꾼이 되었다. 청소년의 기준에서 보면 그들은 벌써 어른이었다. 나는 그들이 활동하거나 활동하기 위한 준비 중에 있는 것을 보았다. 그들은 제복과 앞치마를 두르고, 머리를 바르게 가다듬었으며, 항상 침착한 두 눈과 무엇인가 만들 준비가 된 손가락을 하고 군대식의 모습을 가졌다. 그리고 학교 교실의 혼란한 목소리에서 침묵이나, 고개를 끄덕여 인사하거나 또는 오토바이를 타고 눈길도 주지 않고 말없이 다른 사람 곁을 지나가는 것이(간결한 손짓으로 충분했다) 어울렸다. 또한 그들의 오락거리도 어른들의 오락거리였다. 나는 말할 것도 없이 겉돌이로 머물렀다. 나는 신비함을 숭배하거나 경탄하는 외경심을 가지고 점잖고 세심하고 확고한 보조로 몸을 회전하는 무도장의 쌍들을 관찰했다. 이처럼 품위 있게 움직이는 젊은 여인은, 그러나 한때 한쪽 다리로 천당-지옥-들판을 나눈 분필선 위에서 뜀뛰기 놀이하던 그 여자들이었단 말인가? 그리고 이제 우아하게 치마를 약간 들고 무대로 올라갔던 그녀는 얼마 전에 바깥 방목지에서 머리털 없는 어린애 모습을 우리에게 보이지 않았던가! 그들은 얼마나 빠르게 모두 어린애 장난에서 자라나 나를 찬찬히 내려다보았던가. 젊은이들은 각자가 이미 무거운 불행을 지나왔다. 어떤 사람 혹은 다른 사람에게는 손가락이나 귀나 팔 하나가 없어지기도 했다. 또 어떤 사람은 극도로 불행했다. 아빠들도 몇 쌍 있었고 더 많은 소녀들이 엄마가 되었다. 그들은 그렇게 속박되어 있었다. 그런데 나는 무엇이었던가? 나는 기숙학교 세월과 함께 내 젊음을 한순간도 체험해보지 못하고 보내버렸다는 것을 알았다. 나는 젊음을 강물로, 강물의 자유로운 합류로, 뭉쳐서 계속 흐르는 것으로 보았고 기숙학교 입학과 함께 고향의 모든 다른 일들과는 단절되어 버렸다. 그것은 더 이상 회복할 수 없는 잃어버린 시간이었다. 나에게는 삶의 단호함 같은 것이 부족했다. 그것은 앞으로도 계속 부족할 것이다. 마을에 있는 많은 동년배들처럼 나에게도 신체의 한 부분이 없었다. 그러나 이것은 손이나 발처럼 나에게서 분리될 수 있는 것이 아니라 처음부터 형성될 수가 없는 것이었다. 단순하게 말해서 수족은 아니었다. 오히려 무엇으로도 대신 될 수 없는 기관이었다. 나의 결함은 다른 사람과 내가 더 이상 동행할 수 없다는 것을 뜻했다. 함께 행동하는 것도, 함께 말하는 것도 할 수 없었다. 그것은 내가 마치 해안에 떠밀려 온 불구자 같았고, 나를 운반해왔던 조류는 영원히 내 곁을 흘러가버린 것 같았다. 나는 앞으로 일어날 모든 일을 위해 젊음이 필요하다는 것을 알았다. 이제 그것을 다시 찾을 수 없이 허송해버렸다는 것이 내 활동을 무기력하게 만들었고, 특히 나에게 정다운 동년배 모임에서 때때로 대단히 고통스러운 내적 긴장의 경련을 야기했다. 나는 그 고통을 내 마비에 대한 책임으로 또 화해할 수 없는 것으로 선언했다.

    그 생각이 계속해서 떠올랐지만 나는 혼자 있는 일에 만족하지 못했다. 그래서 나는 마을에 있는 보다 더 어린 사람들, 즉 아이들에게로 다가갔다. 이들은 나를 놀이의 심판자로, 자신들을 도와주는 자로, 무엇인가를 이야기해주는 사람으로 기꺼이 받아 주었다. 저녁 황혼녘에서 밤이 되는 사이의 시간에 교회 앞의 넓은 공간이 아이들의 놀이터가 되었다. 그들은 집으로 가서 잠자리에 들 때까지 그곳 벽의 돌출부에 앉거나 혹은 그들의 자전거 위에 앉아 시간을 보냈기 때문에 부모들은 여러 번 아이들을 찾으러 오곤 했다. 그들은 거의 말없이 그곳에 함께 앉아 있었고 주변에는 박쥐들이 날아다니고 있었다. 시간이 지날수록 점점 어두워져 서로의 얼굴이 거의 보이지 않게 되었다. 여기서 나는 여러 가지 수단들을 이용하면서 이야기를 해주었다. 때때로 성냥을 그어 불을 붙이기도 했고, 때때로 두 개의 돌을 마주 치기도 했으며, 때때로 두 손을 공 모양으로 둥글게 모아 바람을 세게 불기도 했다. 그때 물론 안짱다리의 걸음걸이, 물이 급격하게 불어난 것, 도깨비 불빛의 접근과 같은 경과를 이야기하는 것으로 만족해야 했다. 이야기를 듣는 아이들 역시 전혀 움직이지 않고, 결과만으로 만족했다. 이야기하는 데는 가장자리보다는 가운데 자리가 훨씬 나아 나는 아이들과 동년배인 것처럼 그들의 중앙에 들어가 웅크리고 앉았다. 아이들은 그것을 아주 당연하다는 듯이 대해주었지만 그 사이 '어른들'로 자라버린 옛날의 놀이 동료들은 나를 비난했다. 한번은 내 어깨에 겨우 닿을 정도인 몇몇 아이들과 함께 그 장소에서 달리기 시합을 했을 때, 하이힐을 신고 머리를 꼿꼿이 세운 여자가 걸어갔다. 나는 그녀를 기숙학교의 밤에 어스름한 어둠 속에서 자주 보았다—여인의 나체를 상상하는 것은 결코 아니었다. 그녀는 내 쪽을 쳐다보지도 않고 입을 비죽거렸다. 마치 눈초리의 시선이 그녀에게 이미 모든 것, 다시 말해 나에 대한 모든 나쁜 것을 폭로하는 것 같았다.

아이들의 모임뿐만 아니라 장소도 곧 나에겐 거절되었다. 그곳에서 사용하는 말에 따르면 '정원들 뒤쪽'이란 이름을 가진 지역으로 나를 옮겨가게 했다. 이 표현은 다른 말로 한다면 사람이 살기는 하지만 법적으로 더 이상 마을로 취급될 수 없는 그런 지역을 뜻했다. 그곳은 독신자들이 혼자 사는 곳이었다. 예를 들면 도로정비공 같은 이가 그곳에 살았다. 짙은 황색으로 칠이 된 두꺼운 벽을 가진 방 하나짜리 건물이었다. 성(城)의 문지기가 사는 집처럼 어느 곳에도 없는(마을 주변 벌판에도 결코 없는) 그런 건물이었다. 나는 그 집에 한 번도 들어가 본 적이 없었다. 그리고 그 남자와는 항상 거리감을 유지하고 있었다. 그는 내 주변에서 전문가만이 아는 비밀을 숨기지 않고 오히려 공개했던 유일한 사람이었다. 그의 일상 직업은 지방도로를 정비하는 일이었다. 그러나 여러 날이 지난 후 그는 시골길의 적막함 속에서 자갈을 가지고 하던 도로정비 일을 그만두고 마을 중심에 있는 어떤 여관의 입구에 사다리를 놓고 그 위에서 글자 그리는 작업을 하고 있었다. 완성된 철자에 대단히 느린 필치로 그림자 띠를 덧붙이고, 또 두툼한 글자를 한 쌍의 미세한 선으로 똑같이 그려 내고 그리고 다음 표시를, 마치 그것이 오래전에 그곳에 있었던 것처럼 빈 평면에서 요술을 부리듯 덧그려 확실히 나타내는가를 구경했을 때, 나는 만들어지고 있는 글자에서 숨겨지고 이름을 붙일 수 없고, 그 대신 더욱 더 인상 깊고 특히 넓은 세계의 휘장을 보았다. 이걸 보노라면 마을은 사라지거나 하지 않고, 세계 속에 들어있는 가장 핵심 부분으로 이들 결합된 글자의 모습과 색깔이 빛을 발산하면서 중심지의 의미를 갖게 했다. 이미 글자 그리는 사람이 올라가 있는 사다리도 그 순간에 약간 특이한 모습을 하고 있었다. 그것은 기대어 있지 않고 솟아있었다. 사다리의 발치에는 차도와 인도 사이의 연석(緣石)이 밝게 빛나고 있었다. 꽃 장식을 실은 차가 옆을 지나갔다. 밀짚다발과 꽃장식이 잘 어울렸다. 창의 덧문에 걸려있는 갈고리는 단순히 매달려 있는 것이 아니라 방향들을 가리키고 있었다. 여관 문은 우람하게 장식된 정면

입구로 강화되었고 들어오는 사람들은 글씨를 눈여겨 바라보면서 모자를 벗었다. 뒷마당으로부터, 문장(紋章) 도안에서 동물의 노란색 갈퀴 발톱처럼 그곳 땅을 할퀴는 닭발이 나타났다. 화가가 서 있던 길은 가까운 소도시로 가는 대신 마을을 벗어나 멀리 뻗어 있었고, 동시에 똑바로 글자 쓰는 자의 붓끝으로 뻗어 있었다. 또한 어느 날은 가을날 나뭇잎의 소용돌이에서, 겨울날 눈보라 속에서, 봄날 꽃의 안개 속에서, 여름날 밤 번개 속에서 내 면전에 있는 마을 광장 위에 커다란 세계가 순수한 현재로 모습을 드러내고 있었다. 그래도 글자 그렸던 날을 나는 추가로, 즉 현재의 시간을 시대로 승격시켜서 체험했다.

　도로정비공은 나에게 더욱 다양한 변신을 보여주었다. 그는 들판의 길가에 세워진 십자가상 기둥에 새롭게 채색을 했다. 들판의 성스러운 장소들 가운데 예배당이 하나 있었는데, 너무 작아서 그 안에서 가까스로 몸을 움직일 수 있는 내부 공간이 있었다. 머리와 내 쪽을 향해 열린 통풍창의 난간 위로 기댄 팔꿈치만 보인 채 외따로 떨어진 길가 십자가상들의 사각형 속에 들어박혀 변함없이 일하는 그를 만났다. 그리스도의 십자가상이 있는 길가의 기둥은 속이 텅 빈 나무기둥, 안내자 막사, 자그마한 초소를 생각나게 했다. 그것은 마치 그 남자가 어깨 넘어 사람 없는 직막 속으로 그를 끌고 가는 것 같았다. 그 화가는 물러날 장소나 그가 한 일을 재차 생각해 보기 위한 장소를 갖지 못했다. 그러나 내 발걸음 소리를 들어도 머리 위의 모자를 한순간도 딴 쪽으로 돌리지 않고 서 있는 그 조용함은 그가 그와 같은 장소를 전혀 필요로 하지 않는다는 것을 나타내고 있었다. 새롭게 변해 가는 벽 그림은 밖에서는 볼 수가 없었다. 옆을 지나가는 사람들은 무엇이 그려져 있는가를 보기 위하여 창문턱 위로 허리를 굽혀야만 했다. 단지 중심 색깔만이 그 작은 공간에서 밝은 청색을 반사했다. 그다음 보다 오래 바라보고 있으면 그 안에서 화가의 모든 움직임이 나에게 하나의 견본으로 작용했다. 나 역시 훗날 아주 느리고 아주 신중하고 아주 조용하게 어떤 수다스런 모임에 의해도 현혹되지 않고 나 혼자만을 의지해서 격려도 칭찬도 기대도 요구도 없이 아무튼 무슨 숨겨진 생각 없이 한번 내 일을 하고 싶었다. 그 활동은 작업을 하는 사람을 그에 걸맞게 순화시켰고 그리고 우연한 목격자도 마찬가지로 순화시켰다.

때 이른 강압적인 소년시절의 붕괴 이후 나는 마을이 나와는 아무런 연결감도, 아무런 계속성도, 아무런 연속성도 없다는 것을 날마다 체험하지 않으면 안 되었다. 이러한 세월 속에서 처음으로 정신이 혼란된 나의 누나가 나에게 가까이 왔던 일이 있었다. 특이한 것은 어려서부터 주변의 정신착란자들이 내 마음을 끌었고 그리고 반대로 내가 그들이었다는 점이다. 그들은 끊임없이 이곳저곳을 배회하다가 자주 창문 곁으로 다가가 코와 입술을 창유리에 누르고 삐죽 웃으며 집안으로 들어갔다. 블라이부르크에서 나의 하움트슐레 기간 동안 그곳은 내 눈에 늘 북적대던 양로원, 정신박약아 보호소 등이 있었던 유일한 장소였다. 나는 학교가 끝난 후 규칙적으로 거기까지 길을 돌아가 떠들썩한 소란과 그것을 제어하기 위해 말없이 막대기를 위협적으로 흔드는 그 사이로 들어가—내가 거기서 접했던 공기를 오늘도 회상한다—인사를 했다. 그러고 나서 나는 활기 있게 사람 없는 국도 위를 걸어가면서 이따금씩 보호소에서 본대로 나 자신도 팔을 휘두르기도 하고 소리를 지르기도 하면서 집으로 갔다. 나는 정신병자들과 정신박약아들이 나의 수호성도들인 것처럼 그리고 한번은 오래도록 그들 중 어느 누구도 만나지 못하다가 최초로 본 활달한 자의 힘차고 건강한 모습에서 충격을 느꼈다.

그렇지만 누나는 나에게 정신박약아나 정신병자의 일원으로 여겨지지 않았다. 그녀는 늘 어두운 곳에 혼자 있었다. 나는 이전부터 그녀 앞에서는 어려움을 느끼고 그녀를 피했었다. 그녀의 시선을 생각하면 사람들이 나에게 이야기했었던 것처럼 혼란스럽게 보이지는 않았고, 오히려 생기 없이 고정되어 있었다. 또 멍한 것이 아니라 투명했고, 넋이 나간 게 아니라 항상 침착했다. 나는 그녀의 눈을 지속적으로 관찰했다. 그리고 그 관찰은 한 번도 내가 생각한 대로 되지는 않았다. 그와 동시에 그 도구(나는 움직이지 않는 시선을 도구로 보았다)는 나의 그때그때 실수나 불량한 행동을 가리키지는 않았고 오히려 내가 변장을 했다는 근본적인 문제를 암시했다. 나는 자신이 인정하는 그런 사람이 아니었다. 나는 진정한 내가 아니었다. 내가 전혀 아니었다. 나는 연기를 했다. 그리고 그것은 그녀와도 정말 좋은 일이 아니었다. 내가 늘 했던 것을—그리고 나의 특별한 표정을—나는 내 자신에게도 또 그녀에게도 비록 잘못되고 나쁜 것일지라도 그대로 보이겠다는 감정을 가졌다. 누나는 처음에 나를 보고 거의 동정심 어린 킥킥거림으로 웃다가 나중에는 그와 같은 변장한 모습을 본 후에는 심술궂은 눈초리를 하며 잠자코 있었다. 그래서 나는 그녀 앞에서 가능한 한 길을 피해갔다(물론 그녀는 예기치 않게 복도에 서서 나를 똑바로 쳐다보았다).

놀라운 것은 누나가 나보다 훨씬 나이가 많다는 점이다. 형과 그녀는 일 년 차이지만 나와 그녀는 20년 차이가 났다. 어린애는 그녀를 실제로 오래도록 집에서 낯선 사람, 즉 언제고 한번 틀어 올린 머리에서 머리핀을 뽑아 찌를지도 모를 불청객 취급을 했다. 그런데 지금 내가 기숙학교에서 나와 집으로 돌아올 때 누나는 소위 머리핀을 머리에서 뽑았는데, 그것은 누나가 보다 가깝게 나에게 다가와서 속마음을 털어놓겠다는 것을 의미했다. 그리고 그녀가 환희에 찬 보살핌으로 나에게 마음을 쓰겠다는 것을 의미했다. 내가 기차로 고향에 도착했을 때, 그녀는 열광적으로 들판을 가로질러서 나를 마중했고, 내 짐을 들었고, 나에게 새 깃털을 건네주었고, 사과를 하나 주었고, 포도즙을 한 잔 권했다. 나는 내내 괜찮다고 거절을 했고 마침내는 혼란된 자, 어느 곳에도 속하지 않는 자가 그녀만이 아니라 나도 그랬다. 마침내 그녀는 하나의 공범자를, 하나의 동맹자를 가졌다. 그리고 내 주위에 있을 수 있었다. 그녀의 시선은 나를 마주보는 대신 내 위에 머무르고 있었다. 그 시선은 나에게 지금까지의 좌절을 미리 말하고 있었으며, 이제는 나, 그녀, 우리 둘의 현존에 대한 기쁨을 알리고 있었다. 그러나 동시에 억지로 애쓰지는 않았고, 내가 필요로 했던 제3의 인물을 피하면서 순수한 암시나 상징으로 나타났다.

　내 회상 속에서 누나의 모습은 앉아있는 모습이었다. 내 곁에서 두 손을 긴 의자 위에 놓고 조용히 똑바로 앉아 있는 모습이었다. 모든 집 앞에 있는 긴 의자에는 남자들이 그 중에서도 대부분 노인들이 쪼그리고 앉아 있었다. 그리고 내 회상 속에서는 우리 집에서 늙은이로 유일했던 아버지는 한 번도 앉아 있는 사람으로서 기억에 남아있지 않았다. 그와는 반대로 식당 여주인들처럼 '항상 두 다리로', 즉 길을 걸어가면서, 정원에서 허리를 굽히면서, 심지어 집안에서조차 종종걸음을 걷는 마을의 여인들을 떠올리게 했다. 그것은 단지 회상이기는 했지만 집 내부의 한 장소에서 다른 장소로 그들의 모든 움직임이 일종의 달리기였다는 사실을 슬로베니아 마을 부인들의 특징으로 생각했다. 그들은 비록 그때 그때 방 간격이 대단히 가깝다 해도 식탁에서 화덕으로, 화덕에서 찬장으로, 찬장에서 되돌아 식탁으로 종종걸음을 쳤다. 좁은 공간에서 이러한 걸음걸이는 서 있는 상태에서 시작됐고, 종종걸음, 발가락 끝으로 획 스침, 즉석에서 달리기, 방향을 바꾸어 계속 걸어가기의 재빠른 연속이었다. 종종걸음이란 무거운 다리로 춤추듯 뛰는 걸음으로, 오랜 기간 몸에 밴 여자 종업원들의 걸음걸이 같은 것이었다. 또한 어린 소녀들도 학교에서 집으로 돌아오면 곧바로 다른 사람들과 함께 부엌이 달린 거실에서 종종걸음을 치며 마치 근무하듯 다투어 뛰어다녔다. 그리고 심지어 그곳 태생이 아닌 어머니도 그런 생활습관이 몸에 배어서, 예를 들어 단지 나에게 찻잔을 가져다주기 위해 부지런히 방바닥을 바라보며 숨 쉴 여유도 없이 마치 내가 예기치 못한 당당한 손님이듯이 이쪽저쪽으로 뛰었다. 사실 그런 손님이 우리 집에 온 적은 없었다. 목사님도 온 적이 없었다. 누나는 마을 여자들 가운데 유일하게 의자에 앉아있는 여자였다. 그녀는 집 앞 긴 의자에 스스럼없이 앉아 있었으며 앉아 있는 것 외에는 아무것도 하지 않았다. 그리고 나는 도로정비공을 그렇게 보았듯이 누나를 하나의 모범으로 관찰했다. 누나는 그렇게 앉아서 묵주 없이 손가락들을 움직이며 사람들이 보는 앞에서 거칠 것 없는 자유로운 모습으로 변신했다. 나는 그녀의 그런 모습을 좋아하며 바라보았다. 그녀도 글자 그리는 화가와 마찬가지로 이웃 여인들의 종종걸음과는 멀리 떨어져 그녀의 바보스러운 자유 속에서 마을에 또 다른 모습을 보이고 있었다. 그녀가 지금 앉아있는 곳은, 어두운 교회 벽의 오목한 부분에 전혀 주의를 끌지 못하고 박혀 있는 천년된 작은 석상이 왕처럼 앉을 수 있는 곳이라고 나는 생각했다. 그 석상은 몸통, 손, 머리로 이루어졌고 풍상을 겪은 얼굴에서 두 눈과 넓게 웃고 있는 입이 닫힌 채 불룩 솟아있었다. 여기 옥외에서는 눈꺼풀, 입술 그리고 둥근 돌을 가진 손이 태양에 의해 반사되었고 전체적인 모습은 빛이 어른거리는 담벼락에 자리를 잡고 있었다.

그래, 황혼 무렵 어린애들이 누리는 짧은 순간이 있었고, 보는 사람 없이 고독하게 혼자 작업하는 화가의 짧은 순간이 있었고, 햇볕 속에 같이 앉아있는 동료들이 누리는 짧은 순간이 있었지만, 그러나 이 모든 순간들이 나의 잃어버린 자리를 대신해 줄 수는 없었다.

꿈은 끝나 있었고, 새로운 꿈들은 길거나 짧거나 낮이나 밤이나 계속 꾸지 않으면 안 되었다. 그러나 나도 이 기간에 도시인이 되지는 않았다. 나는 마을에서 서먹서먹해지고 자주 학교가 끝난 후 비로소 마지막 기차를 탔음에도 불구하고 대체로 도시 주변에서 머물렀다. 나는 그 당시 음식점이나 극장에는 가지 않았고, 공원 의자 위에서 시간을 보내거나 기다리거나 했다. 내가 아무런 목표도 갖지 못한 것은 클라겐푸르트라는 도시의 특수성도 한몫 했다. 호수는 걷는 길에서 멀리 떨어져 있었고, 멀리 평평하게 보이는 도시, 즉 주(州) 수도에는 강변을 걸어가거나 강변의 다리들 위에 서 있을 수 있는 어떤 강물도 흐르지 않았다. 정거장 옆에 주거지 같았던 유일한 도시 건물은 학교였다. 나는 그곳 교실에서 오후에 혼자 시간을 보내거나, 청소 때가 되면 그곳에서 나와 복도의 후미진 곳에서 시간을 보냈는데, 그곳에 세워져 있던 책상과 의자들은 치워지고 없었다. 가끔 거기에 다른 기차 통학생들이 왔다. 그리고 우리는 크고 텅 비어 늘 조용하게 어두워가는 건물에서 독자적인 조그만 모임, 즉 말없이 창가의 걸상에 앉아 있거나 귀퉁이에 서 있는 생도들로 이루어진 작은 무리를 형성했다. 여기서 나는 또 마음속에 생각하고 있던 소녀를 만났는데, 그 후 그녀와 영화를 한 번 같이 보았다. 그 소녀도 역시 먼 곳에서 나와는 대치된 방향에서, 기숙학교 시절과는 달리 내가 살던 지역보다 훨씬 매력적으로 생각했던 지역에서 살았다. 복도의 어스름 속에서 나를 마주 바라보는 그녀의 얼굴과 함께 그녀는 번화가에 있는 호화로운 집에 어울렸다.

  동급생들과는 수업시간 동안만 유일하게 공동체를 체험했다. 여기서 나는 발언권을 가졌고 심지어 가끔은 대변인이었다(혹은 의심스러운 경우에는 질문도 받았다). 학교가 끝난 다음에는 혼자였다. 다른 학생들은 모두가 도시에서 부모나 혹은 호스트가정에서 살았다. 그리고 그들은 모두가 변호사, 의사, 제조업자, 상인의 아이들이었다. 어느 누구도 나처럼 아버지의 직업이 무엇인지 자랑스럽게 말할 수 없는 학생은 없었다. 나는 이제 '목수'의, '농부'의, '산골짜기 급류 일꾼'(그런 것이 10년의 세월과 함께 아버지의 일거리들이었다)의 아들이라거나 나의 아버지는 "은퇴하셨다"라는 회피적인 답변으로 충분하지 않았다. 나는 또 나의 출신에 대해 침묵하고, 그것을 한번은 고상하게 한번은 아래로 끌어내리면서 속였듯이, 또 내가 그것을 심지어 건너뛰기를 원했듯이, 나에게 가장 귀중하게 된 것은 내가 누군지 완전히 출신을 모르는 자였으면 하는 것이었다. 그러나 나는 이미 그 당시 소도시 블라이부르크에서 교사, 순경, 우편소장, 은행원 아이들과 사귀었을 때, 불명료하지만 깨달은 것이 있었다. 난 그들 가운데 일원일 수가 없었다. 나는 내면에서 그들과 아무것도 일치하지 않았다. 그들은 나의 세계가 아니었다. 그들은 사교의 에티켓을 가지고 있었지만 나는 전혀 그런 것을 갖지 못했다. 그들이 처음에 나를 정중히 초대했던 그 사교의 능란함이 나에게는 낯설었고 불편했다. 댄스 강습소 문 앞에 서서 박자를 헤아리며 명령하는 여선생의 목소리를 들으며 나는 저 안에는 평생이 자발적으로 감금되어 있을 거라고 상상했다. 그리고 내 손에서 문의 손잡이는 마치 수갑처럼 느꼈다. 한번은 정원 축제에서 여러 가지 색깔의 유리등과 바람에 꺼지지 않도록 등피가 있는 촛불의 깜박거림 그리고 연기가 피어나는 석쇠 불꽃으로 둘러싸여, 조용한 음악과 분수의 끊임없이 철버덩대는 물소리에 매혹되고, 춤추는 사람들과 담소하는 사람들로 봉쇄되어, 나는 머리를 덮고 있는 해먹(*그물침대.) 아래서, 마치 아무것도 더 나올 것이 없는 어망 아래서처럼, 무릎을 구부린 채 웅크리고 서 있었다.

　나는 같이 공부할 때 외에는 나의 자리를 발견하지 못했다. 나는 길에 서서 내 위치를 결정해야 했다. 나는 말하기를 주저하면서 재치 있게 진행되는 대화를 중지했다. 다른 학생들이 고개를 똑바로 하고 길 중앙에서 어슬렁거리며 걸어가는 동안, 나는 비좁게 벽과 울타리 옆으로 몸을 구부리며 지나갔다. 그들이 여러 사람의 주목을 받으며 정문에서 잠깐 멈출 때, 나는 눈에 띄지 않게 그들 곁을 지나 정문을 넘어가기 위해 그 순간을 이용했다. 가끔 웃음소리가 그 장소에서 들렸지만, 나의 주의를 끌지는 못했다. 자유시간에는 대개 동급생들과 함께 있었지만, 나 혼자만이 어리석은 모습으로 서 있다는 생각이 들었다. 수년 후 나는 시내 전차에 앉아있는 한 남자에게서 그 당시 나의 자화상을 보았다. 그 남자는 서로 농담을 하고 있는 같은 동료들 속에 앉아 있었다. 그는 규칙적으로 다른 사람들이 웃을 때 같이 웃었지만 매번 한 호흡이 늦었다. 그리고 또 되풀이해서 중단하고 경직되었다가 그다음 다시 큰소리로 합창하여 계속 웃었다. 밖에서 보는 나에게는 아주 분명했지만, 그의 주변에 있는 어느 누구도 그것을 인식하지 못했다. 그는 그곳에서 이야기하는 것을 잘 이해했다. 그러나 그 이야기에서 무엇이 풍자인지는 파악하지 못했다. 그에게는 해석도 하고 동시에 풍자도 느낄 수 있는 두 가지 감각이 부족했다. 그래서 그는 다른 사람들의 이야기를 완전히 말 그대로 받아들였다. 나는 조용한 순간에 그가 이야기한 개별적인 것을 심지어 대단히 진지한 것같이 체험하고 놀라는 눈길을 보았다. 이처럼 시내 전차에 앉아 있는 남자를 보고 생각한 것과 똑같이, 나 역시 그 당시 동료학생들 사이에 쪼그리고 앉아 있었으며, 외부로부터 누군가가 이러한 나를 본다면 무리 안에 '잘못 앉아' 있다고 생각했을 것이다.

한번은 몇몇이 한 테이블에 같이 앉아 이야기를 하게 되었다. 처음에는 나도 같이 대화를 했다가 그다음 아주 갑작스레 나와 다른 사람들 사이, 즉 저쪽 무리와 이쪽 나 사이의 유대는 더 이상 계속되지 않았다. 나는 그들을 바라보지 않고 단지 말하는 것만 들었다. 기껏해야 손가락을 튀기거나 손의 위치를 바꾸면서 그들의 손발을 곁눈질하는 것이 고작이었다. 그에 대해 청각은 대단히 예민해졌다. 그들이 하는 말의 억양이나 표현 내용을 나는 놀랄 정도로 최상의 녹음기보다 더 자연스럽게 재현할 수 있을 것 같았다. 그들은 일상적인 것을 말하며 즐거워했다. 그렇지만 바로 말한다는 사실과 말하는 방법이 몹시 기분이 나빴다. 나는 그때 같이 대화하려고 스스로 노력하지 않았던가? 그렇다, 그러나 이제 나는 완전히 벙어리가 되어 가장자리에 앉아 있었고 주위로부터 질문을 기다리는 처지가 되었다. 그들은 이 분위기가 바로 자신들만의 것이며 나란 존재는 그들에게 아무런 의미가 없는 것처럼 내 옆을 지나, 저쪽에서 더욱더 활기차게 이야기를 나누는 것으로 보였다. 그렇다, 침묵하고 있는 내 앞에서 이들 부유한 시민의 아들과 딸들은 사소한 중간 질문 없이 항상 이야기를 계속했으며, 나와 같은 우리 중 한 사람을 무시하려 했고, 그들의 말투조차도, 비록 심술궂은 말은 아니었지만 단조롭고 가볍게 혀를 놀려 노래하는 듯한 그 말투도 나에게는 몹시 언짢았다. 나는 어떻게 에너지가―그것은 무엇인가 한 번 말하고 싶고, 이야기하고 싶은 충동 같은 것이다―여러 사람 앞에서 혼자되었을 때 내 안에 불만으로 쌓이다가, 갑자기 내 이마 뒤로 돌아가 강력하게 두뇌 전체에 충격을 주고 지각을 마비시키면서 나를 반격하는지 느꼈다. 나는 단어로만 알고 있던 '고독'을 그렇게 체험했다. 이날 나는 그와 같은 종류의 모임에는 앞으로 다시는 참여하지 않겠다고 결심했다. 나는 함께 이야기할 수가 없었고 그들과는 다른 사람이 되었기 때문에 말없는 승리자가 아니었을까? 인사도 없이 잠시도 지체하지 않고 나는 테이블을 떠났다. 얼마 후에 그런 일이 다시 반복되었을 때, 나는 '어린애 방'을 갖지 못했을 것이라는 소리를 듣게 되었는데, 실제로 우리 집에 어린애를 위해 무슨 특별한 공간이 없었다는 생각이 떠올랐다. 이 사건으로 인해 나에게는 스스로 버려야 할 하나의 버릇이 생겼는데, 상대와의 논쟁에서 비록 그가 혼자일지라도, '너희들'이라고 말하는 버릇이었다.

　당시 우리 집은 버스 정류장과 기차역으로 차를 타고 가거나 차를 타기 위해 기다려야 하는 그런 준비 장소가 되었다. 날마다 90킬로미터, 즉 마을과 도시 사이를 오가는 데 왕복 3시간이 걸렸고, 그렇게 통학하는 것이 집안 형편을 생각했을 때 나에게 맞는 생활이었다. 대부분 모르는 사람들과 함께 차를 타고 가는 것이 매번 나에게 안도의 숨을 쉬게 했다. 나는 그들 가운데 어느 누구에게도 마음을 쓸 필요가 없었고, 나를 보는 그들 역시 그랬다. 차를 타고 가는 동안 우리는 가난하지도 부유하지도, 더 선하지도 더 악하지도, 독일인도 슬로베니아인도 아니고 기껏해야 나이가 많거나 적거나 하는 차이밖에 없었다. 그리고 저녁에 돌아올 때는 우리 사이에서 나이라는 것은 중요하지 않았다. 그러면 우리는 무엇일까? 등급이 없는 열차의 객실에서는 단순히 '여행자' 혹은 '승객'이었고, 버스에서는 좀 더 멋진 말로 '손님'이었다. 가끔 나는 여러 이유에서 버스를 선호했다. 첫째로 버스로 가야 더 오랜 시간을 타고 갈 수 있었고, 둘째는 버스가 기차보다 어두웠기 때문이며, 마지막으로 호감을 가질 수 없는 아는 사람들이 버스를 타면 나에게 변화된 모습으로 보였기 때문이다. 나는 마을이나 소도시에서 그들의 목소리, 걸음걸이, 모습들, 지나가는 사람을 보려고 머리를 돌리기 위해 창턱에 팔꿈치를 짚는 태도, 또 내가 알았던 그들의 가족이나 과거 일을 통해 구별할 수 있었는데, 그들이 버스에 타자마자 갑자기 구별하기가 어렵게 되어버렸다. 무엇보다 내 눈에 그렇게 보였다. 그들에게는 지금까지의 특징이 없어지고 오로지 혼자, 한 번, 지금만으로 자신을 나타냈다. 흔들거리며 달리는 버스의 좌석은 공동으로 세련되게 진행되는 그들 고향의 교회좌석보다 훨씬 더 그들의 자리 같았다. 그들의 모습은 구별하기 어려웠다. 윤곽만 보이다가 동시에 애매한 모습을 보이는 것은 현실에서도 마찬가지였다. 승객들 각자에게 하는 그들의 인사는 그저 인사였고, 그들의 질문도 그저 알고자 하는 욕망이었다. 나는 그것을 따라 할 필요는 없었지만, 그러나 해야 했다! 나는 신중하게 여러 사람 가운데서 개인들 또는 아이들과 어른들로 된 작은 그룹 그리고 도시 도로와 국도 위를 운전해 가는 어느 성실한 관리를 (그는 집에서는 아마 무뚝뚝한 이웃인) 발견했는데, 그들은 모두가 소풍이나 오락을 목적으로 가는 것이 아니라, 집이나 정원에서 필요에 따라 병원, 학교, 시장, 관청으로 가고 있는 것이다. 이러한 감정이 늘 어둠의 보호를 필요로 하는 것은 아니었다. 어느 날 나는 대단히 밝은 오전에 몇몇 부인들 뒤에 앉아 있었다. 그들은 버스에서 비스듬히 의자에 앉아 친척들에 대한 이야기를 하고 있었는데, 그 길은 똑바로 가면 병원으로 향하고 있었다. 여인들이 크거나 작은 목소리로 또는 슬프거나 냉정한 목소리로 환자 이야기를 하는 바람에, 그러면서 어떤 목소리는 매번 참견도 하면서, 달리는 버스는 이제 오로지 이야기하는 부인들의 무대가 되었다. 그리고 유리로 둘러싸인 버스 바깥부분은 외부세계의 밝음과 연결되어 굴러가는 버스와 함께 그 빛은 신체적으로 압박을 주는 모든 것을 분산시키고 활기를 주었다. 부인들의 머리 수건은 여러 가지 색깔로 되어 있었고 손가방에는 정원에서 꺾어온 싱싱한 꽃다발이 들어 있었다.

 나는 또 정거장에서 내린 승객들이 어둠 속으로 급히 떠나가는 것도 보았다. 이들에겐 정거장도 무대였다. 그곳은 사람들이 가고 오고 특히 기다리는 그것만으로 이루어진 행동의 장소였다. 몇 사람은 몸을 돌리기 전, 아직 잠깐 밝은 빛 속에서 마치 집으로 가기 전 우물쭈물 하는 것처럼 남아있었다(그 당시 나도 그런 사람들 중 하나였다). 다른 사람들은 밖에 나오자마자, 마치 꿈속에서 어린애들이 실종되어 사라지듯이, 바로 사라져버렸다. 그들이 뒤에 남긴 빈자리는 따뜻한 옆 좌석에 의해, 창유리 곁에 사라진 숨기운에 의해, 손가락과 머리로 비빈 자국에 의해 표시되었다.

철길 옆으로 난 갓길에 표를 파는 임시건물과 길을 점유한 목조 방공호가 있는 시내 버스정류장 지역이 그 당시 나에게 중심 무대가 되었다. 그곳은 여러 지역으로, 또 정해진 날에는 심지어 유고슬라비아나 이탈리아까지 가는 곳이었다. 여기서 나는 사건의 중심에 있다는 것을 느꼈다. 사건들이란 임시건물에서 검은 기름이 칠해진 널빤지로 깐 마룻바닥 냄새였고, 그곳 철제 난로 속에서 나는 윙윙 소리였고, 문짝이 마주치는 소리, 밖의 가게들에 걸린 플래카드가 철썩거리는 소리, 출발하는 버스의 부르릉거리는 소리, 시동이 꺼지는 덜커덩 소리, 거리에 부는 바람과 함께 먼지와 나뭇잎들과 눈과 신문지들이 휘날리는 소리였다. 그리고 이러한 일들과 함께 그 자리에서 일어났던, 혹은 그들이 나무에 높이 매달린 연노랑색의 등불로, 방공호의 틈새가 벌어진 버팀목으로, 목적지를 기록한 녹슨 양철간판으로 거기에 있었다는 사실이 나에게 사건으로 여겨졌고, 더 이상은 일어나서는 안 되었고, 그것으로 벌써 충분했다. 어떤 얼굴이 어둠속에서 나타나 인식되고 우호적인 인간으로 된다는 사실은 흔히 있는 일이다. 그것은 단순히 불쾌감을 유발하는 것이 아니라, 미지의 호기심을 상실하는 것이다. 내가 무의식적으로 생각했던 이야기들에서 주인공은 자신을 신으로 자칭하는 그러한 사람이거나, 아니면 바보였다. 승차할 때 모두로부터 조롱을 받다가, 밤길 운행에서 복수하는 사람이 되어 버스를 낭떠러지로 운전해 가는 그러한 바보였다. 여자 친구조차도 다른 편 도로 한쪽으로 버스를 타고 가면서 나를 바라볼 때 그 시선은 나를 보고 있는 게 아니라 빈 공간을 보고 있다는 생각을 했다. 달리는 버스에서 하는 그녀의 인사에 나 역시 그녀의 모습이나, 위치가 지나가고 없을 때 비로소 응답할 수 있었다. 물론 그 지역에 그녀가 살고 있다고 여겨졌고, 그래서 나는 그녀가 나의 통학거리를 함께 타고 가는 것처럼, 그녀의 통학거리를 그녀와 함께 타고 다녔다.

그렇다. 기차나 버스를 타고 다녔던 거리가 기차역이나 버스 정류장과 함께 통학생 시절 나의 고향이었다. 기숙학교 다니던 세월의 향수는 지나가 버렸다. 수업이 없는 날에는 휴식장소가 많은 길거리로 나갔는데, 고향 마을에서와 달리 '장소'란 이름의 가치가 있었다. 나는 거주지 없이, 멈추는 곳도 없이, 계속해서 여행을 하고 싶은 생각이 굴뚝같았다. 이전의 향수, 그것은 그때까지 체험한 모든 고통들 가운데 가장 잔인한 고통이요, 다른 괴로움과는 달리 주위의 모든 것이 건강하게 있는 동안 밝은 하늘에서 오로지 한 사람만을 엄습하는 괴로움이요, 다른 괴로움들과는 달리 무엇을 통해서도 극복되지 않는 괴로움으로, 분별없는 행동을 하게 했다. 먼 곳에 대한 동경을 가졌다면 괴로움 대신 기쁨을 느끼는 것처럼, 내가 아무런 목표를 갖지 않았다면 그것을 지루한 것으로 느꼈을 것이다.

통학생 시절의 인식은 고향에 있는 부모님도 낯설었다는 사실이다.

그들은 마을 사람들 가운데 하나로 보였던 게 아니라, 그들 자신으로 보였다. 밖에 나가면 그들은 존중받았다. 사람들은 아버지에게 교대해서 직무를 맡겼으며(링켄베르크에는 거의 모든 것이 교회 위주의 직무였다), 어머니는 관청이나 관계당국, 특히 모든 외부인들과 교류를 위한 전문가 역할을 했고 일종의 마을 여자 서기로 이웃사람들에게 편지나 청원서를 작성해 주었다. 그러나 집에서 식구로 어느 누구도 하는 일이 없을 때, 한편으론 불안함이, 다른 한편으로는 숨 막히는 억누름이 지배했다. 마치 그 둘은 감금되었거나 유배된 사람처럼 그렇게 부자유스럽게 살았다.

  이리저리로 걷다가 갑자기 소형 라디오가 있는 쪽으로 급히 가서 어두운 표정으로 수신 스위치를 돌려보는 아버지의 모습은 나로 하여금, 이미 오래전 외곽초소로 사라졌다가, 이제 희망 없이 복귀신호를 찾는 누군가를 회상케 했다. 처음에 나는 그것을 세월과 함께 텅 빈 가축우리와 헛간에 깃든 무거운 침묵의 영향으로 생각했다. 그곳에는 아직 장식품이나 잡동사니가 된 도구들이 세워져 있었다. 그리고 다음에는 집 뒤편에 있는 이전 작업장에서 주문 없이 직각으로 각을 맞춘 소박한 책상과 의자를 만들었는데, 이러한 끊임없는 활동 역시 옳지 못함에 대한 치유가 어려운 분노와 격앙의 표현이라는 것을 나는 보았다. 나는 가끔 그가 작품에 대한 깊은 생각 없이 일하는 것을 외부에서 창을 통해 관찰했다. 그는 작품을 만들다가, 눈에 긴 무력감에 이어 짧은 도전의 빛을 띠며 다른 쪽을 응시하거나 급히 머리를 치켜들거나 했다. 인근지역에서 소문으로 이야기되던 아버지의 급한 성격이 일할 때는 한결같고 참을성 많은 성격으로 변했다. 아버지는 가능한 한 진한 색깔로 선들을 그리거나, 못을 세차게 두들겨 박거나 가장자리를 날카롭게 하는 것으로 적응했다. 훗날 나는 내 형이 사라진 20년 동안 우리 집은 늘 상가(喪家)가 되었다고 생각했다. 그 실종자는 확실하게 죽은 자와는 달리 식구들에게 편안함을 허용치 않았고, 형에 관해 어떠한 일도 할 수 없는 식구들에게 그는 매일같이 새롭게 죽어갔다.

그러나 그것만이 아니었다. 적어도 그것만이 전부는 아니었다. 거주지의 모든 구석진 곳은 말하자면 고향 같은 느낌이 들지 않고 심지어 그 장소로 벌 받는 것 같은 그 일그러진 의식은 훨씬 오래된 것이었다. 그것은 할아버지에서 아버지로 전수된―유일한―가족의 전통이었다. 그리고 계속해서 또 가장 명확하게 한 사람에게서 다른 사람으로 넘어가는 발언에서 뚜렷해졌다. "아니, 나는 돌아가지 않는다. 내가 돌아가게 되면 거기에는 아무도 없기 때문이다."

그와 같은 유산은 집안의 전설이 되어버린 역사적인 사건에서 유래되었다. 우리는 실제로 톨민의 농민반란 주모자였던 코발의 자손이었다. 그가 처형을 당한 후 자손들은 이손초 계곡에서 추방되었고 그중 일부가 카라반켄 산을 넘어 케른텐으로 도망 왔다는 것이다. 첫 번째 태어나는 아이는 그래서 모두 그레고르란 이름으로 세례를 받았다. 이 사건에서 아버지에게 쓰라렸던 것은 폭도나 주모자 계급이 아니라 처형과 추방이었다. 우리는 그 후부터 어느 곳에도 거주지를 갖지 못한 머슴살이, 즉 유랑일꾼의 일족이 되었고 그 상태를 지속하도록 선고를 받았다. 우리에게 짧지만 평화로울 수 있게 남아있는 유일한 권리는 놀이였고 그 놀이에서 아버지는 아직 노인으로 마을의 우두머리였다. 추방 판결의 일부는 그가 선조의 언어였던 슬로베니아어를 사용하지 말라는 것이 아니라 아예 폐지해 버리라는 것이었다. 그는 그 언어를 자주 큰소리로 작업장에서 혼잣말로 끊임없이 그의 내면에서 공개하듯 말하기는 했지만 더 이상 공개적으로는 하지 않았고 아이들에게도 더 이상 전달하지 않았다 ― 그 때문에 그는 적대 국민 중에서 한 여인을, 즉 독일어 쓰는 여인을 부인으로 맞아들였던 것이다. 아버지는 옛날 우리들의 조상이었던 그레고르 코발을 종족 위로 매달아 처형시켰던 황제보다 더 강한 의지의 인물처럼 그렇게 행동했기 때문에 그는 이 이름의 마지막 인물인 그의 첫째 아들이 실종된 후 집에서도 슬로베니아 말을 더 이상 입에 올리지 않았다. 다른 사람들 앞에서는 그 말을 의식하지 못한 채 그저 욕설로 내뱉거나 또는 감정이 격할 때 무심코 새어나왔다. 그 말이 자유롭게 밖으로 나올 때는 오직 그가 놀이할 때, 즉 카드를 뽑을 때나 볼링공을 던질 때나 목표에서 미끄러지는 빙상경기의 공을 제 길로 가도록 안타깝게 기원할 때 등이었다. 그럴 때 그는 슬로베니아 말을 두세 번 사용했다. 다른 곳에서는 좀체 노래를 같이 부르지 않던 그도 이런 경우에는 다른 사람들의 선창자가 되었다.

 그러나 그 외에 그가 만약 벙어리로 남기를 원치 않을 경우라면 독일어를, 그것도 사투리 음향이 전혀 없는 독일어를 말했다. 그것은 가족에게도 영향을 주어 나는 후에 시골에서 금지된 외래어가 문제되었을 때 독일어 쓰는 것을 변호하곤 했다(나에게 당연히 이러한 낯설고, 진지하고, 고생스러운 매 낱말이 생각을 통해 하나의 모습으로 전환되는 아버지의 독일 말은 귀에 아주 뚜렷하고, 아주 순수하고, 전혀 나쁘게 들리지 않는 그리고 가장 인간다운 소리였다. 나는 그 소리를 평생 오스트리아에서 들었다).

 그와 더불어 아버지는 코발의 벌, 즉 망명, 노예 신분, 언어금지를 결코 순종적으로 받아들이지는 않았다. 그것을 생각하면 오히려 분노가 끓어올랐다. 그렇지만 저항이나 단순한 반항의 언행을 통한 해방을 원하지는 않았고 그와 같이 부당한 명령의 권위를 과도할 정도로 잘 지키면서 역설적으로 내면에서 솟구쳐 오르는 격렬하고 모욕적이고 경멸하는 감정을 통해 해방을 얻으려고 했다. 그래서 부당한 명령에 단호한 대응을 하기 위하여 이와 같은 내면의 결단을 보여야 했다. 아버지는 할 수 있는 한 힘을 다해 집요하게 자신과 가족을 위한 해방을 추구했고, 동물들과는 반대로 심지어 성급함과 잔인함을 가지고 그것을 조급하게 강요하고자 했다. 그러나 그와 더불어 희망도 꿈도 상상도 우리에게 제안도 없는 가족의 해방이 동경의 일부처럼 여기 지상에서 고대할 수 있을 것 같았다. 그래서 그는 두 번의 세계대전에 책임을 부여했다. 그는 첫 번째 세계대전을 우리들의 전설적인 고향의 강, 이손초에서 이겨내었고, 두 번째 전쟁을 탈영병의 아버지로 추방지 링켄베르크에서 견뎌내었다.

그에 반해 결혼으로 인척관계가 된 어머니는 종족의 전통을 아주 다르게 이해하고 변화시켰다. 이것은 그녀에게 헛된 싸움과 강제 이주의 슬픈 노래를 뜻하지 않고 소위 말해 목적과 권리의 증서였다. 즉, 계약이었다. 그리고 해방을 추구하는 아버지와는 달리 제3자로부터 은총을 고대하지 않았다. 그녀는 그것을 우리를 위해 우리 자신에게 요구했다. 아버지가 늘 헛된 믿음과 운명에 순종하는 반면 어머니는 확고하게 신을 멀리 했고, 필요한 곳에서는 자신의 권리에 따라 행동했다(그녀 역시 두 번의 세계대전 체험에서 전향했던 것이다). 그리고 그 권리는 다음과 같은 것, 즉 그녀의 가족은―그 말은 그녀에게 아이들을 뜻했다―카라반

퀜 건너편에 수백 년 이래 그들의 자택을 가졌고, 그에 대한 권리를 갖고 있었으며, 그 권리를 스스로 지켜야 한다는 것을 의미했다. 남서부의 위, 아래, 뒤쪽의 땅이 점거되는 그런 상태에 있었다 해도! 그와 같은 점거는 막을 수도 있었고, 옛날 조상의 살해와 함께 당국에 의해 '우리에게' 가해졌던 치욕도 일어나지 않았을 것이다(어머니, 고아, 이주자는 피난처를 제공해주는 종족을 위해 '우리' 가운데서 가장 당당한 자를 필요로 했다). 우리가 황제, 백작들, 수도원장들, 통틀어 '오스트리아 인간들'에게—그녀, 즉 오스트리아 여자에게는 이 말이 인간 멸시의 극단적인 표현—하려고 했던 복수는 그녀를 우리의 근원지라고 할 수 있는 이손초 계곡에 있는 장소의 이름을 가지고 말장난에서 상징화하려는 버릇이 있었다. 독일어로 '카르프라이트'라고 부르는 마을은 슬로베니아어로는 정확히 '코바리드'로 불렸다는데, 우리들의 귀향 후 그리고 천 년간의 농노제도에서 소생한 후 '코발리드'로 이름이 바뀌었다는 것이다. 그것에 대해 아버지는 어머니에게 그것은 "말을 타고 떠나가다"로 번역할 수 있다고 조롱 섞인 대답을 했다. 그녀는 대단히 호의적으로 그것이 우리에게 권한이 있는 것처럼, 카르프라이트든 혹은 코바리드든 인정하고자 했다. 그 지역에는 예를 들어 함께 자라는 수정들이나 혹은 개암나무 다발이 포함되어 있었다. 저항 운동자인 그의 아들에 관한 마지막 소식이 그 유명했던 '코바리드 공화국'에서 왔다는 사실을 노복으로 변질된 그의 아버지는 잊어버렸다 해도 어머니는 그것을 다시 되돌려 생각하는 버릇이 있었다. 그 지역의 마을들은 개별적으로 전쟁 중에 파시즘에 대항하는 공화국으로 활동을 했으며 얼마동안 그렇게 남아 있었다. 그것에 대해 아버지는 소식이나 저항에 대해서 아는 것이 없다고 말씀하시는 것이 고작이었다.

두 사람은 우리 집에 있는 유일한 그림 앞에서 늘 만났다(그리스도 십자가상이나 라디오가 있는 구석진 곳에 형의 확대된 사진을 제외하고). 그것은 복도에 걸려 있는 슬로베니아 지도였다. 그러나 여기서도 부모님은 대개 슬로베니아 말의 발음 때문에 맞서곤 했다. 무신론자로 신에게 불경했던 어머니는 지도 앞에서 지명들을 읽을 때 큰소리로 음절 음절을 억양 없이 불완전하고 떨리는 높이에서 노래하듯 낭독했다. 아버지는 그 소리를 듣고 기분이 언짢아서 퉁명스럽게 고쳐주거나 그녀의 외국어 발음에 그저 머리를 흔들거나 했다. 그녀는 그럴 때 토끼 이빨과 굳은 혀의 마비된 모습을 취하면서 슬로베니아 말의 음절에서 어설픈 소리를 벗어나지 못하고 라이바하(Laibach)를 '류블랴나(Ljubljana)'로, 페타우(Pettau)를 '푸튜이(Ptuj)'로, 크라인부르크(Krainburg)를 '크란(Kranj)'으로, 괴르츠(Görz)를 '고리차(Gorica)'로, 프라이스트리츠(Freistritz)를 '비스트리차(Bistrica)'로, 아델스베르크(Adelsberg)를 '포스토이나(Postojna)'로, 하이덴샤프트(Heidenschaft)를 '아예돕스치나(Ajdovščina)'(나는 특히 이 발음을 기다렸다)로 읽었다. 드물기는 하지만 어머니의 단조로운 장소이름 발음이 그녀가 하는 그 밖의 노래와는 달리 아주 서투르게 강조되었지만 나에겐 아름답게 들렸다. 그 이름 모두가 마치 탄원하는 말 같았고 그들 모두가 유일하게 높은 소리가 나고 부드러운 탄원의 의무를 진 것 같았다. 당시를 회상해보면 아버지는 그것에 대해 전혀 논쟁하지 않고 소시민의 역할을 말없이 유지했다. 그리고 판자로 바닥이 깔려있는 좁은 복도는 빙 도는 손잡이 난간이 있는 나무계단으로부터 아래 지하실까지, 출입문 밖으로는 목재 발코니까지, 마을 교회의 신도석보다 범위가 넓은 장소가 되었다.

　그와 더불어 어머니는 마을을 벗어나 본 적이 없었다. 그녀는 유고슬라비아 지명들을 남편의 이야기를 통해 알았고, 그 지명들은 언제나 전쟁을 통해 구체화되었다. 그래서 그는 지명들보다는 그 장소의 바위로 된 구릉에 관해서 이야기했다. 그곳은 여러 해가 지나면서 습격되어 잃었다가, 다시 탈환되었던 곳이다. 그에 따르면 세계대전은 숲이 없는 하얀 석회석 산등성이 위에서 적과 아군의 간격이 대략 팔매질한 돌이 앞으로 혹은 뒤로 연결되는 거리에 전선을 가지고 일어났다는 것이었다. 그리고 마을의 다른 노병에게 들어보면 그것은 그들 전체의 현실이었다. 그도 아버지처럼 끔찍해하며 몸을 떨었지만, 여름에도 눈이 덮여 있는 산의 암석 분화구들을 언급할 때면 더욱 그랬다. 그러나 주된 공포는 그가 인간을 죽일 수 있었다는 것이었고 지금도 그 공포는 계속되고 있었다. 그는 경골, 허벅지, 어깨에 입은 수많은 부상들을 아주 침착하게 보여 주었다. 다만 대화가 한때 명령에 따라 조준했었던 그 이탈리아 사람에게 오게 되면 그는 지금도 침착함을 잃었다. "나는 그를 저 멀리서 겨누었다." 하고 아버지는 말씀하셨다. "그러나 내 총탄에 그는 공중으로 뛰어 올랐고, 그렇게 쭉 뻗은 두 팔을 하고, 그다음 나는 그를 더 이상 보지 못했다." 그는 이 한순간을 눈을 크게 뜨고 반복해서 이야기했다. 왜냐하면 그 이탈리아인 역시 30년 후, 40년 후, 50년 후 항상 공중으로 뛰어 올랐고 그다음에 그의 무덤으로 떨어졌는지 혹은 머리를 거꾸로 해서 안으로 떨어졌는지 결코 확인될 수 없었다. "돼지같이!(쉬바이너라이, Schweinerei!)" 하고 그는 말했다. 그리고 그 욕설을 슬로베니아 말로 반복했다. "스비네리아!(Svinjerija!)", 마치 이 말이 역사, 세계, 지구의 종말에 대한 그의 분노를 나타내는 적절한 표현인 것처럼. 그는 마을들을 전쟁 중에는 거의 접해보지 못했다. 기껏해야 "…근처에서" 혹은 "…을 향한 길에서"라고 추측했다. 오직 괴르츠만이 아버지에게 전쟁 지형을 넘어 무엇인가를 의미했다. "그것은 도시다"라고 말씀하셨다. "우리가 사는 클라겐푸르트는 거기에 비하면 아무것도 아니다!" 그러나 계속 물어보면 "정원에는 야자나무가 자라고 수도원 묘지에는 왕의 무덤이 있었다"라는 말 외에는 아무 말도 더하지 않았다. 아버지의 이야기에서는 단순히 비참함과 분노를 자극하는 전쟁터 이름이, 그것을 듣는 어머니에게는 풍부한 상상력이 떠올랐다. 아버지에게 저주였던 "빌어먹을 테르노반 숲"이 그녀에게는 기대의 장소로 바뀌었다. 그 장소들을 종합해서 그녀는 다시금 내 앞에서 (누나는 고려의 대상이 되지 않았다) 지역의 윤곽을 그렸다. 그 지역은 슬로베니아의 실제 지역과는 아무것도 같지 않았고, 아버지에 의해 소름이 끼치든 혹은 다만 임시적이든 언급된 전투와 고통의 주둔지들로, 즉 이름들로 순수하게 만들어졌던 것이다. 유일하게 요충지들이 존재했던 이 지역들은, 즉 리피차(Lipica), 템니차(Temnica), 비파바(Vipava), 도베르돕(Doberdob), 토마예(Tomaj), 타보르(Tabor), 코프리바(Kopriva) 같은 동화적 명칭들은 그녀의 입에서는 평화의 지역이 되었다. 그곳은 우리 코발 가족이 마침내 지속적으로 우리라는 칭호로 존재할 수 있는 곳이다. 그와 같은 변화를 단어들의 울림이나 가족 이야기보다는 유고슬라비아에서 세월을 보낸 형의 편지 몇 통이 확실하게 보여주었다. 큰아들은 전쟁 사이사이의 기간에 보낸 편지에서 아버지가 통틀어 저주했던 지형들을 "성스러운 (산) 나노스"니, "성스러운 (강) 티마포"니 하면서 자주 칭찬하는 말로 언급했던 것이다. 둘째로 늦게 태어난 나에게 경험과는 거리가 먼 어머니의 판타지들이 처음부터 아버지의 전쟁이야기보다 강하게 영향을 주었다. 내가 두 사람의 모습을 회상해보면, 곁에 서서 울고 있는 화자와 중앙에 서서 정당함을 주장하며 웃고 있는 화자를 내 앞에서 본다.

현재 집안에서 일상은 아버지의 은둔생활과 유별난 행동에 의해 결정되었다. 또 그가 그곳 태생이 아니라는 사실이 그를 집안의 독재자로 만들었다. 그는 어느 곳에서도 자신의 자리를 발견하지 못하면서, 다른 사람들을 괴롭혔다. 그는 다른 사람들을 자리에서 내쫓거나 자신을 싫어하게 만들었다. 아버지가 방으로 들어오면 분위기가 무뚝뚝해졌다. 그가 창가에 서 있기만 해도, 우리 모두는 마음이 불안해졌고, 여러 면에서 충격을 받았다. 앉아있는 누나조차도 그녀의 권리를 주장할 수 없었다. 아버지를 보면 마음이 안정되는 대신 불안한 마음으로 응시를 하게 되고, 그의 변화는 곧 우리에게 전염되었다. 커다란 방에서 원을 도는 작은 남자, 그가 오래 돌면 돌수록 주위에 있는 개개의 눈들, 머리들 그리고 손발들이 움찔움찔했다. 우리는 그가 문을 쾍 열고 식구들에게 상처 난 절망의 시선을 던진 후 다시 사라지는 것만으로도 또는 그가 마치 넓은 마당에서 흙더미 시테(沙汰)를 뒤집어쓰고 한결같이 구원자를 기다리듯이, 움직이지 않고 복도에 서 있는 것을 감지하는 것만으로도 자주 그와 같은 충격을 받았다. 우리는 그가 작업장으로 가자마자 안도의 숨을 내쉬었지만, 그곳에서도 역시 분노에 찬 고함소리가 이쪽으로 울려왔으며, 그 소리를 들은 우리는 비록 수십 년을 함께 살아왔지만 아직도 늘 움찔하고 몸을 떨었다. 심지어 자신을 독립적이고 자유롭게 느낄 수 있었던 그 작업장도 아버지에게는 집으로 여겨지지 않았다.
  일요일조차도 오후에 하는 카드놀이를 제외하고 미사에서 돌아왔을 때 사실 아버지에게 어울리는 휴식으로는 주일판 슬로베니아어 교회신문을 펼쳐들고 읽는 것이 유일했다. 그는 그럴 때면 안경을 쓰고 행(行)들을 읽을 뿐만 아니라 연구하는 것처럼 모든 단어에 소리 없이 입술을 움직였고 그와 같이 느린 행동으로 흐르는 시간과 함께 정적이 집안을 가득 채웠다. 신문을 읽는 동안 아버지는 마침내 자신의 자리를 가졌다. 바깥마당에 있는 긴 의자에서 햇빛을 받으며 앉아 있거나 아니면 동쪽 창가에서 등을 기댈 수 없는 낮은 걸상에 앉아 구김살 없는 학자 표정으로 철자를 하나하나 탐구했다. 그런 모습을 생각하면 마치 내가 지금 그와 같이 앉아있는 것 같았다.
  실제로 우리는 그 당시 한 번도 식사시간에 서로 만나지 못했다. 아버지는 늘 밖에서 광산 노동자들과 함께 일하거나 혹은 계곡 참호 속에서 일했기 때문에 그의 식사는 그릇에 담겨져 작업장으로 운반되었다. 어머니는 부엌에서 요리하거나 상을 차리고, '정신적 결함'을 가진 누나는 대문계단 위에서 접시의 음식을 숟가락으로 떠서 먹었고, 나는 걸어가거나 섰던 곳에서 음식을 먹었다. 우리 모두는 카드놀이 하러 오는 사람들을 기다렸다. 그것은 아버지가 한결같이 승리했기 때문만은 아니었다. 그가 분위기를 지배하고 규모가 큰 카드놀이를 다른 사람에게 감행하는 그 침착함은 패배자를 포함해서 우리 모두를 즐겁게 했기 때문이다. 아주 드문 경우이긴 하지만 대담한 모험심을 가진 운 좋은 카드 실력자가 남의 불행을 기뻐하거나 동정해서가 아니고, 그저 의기양양하게 거침없이 웃을 때마다 사람들은 즐겁게 같이 웃었다. 파트너는 아버지의 친구들이었는데, 카드놀이에서 호적수가 되었던 아버지와 같은 직업의 일꾼들, 그리고 마을 사람들, 토착인들, 방송인, 소설가로 어느 누구와도 막역한 사이였다. 그러나 이 친구관계는 오로지 파티가 지속되는 동안만 활기를 띠었다. 카드놀이가 끝날 때 각자는 미련 없이 다른 사람과 작별하고 단순한 이웃으로, 멀리 떨어져 사는 지기로, 상대방의 약점과 비범함을 알고 있는 마을 사람으로 다시 흩어져 사라졌다. 여자 앞에 서면 바보가 되는 남자, 인색한 남자, 몽유병 남자 그리고 아버지 역시 한 손으로 카드 다발을 다른 손으로 돈을 세면서, 좀 더 오래 탁자에 군림하기를 원했지만 자리를 다시 잃어버렸다. 카드놀이를 하던 중 등불의 스위치가 꺼지자 집안은 약하고 밝기가 일정치 않은 전류의 깜박거림이 꺼져가며 곧 어두워졌다. 그 전류는 전국적으로 동력화되기 전 드라우 강변에 있던 물방앗간 정도의 아주 작은 발전소에서 송전되고 있었던 것이다.

   아버지는 비록 미장이, 목수, 가구공 역할을 혼자하면서 집을 손수 짓고 꾸몄음에도 불구하고 집주인으로 거주하지는 못했다. 그는 스스로 강제 노동자가 되어, 순간적으로나마 그의 일로부터 떨어져서 그것을 눈 여겨 바라볼 입장이 못 되었다. 그리고 자신을 장본인으로 느낄 수도 없었다. 자신의 집을 벗어나 그가 관여했던 건축물들, 가령 교회 탑의 지붕 같은 것은 기회가 있으면 특별한 자부심을 가지고 자랑했던 반면, 자신에 의해 집에서 만들어졌던 것에는 그렇게 큰 가치를 두지 않았다. 가능한 한 조심스럽게 벽 한쪽을 쌓고 동시에 아무 생각 없이 앞을 응시했다. 벽을 쌓는 데 이용했던 발판은 조금 떨어진 다른 쪽에 옮겨 세우고, 눈으로는 다음 작업을 위한 목재를 찾고 있었다. 아버지가 당시 젊었을 때 집에서, 다시 말해 200년에 걸친 코발 가족 최초의 고유한 집에서 수년간 거의 혼자 악착스런 작업 끝에 자신과 식구를 위해 마련했었던 거주지와 함께 자부심을 가지고 링켄베르크 마을을 조망하기 위하여 숲 변두리까지 올라왔다는 것을 나는 결코 상상할 수가 없었다. 정말이지 상량식을 하느라고 포도즙 잔을 들고 서 있는 토지 소유자 그레고르 코발을 생각조차 할 수 없었다.

  무엇보다도 내가 마지막 학년에 집으로 오는 것을 막았던 사람은 집주인으로 거주하지 않았던 아버지였다. 열차역이나 버스정류장에서 집으로 가는 길 역시 잘 나 있었고, 내가 낯모르는 사람들과 함께 걸어가면서 따뜻한 느낌을 주는 희미한 모습, 심지어 마을이라는 장애물을 지나 집으로 가는 경계지역에 들어서자 그저 머리를 긁적거리며, 팔이 뻣뻣해지고, 발이 굳어지면서, 불안이 나를 엄습했다. 내가 이전에 야외로 걸어가면서 무엇인가 허위로 믿게 했거나, 넋을 잃고 도취해 있거나, 뜬눈으로 흔히 말하듯 꿈을 꾸었던 그런 것은 아니었다. 나는 '뜬눈으로 꿈을 꾸었지만', 그것은 단지 내 주변에 있었던 것들, 즉 밤, 흩날리는 눈, 옥수수 밭의 살랑거림, 두 눈에 스치는 바람 등등으로, 그것들은 포괄적으로 생각 속에 떠올라 다른 것보다 더욱 뚜렷하고 의미 있고 상징적이었다. 우유 매장에 있는 원통모양의 용기는 꼭지에 문자가 새겨져 있었고, 밑바닥 둥근 선들이 어둠 속에서 빛을 발하며 대열을 이루고 서 있었다. 그렇지만 집 앞에 오자 그 부호들은 어둠속에 묻히고, 물건들은 그 모습을 올바르게 알아볼 수가 없었다. 나는 오랫동안 출입문 옆에 서서 헛되이 숨을 돌렸다. 뚜렷하게 존재했던 것이 혼란스러워졌다. 내가 더 이상 꿈을 꿀 수 없었기 때문에 아무것도 더 이상 볼 수도 없었다. 라일락 나무들은 길에서 가지에서 가지로 곡선을 이루며 줄사다리처럼 솟구쳐 오르며 정원 울타리의 한 부분을 이루고 있었다. 그 위로 하나하나 알아볼 수 있는 별자리들과 알아보기가 어려운 반짝거림이 어우러져 비치고 있었다. 나는 마중 나왔던 누나의 도움으로 문지방을 넘어 들어올 수 있었다. 누나는 나를 가축처럼 다른 쪽으로 데리고 갔다. 그리고 나도 가축처럼 희미한 방향 쪽으로 적응해 갔다. 그렇지만 복도쯤 해서 나는 집안의 모든 공간에서 아버지가 불안하게 떠드는 소리를 들었다. 그것은 모두에게 해당되는 불협화음으로, 나에게 무언가를 진지하게 생각하도록 하지 않고 오히려 나를 불쾌하게 만들었다. 그래서 더욱 기분이 언짢아져 곧바로 침실로 들어갔다.

아버지는 어머니의 병환으로 처음 인생을 배우게 되었다. 그리고 우리 집도 이 기간에 사람 사는 장소로 변했다. 어머니가 수술 후 병원에 있는 동안 아버지는 작업실을 벗어나 주택 본체로 옮겨왔다. 여기서 그는 더 이상 자기 혼자 침묵 속에서 화를 내지는 않았고—모든 태도는 동시에, 사람들이 그를 이해하지 못하고 누구도 그를 도울 수 없다는 절망의 표현이었다—오히려 조용한 태도로 원하는 것을 말했고, 곤란한 입장에선 심지어 도움을 청하기도 했다. 초조한 상황을 겪을 때마다 곧장 덮쳐오는 나의 서투른 행동은 이러한 방식으로 점차 사라져 갔다. 그리고 나는 마치 혼자인 것처럼 그렇게 확실하게 그와 함께 협력해서 일했다. 그리고 지금까지 관망자로, 쓸모없는 자로, 동시에 아버지와 동등하게 행동했던 누나는 이성적인 사람으로 가면을 벗었다. 그녀는 대화를 나눌 준비가 되어있고 진정으로 받아들여지기만을 기다렸다. 한때는 복잡한 사연들로 정신이 혼란스러웠던 그녀에게 말 한마디면 벌떡 일어나 달려가기에 충분했다. 그래서 아버지의 "그것을 하라!"란 명령과 함께 그녀는 이제 혼란스러웠던 자로부터 한 순간에서 다른 순간으로 전환하면서 많은 것을 알게 되었다. 그녀는 아버지를 말없이도 이해했고, 성가신 관망자 입장에서 벗어나 다른 인간으로 변했다. 그녀는 꿰뚫어보거나 비관적으로 생각하는 것이 아니라 오히려 필요한 것을 미리 고려하고 그에 상응하게 행동했다. 심지어 그녀는 아직도 항상 앉을 곳에 신경을 썼지만, 그러나 지금은 부엌에, 약초냄비 곁에, 빵 만드는 화덕 곁에, 구스베리 나무 곁에 앉아 있었고, 아버지는 그 옆에 자주 한가하게 웅크리고 앉아 있었다. 그리고 그가 일을 하더라도 더 이상 혼자서 혹은 발작적으로 하지는 않았다. 그것은 나에게 집안으로 스며드는 빛과 갈색의 창문턱 그리고 옥외 기둥의 성자상(聖者像) 배경을 떠올리게 하는 짙은 파란색을 통해 비로소 뚜렷해진 그의 눈 색깔과 일치해서 생각되었던 아버지의 독서행위처럼 그렇게 신중하게 일어났다.

   그녀의 낯선 의젓함 속에서 아버지는 오직 성경의 믿음만이 가치가 있다고 확신하며 살아오셨는데 나중에는 미신을 받아 들였다. 마치 어머니의 병환을 고치는 데 모든 개별적인 미신이 가치가 있는 듯이. 매듭지어진 것은 풀어야 했고, 못을 두들겨 박는 일은 저지해야 했고, 통을 마개로 막는 것은 그곳에 고통을 가두어 두는 것이었고, 나뭇가지를 버팀목으로 받치는 것이 환자에게 힘을 주는 것이었고, 문 열 때 상의가 끼어서 끌리면 환자를 병원에서 데리고 와야 했고, 사과에서 썩은 부분을 도려내는 것은……이었고 그리고 등등.

처음으로 가정적이 된 아버지와 함께 자연스러움이 집안을 지배했다. 나는 매번 집에 돌아올 때마다 직접 두 사람이 함께 있는 것을 목격했고 그리고 10여 년 전부터 사랑에 빠졌던 누나는 아버지 탓으로 돌렸던 그 사랑의 실패가 소위 그녀의 혼란의 이유였는데, 이제는 그것을 잊어버렸고 일뿐만 아니라 사교면에서도 자신의 능력을 나타내었다. 그녀는 아버지와의 카드놀이에 도전했고 매번 졌다. 그리고 매번 더욱더 화를 내었다. 마치 건강한 사람이 화를 낼 수 있는 것처럼. 이 분노 속에서―그것은 이제 슬픈 시간의 종말이기도 했다!―그녀는 입술을 깨물고 심지어 눈물을 떨어뜨리며 아주 당당히 자신을 나타내 보였고 그리고 의젓한 구경꾼은 책상 위의 카드를 만지는 갈색머리 누나와 승리감에서 웃는 아버지를 자신과 같은 나이 또래로 보았다.

물론 우리의 가정생활은 그저 부차적으로 일어났다. 우리는 교대로 역할을 맡았고, 그런 행위는 동시에 기다림이어서, 때맞추어 등장한 사람이 일어나는 일들을 떠맡아야 했다. 어머니가 병원에서 돌아오게 되었을 때야 비로소 집은 중심을 얻게 되었다. 그리고 때맞추어 등장한 사람이란 놀라운 어떤 다른 사람이 아니라 바로 우리 자신들이었다. 대리인들은 마음을 단단히 먹고 이제는 모두가 즐겨 앉는 좌석을 가지고 '원기'를 회복하게 되었다. 환자가 더 이상 오래 살 수 없을 것이라는 소식이 전해졌다. 그러나 어떻게 우리가 그것을 알 수 있단 말인가? 건강한 여인이 바쁘게 몸을 움직이면서 끝없는 탄식의 말을 내뱉는 것과는 달리, 어머니는 고통도 없었고 말도 없이 조용하게 침대에 누워있거나 앉아 있었다. 나는 어쨌든 그녀가 죽을 것이라고는 생각지 않았다. 아버지와 누나도 겉으로 보기에 같은 생각이었다. 최근 연금생활 이후 거의 집에만 틀어박혀 있던 아버지는 지금은 보다 넓은 지역을 자주 돌아 다니셨다. 우선 마을을 벗어나 이웃마을 링코라흐와 도브로, 그다음엔 북쪽을 향해 드라우 강 넘어 '독일말 쓰는 지역으로' 걸어서 산책을 다녔다. 이 지역은 그에게 아주 낯선 외국의 영역이 시작되는 곳이었다. 그곳은 외국의 가장 내적 지역이 시작되는 곳이다. 누나는 대단히 신중하게 옷을 입었고, 자신과 집을 치장했으며, 특히 지금까지 우리 집에서는 들어 본 적도 이름도 없는 음식을 뚝딱 만들어 내는 숙달된 요리사가 되었다. 그리고 그것은 몸져 누워있는 어머니에게 중요한 일로 여겨졌다. 어머니는 아버지에게 ― 때는 늦은 봄이었다 ― 나무에 핀 꽃이나 곡식에 대해, 드라우 강의 물 상황에 대해, 팻첸 산의 눈 녹은 상태에 대해 이야기하게 했다. 마침내 어느 정도 쓸모가 있었던 누나에게는 마치 그녀가 자신의 일생을 오래도록 돌보아 온 것처럼 대접했다. 그리고 조리한 음식을 축제처럼 격려하면서 두 눈을 만족으로 빤짝거리며 먹었다(그리고 우리들은 음식 냄새로 잠깐 동안이나마 약 냄새를 잊어버렸다). 그리고 나는? 나는 그럴 경우 ― 만약 누군가가 본분에 어울리지 않는 태도를 취한다면 안 될 것이다! ― 이야기꾼으로 등장했고, 마침내 물어보지 않고도 침대 곁 중앙 부분에 앉을 수 있었다. 그리고 어차피 미신에 따라, 머리 부분과 발치 부분에 죽음의 천사들이 서 있었고, 그래서 이들은 집밖으로 나와 이야기를 했다. 나는 어머니에게 무엇을 이야기했던가? 나의 소망들을 이야기했다. 만약 어머니의 시선이 이 소망들을 마음에 들어 하지 않으면, 나는 그 이야기를 새로이 시작했고, 보다 상세히 이야기했고, 다른 말들로 그 소망을 반복해서 이야기했다. 말과 소망이 즉시 하나가 되었고, 내

온 몸에는 따뜻함이 흘렀고, 그리고 믿음이 없는 경청자의 두 눈에도 뜻밖에 믿음 같은 것, 즉 보다 잔잔하고 보다 순수한 느낌을 주는 사려 깊은 희미한 빛이 나타났다.

집은 이제 우리들 모임에서 중심 역할을 하는 곳이 되었다. 옛날 같으면 심술 난 사람이나 비사교적인 사람이 혼자 지내던 곳이었는데, 지금은 살 만한 장소라는 것이 그리고 그와 같이 사려 깊게 숙고할 수 있는 올바른 장소라는 것이 분명해졌다. 목재와 벽은 같은 색감을 가졌고, 침대에서 책상까지, 창문에서 문까지, 화덕에서 수도꼭지까지 간격이 넓어졌다. 아버지는 집을 지으셨고 그 안에서 움직이거나 조용히 앉아있는 것이 좋은 일거리가 되었고 또 지금까지는 집안에서 생각할 수 없었던 일이 가능하게 되었다. 아버지는 그것을 우리에게 라디오에서 나오는 오케스트라 협주곡을 손수 지휘하면서 그리고 악단의 가장 뒤편쪽에서 지금 막 새로 등장하는 여러 악기들의 이름을 부르면서, 내가 훗날 어떤 음악 홀에서도 들어보지 못했던 다양한 소리를 느끼도록 하는 방식으로 증명했다. 그다음 그는 대낮에 집에서 교회의 촛불 앞에서나 했던 그런 행동을 보이면서 우리를 놀라게 했다. 그가 산보에서 돌아오면 두 다리를 똑같이 구부려 무릎을 꿇고, 이마를 오래도록 어머니의 이마에 대고 있었던 것이다. 카라반켄 산맥의 여러 봉우리들 가운데 불쑥불쑥 솟아있는 호호오비르 산과 넓게 펼쳐져 솟아있는 코슈타 산이 아버지의 산과 어머니의 산으로 연상되어 이 모습이 훗날 다시금 생각나곤 했다.

여러 달 동안 우리를 안전하게 보호해 주었던 집이 밤만 되면 달라졌다. 특히 나는 새벽녘에 무엇인가가 조용하게 깨지는 소리에 깜짝 놀라

잠이 깨어, 다른 사람들과 함께 잠을 못 자고 누워 있었다. 나는 다른 방의 사람들도 마치 벽이 없는 것처럼 그들의 침대에서 똑같이 깨어 있다는 것을 알았다. 환자는 신음하지 않고 있었다. 거울도 깨지지 않았다. 그리고 뒤쪽 숲에서 올빼미도 전혀 울지 않았다. 시계 소리도 들리지 않았다. 집에는 시계가 없었다. 야운펠트 평야에는 어떠한 열차도 달리지 않았다. 나는 자신의 숨소리도 듣지 못했다. 다만 내 생각 속에서는 평야 속으로 깊이 가라앉은 계곡으로부터 드라우 강이 흐르는 소리를 들었다. 누나는 아래쪽 이전의 낙유실(酪乳室)에 누워 있었는데, 우유 붓는 구멍에서 부패한 냄새가 올라왔다. 아버지는 크게 뜬 두 눈과 위아래 이가 없는 입을 하고 어머니 곁에 누워있었다. 어머니는 유일하게 잠을 자거나 아니면 눈을 감고 있었다. 그리고 아주 나지막이 나무 부딪치는 소리가 마치 채찍질 소리같이 집안을 지나갔고, 그 소리에 메아리 비슷하게, 일정치 않은 방향들에서 자주 더 많은 소리들이, 교회 시계가 치는 소리와는 다르게 무수하게 울려왔다. 아버지가 첫 번 새소리가 울리기 전에 주변 지역으로 산보를 떠날 때면, 나에게는 마치 그가 죽어가는 부인 앞에서 서둘러 달아나는 것 같았고, 그의 악몽의 집에 우리를 홀로 내버려두는 것 같았다.

   그 같은 밤에 나는 꿈을 꾸었다. 우리 모두 청소가 된 집의 안방에서 이리저리 걸어 다녔고, 그곳에서 형은 주변에서 배회하는 사람들의 깊은 사랑에 고마움의 눈물을 흘리며 중앙에 서 있었다. 내가 주위를 바라보았을 때, 다른 사람들을 비슷한 방식에서 보았고 그리고 비슷한 방식에서 모퉁이에 서 있는 아버지를 보았다. 식구들을, 오직 그들만을 사랑했던 사람으로 드디어 인정을 받았다는 점에 대하여 울면서 서 있었다. 그리고 그렇게 눈물을 흘리면서 텅 빈 방을 이리저리 배회하며, 서로 가까이 접근함 없이, 서로 접촉할 필요 없이, 팔을 축 내려뜨리고, 우리 코발 일행은 하나의 가족일 수 있었다. 그러나 하나의 가족은 꿈속에서나 있을 수 있었다. 그러나 무엇이 '다만 꿈속에서'일까?

왜냐하면 나는 유고슬라비아로 출발하기 전날 눈을 뜨고서 꿈을 꾸는 것 같은 체험을 했기 때문이다. 사실은 내가 불행한 기분으로 얼이 빠져 메마른 감정으로 식구들과 작별을 한 후 곧 기차에 올라타야 했었지만, 한 시간을 혼자 중부역에서 주저하다가, 다시 집으로 돌아가 하룻밤을 보내겠다고 결심을 했던 것이다. 나는 선원용 배낭을 매표구에 있는 직원 옆에 놓아두고 동쪽을 향해 처음에는 선로 위로, 다음은 도브라바의 밝은 소나무 숲을 통해 그 지역에서 가장 넓은 활엽수림으로 나왔다. 때는 첫 여름 오후였고 나는 태양을 등지고 있었다. 나는 익숙한 장소였던 숲에서 그해의 첫 버섯들을 발견했다. 처음에는 자갈이 깔린 도브라바 땅에 작고 딱딱한 거의 하얀 색깔의 살구버섯들을, 그다음에는 평소 색깔에 무감각했던 내가 그곳에 걸어가면서 시간과 함께 점차 빛을 발하는 수많은 달걀버섯들의 색깔들을 아주 잘 구별할 수 있었는데, 그들은 손에 상당한 무게를 느끼게 했다. 그리고 마지막으로 산림 주변 잔디밭에 길쭉하게 한쪽으로 굽은 채 드문드문 서 있는 줄기가 바람에 흔들리며 멀리서도 눈에 띄는 몇 개의 삿갓버섯들을 발견했다. 나는 이들 버섯을 처음 발견한 사람인 양 달려왔다. 그리고 뿌리와 커다란 방패 모양의 머리 부분과 중앙의 둥근 줄기가 두 손바닥 위에서, 얇은 밀가루 과자보다 무게가 가벼웠다.

나는 버섯들을, 여행을 위해 옷가지들처럼 강제로 쑤셔 넣었던 형의 커다란 손수건에 싸서 링켄베르크 집으로 가까이 다가가면서, 집에는 어머니가 얼굴을 벽으로 하고 누워있고 누나는 기어 다니면서 어머니 병환의 재발을 혼란 속에서 기다리며, 아버지는 수난 받은 욥의 모습으로 퇴비 위에 앉아 있지 않을까 생각했다.

그러나 그와 같은 일은 없었다. 집은 열린 채 비어 있었고, 환자의 침구류는 창문에 널려 있었다. 나는 집 뒤에 있는 '트랏테(Tratte)'라고 불리는 사각형 잔디밭에서, 어머니를 들것에 앉히고 여기로 운반할 때 아버지를 도와주었던 네 번째 이웃집 남자와 함께 세 식구의 모습을 발견했다. 어머니는 그곳에 맨발로 앉아서, 길고 하얀 셔츠를 입고, 무릎에는 오래된 말안장 덮개를 덮고 있었다. 그리고 다른 사람들은 그녀 주변의 약간 높은 부분에 앉아 휴식을 취하고 있었다. 약간 움푹한 곳이 지금 그녀가 차지하고 있는 자리였다. 처음에는 사람들이 무엇인가 하는 중에 내가 갑자기 급습한 것처럼 여겨졌다. 그들은 마침내 내가 없이 자기들끼리 있는 것이 즐거운 것 같았다. 그리고 기분 좋은 분위기를 유지할 수 있는 것 같았다. 왜냐하면 그들은 조용하게 행동했기 때문이다. 누나는 흥을 위해 사방으로 찌푸린 상을 했고, 알아맞히기를 요구하면서, 이런저런 사람들의 표정을 흉내 내었다. 그 가운데서 나는 모두의 표정을, 또 모자가 비스듬히 머리에 얹혀 있는 아버지의 표정에 가장 많이 웃었고, 내 자신의 표정도 알아 차렸다(나는 늘 다른 사람을 방해하는, 거북해 하는, 남의 흥을 깬다는 망상을 가졌다. 실제로 난 자주 그랬다). 그러나 사람들이 나를 알아차렸을 때, 한줄기 밝은 빛이 잔디밭을 비쳤고, 그 빛은 25년 후에도 변함없이 텅 빈 장소에 비쳤다. 괴로워하는 어머니로부터 나에게 아직 전혀 체험하지 못했던 것 같은 그리고 나를 다른 사람과 구별해 주는 것 같은 끝없는 자비의 미소가 마주 왔다.

  나는 거기 앉았다. 그래서 이제는 모두 모였다. 누나는 급히 버섯을 요리했다. 그 요리는 아주 맛이 있었다. 그렇지 않았다면 나는 숲속에서 따온 버섯을 먹기보다는 모았을 것이다. 비록 식탁도 세우지 않았고 식탁보도 펼쳐지지 않았지만 일에 '부름을' 받았던 이웃 사람이 마련했었던 널빤지가 하나 있었다. 그런 후 나는 한 시간이 넘게 그곳에 앉아 있었던 일 외에는 더 이상 아무것도 기억할 수 없었다. 나는 보트의 앞쪽 바닥모양으로 구부러진 외진 곳에 가늘고 긴 졸린 눈으로 앉아있었다. 이례적인 관점에서 볼 때—실제 우리는 평소 하얀 아마천이 표백되는 잔디밭 위에 결코 앉지 않았다—아버지의 집은 링켄베르크라는 이름의 마을에 서 있는 것이 아니라 알려지지 않은, 이름 없는 지구의 한 부분에, 낯선 하늘 아래 혼자 서 있는 것으로 여겨졌다. 대단히 부드러운 초원 잔디를 느끼게 하는 바람이 방안으로 불어왔다. 격자받침 위에 자라고 있는 과수나무에서 배 하나가 추처럼 흔들리다 떨어졌다. 오래전부터 텅 비어 있는 벌집의 앞면 판자에 그려진 개별적인 그림 색깔들이 보였다. 그리고 동시에 짙은 녹색의 회양목 숲 아래 반쯤 숨어 있는 고양이의 얼굴이 하얀색 털과 함께 반복적으로 나타나 보였다. 창고 안에는 여러 다른 장비들처럼 쓸모가 없는 사륜마차 한 대가 다른 마차나 마차의 부분들과는 달리 온전한 모습을 갖추고 휴일에 사용하기 위한 것처럼 왁스칠이 되어 있었는데, 그것은 단독으로 다시 한 번 창고에서 나와, 숲에서 재재거리며 날거나 돌고래처럼 공중으로 솟아오르기도 하는 한 무리 새떼와 함께 시골길을 달릴 수 있었다. 그러나 우리를 사로잡았던 것은 그러한 활동의욕이 아니었고, 분별이 없다는 생각과 함께 덮쳐오는 깊은 부끄러움이었다. 오직 누나 혼자서 활동하고, 오고가고 말하고 어머니 머리를 빗어주고 발을 씻어 주면서 열성을 다해 어머니를 도왔다. 그녀의 열성적인 일처리는 차라리 질서 있는 강력한 생활 능력이었다. 그것은 대단한 감동과 지속적인 인상을 주었다. 그리고 어머니의 안락의자에 손을 대거나 붙잡거나 주위를 돌 때마다 그것을 진지하게 했다. 즉 우리들 대리인의 역할에서 했다. 내 기억 속에서는 그때 햇볕 속에는 사람들이 모여 앉아 있는 것이 아니라 그저 통상적으로 하얀 수건들이, 이 일로 위탁된 사람에 의해 물뿌리개로 물이 뿌려져 잔디 위에 눈부시게 널려 있었다. 물이 뿌려지는 소리는 매우 강렬했다. 수건에 난 작은 얼룩들은 빠르게 증발했다. 그리고 잔디밭은 비스듬한 평면이었는데, 그로부터 모든 다른 것이, 물론 나도, 자리를 잡지 못하고, 미끄러지고, 비스듬히 기울어졌다.

이것이 그 당시의 이야기들이었다. 그러나 맨 처음 그와 같은 사건은 어떻게 일어나게 되었던가? 되돌아가기 위한 결심과 그 순간의 상황은 어떠했던가? 왜 나는 도대체 블라이부르크로 가는 대신, 집에서 약간 더 먼 중부역으로 걸어갔던가? 나는 정오 기차를 타려고 했는데 늦어 버렸다. 그리고 오후 기차가 올 때까지는 시간이 너무 많이 남아서 두 정거장과 10킬로미터를 더 서쪽으로 걸어가면서 시간을 보내려고 했다. 나는 늑장을 부리면서 길을 돌아가야 했는데 시간을 조절하는 데 실패해서 훨씬 빨리 오게 되었다. 중부역은 마을에서 멀리 떨어져 도브라바 숲의 가장자리에 있었다. 야운펠트 평야에는 그곳에 서 있는 모든 것—집들, 나무들, 심지어 교회들조차도 — 일반적으로 그곳 주민들처럼 우아하고 나지막해 보였는데, 칠이 안 된 잿빛암석으로 세워진 육중하면서도 높은 인상을 주는 건물이 한 채 있었다. 나는 사람이 다니지 않는 텅 빈 그 집 앞 길에서 한 시간 정도를 이리저리로 왔다 갔다 했는데, 발걸음을 뗄 때마다 검은 자갈들의 찌그럭거리는 소리가 요란했다. 햇볕 속에서 반짝이는 철길 저편 소나무 숲에서 이따금 쏴쏴 하는 바람소리가 들려왔다. 가느다란 줄기와 검고 작은 솔방울들이 달린 그 소나무 숲은 양편에 산발적으로 서 있는 자작나무의 흰색(땅 위로 보이는 뿌리들도 흰)과 더불어 오늘 나에게 전체 시골풍경의 상징으로 여겨졌다. 그 당시에는 자작나무가 아직 잔디밭 정원에 관상식물로써 이식되지 않았었다. 정거장 2층에 직원들의 숙소가 있었는데, 창문에는 비쳐 보이는 커튼과 그 앞에 있는 상자들 속에는 붉은 양아욱이 있었는데, 그 냄새는 집에서도 나를 늘 불쾌하게 했다. 창문들 뒤에는 사람 사는 흔적이 느껴지지 않았다. 여기저기서 곤충날개 같거나 화살 모양의 꽃잎들이 떨어졌다. 나는 그늘에 있는 벤치에 앉았고, 내 앞에는 건물의 길이가 짧은 쪽이 보였다. 벤치는 관목숲가에 있었고, 그 숲에는 지금의 헝클어진 하얀 종이뭉치 대신 그 당시에는 녹색을 띤 말린 야채가 걸려 있었다. 내 발치에는 서의 산니에 덮여 있는 옛날의 십 도대 같은 돌무더기가 보였다. 나는 머리를 들어 정거장의 측면 벽에, 다시 말해 회색 벽에 사각형의 모습을 하고 있는 맹창을 바라보았다. 창에는 더 이상 햇살이 비치지 않았지만, 어딘가에서 반사광선을 받아 희미한 빛을 발하고 있었다. 마을에도 유일하게 그와 같은 맹창이 하나 있었는데, 그 집은 마을에서 가장 작은 도로정비공의 집이었다. 그 집은 존재하지 않는 귀족 저택의 수위실을 생각게 했다. 또 그 집은 벽이 노란색이었는데, 하얀색으로 가장자리가 칠해져 있었다. 그래서 그것은 지나갈 때마다 매번 그곳에서 무엇인가를 볼 수 있는 듯이 나의 시선을 끌었다. 그러나 머물러 서서 특별히 바라보면, 그것은 나를 다시 한 번 바보로 만들었다. 그럼에도 그 집은 애매한 의미를 지니고 있었지만, 아버지 집에는 그런 것이 부족했다. 나는 이제 중부역의 맹창을 바라보며, 지금으로부터 40년 전, 1920년 어느 날 밤에 아버지가 그 시절 아직 걸음마도 못하는 어린아이인 형이 '눈의 열병'으로 괴로워해서 클라겐푸르트에 있는 의사에게 데려가기 위해 손수레에 태워 가지고 여기 새벽열차를 타기 위해 달려온 사건을 회상했다. 밤중에 달렸던 일은 그러나 아무런 도움이 안 되었고, 한쪽 눈은 결국 실명되었다. 라디오나 성상(聖像)을 안치해 놓은 구석에 같이 세워놓은 형의 사진에는 눈동자가 있어야 할 자리에 우윳빛 하얀색 이외는 아무것도 없었다. 기억 속에서는 왜 그랬는지 이유를 알 수 없었다. 맹창의 의미는 규정할 수 없었지만, 바로 그 순간이 집으로 다시 돌아가겠다고 결심하는 계기가 되었다. 그리고 그 돌아감은 여행을 포기한다는 의미가 아니고, 내일 아침까지의 시간을 위해서만 유효했다. 그 아침에 나는 정상적으로 일어나 탐구대상들, 여행의 반려자들, 이정표들 및 반복적으로 나타나는 맹창들과 함께, 정상적으로 출발하게 될 것이다. 그리고 내가 다음날 저녁에 예세니체의 정거장 음식점에서 맹창의 희미한 빛을 생각했을 때, 그래도 그것은 하나의 뚜렷한 의미를 주었다―그것은 다음 같은 의미였다. "친구여, 너는 시간이 있다!"

가축 다니는 텅 빈 비탈길

내가 지금까지 아버지의 집과 고향 링켄베르크 마을 그리고 야운펠트 평야에 관해서 이야기했던 곳은 25년 전 예세니체 정거장이지만 아주 뚜렷하게 기억에 남아 있었다. 그러나 그것을 누구에게 이야기할 수는 없었다. 나는 단지 마음속에서 소리 없는 시작을, 음색 없는 율동을, 적합한 철자 없이 장단과 억양을, 그에 어울리는 단어들 없이 복합문장의 강한 표현을, 해당 운문이 없는 운율의 느리고 여유 있고 감동을 주는 끊임없는 박자를, 최초의 시작을 발견할 수 없는 일반적인 시작을, 공허함 속에서 시도를, 이름도, 깊은 내면의 소리도, 글자의 연결도 없는 혼란스러운 서사시를 감지하고 있을 뿐이다. 스무 살짜리가 체험했던 것은 아직 어떤 추억이 될 수는 없었다. 그리고 추억이란 존재했던 것이 반복되는 것을 가리키는 것이 아니라, 존재했던 것이 반복되면서 그의 자리를 가리켜 주는 것이다. 내가 추억의 회상에 잠겼을 때 그런 체험을 인식했다. 그래서 나에게 이 체험이 비로소 의식적으로, 가치 있는 것으로, 소리가 있는 것으로, 판단을 내릴 수 있는 것으로 되었고, 그 때문에 나에게 추억이란 결코 임의적인 회상이 아니라 진행 중에 있는 것이었다. 그리고 추억의 작업은 체험했던 자에게 그의 자리를 주는 것이다. 그것은 삶에서 얻은 결과로서, 언제라도 다시 공개적으로, 보다 큰 인생으로, 창작으로 이야기될 수 있는 것이다.

여종업원은 당시 내가 벽감(*壁龕. 조각품, 꽃병 따위를 세워놓는 벽의 오목한 부분.)이나 계산대를 쳐다볼 때마다 특이하게도 그곳에서 나를 마주 쳐다보곤 했다. 그녀는 마치 혼자서, 나의 바라보는 태도, 앉아 있는 태도, 움직이는 태도, 가끔 손가락으로 테이블 두드리는 태도에서, 내가 이제야 비로소 말을 발견했던 전체 이야기를 예감하는 것 같았고, 그녀에게 아무것도 더 이상 말할 필요가 없는 것 같았다! 한동안 나는 말없이 내 생각에 열중해서 빈 병을 돌렸고, 계산대에 앉아있는 여종업원은 그녀 편에서 재떨이를 나와 같은 율동으로 함께 돌렸다. 이처럼 함께 돌리는 행동은, 내 적이 나를 따라 흉내 내는 것과는 달리, 나에게 활기를 주었다. 나도 그 때문에 음식점을 서둘러 떠나고 싶지는 않았다. 옆의 벽감 쪽에 남자들이 주사위 놀이를 하면서 앉아 있었고, 나도 그동안은 부담 없이 앉아 있을 수 있었다. 나는 모르는 사람들이 하는 이야기를 이해할 수 없어 불편했던 게 아니라 오히려 마음이 편했다. 또 외국인인 내가 그들에게, 즉 예세니체에서 토박이라고 할 수 없는 세르비아 사람들, 크로아티아 사람들, 마케도니아 사람들에게(그렇지 않다면 그들은 오래 전부터 그들의 집에 있지 않았겠는가?), 때때로 땅에 떨어진 주사위를 주워 건네줄 수 있는 것이 즐거웠다. 마치 이웃 자리에서 누군가가 낯선 일행에게, 즉 세상의 다른 끝에서 온, 그래서 길 잃은 작은 일행에게 길을 가리켜 준다는 생각이 들었다. 그리고 나는 특히 여종업원에게서 아직도 한참 건강하고, 기운차고, 탈 없이 무사한 어머니를 본다는 것이 즐거웠다. 물론 나는 피곤했지만 그 모습은 나에게 생기를 띠게 했다. 그래서 나는 어떠한 피곤함도 회상할 수 없었다. 주사위 놀이를 하던 일행이 놀이를 끝내고 떠난 후 비로소 계산대 뒤에서 어머니 모습의 여종업원이 나타났다. 그녀의 행동은 이제까지와는 반대였다. 앞서의 특이한 태도를 깨트리며 나에게 나가주도록 요구했다. "곧 한밤중이에요."

밖으로 나오자 피곤함이 몰려왔다. 내가 걷고 있는 장소는 횡단보도였다. 그러나 나는 멈추지 않고 별 일 아닌 듯이 그곳을 지나갔다. 잠시 후 이전의 피곤했던 기분은 사라졌지만, 있을 곳을 알 수 없어 답답한 심정이 되었다.

나는 정거장으로 돌아갈 수도 없었고, 어디로 가야 할지 알 수도 없었다. 나는 멈춰 섰다. 도착할 때처럼 평온한 상태로 서 있는 것은 아무 것도 없었으며, 나도 목적 없이 이리저리 빈둥거렸다. 낯선 나라에서 첫째 날이지만 할 일이 전혀 없었다. 나는 얼마나 자주 삶에서 이전이나 이후 그렇게 할 일 없이 빈둥거렸던가! 길은 어디로 계속될 것인가? 어디에 건널목이 있었던가? 있었다면 발견했을 텐데. 나는 여기저기로 산만하게 돌아다녔고, 방향도 목표도 없이 움직였다. 나는 얼마나 자주 집에서, 방에서, 옷장에 눈을 두고, 공구 서랍에 손을 두고 그렇게 배회하면서 살았던가.

버스는 더 이상 다니지 않았다. 다만 유고슬라비아의 군용트럭들이 차례차례로 국경선 방향으로 가고 있었다. 트럭덮개들은 열려 있었고, 오목한 내부에 놓인 두 개의 기다란 의자 위에 군인들이 등을 맞대고 한 줄로 앉아 있는 것이 보였다. 전면의 두 병사는 포대 주변에서 서로 몸을 돌리고, 매번 한 팔을 비스듬한 장식 띠 위에 놓고 있었는데, 그 장식 띠는 오목한 곳의 출구를 안전하게 보호했다. 이러한 개별적인 상황에 이르기까지 똑같은 모습으로 뒤의 트럭은 앞 트럭을 따르고 있었다. 장식 띠들은 가늘었으며 가운데가 아래로 처져 있었다. 그럼에도 불구하고 군인들의 팔은 아주 조용히 움직이지 않고 그 위에 놓여있었다. 마치 그들은 리본이나 밧줄이 아니라 자신의 피곤 때문에 그곳에 굳게 매어 있는 것 같았다. 나는 도시 외곽으로, 북쪽으로, 내가 처음 왔던 그 방향으로 행렬을 뒤따라갔다. 보다 작은 군 차량이 천천히 내 곁을 지나갔다. 나는 고향의 이웃마을 홈차커의 소년들을 생각하면서, 나를 바라보는 군인들의 눈초리에 인사로 짧게 손을 흔들면서 답을 했다. 그리고 심지어 인사를 되받기도 했다. 한 무리의 탈영병은 다르게 보였다. 다시 피라미드 모양의 군수품을 싣고 덮개를 씌운 차량들, 그리고 그곳에 부동의 자세로 짝을 지어 서 있는 군인들의 머리, 벨트로 장식된 팔들, 그 아래 매달린 손들. 이 행렬은 끝없이 길게 이어지고 있었다. 그다음 거의 위장을 한 채 마지막 차량이 화물칸의 뒤쪽을 열어놓은 채 사람 없이 뒤따라가고 있었다. 그리고 반원의 모습을 하고 있는 이 오목한 곳은 지금 특정한 터널을 생각나게 했는데, 그것은 내가 한두 시간 전에 카라반켄 산의 출구를 빠져나오는 열차의 마지막 칸에서 다시 한 번 뒤를 돌아보며 — 예세니체에서 밤을 지내면서 그때는 이미 아무것도 말하지 않는 과거의 순간이 되었지만 — 검은 반원의 모습으로 멀어지는 것을 보았던 바로 그 터널이었다. 군용차량은 더 이상 없었다. 도로는 적막에 빠져들었다. 그렇지만 적막에 휘감긴 계곡 전체가 졸음과 피로를 더욱 더 심하게 느끼게 했다. 군용차량들이 일으키고 간 한 줄기 뿌연 먼지 구름이 남부에 있는 제철소에서 뿜어져 나오는 연기가 하늘을 안 보이게 가리고 있는 것보다 더 답답하게, 마치 공중에서 머리나 이마에 총을 겨냥하고 순식간에 나를 공격할 것처럼, 주위를 뒤덮고 있었다. 그리고 나를 도시의 주변 집에서 벗어나 사람 없는 곳으로 가게 했다.

외국에서 보낸 이날 최초의 밤에 대해서는 짧게 이야기하지만, 추억 속에서는 내 인생에서 가장 긴 십 년 길이의 밤이 되었다. 내가 돈을 아끼려고 했기 때문은 아니었다. 여관은 스무 살짜리 청년에게 처음 한번 잠자는 곳으로 그렇게 중요하지는 않았다. 그럼에도 나는 아직도 그날 밤 잠을 생각한다. 그래서 나는 열차터널을 터무니없는 것으로 여기지 않았고, 오히려 그곳을 찾아갔다. 아까 열차가 나왔던 곳이 바로 내가 찾는 입구였다. 열차가 떠나버렸던 곳으로 가까이 다가갔다. 그리고 안쪽 공간의 오목한 부분으로 들어갔다.

나는 철길 옆에서 희미한 길을 발견했다. 또 차단 울타리 안에 오목한 빈곳을 발견했다. 바로 내가 찾는 곳이었다. 나는 마치 어느 집에 들어 온 듯이 터널 속에 있었는데, 예견했던 대로 몇 발자국 지나 오목한 빈 곳이 있었고, 암석에 원 상태대로 복구되어 레일과는 콘크리트 난간에 의해 차단되어 있었다. '나의 공간'이라 생각했다. 석회암 동굴에서 계속 남쪽 방향으로 (하여간 나의 소년다운 생각) 형의 흔적을 발견하기 위하여 들고 있었던 손전등으로 점토질 토양을 비추어 보았다. 그곳은 희미하게 반짝이는 해안의 가늘고 긴 지역이었다. 콘크리트 벽에는 아주 작은 머리카락이나 섬모(纖毛)가 붙어있었다. 그 모습에서 나는 오스트리아를 떠나올 때 만났던 빌락하의 역사 선생님이 떠올랐다. 그는 나에게 그날 오후에 이웃-터널, 즉 지하터널은 마지막 세계대전의 전쟁포로들에 의해 준공되었으며, 그 과정에서 대단히 많은 사람들이 살해되었고, 또 자살도 했다는 이야기를 해주었다. 그는 심지어 나에게, 단지 장난으로 내가 어디에서도 잠잘 곳을 발견하지 못하면, 거기서 밤을 보내라고 일러주었다. 선생님은 '아직 죄 없는 사람'의 잠은 '부당한 장소를 속죄하는 데', '악령들을 쫓아내는 데', 그리고 '공포감을 지워버리는 데' 기여하게 될 것이라고 했다. 그는 또 그러한 일에 적합한 동화를 쓴다고도 했다. 모든 터널, 특히 황제 시절에 만들어진 예세니체의 소박한 터널까지도 마지막 세계대전 이후 그에게는 '높은 악명'을 가졌다고 했다.

   그날 밤 나는 어둠 속에서 빵을 사과와 함께 먹었는데, 그 냄새가 처음에 빵에서 느꼈던 버슬버슬함을 대수롭지 않게 했다. 사과에서는 아직 신선한 냄새가 나는 것 같았다. 그다음 나는 몸을 웅크리고 누웠으나 잠을 잘 수가 없었다. 잠이 잠깐 들어도 오로지 연속해서 끔찍한 꿈들을 꾸었다. 그 꿈에서 아버지의 집은 폐허처럼 텅 비어 있었다. 드라우강은 깊은 계곡에서 흘러나와 평원을 범람했다. 도브라바 지역의 붉은색 히드꽃밭 위로 태양이 빛났고, 전쟁이 선포되어 있었다. 또 내가 신발 중 하나를 잃어버렸다는 사실, 내가 갑자기 머리 가르마를 오른쪽 대신 왼쪽으로 가졌다는 사실, 우리 집의 모든 화분에 들어있는 흙이 말라서 갈라지게 되었고 식물들도 말라버린 사실이 나를 두렵게 해서 땀을 흘리며 즉시 깨어났다. 한번은 내가 잠을 깨고 일어난 것은 꿈 때문이 아니라 밤 열차 때문이었는데, 그 열차는 거대한 굉음을 내며 벽 저쪽에 한 발자국 거리를 두고 내 곁을 스쳐지나갔다. 그것은 벨그라드나 이스탄불이나 아테네로 가는 장거리 열차일 수 있었다. 그러자 그리스로 가는 여행에서, 벌써 대단히 멀리 남쪽의 자유로운 하늘아래서 천막이나 침낭 속에 누워 있을 내 동급생들이 생각났다. 나는 또 그들이 낯선 나라의 도시를 지나면서 저녁 답사를 활기차게 체험하고, 따뜻한 밤에 이전 좌석 동료였던 남학생과 여학생들이 또 다른 새로운 모습으로 즐겁게 이야기하는 것을 상상했다. 그리고 이미 잠든 자, 악몽 없이 패거리 속에서 조용히 단잠에 빠져 있는 자를 상상했다. 그리고 그들과 떨어져 있는 내가 원망스러웠다.

그렇지만 나를 숨겨주었던 그 장소, 그 어둡고 소위 저주받은 지하터널이 나를 괴롭히지는 않았다. 좀 더 정확히 말하자면 내가 가족을 버리고 떠나왔기 때문이라기보다는 혼자 있다는 자책감이 나를 괴롭혔다. 이날 밤 나는 특별한 범행 없이 제멋대로 혼자 있는 것이 오만한 행위라는 것을 다시 한 번 느꼈다. 나는 그것을 전부터 알고 있었고 장래에도 그것을 다시 체험하지 않으면 안 될 것이다. 무엇에 대한 오만한 행위인가? 내 자신에 대해서다. 심지어 동급생들의 단체여행은 별일이 아닐 수도 있었다. 나와는 반대로 다른 나라 언어에 유창했던 여자 친구가 필립 코발에게 전설의 고향을 찾아가는 데 동행하겠다고 여러 번 제안하지 않았던가? 지금 우리는 서로 마주보고 숨 쉬는 신체들보다 더 좋은 것을 생각할 수 있을까? 밤에는 그녀 옆에 누워 자고, 아침에는 깨어나서 손으로 그녀 몸을 흔드는 것보다!

진정한 공포의 꿈을 곧 꾸게 되었다. 정거장의 음식점을 나오면서 중단되었던 이야기가 잠속에서 다시 계속되었다. 그렇지만 깨어 있을 때와는 달리 거칠고, 변덕스럽고, 산만했다. 이야기는 더 이상 '그리고', '그래서', '…했을 때'와 같은 단어를 가지고 나에게서 나오지 않았고, 나를 추적했고, 나를 부추겼고, 나를 압박했고, 내 가슴을 웅크리게 했고, 내가 단어들을 숨이 막혀 된소리로 발음할 때까지 내 목을 졸랐다. 최악의 것은, 어떠한 문장도 끝나지 않는다는 것과 모든 문장들이 한가운데에서 단절되고, 뒤틀리고, 훼손되고, 악화되어서 효력이 없는 것으로 선언되었다는 점 그리고 동시에 이야기가 중단되지 않고, 숨 쉴 틈 없이 언제나 다시 시작되고 새롭게 시도되고 새롭게 시작을 발견했다는 점과 또 내가 장황하지만 무의미한 문장에는 어떠한 의미도 주지 않고, 낮에 이미 발견했던 의미를 거꾸로 돌려 파괴하고 무가치하게 만든 리듬을 평생 형편없는 것으로 여겼다는 점이다. 은밀한 왕으로 인식된 나의 내부 화자는 꿈의 빛 속으로 들어가, 그곳에서 쓸 만한 문장을 전혀 짓지 못하고, 말을 더듬는 강제된 작가로서 죽음과 더불어 종결되는 괴물로 자란 이야기의 집착 속에서, 예민한 감각과 함께 부드러움을 느꼈다. 이야기의 정신—그것은 얼마나 악하게 될 수 있었던가!
　그다음 대단히 긴 혼란 후에 두 개의 명확하고 자명하며 서로 분명해지는 문장이 완성되었으며, 동시에 나에 대한 압박이 중단되고, 나는 다시 상대를 가졌다. 꿈속에서 상대는 어린애 모습으로 서 있었는데, 그는 내가 이야기했던 것을 교정해서 바로 잡아주었지만 화자인 나를 그만큼 인정했다. 그다음 뒤따라 왔던 것은, 한 그루 나무가 열매 대신 돌을 가지가지에 가득 달고, 어린애 모습 없이 '재앙'의 의미를 가질 수 있었는데, 자신을 기적의 나무로 보게 했고, 모든 것을 쓸어가는 홍수 속에서 많은 사람들이, 그 가운데 나도 있었는데, 빙빙 도는 것이었다. 그리고 잠자는 자의 뺨은 자기 밑의 땅을 한 권의 책으로 감지했다.

  나는 가장 길었던 밤에 이런 식으로 잠깐 잠깐 비몽사몽을 겪었는데, 그곳에서 나는 몸을 죽 뻗을 수 있었고, 만족감을 느낄 수 있었고, 등으로 눕기 위해 두 손으로 목덜미를 끼기도 했고, 귀에는 터널 지붕에서 물방울 소리가 들리기도 했다. 그리고 그곳에서 나는 이전과는 달리 내 자신을 느끼기 위해 가슴 옆쪽으로 누울 필요가 없었다. 나는 먼저 지하터널에 몸을 숨긴 채, 거기서 자리를 잡고, 예전에 지하실에 있을 때처럼 희뿌연 어둠에 싸여, 형의 외투를 따뜻한 이불처럼 덮었다. 가까운 출구에서 회색으로 계속해서 반딧불들이 날라 왔는데, 손바닥으로 그들 중 한 마리를 잡아 감탄하면서 내 주위를 빙 둘러서 비추었다. 그와 같은 안전함 속에서 나는 탈진한 오디세우스의 서사시에 들어 있는 잠의 부스러기를 상상했다.

  한 시간쯤 후 잠 역시 급격하게 감소되었고, 이제야 최종적으로 고독이 밀려왔다. 비몽사몽이 소위 말해 적막으로 가는 나의 마지막 동반자였고, 한 순간에서 다른 순간 환영으로 나타났던 나의 보호자였다. 꿈속에서는 단어를 왜곡하는 이야기에 의해 헛된 생각의 혼란 속에 있었다면, 잠이 깨어있는 상태에서는 가치가 없는 것으로 작용했다. 그리고 이것은 황폐한 장소에 방치된 존재로가 아니라 일반적인 침묵으로 존재했다. 인간이 함께 어울리는 사회를 벗어나면 사물들 역시 언어를 더 이상 갖지 못했고, 적대자, 더 나아가 집행자가 되었다. 주의할 것은 섬뜩하게 터널 벽에서 돌출해 안쪽으로 구부러진 철봉이 고문기구나 사형집행을 생각나게 한다는 것이 아니라―살아있는 몸에 파괴적인 것은 내가 공동체도 없고 내 자신에게 더 이상 상대도 없이 철봉 앞에, 철봉이 내 앞에 있는 것처럼, 말없이 머물러 있다는 것이다. 게다가 나는 그 철봉이 S라는 글자, 또는 숫자 8, 또 음악의 높은음자리표 형태로 구부러져 있는 것을 보았다. 그러나 그 생각은 잠깐 들었을 뿐이고, 'S, 8, 높은음자리표'의 동화는 그의 의미를 상실해버렸다.

　나는 결코 이야기의 공포, 그곳의 침묵, 질식할 듯한 나쁜 공기, 천장이 붕괴되는 두려움 또는 경보(競步) 경기자 때문에 그 자리에서 도망치지는 않았다―그런 경우라면 기꺼이 내 멱살을 붙잡히고 나를 비난하도록 했을 것이다. 나는 공포의 단일 파동 속에서 밀려오는 이 세상 것이 아닌 침묵을 피해 도망쳤다. 그 침묵은 신체적인 죽음을 넘어 영혼의 파멸을 의미했다. 세월이 지난 지금 그것에 관해 이야기하려고 시도했을 때, 그것은 보다 강하게, 보다 힘 있게, 보다 위험하게 반복되었다. 내가 그 당시 몇 발자국만이라도 야외로 달려갈 수만 있었다면, 그렇다면 나는 오늘날 대피소도, 공간의 확장 부분도, 보호난간도 더 이상 보이지 않는 터널 속에 머무르지는 않았을 것이다. 인류에게 가는 내 유일한 길은, 내가 사는 말없는 지구의 생명체들에게 이야기하는 사람으로 존재하는 것이며―내 책임!―나에게 은혜를 베푸는 언어의 싹을 키우는 일이다. 내가 그 때문에 지금 터널 앞 풀밭에 앉아있는 반딧불의 작은 무리를, 지하세계로의 입장을 지키는 불을 뿜는 용처럼 부풀려서 보았을까?―그곳의 보물을 지키기 위해서인지, 아니면 나를 보호하기 위해서인지 모르겠다.

　그러나 무엇이 지상세계 또는 단순히 세상일 수 있는가 하는 것을 나는 다시 터널을 나오면서 체험했다. 아침이 아직 멀었고 달도 비치지 않았음에도 불구하고 계곡은 뚜렷한 윤곽을 그려 보였다. 그곳 사바 돌린카 강(*슬로베니아의 카라반켄 산맥과 율리센 알프스 산맥 사이에서 남동쪽으로 흐르는 강.) (혹은 아버지가 독일어로 말씀하셨던 것처럼, '부르체너 사베 강')은 강변 숲 사이로 희미한 광채를 내며 흐르고 있었다. 강변의 풀밭 중턱에 있는 나무 곁에 말 한 마리가 서 있었다. 하루살이가 없음에도 불구하고 꼬리를 치면서 풀을 뜯는 소리는 강의 작은 살랑거림 소리와 멀리 정거장 지역에서 열차가 움직이는 덜커덩거림과 함께 그곳에서 들을 수 있는 유일한 소리였다. 철길과 골짜기 아래지역 사이의 초원에는 작은 정원을 가진 주택들이 있었는데, 그들은 내 기억 속에서 '예세니체의 계단식 가공(架空)정원'으로 남아 있었다. 그 정원들은 채소밭과 과일나무들로 이루어져 나지막한 울타리로 둘러싸여 있었는데, 중앙에는 각각 나무로 된 오두막과 걸상이 하나씩 있었다. 이 외관의 일부는 비스듬한 상태로, 일부는 테라스에서 강물까지 이어져 있어서 마치 정원들이 강물에 의해 관개된 것 같았다. 눈에 띄는 색깔은 연한 노란색이었다. 과일 나무에선 철 이른 사과들과 채소밭에선 콩들이 보였다. 내가 걸어가는 철로 곁의 좁은 산길은 호젓했고, 먼지가 두텁게 깔려 있었다—먼지는 너무 촘촘하고 부서지기 쉬워 내 신발이 닿으면 자국은 그대로 있지 못하고 부셔져 버렸다. 이슬방울은 길을 적시지 않고, 작은 방울로 되어 먼지 위를 굴렀다. 첫 걸음과 함께 터널을 벗어나 어깨에서 바위의 중량감과 보철한 치아에서 금속감이 사라질 때쯤, 나의 두 눈은 특이한 모습들을 보게 되었다. 이전에는 계곡의 개별 모습들이 그대로 보였는데, 지금은 그들이 글자로 나타났다. 첫 글자로는 풀을 뜯는 말(馬)과 함께, 서로 짜맞추어진 글자 열이 연결된 글자였다. 그리고 내 앞에 있는 이 풍경, 이 수평선, 그들이 누워 있거나, 서 있거나, 기대 있거나, 그들로부터 솟아오른 대상들과 함께, 서술할 수 있는 지구를 나는 지금 '세계'로 파악했다. 이 풍경을 나는 사바 강의 계곡 혹은 유고슬라비아를 의미하지 않고도 '나의 나라'로 말할 수 있었다. 그와 같은 세계의 모습은 동시에 세월이 흐르면서 나에게 형성되었던 신에 관한 유일한 생각이었다.

이른 아침에 계속 걸어가는 것은 그래서 사물을 마음속으로 판독하고, 계속해서 읽고, 인지하는 조용한 받아쓰기가 되었다(그러나 나는 이미 소년시절부터 가족의 조롱을 받으며 끊임없이 무엇인가를 헛되이 쓰지 않았던가?). 나는 세상을 두 종류의 담당자, 즉 말(馬), 계단식 가공정원, 나무로 된 오두막들이 서 있는 대지와 이러한 사물들을 어깨에 메고 특징과 표시의 형식으로 판독하는 해독자로 구별했다. 나는 또 실제로 폭이 넓은 형의 외투 속에서 넓어진 것 같은 그리고 똑바로 세운 것 같은 어깨를 감지했다—왜냐하면 표시들을 받아들이고 결합하는 일은 사물의 부담에 대한 역습으로 작용했기 때문이다—그래서 지구의 무게는 암호의 해독을 통해 공중을 흐르는 글자 속에 혹은 순수한 모음으로 자유롭게 날아가는 유일한 단어 속에 보관될 수 있었다. 예를 들어 번역하면 "목하 새벽에" "아침 놀 시간에" 혹은 단순히 "아침에!"로 표현되는 라틴어 표현 Eoae(아침)처럼.

태양이 뜨기 오래 전에 내 눈앞의 계곡은 다른 태양 속으로, 즉 문자의 태양 속으로 가라앉았다. 그 태양은 밤의 터널 속으로 되돌아 가 내가 잠잤던 땅의 균열된 틈을—그 위에는 청동색 빛이 희미했다—똑같은 다각형 글자로 또 그 장소에 알맞은 기념편액의 글자로 연결하면서 일종의 속죄행위를 치렀다. 훗날에 카라반켄 터널 속으로 기차를 타고 갈 때마다 나는 창가의 어두움 속에 서서 유고슬라비아 쪽에서 들어오는 낮의 희미한 빛을 기다렸다. 또 밖으로 달려가는 기차는 얼마나 빨랐던가. 나는 출발 전 짧은 순간에 점토로 된 벽의 오목한 부분을 바라보았다. 그곳은 거의 항상 바람에 날려 들어온 나뭇잎들이 깔려 있었다. 그 안에서 둥글게 몸을 웅크린 스무 살짜리 청년이 원통 모양의 선원 배낭과 함께 있었고, 그곳에 있는 환풍구와 그 장소는 전쟁의 작은 범행 장소거나 당시 적막의 은둔처라기보다는 내가 하룻밤을 보낸 숙소를 의미했다. "Eoae!" 이것은 내가 있는 그곳 창문을 통해 최초로 바라보면서 나온 "아침에"라는 말로, 소리를 내서 한 계획된 외침이었는데, 나로부터 나온 모음들이 밖에 있는 사물의 주변에서 원래의 말로 다시 번역되어야 했다. 나무를 여기에, 이웃집을 저곳에, 집이 늘어선 길을 그 사이에, 비행장을 그 뒤에 그리고 수평선은 나에게 글자로, 서술할 수 있게 새로운 날을 위하여 감각을 열어야 했다.

  E-O-A-E. 어둠 속에서 내가 걸어가고 있는 철길과 강물 사이로 가로수 길이 나 있었다. 사람은 하나도 보이지 않았지만, 그 지역은 생기가 돌고 사람이 거주하는 것으로 보였다. 그곳은 가치를 개발하기 위해 가동 준비가 된 작업장들이 있었기 때문이다. 정거장 앞에는 두세 개의 차고와 작업장들이 실제로 이미 작업 중에 있었다. 그 밖의 공간들은 아직

어둠 속에 있었는데, 배전반(配電盤)에는 불이 들어와 있었다. 측정기에서는 바늘이 진동하다가 옆으로 기울어져서 여러 각도로 일정하게 움직였다. 커다란 강철 바퀴가 움직이기 시작해서 바퀴살이 안보일 때까지 점점 빠르게 돌아갔다. 바퀴전체는 뒤쪽 벽에서 윤곽 없는 형체가 되었다. 어두운 사무실의 책상 위에는 전등이 전화기, 계산자, 자명종을 비추고 있었다. 화물 적재 창고의 문이 반쯤 열려 있었고, 전등은 양 옆을 향해 부채꼴로 펼쳐진 철길 지역을 비추고 있었는데, 그곳에서는 전철기 신호들이 색깔을 바꾸고 있었다. 내가 있는 동안 일하는 사람들은 보이지 않았지만 어디에서나 어렴풋이 느끼게 하는 이러한 지속적인 야간활동 모습은 딱 한 번 커튼 뒤에 노란 반원의 천을 씌운 전등에 의해 색깔이 교체되었다. 물론 사람은 없었다. 곧 덜커덩거리며 돌아가는 창고의 송풍기, 평탄한 받침대 위에서 빠르게 이리저리 미끄러지는 당김줄 그리고 길 위에는 검은 굴뚝연기가 피어올랐다. 나는 더 이상 갈 곳이 없었기 때문에 그쪽으로 방향을 바꾸었다.

    나는 이미 비슷한 것을 고향에서, 국경 저쪽에서, 특히 알고 있던 두서너 도시의 주변에서 보았다. 그래서 나는 왜 그곳에서 항상 쫓김을 당한 자로 나를 체험했으며, 왜 여기 시내 구간에서 들리는 진동이 자연스럽게 제3자에게로 옮겨왔는지, 왜 천으로 된 전등갓을 가진 방이, 고향 집과는 달리, 살만한 곳의 모범으로, 대열에서 빛의 중심으로, 안전성과 안온함의 사원으로 나타나는가를 곰곰이 생각해 보았다. 그리고 전날 노동자 그룹의 대화를 생각했다. 그들은 나와 함께 오스트리아 국경 역 로젠바하에서 의자에 앉아 버스를 기다리며 대충 다음과 같은 말들을 하고 있었다. "또다시 하루가." — "벌써 목요일이다." — "그러나 그다음 다시 생각한다."—"곧 가을이 올 거다."—"그다음에 곧 겨울이 될 것이다."—"적어도 월요일은 아니다."—"내가 일어날 때는 어둡다. 집에 돌아올 때도 다시 어둡다. 나는 금년에 나의 집을 아직 본 적이 없다."

왜 나에게 이곳 유고슬라비아는, 다시 말해 황량한 새벽의 공장지대는 보이지 않는 손에 의해 미래를 위해 움직이는 것처럼, 내가 나의 나라로부터 여기까지 오면서 익숙했던 노동자들, 즉 인간들과는 완전히 다른 인상을 주었던가? 그것은 우리에게 가르쳐진 것처럼 근본적으로 다른 '경제질서'와 '사회질서' 책임은 아니다(역사 없이 존재한다는 것, 이름 대신 번호를 지닌다는 것, 나의 자립과 심지어 명의상의 자유를 단념한다는 것이, 비록 내 마음에 든다 할지라도). 그것은 또한 단순히 외국이라서만도 아니었다(내가 이미 첫째 날 벌써 많은 일반적인 모습을 활기와 신선함으로써 발견했음에도 불구하고). 그것은 단순한 상상이나 감정 이상의 것이었다—장소 없는 국가, 냉혹하고 불친절하고 소름끼치는 국가에서 거의 이십 년이란 세월을 보낸 후에 마침내 하나의 나라로 들어가는 문지방에 서 있다는 확신이 들었다. 그 나라는 소위 나의 탄생지와는 달리 취학 의무자, 병역 의무자, 대체복무 의무자 혹은 총괄해서 '현존'-의무자로서 나를 요구하지 않고, 오히려 그 반대로 내 조상의 나라, 또 모든 그의 이방인과 함께, 마침내 내 자신의 나라로 요구하도록 했다. 마침내 니는 국적 없는 사람이 되었고, 마침내 나는, 계속해서 현존하는 대신, 걱정 없이 부재(不在)할 수 있었고, 마침내 나는 어느 누구도 보는 사람은 없지만 나와 같은 사람들 사이에서 나를 느꼈다. 이미 고향의 로센바하에 있는 정거장 플랫폼에서 한 어린애가 나를 가리키고 소리를 질러 "보세요, 아래 있는 저 사람." 하고 외치지 않았던가? [독일이나 빈에서 "밖에(hinaus)"라고 말하는 것을 유고슬라비아에서는 "아래(unten)"라고 말했다.] 자유로운 세계, 그것은 그 정도로 관습이었는데, 그곳에서는 지금 막 내가 나왔고―반대로 지금 당장에는 내가 문자로만 내 앞에 가졌던 세계였다.

그것이 하나의 착각이었다는 사실을 나는 이미 그 당시 알고 있었다. 그와 같은 종류의 지식을 나는 원하지 않았다. 좀 더 정확하게 말하자면 그런 것에서 벗어나고 싶었다. 그리고 그와 같은 의지를 나는 삶의 감정으로 인식했다. 그러나 내가 착각에서 얻었던 충동은 어쨌든 오늘날까지 사라지지 않고 있다.

내가 당시의 순간을 생각해 보면 최초로 떠오르는 것은, 말없이 냉정하고 쉼 없이 진행되는 것으로 보였던, 준비된 기재들과 규칙적으로 반복해서 움직이는 기계들이 아니었고, 오히려 불빛들이었다. 거실에 갓을 씌운 등잔불, 사무실 책상 위의 등잔불, 그리고 특히 인상 깊었던 것은 한 홀에서 다음 홀로 이어지는 어느 제분기의 작업공간에서 하얀 가루가 먼지처럼 휘날리던 형광등 불빛이었다. 틀에 고정시키고, 실린더를 돌리고, 기계와 함께하는 이러한 활동은 '일을 위해 그런 일이 거의 필요가 없는' 아버지 같은 그런 사람에게는 대단히 놀라운 일이었다. 그리고 그런 활동 의욕은 작업할 때 구경할 수도 있었을 텐데 사람은 아무도 보이지 않았기 때문에 할 수가 없었다(실제로 그런 점에서는 나보다 아버지가 훨씬 '미숙했다'). 여기서 나는 확실하게 내 자신을 살펴볼 수 있었고, 고향에서와는 달리 누군가에 의해 주시된다는 느낌을 가질 필요도 없었다. 나의 모든 일처리에 "숙고하라!"란 말이 적합할 것 같았다.

그러나 텅 빈 곳에서 불빛 속의 밝은 광경은 나를 작업장 안으로 그리고 그곳에서 눈에 띄지 않고 일하고 있는 사람들에게로 끌어들이는 완전히 다른 행동을 요구하지 않았던가? 그런 행동은 외부에서, 길에서, 모퉁이에서 걸어갈 때 순간적으로 비치는 내 모습의 어슬렁거리는 그림자에서 아마 가장 뚜렷하게 보였다. 그렇다, 나는 아버지가 여행할 때 부적(符籍)으로 썼던 가죽 끈을, 물건을 잘 붙잡기 위해 손목관절을 감는 데 쓰지 않고 고작해야 토시로 감았다. 일하는 사람들과 일치감은 즐겁게 걱정 없이 구경하면서 지나가는 것보다 적응하기에 쉽지 않았다.

나는 그래서 같은 걸음걸이, 같은 음향, 같은 균형 사이에서 차이점을 체험했다. 다른 사람 또는 한 사람과 똑같은 걸음걸이를 유지한다는 것은 나에게 전부터 참을 수 없는 일이었다. 그럴 때면 당장 머물러 서거나 빨리 가거나 혹은 옆으로 갔다. 심지어 여자 친구의 율동 속에서 같이 움직일 때도, 나는 우리를 세상 반대로 걸어가는 영혼 없는 두 사람으로 보았다. 그리고 화음 같은 것도 나에게는 불가능했다. 다른 사람이 노래 부르며 분위기를 지배할 때, 나는 이것을 받아들이고, 증가시키고, 계속할 능력이 없었다. 거꾸로 나의 노래 속으로 다른 사람이 들어온다면, 나는 그 자리에서 중단해버렸다. 일반적으로 나를 화나게 했던 싸움의 불협화음은 나를 침묵하게 했다(그와 같은 싸움은 여자 친구가 우리 두 사람을 '우리'라고 부를 때 자주 일어났다. 그 말은 내가 입에 올리고 싶지 않았다).

그러나 균형은 강렬한 체험이었다. 그리고 나는 그것을 예를 들어 내가 아침에 창문 손잡이를 돌릴 때 그리고 동시에 멀리서 자동차 문이 닫히는 소리, 눈삽 긁어대는 소리, 지평선까지 울리는 열차 신호 소리를 함께 들었을 때 체험했다. 또 다른 때에는 부엌에서 아궁이에 냄비를 올려놓고 동시에 편지를 뜯어보았을 때도 체험했다. 혹은 내가 지금 막 글

쓰는 종이로부터 맞은 편 벽에 걸려있는 오래되고 어두운 색의 풍경화를 올려다보면서, 풍경화에 비치는 태양빛이, 하루의 이런 시간에는 자주 그렇듯이, 스포트라이트처럼 나무나 물, 두 갈래 길이나 구름 부분을 하나하나 어두운 면에서 두드러지게 눈에 띄게 하면서, 천천히 왼편에서 오른쪽으로 움직였는데—그것을 오늘처럼 그 당시에도 체험했다. 날이 새기 전 나는 꽤 듬직한 짐과 함께 형의 책 두 권이 들어있는 선원용 배낭을 메고 쿵쾅거리거나 붕붕거리는 소리가 들리는 혹은 조용하게 불이 비치고 있는 예세니체의 공장들 옆을 지나갔다. 나는 균형을 강조하려는 것처럼 보다 힘차게 걸어갔다—어떤 크거나 작은 적이 내 뒤에서 이 기세를 꺾을 수는 없었다. 그리고 나는 첫 번째 남자를, 즉 텅 빈 작업장과 매우 유사한 어둡고 사람이 타고 있지 않은 버스를 향해 급하게 걸어오고 있는 운전기사의 윤곽을 보았다. 그것은 마치 계곡지역에 있는 모든 버스정류장이 그를 기다리고 있는 것 같았다. 이어서 고층 집 창문을 통해 첫 번째 부부를 보았는데, 부인은 아침 가운차림으로 서 있었고, 남편은 러닝셔츠 차림으로 앉아 있었다. 수년이 지났지만 유리창 곁의 흐릿한 안개가 특히나 기억 속에 남아 있었다. 그래서 나는 위에 있는 그 남자가 일하기 위해 직장으로 출발하려는 것이 아니라 지금 막 땀 흘리며 밤을 새운 피곤에 가쁜 숨을 쉬며 직장에서 집으로 돌아온 것으로 상상했다. 그것은 마치 내 자신이 겪은 일처럼 내게도 피곤이 몰려왔다.

정거장과 비스듬히 마주보는 어느 여관 앞에 식탁보가 덮여 있지 않은 식탁이 하나 리놀륨으로 감싸진 의자와 함께 서 있었다. 나는 거기에 앉아서 날이 새기를 기다렸다. 내 자리는 철길과 인도가 있는 큰 길의 아래쪽으로 약간 떨어진 곳에 있었다. 그로부터 작고 동시에 모서리가 많은 콘크리트면 쪽으로 약간 경사가 져있었다. 이 콘크리트면의 다른 쪽으로는 반원형의 집들이 늘어 서 있었다. 그곳에는 벽이 다음 벽과 함께 서로 다른 각도를 이루고 있었다. 모든 방향이 차단된 피난처 같은 곳, 조망할 수 있도록 잘 보존된 장소가 있었는데, 그곳에서 사람들은 보통과는 달리 밑에서 위를 쳐다보았고, 풍경 전체를 바라보는 대신 움푹 들어간 저지대에서 가깝고 인상 깊은 주변을 바라보았다. 집들은 나지막했고 오래되었으며, 모두가 각각 다른 시기에 건축되었다. 바로 뒤에는 어두운 산 중턱이 높이 솟아있었고, 더욱 어두운 소나무숲 속에서 점차로 뾰족한 끝이 뚜렷해졌다.

 내가 있는 저지대(低地帶)는 아직도 긴 밤이었다. 위에 있는 인도 가장자리에 작은 새의 움직이지 않는 모습은 꿈을 꾸고 있는 것일까? 나는 아직 한 번도 밤에 낮의 새를 본 적이 없었다. 길은 벽으로 보였고, 그 벽 위에는 굴뚝새가 한 마리 쪼그리고 앉아 있었다. 아침 일찍 여인숙 문이 활짝 열렸고, 첫 손님으로 철도직원들이 왔는데, 그들은 커피나 술을―나는 그것을 어깨 너머로 보았다―기차에서 마시고 와서 그런지 곧 다시 사라졌다. 새벽녘에는 비가 올 것 같았는데 지금 하늘은 구름 한 점 없이 빛나고 있었다. 나는 수심진 남자얼굴로 보이는 나이든 여종업원에게 바깥에 준비되어 있었던 우유커피 한 잔과 두꺼운 흰 빵이 들어있는 접시를 받았다. 우유커피의 얇은 막은, 이미 이야기되었던 형의 모습을 생각나게 했는데, 그는 이러한 부드러운 막을 싫어했다. 전선에서 그의 첫 휴가 때에 어머니가 그에게 전쟁을 통해 모든 어려운 점이 소멸되라는 뜻에서 커피에 우유를 따라주면 그는 그 잔을 다음과 같이 말하면서 옆으로 밀어내었다. "어제도 마셨어요!" 나는 우유 표면이 주름지며 얇은 막이 되는 것을 보았는데, 그 막은 커피 위에서 어둡거나 밝은 부분으로 나누어졌다. 높이 쌓아 놓은 흰 빵은 옆에서 잠시 동안 그렇게 솟아 있었다―그다음 나는 자를 때 눌렀다가 다시 부풀어 올라 배고픈 사람에게 마주해 둥글게 모습을 갖추는 신선한 빵을 단숨에 달려들어 다 먹고 바닥을 비웠다. 이 흰 빵은 그 후부터 나에게 '유고슬라비아'를 의미했다.

내가 식사하면서 올려다보았을 때 도보 위로는 사람들이 무리지어 걸어갔고 길은 둑처럼 변했다. 학교 방학은 아직 시작하지 않은 듯했다. 왜냐면 통행인들 가운데 많은 학생들이 바람에 맞서듯이 앞으로 몸을 기울면서 걸어가고 있었기 때문이다. 바람이 불었다. 댐 가장자리에 기다란 빛바랜 풀들이 갯보리처럼 살랑거렸다. 나는 아직 한 번도 바닷가에 있어 본 적이 없었지만 철길 뒤로 대서양의 큰 파도가 닥쳐왔다는 상상이 나를 휘감았다.

나이 많은 남자가 홀에서 두 번째 의자를 가지고 나와, 나와 거리를 두고 앉았다. 그는 한 번도 식탁 면을 바라보지 않았다. 우리는 한마디도 주고받음 없이 일어나는 일들을 주의 깊게 관찰했다. 우리 두 사람은 같은 것을 바라보고, 같은 시간 동안 관찰하고, 동시에 다음 것이 나타나기를 바랐다. 나는 긴 밤을 지나고 나서 그 당시와 같은 그러한 일치된 시선을 결코 체험해보지 못했다. 나는 옆에 앉아있는 남자와 의견이 일치된 듯이 바라보았던 공간과 지평선을 그 후로는 결코 본 적이 없다. 우리는 비둘기의 목에 있는 희미한 빛을 유심히 바라보았다. 그 비둘기는 아래쪽 콘크리트가 덮인 저지대로 걸어 가다가, 머리를 다시 댐으로 돌렸다. 그곳에는 제철소의 연기가 위쪽으로, 터널 위로 솟아오르고 있었다. 그것은 마치 전체 구간 위로 연기를 피우는 것 같았다.

이번 여행을 앞두고 나는 맑은 날씨에 집에서 남쪽을 바라보면서 파란 하늘 밑 국경 산등성이 저쪽에 대단히 화려한 도시들이 있으리라고 생각했다. 구릉지역은 점차 넓은 평야로 펼쳐지면서, 아래쪽 강변까지 서로 연결되어 있었다. 공업도시 예세니체는 지금 잿빛으로 좁은 골짜기 속에서 그늘진 산들 사이에 잠겨 완전한 모습이 희미하게 드러났다. 위쪽 댐 위로 한 남자가 손에 밝게 빛나는 톱을 들고 지나갔다. 같이 가는 일행으로는 얼음을 먹고 있는 두 아이와 바람이 잘 통하는 옷과 나무 샌들을 신고 있는 만삭의 여인이 있었다. 아스팔트 대신 둥근 돌들이 줄을 이루어 깔린 차도 위에서 장거리 화물차가 반복해서 내는 우렁우렁 울리는 소리를 들었을 때, 나는 다시 형을 생각했다. 그는 전쟁 전에 보내온 편지에서 마르부르크에서 트리에스트로 가는 길에 비슷한 장소를 언급했다. 아드리아해안으로 가는 소풍에서 (교장 선생님의) 자동차는 그곳에서 "짧게 비정상적으로 흔들렸다"고 했으며, 그다음 그는 벌써 "완전한 소금 공기"를 느꼈다고 했다.

유고슬라비아에서는, 북부 산악지대의 건너편과는 달리 다른 측정단위가 인정되는 것처럼, 내륙지대에 있는 집에서는 또 다른 측정단위가 인정되었다. 눈앞의 건물들은, 각각이 퇴적된 암석층과 흔히 비교할 수 있었는데, 오스트리아 황제시대의 주춧대로부터, 남슬라브 왕국시대의 돌출창문(*집 2층에서 내다보기 위해 불쑥 튀어나온 창문.)을 넘어, 현재 '슬로베니아 공화국'의 평탄하고 꾸밈이 없는 위층에 이르기까지, 지붕 창 아래 깃대를 꽂기 위한 구멍들을 포함해서, 지난 시대의 건축을 층 따라 나타내고 있었다. 이러한 건물의 앞면들 가운데 하나를 관찰하면서, 갑자기 나는 실종된 형이 흐릿해서 투명하게 보이지 않고, 물결모양의 기복이 생겨 있는 유리창으로 위장된 불쑥 튀어나온 문을 열고 나타나길 진심으로 바랐다. 나는 심지어 글자 그대로 생각했다. "현관까지 차를 타고 와서 모습을 보이세요!" 그리고 내 옆에 있는 노인의 머리가 창문 쪽으로 향하고 있는 것을 보았다. 그리고 불러보는 것만으로도 이미 성취를 암시하는 것 같았다. 나는 시간의 간격을 넘어 부를 수 있는 상태에서, 넓은 어깨, 갈색피부, 숱이 많고, 어둡고, 곱슬곱슬하고, 뒤편으로 빗질한 머리와 넓은 이마를 가진 실제 크기(내가 그를 전혀 알지 못했기 때문에)의 형을 깨닫게 되었다. 눈은 너무 깊이 동공 속에 있어서 보이지 않게 흰색으로 숨겨져 있었다. 두려움이 밀려왔다. 그래서 나는 앞에 나의 왕을 보는 것 같았다. 그리고 경외심의 전율이, 더 나아가 공포의 전율이 온몸을 휘감아왔다. 그 전율이 나를 저지대에서 즉시 떠나 위에 있는 길의 통행자들 속으로 들어가도록 내몰았다.

나는 곧 통행자들 사이로 들어갔다. 밑에서 볼 때와는 달리 사람들은 전혀 붐비지 않아 오히려 즐겁고 안락하게 그쪽으로 갔다. 행복했던 조상을 회상하는 나의 흥분 대신 우리들의 느린 현재가 그곳을 지배하고 있었다.

그와 같은 행렬 속으로 걸어간다는 것은 스무 살짜리에게 무엇인가 새로운 일이었다. 내가 자랐던 고향 마을에서는 그와 같은 것을 알지 못했고 기껏해야 아주 정중하게 한 걸음 한 걸음씩 걷거나 혹은 멈추거나 하는 휴일 행렬이나 장례식 행렬이 고작이었다. 기숙학교에서는 혼자가 아니라 항상 공동체로 움직였다(일요일 산보도 그룹으로 행동해야 했고, 두 줄로 걷는 것은 허용되지 않았다. 뒷사람은 앞사람을 바싹 뒤따라야 했고, 누군가 빠지길 원했던 자는 이미 첫 생각 때 꿰뚫어 보이게 되고 되돌아오라는 휘파람 소리를 듣게 되었다). 그리고 고향의 작은 도시들에서—나는 단지 그런 도시들만 알고 있었고, 수도 빈은 나에게 수학여행 때 다른 학생들의 어깨너머로 선생님의 가리키는 손가락에 의해 소개되었다—나는 기껏해야 시선을 땅으로 향하고 주변을 어슬렁거렸다. 나는 그곳 길 위에서 곧장 놀라곤 했다(보다 명백한 문장은 아마 관용적으로 쓰이는 "낯선 환경에서 서먹서먹하게 느끼다"였다). 그것은 내가 어디를 보아야 할지 몰랐거나 또는 단순히 앞만 똑바로 본 것이 아니라 사방을 바라보았다는 것이다. 링켄베르크 마을에서와는 달리 오스트리아의 작은 도시들에서 나의 시선은 진열장, 선전용 플래카드 그리고 무엇보다 신문의 큰 표제어를 따라 가는 곳마다 전환되거나 혹은 길의 끝 지점에 내 시선이 멈추면 즉시 그곳에서 무엇인가 나를 향해 마주 오는 것을 상상했다. 이러한 함정은 바라봄으로써 나와 마주치는 것이 아니라, 경직될 때거나 아니면 대개 눈이나 얼굴 없이 마주치는 것이다. 예를 들어 유일한 목소리로 볼품사나운 주둥이를 앞으로 내밀고, 항상 단음절로 알아듣기 어렵게, 또 정해진 방언형식에서 추론되는 그러한 단어로 나를 붙잡았다. 심지어 고향 도시에선 길에 나가게 되면 행렬에 끼어들 수 없었고, 오래전부터 개와 함께 잠복해서 기분 나쁘게 순환 감시하는 자들에 의해 즉시 붙들려 감옥에 갈 거라는 생각이 들었다. 그들은 그와 같은 순환 감시를 하는데 조금도 동요되지 않고, 모든 것이 적합하고 옳다고 느꼈다. 내가 오늘날도 역시 그렇지만, 고국에서 수없이 나에게 마주 울리는 "안녕하세요!"를 인사 대신 협박으로 받아들이는 것은 ("구호와 함께 이쪽으로, 혹은—!") 단순한 망상일까? 또 내가 특히 어린애들이 울부짖을 때, 자주 무의식적으로 두 손을 높이 치켜드는 것도 단순한 망상일까? 오스트리아 대중으로부터, 오스트리아 다수로부터 나는 길가로 걸어가던 혹은 가운데로 걸어가던 늘 다시 평가되고, 비판되고, 나에게 유죄 판결이 내리는 것을 보았다. 나는 그와 같은 유죄판결을, 물론 무엇이 나의 죄인지 인식함이 없이 늘 다시 받아들였다. 한번은 주의를 끄는 것 중에서 내가 곁눈질로 조사된다는 생각이 들어 인도 위를 쳐다보았을 때, 그리고 내 앞에는 진열장 인형의 공허한 두 눈 외에는 아무것도 없었을 때 얼마나 편안했던가!

그러나 지금 유고슬라비아 길거리에는 다수민족도 또 소수민족도 없었다. 단지 다양하고 동시에 일치된 행동만이 있을 뿐이었다. 그것은 내가 훗날 작은 도시 예세니체에서, 또 많은 다른 도시에서 체험했던 것이다. 그리고 나는 그런 도시에서 우선 외국인으로서 행동했다. 내가 산 너머 저쪽 오스트리아의 케른텐 거리에서 어쩌다 외국인을 만나게 될 때면, 그가 대중 속에서나 길거리 사람들 사이에서 나에게 아무런 관심도 없이 행동했기 때문에 고맙게 생각했던 것이다. 나는 계속해서 보조를 바꾸고, 방향을 옆으로 피하고, 부딪히면서, 동행했다. 그리고 내 발자국은 밀려드는 군중에 익숙지 않아 아스팔트 위에서 이리저리 움직여야 했다. 마침내 나는 느릿느릿 걷거나 신발을 질질 끌면서 걷지 않고 (모든 것이 기숙학교 복도에서 걸어 갈 때와 같이), 나만의 걸음걸이를 갖게 되었고, 앞쪽 발가락에서 발바닥의 볼록한 부분을 지나 뒤쪽 발뒤꿈치까지 발바닥을 흔들어 움직였고, 그런 틈틈이 말 없는 뻔뻔스런 감정을 가지고 조그만 돌들을 옆으로 차곤 했다. 옛날 내 어린 시절을 특징지었던 그 뻔뻔스런 감정을 나는 반복해서 체험했다. 그리고 이들에게 진정으로 가치가 있는 것은 나에게 익숙했던 것과는 달리 전혀 눈에 띄지 않았다. 나에게 익숙했던 것은 모자에 꽂는 알프스 영양의 털들, 사슴뿔 단추가 달린 상의들, 로덴천으로 만든 양복들, 가죽바지들 등 모두가 민속의상이었다. 거리의 사람들에게는 민속차림이 없을 뿐만 아니라 휘장도, 계급표시도 없었다. 경찰관들의 제복조차도 확연히 구별되지 않았고, 오히려 관습에 맞는 옷차림을 하고 있었다. 영향력 있는 유익한 일은 '당황스러운 일'에서 벗어나는 것, 고개를 처들고 똑바로 쳐다볼 수 있다는 것, 누군가를 평가하는 대신, 두 눈으로, 특히 색깔, 즉 검은색, 갈색, 회색의 색깔 속에서 '세계'를 바라보는 것이었다. 내가 행렬에서 다른 사람들과 내적으로 외적으로 비슷함을 알았다는 사실이 새로운 자부심을 갖게 했다—여기서는 외국과는 달랐다—그 외에는 어떠한 거울도 유사성을 비추어줄 수 없었을 것이다. 나의 모습은 그들의 모습처럼 수척하고, 뼈대가 나오고, 거친 얼굴에, 동작이 유연하지 못하고, 우아함과 거리가 멀게 흔들거리는 두 팔을 가지고 있었다. 나의 존재도 그들처럼 복종에 길들여진, 온순하고, 욕심이 없고, 수백 년을 통해 왕도 없고 국가도 없고, 막일꾼에다 처한 종이었던 그런 사람들과 같은 존재였다(그 가운데는 귀족도 마이스터도 전혀 없는)—그리고 동시에 우리처럼 무지몽매한 사람들은 공동으로 아름다움, 자의식, 대담함, 반항, 독립열망에 대해서 한껏 기대를 가졌고, 국민 속에서 모두가 다른 사람의 영웅이었다.

 말없는 사물들에게 활기를 띠게 했던 모음들에다 움직이는 사람들을 자음으로 해서 이제 그들은 나와 한패가 되었다. 그러나 그로부터 단어가 만들어지지는 않았다. 나의 폐와는 전혀 무관한 제2의 호흡이, 다시 말해 내 옆으로 운반되는 신문의 표제어를 갑자기 읽을 수 있는 가벼운 숨결이 나를 감동시켰다. 슬로베니아어에서 그 표제어는 독일어에서와 같이 그렇게 큰 표제어가 아니고, 마치 다채로운 색깔이 부족한 민속의상처럼 단순해서 오히려 새로운 활력을 주는 순수한 뉴스였다. 대중 사이에서 이야기된 많은 것을 나는 혼자 즉석에서 이해했다. 내가 여기 길 위에서 누구에게도 말을 걸지 않았기 때문일까? 내가 의무적으로 선생님과 외국어로 대화하지 않으면 안 되었던 초등학교 시절부터 그것을 잊어버리면 안 되었는데 — 단지 무감각해서일까? Jutro는 아침이었고, danes는 오늘, delo는 일, cesta는 도로, predor는 터널이었다. 상점 이름들도 나는 번역할 수 있었다. 그들 모두가 아주 단순했다. 우유가게에서는 북쪽지역이나 서쪽지역의 시장 광고와는 반대로 우유를 위한 단어 외는 아무것도 안 적혀 있었고, 빵 가게에는 빵을 위한 단어 외는 아무것도 안 적혀 있었다. 그리고 mleko(우유)와 kruh(빵) 같은 단어들의 번역은 다른 언어로의 번역이 아니었다. 그것은 실제모습들로, 단어들의 유년기로, 우유와 빵의 첫 번째 모습으로 되돌아가는 번역이었다. 다음 뒤따라오는 단어 banka(은행)를 Die Bank로 하는 것은 이미 다시 통상적인 번역이었다. 그러나 은행의 창문은 쇼윈도도 상품진열장도 표시하지 않으면서, 무엇인가 근원적인 것을 나타내는 것으로 여겨졌다. 예를 들어 내가 태어난 나라에서 알록달록한 피라미드 모양의 저금통이 내 마음에 들었던 그 장소는 텅 비어 있었다. 그곳은 내 앞에 열려 있는 빈 장소였다. 마치 통행인들의 무표정한 얼굴을 바라보듯 나는 그곳을 바라보았다. 이런 상황에서 나는 고향에서와 같이 익숙한 미소를 띠면서 가면의 틀에서 나를 벗어나게 했던 친척이나 마을 사람을 찾을 필요가 없었다. 여기서 본 얼굴들이 무표정했다는 것은 그들이 사실은 꾸밈이 없다는 것을 뜻했다—내가 젊은 사람들의 모습을 보았을 때, 그들은 트랙터의 연결차량에 모여 목까지 가죽복장으로 차려 입고, 그곳 길거리에서 관습에 따라 짐승 사냥을 하기 위하여, 알프스지방 도시로 가는 길에 있었다. 그들은 도시 외곽에서 필요한 막대와 사슬을 아직 준비하지 못했다. 그리고 곧 머리에 쓰게 될 커다란 유령가면들은 아직 그들의 발치에 놓여있었다. 모두가 농부인 듯이 빈약하지만 부드럽게 말을 주고받는 젊은이들의 얼굴은 그들의 가죽옷 주름과 함께 좋은 인상을 주었다. 그리고 비슷하게 나는 예세니체의 모습을, 마치 그것이 유일한 것인 듯, 또 그것이 나에게 가치를 주는 듯, 잇달아 곰곰이 바라볼 수 있었다. 그것을 나는 국내에서는 한 번도 경험해보지 못했다. 나에게서도 다른 누구에게서도, 또 부활절 밤에 링켄베르크 교회에서 땅에 끌리는 보랏빛 천을 어깨에 걸치고 마을의 다른 남자들과 함께 부활한 자의 빈 무덤을 뜻하는 오목한 곳의 앞에서 무릎을 꿇고, 그다음 그 앞에서 몸을 쭉 뻗고, 그리고 밀랍 반점이 있는 적색 천으로 덮여져서, 다시 알아볼 수 없도록 조용히 배를 대고 엎드린 아버지에게서도. 그리고 나는 아버지가 라디오 협주곡을 듣고 악기의 이름을 말하듯이, 지금 이곳 자동차와 공장의 소음에서 분명하게 서로 대조되는 개별적인 소란을 들었고, 정거장에서 차량 완충기의 부딪히는 소리와 동시에 슈퍼마켓에서 상품 운반용 손수레의 쩔그럭 소리를 들었고, 공장 굴뚝에서 솟는 증기의 쉬쉬 소리와 동시에 하이힐의 긁히는 소리를 들었고, 망치 두들기는 소리와 동시에 자신의 호흡 높낮이를 들었다. 그리고 그와 같이 생각지도 않던 듣는 능력은 여기서 존재하지 않는 것, 부족한 것, 사라져서 슬로베니아 공업도시에는 없는 어떤 것에서 유래했다고 나는 생각했다. 일상적인 교회 시계들이 울리지 않자, 나는 비로소 부근 일대에 대한 섬세한 청각을 갖게 되었다. 그리고 그곳은 결코 자유롭게 선택된 땅이 아니고 특정한 궁핍의 땅이었다. 그곳은 내가 자란 관습의 땅과 많은 것이 비교되고, 그래서 처음으로 구별이 되고, '세계'로서 파악하게 했다.

내가 인식했었던 세계의 영역은 그의 특징들이 눈에 띄게 불확실해지면서 지금의 유고슬라비아나 옛날의 왕국과 제국을 벗어났다. 통행인들이 보는 다양한 신문에서 아직 키릴 문자[*그리스인 선교사 키릴로스(Kyrillus)가 고안해냈다고 전해지는 문자.]가 뚜렷했고, 관청 건물에 표시되어 있는 옛 오스트리아 제명(題銘)에서 아직도 남아 있는 부분을 읽을 수 있었고, 옛 그리스의 *Chaire*, 즉 축복이 있기를!이란 말을 고급저택의 합각머리의 삼각벽면에서 읽을 수 있었다—그러나 여러 의미로 해석할 수 있는 어느 주유소의 석유광고가 나뭇가지 사이로 보였는데, 그것은 꿈에 보았던 중국을 생각나게 했고, 또 한결같이 낯선 시나이 반도의 황무지가 고층건물 불럭 뒤로 먼지 낀 장거리 버스 모습과 함께 나타나는 광고였다. 그의 정면에 도로 공사용 압착롤러가 목적지 표시를 하면서 미끄러지듯 굴러가다가, 판독이 어려운 두 개의 장소 이름 사이 정중앙에 섰다. 내가 탄 차가 그 옆을 지나갈 때 도로에 그려진 히브리어 문자 표시가 눈앞에 움직였다—그래, "눈으로 튀어 올라라." 왜냐하면 그려진 문자의 주위로 넓게 펼쳐진 풍경이 놀라움과 함께 동반되었기 때문이다.

어느 맹창의 모호한 모습이 세계의 중심처럼 내 시선을 잡아끌었다.

그것은 꽤 높은 산 언덕에 있는 커다란 건물의 양지쪽에 부착되어 있었는데, 나는 그 건물을 국경선 저편 수위실까지 귀족의 저택이라고 믿었다. 이 저택은 탁 트인 곳에 자리 잡고 있었으며, 다만 몇 그루 소나무가 그 앞에 서 있었는데, 빛나는 갈색 껍질이 건물 정면의 노란색을 더욱 뚜렷하게 만들었다. 정문 쪽으로 풀밭을 통해 가파른 암석 계단이 나 있었고, 그곳에는 나에게 등을 돌리고 어린애가 한쪽 다리로 계단 아래를 주저하는 듯이 내려가고 있었다. 계단은 어린애에게 대단히 높았다. 경사진 잔디밭은 특이하게도 가로로 도랑이 나 있었으며, 또 풀에 뒤덮인 작은 테라스도 비스듬한 모습을 하고 있었다. 그의 아름다운 그림자 무늬는 전면에 가로로 난 도랑에서 다시 반복되었다. 소나무 뒤에 있는 그 저택은 인공건축물보다는 노란색 자연석을 더 생각나게 했다. 그것은 사람이 살지 않는 느낌을 주었다. 어린애도 계단 위의 입구에 서 있는 것이 아니라, 놀이터에 서 있었다.

그 맹창은 근방에서 특이한 모습을 하고 있었다. 그리고 그의 영향 역시 세간에서 널리 행해지지 않는 것, 애매한 것, 투명하게 보이지 않는다는 점에서 왔다. 맹창에 들어 있는 막연한 어떤 힘이 내 시선을 반사했다. 그리고 나에게서는 모든 언어의 혼란과 동시에 말하는 것이 중단되었다. 내 자신은 조용해졌고 모든 것을 눈으로만 알아차려야 했다.

나는 이 맹창을 다시 상실할 수 있다는 것을 결코 생각하지 못했다. 나는 그것을 확고한 것으로 느꼈다. 그러나 그다음 곁눈질로 보았을 때, 그곳에서 나온 빛은 희미했다. 그 옆의 창문—소위 '바라보는' 창문은—처음은 늙은이의, 다음은 젊은 여인의 서로 다른 두 개의 손에 의해 열렸다가 다시 닫혔다. 노파의 모습, 나는 그것을 한순간에 알아볼 수 있었는데, 단순한 늙음 이상이었다. 노파는 죽어가는 사람이었다. 그녀는 사람들이 부축하고 있는 방에서 마지막으로 죽음을 피해 격자창을 빠져나와 교외로 달아나길 원하는 것 같았다. 움푹 팬 아랫입술과 결코 다시는 감기지 않을 것 같은 찢어진 두 눈을 가진 잿빛으로 주름진 얼굴이었다.

창문은 텅 비어 있었다. 그곳에 아침 햇살이 비쳤다. 그러나 비치는 빛은 단순히 사라지지 않고, 그곳에 흡수되었다. 어린애 역시 착각이었던 것처럼 사라졌고 집과 경사진 잔디밭으로 난 도랑은 짙은 그림자로 여겨졌다. "필립 코발은 착각을 하고 있다!" 이 말은 역사 선생님이 내게 자주 하시는 칭찬과 비난이 섞인 말씀이었다. 그리고 이 착각은 다시 한번 효력을 상실하게 되었다. 이미 큰소리로 우는 찡그린 얼굴이 나를 지나갔고, 그다음에는 여성적인 것도, 남성적인 것도, 어린애다운 것도 군중 속에는 더 이상 없었다. 보도 위에는 다 자라 뼈가 굵은 볼품없이 거친 사람들의 무리가 서로 밀치고, 떼밀고, 길을 질러가면서 움직이고 있었다. 어디만큼에선가 같은 높이의 시점에서 갑자기 나타난 국가원수의 시선이 이들 모두를 감시하고 있었다. 그는 자동차 공장에서는 젊은 빨치산 지도자로, 이발소에서는 하얀 옷을 입은 해군제독으로, 극장의 대기실에서는 그의 호화로운 부인의 팔을 낀 똑같이 훌륭하게 턱시도 차림을 한 남자로, 학교 교정에서는 콘크리트로 만든 황제의 두상으로, 지금은 우리 모두에게 유일한 지도자였다. 마지막으로 높이 맹창까지 탐색하는 눈초리가 당국의 힘을 더욱 강하게 했다. 마치 내가 그것을 의심했다는 듯이 그곳에 있던 경찰관은 지체 없이 그리고 천천히 손가락을 꺾으며 다른 편 길가로 나를 불러 신분증명서를 요구했다. 그 유니폼 입은 남자는 이미 어제 도착 때에 내 여권을 검사했었던 나와 나이가 비슷한 젊은 남자라는 생각이 후에 떠올랐다―그러나 이처럼 어둠이 짙어지는 시간에 어느 누구도 다른 사람을 알아볼 수 없었다. 마치 우리가 모든 기억력을 잃어버린 것 같았다.

    나는 발걸음을 천천히 정거장으로 들어갔다. 화장실로 가는 길은 마치 방공호로 가듯 축축한 계단을 내려가야 했다. 화장실 지키는 여자가 그 앞에 서 있었는데, 허리춤에는 열쇠꾸러미가 없었다. 나는 자물쇠 없는 칸막이 방에서 헛되이 야한 속담들이나 그림들을 찾았다. 그것들이 지금 나를 도와줄 수도 있었다. 세숫대야 위에는 수도꼭지가 없었고 다만 벽에 구멍이 나 있었다. 위쪽 대기실은 어둡고 역겨운 냄새가 났다. 우선 나는 그곳에 비좁게 앉아 있는 여러 사람들 중에서 붕대로 감거나 깁스를 댄 신체 부위의 하얀색을 알아보았다. 빛은 승강장에서 오는 게 아니라 어두운 복도에서 왔다. 후에 나는 상처 입은 엄지손가락 위에 이런 저런 골무를 구별했고 내 옆에 앉은 남자의 머리에서 피딱지를 보았다(나는 과장하려는 게 아니라, 그런 것에 마음이 끌렸다). 나는 신발에 붙은 진흙덩어리들, 무릎이 쑥 튀어나온 바지, 검은 손톱 가장자리를 보고 내 자신에게도 역겨움을 느꼈다. 내가 옷을 입은 채 밤을 지냈고 세수도 하지 않았음을 모두가 알고 있다고 생각했다. 기숙학교에서 동상에 걸리면 한 여름에도 발가락이 가렵듯이 머릿속이 가려웠다. 나는 지도에서 나의 다음 목적지를 찾으려고 헛되이 노력했다. 지도 위에 비치는 빛은 단지 창백한 저지대와 연한 파란색의 빙하지대를 밝히고 있었다.
    나는 승강장으로 나갔다. 그곳에는 노동자가 압축 공기를 이용한 착암기로 아스팔트가 덮인 부분을 파헤치고 있었다. 맞은편 선로에 오스트리아행 아침 기차가 북쪽 방향으로 출발 준비를 하고 서 있었다. 객실들은 밝고 깨끗하고 거의 텅 비어 있었다(기차는 훗날 많은 유고슬라비아인들이 빌락으로 상품 구매를 위해 오는 짧은 여행처럼, 아직 그렇게 벅적거리지는 않았다). 다시금 파란 유니폼을 입은 철도관리들이 기관차 앞에서 오스트리아 국경 관리들과 함께 기다리고 있었다 — 그들은 사복차림으로 셔츠바람에 상의를 어깨에 걸치고 있었기 때문에 국경 관리로 인식될 수 없었다 — 승객은 아직 한 사람도 오지 않았다. 나는 그곳에서 움직이지 않고 있었음에도 불구하고 갑자기 마음이 급해졌다. 그대가 결정하라! 국경 너머 고향마을에 있는 집으로, 방으로, 침대로 다시 돌아가 그곳에서 원 없이 자고 싶은 욕망은 거의 억제하기 어려웠다. 그러나 최상의 피난처는 언어였다. '작업방향'이란 부호설명을 가진 화살표와 똑같이 '고향 정거장'의 기관차 옆구리에서 — 의미를 헤아리는 것이 아니라 단어 모습을 — 읽을 수 있는 나의 친밀한 조상 전래의 독일어였다.

나는 결단성 없이 가짜 다리로 서 있다는 생각이 들었다. 아스팔트 덮인 부분에 착암기가 부딪히면, 얼어붙은 큰 웅덩이 위로 걸어갈 때처럼, 별 모양으로 틈이 갈라지면서 서로 폭파되었다. 어떤 젊은이는 구두 밑창까지 빠지면서 걸어갔다. 나는 둔탁하게 울리는 소리에 몹시 흔들려서 바닥을 내려다보았다. 그리고 아스팔트 회색 먼지 속에서 맹창을 다시 보았다. 그리고 그것을 다시 시간 여유가 있다는 친밀한 표시로 보았다. 나는 나의 '세계'를 너무 원하지 않았던가? 나는 도대체 누구였던가? 아스팔트를 보면서 이번만은 내가 누구였는지를 알았다. 나는 이곳에서 타관사람, 외국 사람이었지만, 그러나 아무것도 말할 것이 없는 어느 누구였다. 나는 소위 말해 인간의 품위에 대해 집에서나 고향에서 어떠한 요구도 갖지 못했다. 그리고 이러한 인식과 함께 단순한 위안보다는 평온한 상태가 나를 더 편하게 했다.

오스트리아행 기차가 출발했다. 차장은 물어보는 듯 나를 쳐다보지 않았던가? 정거장은 밝고 넓었다. 아스팔트 위에서 내 발쪽으로 급히 내려앉았다가 곧 다시 날아가 버린 참새들은 얼마 전에는 링켄베르크 수풀 속에서 웅크리고 앉아 있었고, 또 철길에 깔린 자갈 위에 타원형 질경이 꽃잎 하나가 날아왔는데, 소위 말해 정원난민이었다. 커다란 걸음걸이로 마치 결심한 듯이 나는 매표소로 가 차표를 샀다. 커다란 걸음걸이로 마치 더 이상 혼자서 하는 것이 아니라는 것을 안 사람처럼 나는 지하도를 통해 가장 뒤쪽 승강장으로 달려갔다. 그리고 단숨에 국경 넘어 짧은 여행을 끝내고 이제 올바른 여행을 시작하는 것처럼, 샘물가에서 급히 세수를 한 후 남서부행 열차에 올라타자, 창가 의자에 앉아 곧 잠이 들었다. 그리고 지금 내게 이리저리 찢긴 아스팔트를 밟고 걸어가던 그 젊은이의 모습이 떠오르는 것은 아마 넘어질 것 같아 위태위태했기 때문으로 여겨진다. 마치 많은 사물들이 추락하기 전 마지막 순간에 제자리를 잡고 떨리는 양손에서 자유롭게 될 때 사람에게 깊은 인상을 남기는 것처럼.

다음 날들을 나는 보힌예(독일어로는 '복하인') 지역에서 형이 남긴 두 권의 책을 공부하면서 보냈다. 나는 하차할 곳을 놓치지 않기 위해 열차가 그쪽으로 가는 동안 눈을 크게 뜨고, 초원에 '건초 건조대'라고 부르는 길고 가느다란 나무 버팀목들이 서 있는 것을 보았다. 땅에 박힌 두 개의 말뚝(오늘날에는 콘크리트)과 그 안에 평행으로 세워진 일정한 수의 막대기들이 있었는데, 그 막대기들 위로 널빤지 지붕아래서 그해의 첫 목초 수확물이 건조되고 있었다. 그것은 봄에 피는 꽃과 함께 베어 놓은 풀이었다. 그리고 갈색의 건초더미에는 색상이 표시되어 있었다. 막대기들은 말뚝을 벗어나, 모두가 한 방향을 가리키는 묶여 있는 도로 안내용 표지 같았다. 그것은 마치 열차가 서로 꼭 붙어서 계곡에서 계곡으로 그들의 각도를 강렬하게 서쪽으로 꺾는 화살표를 따라 달려가는 것 같았다. 나의 잠 속에서 건초 건조대들은 선로의 양편으로 커다란 들것 장치의 모습을 취하고 있었는데, 그들의 도움으로 여행자들은 시간을 허비하지 않고 그들의 목적지로 가게 되었다.

나는 더 이상 야외에서 밤을 지내지 않고 그 지역의 중심지에 있는 어떤 여관, 보힌스카 비스트리차던가, 복하인 파이스트리츠던가에서 보냈다. 게다가 나는 싼 가격을 보고 내가 가진 돈을 헤아려 본 후에 결정했다. 선생님의 선물, 과외수업 수당, 그리고 또 어떤 신문에 '스스로 지은' 작품의 인쇄를 통해 ("너 정말 그것을 스스로 지었느냐?" 하고 옆자리에 앉았던 동료가 머리를 흔들면서 물었다) 마련한 돈이었다. 그래서 나는 나중에 어려움 없이 다른 학생들과 그리스로 여행을 갈 수 있을 것으로 생각했다.

그러나 내가 그 공동 여행을 포기했던 것은 돈이 부족해서라기보다도 신문에 내 작품을 싣는 일 때문이었다. 그것은 한 소년이 집의 마당에서 자전거를 수선하고 있는 과정을 자세하게 서술하고 있는 이야기를 다룬 것이었다. 빛, 바람, 나무의 살랑거림, 내리기 시작한 비와 함께 끝에는 주인공이 고함을 지르고 집안으로 달려 들어와 텅 빈 방에서, 아버지인지 어머니인지 나는 알지를 못했는데, 깜짝 놀라는 그러나 짧게 외부세계를 반사하는 두 눈을 발견한다는 내용이었다. 그와 같은 내용과는 전혀 관계없이 내가 작품을 '썼다'는 그 사실 하나가 동료학생들과 거리를 두게 했다. 그들 중 한둘은 연극반에서 연기를 했고, 한 친구는 작품을 썼으며, 또 그 작품을 가지고 '널리 알려졌지만', 그것은 여하튼 낯설게 느껴졌다. 여자 친구도 작품을 읽기 전에 제목과 이름이 적힌 페이지를 보자마자 거부하는 이상한 시선을 나에게 보냈는데, 그 시선은 독서 후에 몰이해, 동정, 의심스러움 그리고 무엇보다도 경계하는 애매한 관점으로 변해갔다. 그리고 당시 내가 그녀를 끌어안으려고 했을 때, 그녀의 목이 얼마나 뻣뻣했던가를 훗날 자주 회상하게 되었다.

그리고 이러한 애매한 분위기를 야기한 것은 또 내 자신이 아니었던가? 나는 신문 발행일에 그것을 펴서 읽는 누군가를 동시에 나의 모든 잘못을 알게 되고 부끄럽게도 계속 이야기하게 될 그런 사람으로 주시하지 않았던가? 동화 쓰는 역사 선생님의 격려를 받고, 지역의 시사문제에 만평을 쓰는 편집자에 의해 장려되어 신문에 인쇄된 내 작품은 너무나 당당한 것이어서(사람들은 내가 누구였는지를 마침내 알아야 했다!), 그녀는 나에게 인류의 타락으로 보였고 그리고 이 타락이 나를 추적할 수 없는 유일한 장소는 다행히도 마을이었다. 그 마을에는 오늘과는 달리―"링켄베르크는 …를 읽을 수 있다"란 팻말이 이미 장소 입구에 서 있었는데―그곳 목사관에 구비되어 있는 일간 신문은 한 번도 나의 관심을 끌지 못했다. 마을에서 나는 지금까지 버스와 열차의 통학생으로 가장 친숙한 존재였는데, 이제는 영원히 불가능하게 되었다. 눈에 띄지 않고 아무것도 아닌 존재로 있었던 곳에서, 이제는 '어떤 누구'로 등장하게 된 것이다. 은둔상태에서 벗어남과 동시에 나의 본질적 특성을 잃어

버렸다. 군중 속에서, 특히 열차 복도나 버스의 중간 문에 서 있을 때 이따금씩 느꼈던 쾌감은 불편한 심정으로 바뀌었고, 나를 독자적인 스포트라이트에 내맡길 수 있어야 했다. 그래서―나를 몹시 부끄럽게 했던 것은―같이 가는 승객들을 부담스럽게 했다는 점이었다. 그 때문에 지난 주일에는 대중교통을 피해서 주로 자전거를 타고 가고 오는 데 반나절이 걸리는 학교로 가기도 했다. 지금 나 혼자 여행하는 데는 많은 이유가 있었다. 그러나 그 중 하나 확실한 것은 공상이든 아니든 내가 사회에 알려지게 되었다는 점, 나를 드러내 보였다는 점을 망각하고 있었다는 것이다. 이러한 망각 속에서 나는 매 순간 사회에 알려지지 않은 자로 나를 생각하며 시간과 거리를 항상 유익한 은혜로 느끼지 않았던가? 그래서 내가 복하인에 도착한 후 곧이어 지도에 포차블리예노로 기입되어 있고, 그 뜻은 대략 "잊혀진 것" 혹은 "망각"으로 불리는 작은 마을로 가지 않았던가? 그리고 사람들은 정말로 내가 다음날에 특별한 장소로 걸어가거나, 서 있거나, 앉아 있거나, 누워 있거나 혹은 달려가는 것을 당연한 일인 듯 내버려 두지 않았던가?

유일하게 빌락하에 있는 선생님만이 당시 나의 인쇄된 작품을 처음 보고 마치 어떤 음악가에게 시작신호를 주는 것 같은 몸짓으로 "필립 코발!"이란 내 이름을 쉴 새 없이 부르며 나타났다―내 이름을 나는 그때 처음으로 성(姓) 앞에 세례명을 쓰는 형식으로 들었다. 그러나 나는 지금까지는 오로지, 예를 들면 군대에 가기 위한 병역 적격판정 등에서 "코발 필립"으로 불렸다. "그만 하세요!" 하고 나는 선생님에게 조용히 대답했다. 정말 나는 절대로 더 이상 신문에 글을 쓰지 않겠다고 결심했다. 나와 내 식구들 그리고 마을 사람들을 더 이상 부끄럽게 하지 않겠다고 결심했다. 명성을 위한 꿈과 함께 모든 미래가 지나가 버렸다. 버스나 기차에서 다른 사람들 가운데서, 비록 나 혼자 감격해서 책을 읽고, 새로운 창작을 경청하고, 멜로디에 감탄했을지라도, 나는 인생에서 아무것도 될 수 없다는 것, 나는 이르든 늦든 그저 좌절할 수밖에 없다는 것, 나는 마치 교회 헌당식 날 점쟁이가 어머니에게 확고한 믿음에서, 시골 여인과 그녀의 일에 쓸모가 없는 아들을 기쁘게 해주기 위하여, 보수 외에는 아무것도 중요하지 않은 기껏 '회계사원'으로, 소규모 회사원으로 직업을 선택하도록 알려 주었다는 것을 나는 이미 이전부터 알고 있지 않았던가? 그리고 슬로베니아 여관방에서 돈 계산은 내 운명의 일부가 아니었던가?

복하인은 사방이 산맥으로 둘러싸인 넓은 계곡 지역이었다. 빙하의 초기 지반(地盤) 서쪽 지역에 크고 조용하고 내 기억 속에서는 거의 항상 정적에 싸인 복하인 호수가 있었다. 북쪽 해변으로부터는 가파르게 율리안 알프스 산맥이 아직 빙하로 덮인 트리글라브에, 즉 '세 개의 머리'에 뾰족하게 솟아 있었고, 그 아래쪽 강변에 유행에 따라 지은 모형들이 휴가 나온 아이들에게 놀이터로 이용되었다. 남쪽에 있는 산봉우리들은 바다를 가로막고 있는 마지막 커다란 장애물이었다. 그 뒤로는 벌써 이손초(슬로베니아어로는 소차)로 내려가고, 수목의 생육 한계선이 뚜렷하게 보이지 않는 산비탈 사이로 강물이 멀리 흐르고 있었다. 접근하기 어렵게 복하인 호수는 수백 년간을 세상과 멀리 떨어져 있었다. 단지 변두리 오솔길들이 이손초 계곡과 프리울란 평야를 연결시키고 있었다. 한편 내가 왔던 동쪽 길은 철도 건설과 함께 처음으로 개방되었다.

오스트리아가 알프스 지역이라는 사실 그리고 국가의 또 다른 이름은 '알프스 공화국'이라는 사실이, 약간의 거리를 두고 산들이 있는 크고 평평한 야운 평야에서 성장한 나에게 늘 기이한 생각을 갖게 했다(마을에는 스키를 가진 사람이 아무도 없었고, 유일한 썰매 길은 숲 가장자리에서 길로 나 있었고 그곳에서 사람들은 얼마 가지 않아 곧 다시 멈춰 서곤 했다). 그러나 나는 복하인에서 정말로 내가 알프스 산맥으로 둘러싸인 것을 알았고 나를 알프스 지역 속에서 느꼈다. 그곳은 개천이나 좁은 계곡, 태양이 비치는 쪽이나 그늘이 지는 쪽 그리고 아주 좁은 하늘을 가리키는 것이 아니라, 오히려 분지임에도 불구하고 높은 지역에 조망이 트인 곳이었다. 눈 감으면 내 앞으로 아득히 멀리 사람 없는 피오르드의 파란 호수가 펼쳐지고 산맥들에 의해 둘러싸여서 빙하로 생긴 퇴석(堆石)에 의해 지면이 다양하게 구분된 해안이 떠오른다. 그것을 표현하기 위해서는 처음에 사용한 '계곡 지역'이란 단어처럼 그렇게 적합한 명칭은 없었다.

게다가 복하인은 약간 솟아 있는 정거장에서 볼 때 활동적인 지역이었다. 내가 그 당시 열차에서 내렸을 때, 처음에 보고 냄새 맡은 것은 거의가 목재였고, 곧 화물 철도 뒤에서 쌓여 있는 통나무줄기들, 사각형 목재들, 판자들 그리고 각목들의 저장소를 보았고, 집들 사이에서 전기톱이 돌아가는 소리를 들었다. 내가 그곳에 머물렀던 여러 날 한가한 사람은 한 사람도 만나지 못했다. 첫 눈에 그렇게 보였던 사람은 표시 없는 정류장들(예를 들어 판자 울타리 곁이나, 육교의 화물계량소 곁)이나, 베어진 소나무들이 모여 있는 곳이거나, 건초용 풀을 뒤집을 수 있는 화창한 날씨를 기다리거나 혹은 여관집 주방의 늙은 요리사처럼 우유를 끓이거나 음식이 완전히 익기를 기다리는 그런 사람들이었다. 한번은 혼자 조용히 길가에 앉아 있던 군인에게 가까이 갔는데, 그는 무전기를 귀에 꽂고 있었다. 그리고 아이들은 비록 외면적으로는 시시덕거리면서 관목숲에서 잎을 떼어내고 있었지만 흔적 살피기를 배우는 보이스카우트 대원의 모습을 보였다. 심지어 그들은 일요일에 교회의 고해석 앞에 길게 줄을 서서 기다렸는데, 그 교회는 대성당 크기의 교회로 초원에 서 있었다. 그리고 누군가 그의 죄에서 자유로운 자는 들판에 나가 혼자 웃을 수 있는 그런 시간도 가졌다. 그리고 그곳에서 주저하지 않고 참회기도를 수행하기 위해 무릎을 꿇을 수 있는 작은 의자를 향하여 걸어갔다. 토착민의 평화로움은 계곡주민들로부터 온 것이 아니라, 억제할 수 없는 것, 여유 없이 바쁜 것, 지속적인 침착함 등은 새로운 이주자들로부터 왔다. 그걸 통해 나는 복하인을 그의 자연스러운 상황도 고려하여 자주 고유한 유럽 땅으로 보았다. 그 안에서 나는 의미 없이 비틀거리며 한 순간의 집중을 위한 신중함과 부지런함을 다른 방향으로 돌리면서 바쁘게 이리저리 돌아다니는 백치나 술 취한 인간은 거의 볼 수가 없었다. 나는 책을 읽을 장소를 찾는 걸 멈추고, 반대 방향으로 몸을 돌려, 길에서 좀 떨어진 곳에서 앉기에 적당한 잔디가 자라는 곳을 찾으며 나무에 몸을 기대었다가 곧 다시 송신 때문에 계속 몸을 비트적거리면서 사람을 속이는 것 같은 역할을 하고 있다는 사실을 깨달았다.

　내가 머물렀던 여관은 남쪽의 산맥 정상을 보며 서 있었는데, 독일어로 번역해서 '검은 땅'으로 불렸다. 그 여관은 세계대전 전에 건축된 커다란 집으로 나는 그곳에서 곧바로 맹창을 알아보았다. 나 이외의 손님으로는 등산객이 두서넛 있었다. 나는 가족을 위해 준비된 침대 네 개를 가진 방 하나를 혼자 썼다. 그 방은 현관 위 2층에 있었다. 한쪽 창문을 통해 일련의 소나무들이 보였다. 그 배열은 숲의 가장자리처럼 늘어서서 그곳 중앙으로 이어지고 있었다. 다른 창문으로는 집 곁을 스쳐지나가는 급류가 보였는데, 하얗게 쏴쏴 거리며 흐르는 세찬 물소리가 모든 화물차와 전기톱소리를 압도했다. 물소리를 뚫고 들리는 소리는 열차의 기적소리거나 군용 비행기의 날카로운 울림소리 정도였다. 소나무는 물과는 달리 앉은 자리에서 볼 수 있었다. 그래서 나는 작은 나무 책상을 적당한 자리에 세우고 여러 종류의 의자들에 앉아 시험을 해보았다. 내가 아무것도 결정할 수 없었을 때, 나는 그것들을 모두 책상 옆에 세우고 때때로 자리를 바꾸어 앉았다.

첫째 날 나는 포장을 풀고 책 두 권을 끄집어내었으나 펴서 읽지는 않았다. 마루로 향한 문은 열어 두었다. 왜냐하면 급류가 흐르는 굉음 때문에 나는 닫힌 방에서 마치 세계로 나오는 기분이 들었기 때문이다. 그래서 아래쪽에 손님방과 주방에서 자주 덜커덩거리는 소리 혹은 다른 날카로운 소음이 들렸다. 문 맞은편 복도 벽에 흑갈색으로 박제한 대뇌조(大雷鳥) 한 마리가 짝을 부르는 자세로 사지를 펴고, 소리를 지르느라 단단해진 목과 감은 눈을 하고 걸려 있었다. 마치 총을 맞아 죽은 것을 박제한 것 같았다. 다양한 종류의 열쇠를 가진 열쇠걸이 판 옆 창유리 뒤에 잘 손질된 나비채집 상자가 하나 걸려 있었다. 처음 본 순간 나는 그 모든 것을 이전에 한번 보았던 것 같았고, 그렇지만 이전 인생으로 소급이 아니라 현실로, 구체적으로 생각할 수 없는 앞으로의 인생을 생각하게 했다. 책상, 의자들, 침대들은 목수였던 아버지를 생각나게 했고, 유리창 앞에 피어오르는 안개는 계곡의 급류 일꾼이었던 아버지를 생각나게 했다. 혹은 복하인의 독특한 말 '고정석 지역'으로 표현하는 형의 편지 어법을 생각나게 했다. 나는 방과 집만을 구체적으로 다시 발견할 수 있다고 믿지 않았다. 또한 장소 비스트리차는 전체 계곡 주민과 더불어 '투명한 곳', '깨끗한 곳', '개천 마을'을 가리켰다. 내가 어린애였을 때는 그 장소를 놀라서 바라보았고, 스무 살 때는 그곳을 관찰했고, 마흔다섯 살 때는 그곳 전체를 조망했다. 그리고 그들 세 사람은 이 순간에 하나로 혹은 연령이 없었다. 게다가 비스트리차는 일반적인 마을은 전혀 아니었고, 오히려 도시가 되기 위한 변두리 지역이었으며, 도시란 그러한 수많은 자유로운 중간지역들이 점차 성장되어 이루어지는 것이다. 변두리에 있는 두서너 고층 건물에는 슈퍼마켓이 있었고, 초원에 있는 교회는 이미 도시가 들어 설 전조 역할을 했다.

여관 홀 식탁에 앉아 종업원에게 음식을 주문하는 것이 그 당시 가난뱅이 농부의 아들에게는 매우 부적당하게 여겨져서, 처음에는 슈퍼마켓에서 사온 과자와 비스킷을, 그리고 누나가 선원용 백에 넣어 주었던 빵과 사과를 먹고 살았다. 그것은 지난해의 마지막 사과들이었고, 이미 너무 오래 되어서 내가 그것을 손에 들자 안에서 씨들이 덜커덕거렸다. 나는 그것을 어쩔 수 없이 먹었을 뿐 아니라, 비록 오래된 것이지만 사과는 내가 가장 좋아하는 음식이기도 했다. 큄멜씨를 향료로 뿌린 소금기가 거의 없는 호밀과 밀가루 빵을 새콤달콤한 사과와 함께 먹는 맛은 나에게 다른 무엇보다도 '맛이 좋았다.' 창가 식탁 위에 일렬로 놓인 빵, 사과, 칼 그리고 깊숙이 갈라진 틈을 가진 밀가루 빵을 보면서 나는 달의

뒷면을 생각했다. 그 빵은 물론 일주일에 천체가 줄어드는 것보다 더 빨리 하루만에 줄어들었고, 마지막 절단면은 너무 얇아서 빛을 받으면 곧 녹아버리는 투명한 눈(雪) 결정체의 망(網)을 생각나게 했다.

내가 두 권의 책을 펴면서 올바른 동화가 비로소 시작되었다. 그 안에 표지처럼 끼어 있는 지폐를 발견했을 때, 내가 여행에서 하루에 한 번 "따뜻한 식사"를 해야 하고, "그래서 적어도 위가 자신을 외국에 있는 것으로 느끼지 않도록" 해야 한다고 말해 주었던 누나의 모습이 떠올랐다. 그 당시 돈을 발견하는 꿈을 자주 꾸었던 것처럼 나는 이제 도처에서 더 많은 지폐가 빛나는 것을 보았다. 그리고 나중에 누나가 돈을 빵 안에 넣고 굽거나 혹은 사과 그릇에 밀어 넣지 않은 것을 유감으로 생각했다. 꼬깃꼬깃 접혀 바지 뒷주머니에 들어있는 몇 장의 지폐를 보고—가족 중에 아무도 가죽 지갑을 가진 사람은 없었다—나는 돈내기놀이 후에 주변으로부터 승리의 시선과 다음 판을 노리는 보복의 시선을 함께 받으며 딴 돈을 챙기는 아버지의 행동을 반복한다는 것을 알아 차렸다. 그래서 나도 누나가 아버지에게서 슬쩍해서 찔러준 돈을 나의 내기 돈으로 간주하고, 그것을 교환해서, 그날 저녁에 아래쪽 여관 홀에서 단호한 목소리로 그리고 내가 생각했던 대로 악센트 없이 나의 첫 따뜻한 식사를 주문할 수 있었다. 종업원의 얼굴에는 나에게 웃음으로 보이는 친절함이 흘렀다.

책 두 권 중 첫 번째 것은 사실 딱딱한 덮개 사이의 공책으로 형이 마리보르에 있는 농업학교에서 썼던 작업 노트였다. 그렇지만 노트는 두꺼웠고 노트 덮개도 그에 어울리는 냄새가 났기 때문에, 나는 그 두꺼운 노트를 늘 책으로 보았다. 다른 책, 즉 19세기의 슬로베니아 – 독일어 사전, 편지 꾸러미, 2차 세계대전 때 사용했던 제복의 모자(아들), 그리고 1차 세계대전 때 사용했던 총검과 방독면(아버지)이 모두 함께 고향집의 천장 돌출부 아래 목재 회랑의 궤짝 안에 들어 있었다. 그곳에는 내가 독서를 시작할 때까지 이들 책이 들어 있었다. 궤짝은 청색이었으며 절반은 밖으로 나와 있었다. 나 또한 그들을 보았을 때, 그냥 방 안으로 들어가지 않고, 책을 읽으려고 상자 위에 앉았다. 그럴 때는 그때그때 날씨가 함께 영향을 주었다. 옆구리에 바람을 감지하기도 했고, 빛이 바뀌는 것을 보기도 했고, 지붕 아래까지 빗방울이 휘날려오기도 했다. 이 책들이 있는 장소가 내가 책을 읽는 장소였다. 왜냐면 창가의 걸상에서 일요일 교회신문에 열중했던 아버지는 집안에 책을 원하지 않았기 때문이다. 그는 내가 이곳에서 책과 함께 있는 것을 볼 때마다 화를 내면서 투덜거렸고, 옆에 보이는 하얀 물받이 홈통들은 그 자리에서 책을 읽고 있는 나에게 경직된 활자 면을 가로질렀다.

   세월과 함께 나는 독서할 수 있는 자리를 얼마나 찾았던가! 삼거리에 있는 우유 진열대 뒤나, 멀리 떨어진 들판의 성자 상 곁에 있는 걸상 위나, 아래쪽 드라우 강의 분지에 있는 외딴 해변 등이었다. 내 발치에 물은 호수처럼 너무 맑아서, 아래쪽은 강물, 위쪽은 하늘이란 생각이 들었다. 언젠가 한번 나는 산 정상을 조금 못 미쳐 몇 그루 소나무와 함께 양치식물이 자라고 있는 고적한 숲 속의 빈 터를 지나 모든 독자가 꿈꾸는 링켄베르크 산을 올라간 적이 있었다. 나무 주위를 빙 둘러 사람들이 '여인들의 머리카락'이라고 부르는 부드러운 잔디가 자라고 있었다. 이 자리는 자연의 쿠션이었으며, 죄의 늪이 아니라 정신의 옥좌였다. 나는 이 말을 『두려움과 전율』이란 제목을 가진 책에서 알게 되었다. 나는 그곳에서 그러나 첫 페이지, 아니 첫 문장도 나아가지 못했다. 어느 날 오후 처음으로 학교 복도에서 과제를 하고 있는 다른 통학생들 옆에서 문장들과 이어오는 문장들이 나의 흥미를 끌었다. 그리고 나는 동시에 단어들과 함께 주변 일대에 개별적인 것, 즉 의자의 나뭇결무늬, 앞서가는 사람의 정수리와 마루 끝에 있는 등불을 보았다. 그곳에서 우선 소나무 사이에서 바람 소리를 들었다. 그 바람은 이전 숲 속의 빈 터에서 책의 펼침과 함께 곧 잔잔해졌다. 그 장소, 또 그렇게 사랑스럽고 그렇게 책을 읽고자 했던, 그래서 내가 그곳에 나의 자리를 차지하려고 원했던 모든 장소들은 사라져 버렸다. 나는 아버지의 투덜거림과 문맹상태가 견디기 어려워 살그머니 도망을 쳤던 것이다. 오늘날까지 책을 읽을 수 있는 단 하나 유일한 장소는 고향집의 회랑에 오래전부터 장작으로 잘게 빠개진 궤짝 위였다. 내가 장소를 찾으면서 체험했던 것은, 책을 가진 내가 사람 없는 황폐한 곳으로는 되돌아 갈 수 없다는 것이었다.

그래서 나도 형의 작업노트와 함께 여기 저기 머물렀다. 밤나무가 둘러 서 있는 정거장의 텅 빈 대기실이나, 추락하는 비행기가 흔적을 남겼던 묘지 위의 어느 묘석 앞이거나, 호수의 발원지에 놓인 돌다리 위 같은 곳들이었다. 마침내는 나의 한쪽 눈에 수컷 뇌조의 박제가 어두운 색으로, 다른 쪽 눈에는 대야와 항아리를 가진 세면대가 밝은 색으로 비치는 여관방에서 내 시선은 앞에 있는 소나무의 뾰족뾰족한 잎을 지나 이웃집으로 뻗어 갔다. 그 집의 위쪽 용마루 기와는 노트에 쳐진 밑줄들과 어울리면서 왼쪽에서 오른쪽으로 덮여 있었다.

나는 형의 책을 지금까지 늘 반복해서 보았다. 그러나 그것을 올바르게 해독할 수는 없었다. 왜냐하면 농업학교 수업에 사용했던 언어는 슬로베니아어였기 때문이었다. 나는 그것을 그림들 때문에 그리고 무엇보다도 글씨 때문에 눈여겨보았다. 글씨는 분명했고 완전히 규칙적이었다. 철자들은 길고 가늘고 가볍게 오른쪽으로 기울어졌고, 그것은 페이지를 넘길 때 함께 모아져서 영원히 추락 중인 빗줄기의 인상을 주었다. 그 글 자체는 곡선이나 급격한 변경, 속기의 부호나 애매함을 나타내지 않았고, 그래서 그것은 또한 획이 굵은 인쇄체 활자가 될 수도 없었다. 단어에서 다른 단어와 떨어져 결합되지 않은 채 존재하는 어떠한 글자도 없었다. 그리고 동시에 그들의 결속력은 지나간 세기의 기록들에서 보이는 그림처럼 아름답게 쓴 것과는 구별이 되었다. 그 결속력은 그림을 그리는 선과 하나가 되었다. 이것을 나는 단순하게 확정한 것이 아니고, 모든 글자는 그림과 연관된 대상을 가지고 계속해서 동요되지 않고 목표를 향해 간다는 것을 관찰했다. 그리고 나는 형의 기록에서 복하인이라는 새로운 땅과 잘 어울리는 기록을 발견했다. 거주자의 기록과 출발자의 기록을 발견했는데, 그런 경우 기록한다는 것은 출발의 일부다. 어떤 사건의 단순한 증명보다는 끊임없이 계속되는 행위인 것이다.

어느 편지에선가 형은, 문체전문가라면 "우리들의 휘갈기는 필체(즉 가족들의 필체)가 모두 비슷하다"고 단언할 것이라고 말했다. 그래서 나는 그의 편지에서 항상 완고함과 자부심을 읽어낼 수 있었다. 그의 필체는 소위 말해서 어린애 필체는 결코 아니었다. 이미 아주 오래된 학교 노트에 그는 마치 그 일에 종사하는 사람처럼, 책임자처럼, 우두머리처럼, 발견자처럼 썼다.

실제로 전 가족은 마을에서 그들의 도로정비공과 글자 그리는 화가의 단어인, '마이스터'의 필체로 유명했었다("코발 가족은 손만으로 쓰지 않는다!" 그는 말하면서 커다란 동작으로 팔을 쭉 뻗었다). 그 외의 지역에선 '마이스터'란 단어를 가진 집이 한 집도 없었기 때문에, 그것은 우리에게 우수한 가문이라는 평판을 가져왔다. 우리는 '그린 것처럼'이나 '인쇄된 것처럼'이 아니라 누구도 바꿀 수 없는 '코발-몸짓'으로 글씨를 쓰면서 우리의 주장을 했다. 여러 가지 편지를 써주는 어머니는, 언급한 대로, 관청 직원으로 적합했다. 내가 어떤 이웃 사람에게 형에 대해 물었을 때, 그는 몇 개의 일화를 이야기해 주었다. 일반적으로 그레고르 코발과 그의 과수원에 대한 이야기는 "그의 글자처럼 대단히 신중하고 선이 굵고 독창적이었다"고 했다(도로정비공). 심지어 정신 이상에 빠졌던 누나는 '우르슬라 코발'이란 이름으로 때 이른 연금을 받게 되었을 때, 괴팍한 상태에서 깨어나 당당하게 기운을 찾았다.

그들은 글씨로 이처럼 존경을 받았는데 유일한 예외는 집안에서 가장 나이 많은 자와 가장 나이 어린 자, 즉 아버지와 나였다. 한 사람은 손이 너무 무거웠고 다른 사람은 손이 너무 가벼웠다. 아버지는 정상적인 학교 학생이었던 적이 한 번도 없었다. 읽는 것처럼 쓰는 것도 한 글자씩 천천히 썼다. 어머니가 나에게 기숙학교로 보냈던 긴 편지들에 그는 기껏해야 단어 하나를 덧붙였다. 그것은 그저 인사말로 "아버지가"였다. 연금 생활자로 퇴직한 후 그는 한참을 무엇을 해야 할지 알지 못했을 때, 나는 그가 자신의 인생을 쓰도록 하기 위해 노트를 드리는 것이 어떨까 하고 생각했다. 왜냐면 그가 자신의 인생을 구두로 이야기할 때—거의 한숨을 쉬며 긴 침묵 후에 자주 낮은 목소리로 "그리고…"로 말하기 시작했는데—언제나 말이 막혔고 그래서 "그것은 말로 할 수 없다. 그것은 글로 쓰지 않으면 안 된다!"고 하면서 말을 중단하곤 했기 때문이다. 그러나 내가 한두 달 후 노트를 살펴보았을 때, 그 안에는 그가 겨울 내내 시간이 있었음에도 불구하고 글씨는 없고 단순히 숫자, 즉 형의 야전 군사우편번호, 나의 빨랫감 세탁번호, 집 번호 그리고 우리 모두의 생일이 마치 설형문자처럼 그려져 있었다(그는 목공용 굵은 연필을 가지고 숫자들을 쉽게 그렸고, 나무 본을 재빠르게 작업하고 있는 나무 위로 끌어왔다).

나는 필체를 부단히 바꾸었고, 자주 중간부분에서 크게 썼으며, 철자는 모범적 형식에서 벗어났다가, 다시 처음 모습으로 돌아갔으며, 모든 시작 절을 아주 조심스럽게 썼다가, 조마조마하게—글꼴을 관찰하면서—마지막을 끝냈다. 특히 나는 필체를 나의 것으로 체험하지 못했다. 오늘날도 필체는 똑같았기 때문에 그것은 나에게 기교적인 것으로, 모방으로 보였다. 형과는 다르게 나는 내 자신의 필체를 결코 갖지 못했다. 현재 나의 필체는 형으로부터 영향을 받은 것이고, 내가 방심한 순간 물려받은 균형감에서 벗어나 "휘갈기는 필체"로 머무는 대신 형식도 없고 내 자신도 읽을 수 없는 악필로 퇴화되었고, 힘 있는 가족의 태도 대신 허둥대는 모습이나 무능한 모습으로 변질되었다. 올바르게 쓰는 것은 티지기의 도움으로 처음 배웠다고 생각했다. 그보다 앞서 나에게 적합한 필체는 도구 없이 집게손가락을 연필로 생각하고 유일하게 공중에다 그린 글씨체였다. 내가 쓴 것을 내 앞에서 바로 보지 못한다는 사실 그리고 손가락으로 충분하다는 사실이 개인적인 필체와 그에 상응하는 필체의 감정을 나에게 주었다. 공중에다 쓸 때 나는 천천히 중단하거나 행을 바꿀 수도 있었다. 그러나 그 외에는 낯선 도구를 잡는 데

손은 부자연스러웠고, 도구의 소음들은 나를 방해했으며, 똑바로 앉는 대신 종이 위로 몸을 구부리고, 내가 무엇을 하는지 알지 못한 채 땀 냄새를 풍기며 가까운 주변을 바라볼 여유도 없이 멍하게 고개를 들고 행과 행을 성급하게 바꾸었다. 좀 더 집중하고 보면 자연스러운 필체의 특징들을 종이 위에서 알아보았다. 글자 모습과 사물의 모습이 함께 내 안에 있는 것 같았다. 그리고 내가 어디서 쓰면 집중할 수 있을까? 예를 들어 어둠 속에서일까? 거기선 선과 선, 연필과 손가락이 하나로 합쳐졌다. 그리고 나는 글 쓰는 데 아름답고 무겁고 용의주도한 손을 가지게 되었다. 단순히 쓰는 일은 더 이상 없었고, 그것은 기록이 되었다. 그렇게 형성된 것을 불빛에서 보았을 때, 실제로 내 사건이 내 필체의 형식으로 기록되었다는 생각을 했다. 그와 함께 형의 세련된 독창적인 손과 아버지의 정체된 독학자의 손이 일치되어 나타났다.

형의 작업노트는 특히 과수재배를 다루고 있었다. 나는 그 기본특징들을 사전의 도움으로 해독할 수 있었다. 형의 작업노트는 아직 스무 살도 안 된 나이에 만들어졌지만 학교에서 배웠던 것을 기록한 것은 아니었다. 첫 부분은 한 젊은 학자의 독자적인 연구 보고서였고, 두 번째 부분은 대상에 대해서 깊이 생각한 일종의 논문이고, 마지막은 규칙들과 제안들의 목록이었다. 통틀어 공부노트요, 교과서가 하나로 된 것이었다.

그의 중심 주제는 고향 집의 과수원에서 스스로 실험했던 사과나무의 재배와 품종개량이었다. 그는 적당한 땅에 관해서("촘촘하지 않고 그리고 기름진", "편편하고 그리고 약간 둥근"), 장소에 관해서("동-서, 그러나 바람을 방어하는") 그리고 최상의 경작시간에 관해서(자주 춘분, 추분에 의해 결정되거나 일정한 별자리나 시골 축제날의 시작에 의해 결정된다) 이야기했다.

어린 나무를 접목하고 또 옮겨 심는 그의 체험을 나는 무의식적으로 동시에 교육역사로써 읽었다. 그는 어린 나무들을 나무학교에서 그의 정원으로 '흙과 함께' 옮겨왔고, 그들을 나무학교에서와 똑같은 방향으로 정렬했으며 동시에 그들의 간격을 배로 넓혔다. 나뭇가지들은 다른 나뭇가지들을 건드리지 않도록 해야 했다. 개별적인 뿌리 묶음들을 구덩이로 넣기 전에 보호하는 바구니로 감쌌다. 씨앗이 정해진 장소에서 자랐던 과수나무들은 저항력이 제일 강했고 또 가장 열매를 맺지 않는 나무들로 증명되었다고 했다. 위쪽 수관(樹冠)은 그 아래 더욱 더 많은 과일들이 달릴 수 있도록 하기 위해 잎들이 무성해야 좋다고 했다. 땅으로 처진 가지들이 하늘로 솟은 가지들보다 수확량이 많았다(보다 높이 달려 있는 과일들은 적지 않게 썩어 있었다). 접목을 할 경우 그는 동쪽으로 뻗은 가지들을 이용했다. 그들의 절단면은 빗물이 흐르도록 연필 모양으로 비스듬히 깎았고, 절단하는 일은 후려치거나 (나무껍질을 미끈하게 하기 위해) 잡아당기는 대신, 나무를 다치지 않고 자연스러운 모습으로 했다. 게다가 그는 이미 한번 열매를 맺었던 어린 나무를 골랐다. "만약 그렇지 않으면 우리는 수확을 하지 못하고 헛일만 하기 때문이다." 그리고 그는 서로 다른 두 나무의 줄기와 잎 사이의 엽액(葉腋)에는 접지하지 않았다고 했다. 왜냐면 이것은 이들 두 나무에게서 양분을 빼앗기 때문이다. 가지치기에 관해서 그는 보다 빨리 그 일을 시작하면 더 많은 '나무'를 갖게 되고, 보다 늦게 시작하게 되면 더 많은 '과일'을 갖게 된다고 썼다. 그리고 나무는 단순히 "빨리 자라고", 과일은 "빈약해진다"고도 썼다.

　노트 첫 부분에 그는 다음과 같은 이야기를 기록하고 있다. 늦은 정원 경내에 과일나무가 한 그루 서 있었는데 열매 없이 잎만 무성한 나무로 자랐다는 것이다(그가 쓴 단어는 "숲이 되었다"란 말이었다. 그것으로 미루어 볼 때 그는 가지들이 일종의 숲 덤불로 자란다고 생각한 것 같았다). 이 나무의 외피 부분에는 이끼가 자라고 있었는데 이끼가 없는 부분을 골라 송곳을 찔러 구멍을 만들었다고 했다. 그러자 상처 난 그 자리에서 곧 탐스러운 싹이, 과일을 예고하는 봉오리가 차례로 나왔다고 했다. 송곳으로 구멍 뚫는 것이 중요했다고 했으며, 그의 '착상'은 나무가루들이 구멍을 채우고 있으면 싹이 나오지 않는다는 것이며, 그래서 구멍에 남은 작은 부스러기들을 불어 내버린다는 것이다(그 기록 옆에는 '코발-구멍 뚫기'의 그림이 그려져 있었다).
　그렇지만 형의 노트를 읽을 때 그와 같은 교육적 비유나 행동의 깊은 뜻보다는 내포한 의미, 사물에 대한 순박한 언급이 나에게는 더 중요하게 여겨졌다. 나는 그것을 지금까지 혼란스럽게 알고 있었던 것이다. 형이 접지(椄枝)를 접본(椄本)에 묶었던 끈, 묶을 때 필요한 둥글지 않고 '네모진!' 부목(副木), 게다가 뿌리가 박혀 있는 땅의 온도를 지켜주고 지하수가 스며드는 것을 막아주는 조약돌들이 외양을 형성하고 있었으며, 나는 관심을 가지고 그것들을 바라볼 수 있었다. 그래서 과수원 안은 아무도 더 이상 돌보지 않았다면 그동안에 이전 첫 번 과수나무처럼 완전하게 잎만 무성했을 공간들이 되었겠지만 이제는 밝아 보였다. 그리고 노트 필적에서 선명하게 테를 두른 울타리를 볼 수 있었는데, 그 안에서 나는 "나의 일(형은 그의 과수영역을 그렇게 불렀다)"의 잡다함과 상이함을 보면서 머리를 마치 내가 중앙에 형의 자리에 서 있는 듯이 주변으로 돌렸다. "우리는 헛된 일을 하지는 않을 것이다!" 그것은 창가의 책상 곁에서, 작은 개울의 사나운 울부짖음을 들으며 부르짖는 나의 투쟁구호였다. 그때 내 한쪽 눈에는 뇌조 박제의 검은색이, 다른 쪽 눈에는 세숫대야의 하얀색이 시야에 서로 교차하는 두 개의 추처럼 흔들거렸다.

나는 단어들을 독일어와는 달리 곧바로 이해하지 못했고, 그래서 대개는 처음에 낯선 언어에서 내 자신의 언어가 아니라, 솔직히 말해 의미를 추측하면서, 즉 과수원으로, 가지 버팀목으로, 철조망 한 부분 등으로 번역을 했다. 많은 슬로베니아 단어들이 나에게 명확하게 이해되기는 어려웠지만, 친숙하게 여겨졌다. 형이 이야기했던 많은 행동들, 예를 들어 열매를 맺지 않는 어린 싹들의 제거 같은 것을 그는 "맹목적인 일"이라고 했다. 그와 같은 번역을 통해 맹목적인 독서가 의식적인 독서로, 맹목적인 행동이 좋은 효과를 발휘하는 행동으로 되지 않았던가? 심지어 아버지도 방안으로 들어올 때 벌써 문지방에서 그의 불평을 잊어버리고, 침착하게 반짝이는 번역자의 눈을 목격하고 아들에게 동의하면서 "그래, 그것은 이제 그의 일이야!" 하고 말했을 것이라는 생각이 들었다.

또 형이 노트의 2부에서 그의 특이한 과수원에서 벗어나, 일반적으로 다양한 사과 종류를 다루고 있는 곳에는, 그래도 특정한 나무들이 있었다. 다만 그가 처리방법을 서술한 곳에서, 나는 한 장소와 그 장소의 주인공에 관한 순수한 이야기를 읽었다. 그 주인공에게 과수를 재배하는 모든 농부들에게 해당되는 결론을 적용해서, 지혜를 가지고 혼신의 힘을 다해 할 수 있는 그와 같은 일에 박사나 학생은 존재할 수 없고, 나무 재배를 위해 가장 중요한 것은 "주인이 직접 일하는 것"이라고 했다.

형의 과수원에서 특이한 것은, 그 과수원이 경작지와 초원에 둘러싸여 멀리 마을 밖에 놓여 있다는 점이며, 가장자리 한편은 작은 혼합림과 경계를 이루고 있었다. 그 외 과수원들은 집들 뒤에서 곧장 시작되었으며, 길에서 보면 과수나무들이 줄지어 끝없이 늘어서 있었고, 그 끝에는 휴경지를 상상할 수 있었는데, 경계지역에 링켄베르크와 함께 사과와 배 단지가 있었다. 다른 차이 하나는 형이 재배하는 과수나무들은 다른 농장에 비하면 작았다는 점이다. 그리고 자두와 배나무 그룹이 서로 뒤섞여 입구에 자라고 있었으며, 동시에 각 나무들은 과수원을 위장한 채, 다른 맛이 나는 과일을 달고 있었다. 심지어 한 종류의 가지에서 다음 가지로 종류가 바뀌는 나무들도 있었다. 그리고 배 열매 아래, 나무우듬지에 은밀하게 가족에게만 알려진 과일이 달린 가지를 옆 가지에 달린 비슷한 과일들과 혼동할 수 있었다. 만약 누군가가 그것을 깨물어 맛을 본다면—흔히 말하듯—"항문이 오므라드는" 느낌이 아니고, 오히려 두 눈이 느슨하게 풀리는 느낌일 것이다. 과수원은 마치 작은 산림으로 들어가듯 그 안으로 들어가면 더욱 더 규칙적으로 배열되었는데, 그것은 동시에 여러 가능한 이득을 얻게 해주었다. 그 과수원은 또한 대규모 농장에 비하면 좀 낯설게, 포플러 한 그루가 돋보이는 선두 지점을 따라 점점 넓게 배열되어, 뒤쪽 숲 가장자리에서는 여러 줄로 이루어져 있었다. 마을 과수원들은 공적인 조림 지대처럼 울타리를 두르지 않았음에도 불구하고, 포플러 뒤쪽의 땅은 숨겨진 구역이었다. 그 지역은 비어 있는 들판 위를 걸어가다가 한가운데쯤 갑자기 과수원을 예고하는 집도 없는 곳에서 가장 좋은 품종의 사과들이 달린 묵직한 가지를 발견하는 곳에서 시작되었다. 그곳은 형이 과수 재배를 설계했던 움푹한 지역이었다. 평평한 곳에서 예상치 않게 과수원으로 내려갔다가, 그 끝에서 다시 작은 숲을 향해 위로 올라왔다. 움푹한 곳은 깊지는 않았지만, 그 가장자리에서도 또 저지(低地)를 식별할 수 있었다. 그래서 작은 과일나무의 수관은 이제 막 그곳에 도착한 사람에게 우선은 그의 구두코와 같은 높이로 여겨졌다. 마을에서든 국도에서든 멀리서 보면 나무 없는 경작지에서 단지 드물게 포플러나무만이 솟아 있었다. 뇌성이 울릴 때는 번개 횃불로써.

선사시대의 개천에 의해, 다시 말해 지하수의 갈래에 의해 분지가 형성되었는데—지리 선생님은 나에게 그렇게 가르쳐 주셨다—그것은 이 특별한 평야에만 머물지 않고 드라우 강의 분지까지 흘러갔다고 했다. 그 분지는 지면에서 "산책용 지팡이 길이만큼 깊었고" 변함없이 한결같은 물이 흘렀다고 했다. 지금 과수원 자리에 그 당시에는 물의 갈래가 개천을 이루어 흘렀고, 땅은 물 밑에 잠겨 있었으며, 솟아오르는 샘물은 '종착역'이란 의미에서 그릇으로 퍼내었다고 했다. 거기서부터 그는 아래쪽 강으로 가느다란 도랑 길을 만들었다고 했다. 개천은 그 후 말라버렸고—도랑은 그 지역에서 '흐르지 않는'이란 별명을 가졌다—샘물에 의해 만들어졌던 타원형 분지의 땅은 말라버렸다. 물은 더 이상 눈으로 볼 수 있는 개별 갈래가 아니고, 다시 가라앉아 수평선 멀리 지하수와 합류했다. 혹은 형의 작업노트에서 단어를 번역한 대로 '하늘의 물'이었고, 그것은 비를 의미했고, 절벽에서 분지로 비바람에 의해 풍화된 좋은 땅을 의미했다(분지는 물론 도랑의 중간쯤에서 덤불로 덮인 웅덩이를 가졌다).

나무들 주위에는 초원의 잔디보다 듬성듬성하게 꽃이라고는 거의 없는 과수원 잔디가 자라고 있었다. 들판 위로 분지의 가장자리까지 나 있는 모래 길은 그곳 포플러 나무 곁에 잔디로 된 중앙 분리선을 가졌고, 내리막에서는 바닥이 깊게 패이면서 천천히 굴러가는 수레바퀴의 흔적과 함께 좁아졌다. 그리고 나무들 사이로 순수한 잔디 줄이, '초록색 길(집에서는 그렇게 불렀다)'을 형성하고 있었는데, 그 길은 똑바로 둥글게 구부러진 분지 위에서 정원의 가장 뒤에 있는 나무에게까지 나 있었고, 주변 땅보다 더 밝을 뿐만 아니라 빛을 발하고 있었다.

과수원은 분지에 있었는데 그 위로 바람이 지나갔다. 오직 남쪽에서 불어오는 따뜻한 산바람만이 땅바닥을 스쳐 지나갔다. 나무줄기들은 모두 똑바로 서 있었고, 가지들은 특히 겨울 모습으로 한결같이 공중에서 구부러져 있었다. 그 장소는 마을이나 국도로부터 오는 모든 소란과는 동떨어져 교회 종소리와 사이렌 소리 그리고 과수원에서 나는 소리만 들을 수 있었다. 특히 위쪽 꽃들 속에서는 벌이나 파리들의 윙윙 소리, 또 떨어진 과일들 옆에서는 말벌들의 윙윙 소리가 전부였다. 과수원은 향이 강하고 과일즙에서 나는 것 같은 특별한 냄새를 가졌다. 그 냄새는 과일나무에서 나는 것이 아니라 풀밭에 떨어져 발효되고 있는 과일냄새였다. 사과들은 수확 후에 처음 지하실에서 올바르게 향기가 나기 시작했다―그전에는 사과를 코에 갖다 대야만 향기를 맡을 수 있었다(그다음은 그러나 어떻게!). 봄날에는 꽃으로 온통 하얀색이었고, 여름날 과수원은 한 나무에서 다른 나무로 색깔이 변화되었고, 그 색깔에서 이른 사과의 창백함은 곧 다시 사라졌다. 옆을 지나가는 사람들이 사과를 따먹기도 했다.

그것은 다양한 과일들이 익기를 기다리는 소년 시절의 일부였다. 특히 거친 날씨 후 나는 어김없이 과수원으로 나갔다. 그러면 그곳에는 언제나 맛있는 사과가(혹은 접붙인 나뭇가지 아래 배가) 풀밭에 떨어져 있었다. 심지어 나는 자주 오래전에 소녀티를 벗어난 누나하고 서로 먼저 그곳에 가려고 달음질을 했다. 우리는 어떤 나무 아래 이번에는 무엇이 놓여 있을 것인가를 미리 알고 있었다. 그래서 첫 번째로 그곳에 가고자 했던 것이다—먼저 발견하고 손에 쥐는 것이 내 것으로 소유하고 먹는 것보다 더 중요했다. 가을 과일의 수확은 가벼운 신체적 일들 가운데 하나였다. 나는 열매를 잘 골라서 따 내렸다(혹은 목표물을 잘못 고르기도 했다). 나무들은 아직 어려서, 과일을 따기 위해서는 시골 과수원의 모습을 결정하는 사다리들이 거의 필요가 없었다. 그것은 그냥 긴 장대의 도움으로 충분했다. 그 장대 위에는 뻣뻣하고 둥근 가장자리를 한 자루가 고정되어 있었다. 또 지금 바로 이 순간에 나는 두 팔에 사과가 가지로부터 떨어져 자루 속에서 다른 자루로 굴러가는 충격을 감지했다.

　나무들 곁에 속이 가득 찬 상자들 역시 소년시절의 한 부분이었다. 이 나무 곁에는 레몬색 그리고 다음 나무 곁에는 어두운 붉은색을 볼 수 있었는데, 마치 외부 껍질로부터 엽맥(葉脈)들이 과육(果肉)을 통해 안쪽 과심(果心)으로까지 연결되어 있는 것 같았다. 즙을 만드는 배들만이 끊임없이 흔들거렸다. 그들로부터 강하게 후드득거리는 소리가 온 정원에 울려 퍼졌다. 나무줄기에는 상자더미 대신 두꺼운 자루들의 둥근 모습이 기대고 있었다.

　훗날 억압된 청년기, 즉 기숙학교 시절에는 나의 과일 수확이 게을러졌다. 사과상자들은 더 이상 없었고, 기껏해야 출발 전에 트렁크 속에 몇 개의 사과가, 그리고 해가 지나면서 꾸러미에서 꾸러미로 주름투성이의 사과들이 고작이었다.

그 후 어머니의 병환이 있었고, 아버지는 경화된 관절 때문에 고통을 겪게 되었으며, 나는 몸으로 배운 모든 것을 잃어버리게 되었다(그래, 그것이 그 단어다). 2층 갤러리에서 책을 읽기 위해 노력했었던 어린 시절 공간들, 장작패기와 지붕 덮기 또 가축사육과 곡식단 쌓기(그것은 나에게 결코 힘든 일은 아니었고, 힘든 일이라 하더라도 오래 계속되지는 않았다).

집을 떠나 있는 것이 10여 년이 되면서 과수원에 대해 결국 무심하게 되었다. 누나 혼자서 아직 얼마동안은 작은 손바구니를 들고 그곳으로 가서 맨손으로 닿을 수 있는 가지들을 돌보았다. 그런 다음 그녀 역시 더 이상 주의를 기울이지 않았다. 다만 아직도 형의 과수원에 대한 꿈은 있었다. 위쪽에 밝은 노란색의 이른 사과들이 눈 속에 매달려 있었다. 그리고 가족은 그 옆에서 햇볕을 받으며 긴 식탁에 앉아 있었다.

그렇지만 내가 집에 돌아온 후 과수원을 다시금 때때로 방문했다. 아직도 그 주변에는 집이 한 채도 없었고 과수원으로 나 있던 모랫길은 아래 저지대로 이어지는 푸른색 줄처럼 풀밭 길로 변해 있었다. 나무들에는 버섯이 자라고 있었다.

내가 마지막으로 그곳에 있었을 때, 비가 엄청나게 내려서 도랑 웅덩이 앞에 형이 나무막대와 돌 그리고 흙으로 만들어 놓았던 둑 부분이 씻겨가 버렸다. 그때는 겨울 어느 날이었고, 지형은 잿빛 이끼로 덮여있었다. 그것은 모든 나무를 가지 끝까지 완전하게 덮고 있거나 부분적으로는 껍질이 벗겨져 있었다. 나무들은 이끼에 의해 부식되는 듯 보였고, 실제로 아래 잔디 위에 꺾어진 가지들이 사슴 뿔 모양으로 쌓여 있었다. 잔디라고 했지만 진짜 잔디는 아니고 이끼였다. 몇 개의 줄기들은 솜털이

난 사슴의 뿔처럼 창백하고 딱딱해 보였다. 그들은 나무딸기 덩굴에서 펴져 숲과 도랑에서 기어 나왔다. 가장 눈에 띄는 것은 숲에서 나온 물푸레나무로, 그것은 글자 그대로 사과나무를 장악했다. 물푸레나무의 씨앗은 가까이에 있는 뿌리를 공격했고, 어린 물푸레나무는 오래된 사과나무를 그의 나무숲에 반쯤 에워싸고, 줄기로 사과나무 줄기를 똑같이 에워싸서, 살아있는 나무 사이에서 껍질이 벗겨진 죽은 나무를 볼 수 있었다. 접지된 잔가지들은 이전에는 보다 더 매끄럽고, 광채가 나는 외피(外皮)에서 알아볼 수 있었는데, 마른 껍질로 엉클어진 속에서는 더 이상 발견될 수 없었다. 단지 한 곳에서 네모진 부목(副木)이, 접붙인 가지와 결합해서 걸려 있었다. 시간의 흐름과 함께 진기한 전환이 나타났다. 처음에는 두 개의 가지 중 보다 가느다란 가지가 바싹 마르면서 녹슨 철사 줄로 동여맨 이전의 부목(副木)을 불필요한 부가물로 그의 어깨 위에 매달고 있었다.

  온통 회색인 저지(低地)에서 유일한 색깔은, 풀밭 길을 제외하면, 여러 종류로 갈라진 화관들 속에서 둥글게 자라는 겨우살이 덩굴식물의 요란스러운 초록색이었다. 가지에 흰곰팡이가 핀 채 쪼그라든 두서너 개의 열매들은 지난해에 열렸던 것이었다. 아래쪽 늪지에 자리 잡고 있던 밀불버섯은 내가 그 위를 밟았을 때 파열했다.

  오직 잎 없는 나무 한 그루가 아직 수확되지 않은 채, 금년 사과들을 가득 달고 서 있었다. 또 사과의 노란색은 회색빛 나는 찌르레기와 지빠귀들의 검은색으로 늘 덮여 있었는데, 그들은 모두가 사과를 하나씩 차지하고 있었다. 그들이 끊임없이 쪼아대고 짭짭거리며 먹는 소리가 과수원을 가득 채웠다. 나는 먼 곳에서 들리는 기적소리, 닭 우는 소리, 개

짖는 소리, 소형 오토바이의 따다닥 소리에 감사했다. 클레 마티스(*미나리아재비과의 다년생 풀.) 덩굴 풀에 덮여 가려진 도랑 웅덩이의 하구(河口)로부터 깊이 아래로 움푹 팬 곳에서 개울물 흐르는 소리가 한층 크게 들린다고 생각했다.

나는 황량한 분지에서 도망하는 것을 생각했고 그리고 돌아오지 않을 것을 결심했다. 뒤편 숲으로 올라가는 길의 판자 칸막이는, 즉 이전에 비나 정오의 햇볕을 피했던 피난처는 사라져 버렸다. 잔해들은 풀밭 길의 가장자리에 노후한 지주막대들과 함께, 장작더미와 건초 건조대 사이에 어중간한 모습을 하고 있었는데, 그중 하나는 당연히 너무 가벼웠고 다른 것은 너무 불규칙했다. 그 앞에 서서 나는 무엇인가 불확실한 것을 기다렸다.

눈이 오기 시작했다. 몇몇 눈송이들이 갑작스럽게 흐린 하늘에서 떨어져 공중에 커다란 곡선들을 그리다가 다시 사라져버렸다. 나는 모든 일을 결정하기에 앞서 ― 금전 지출이나 유언장의 작성 등 ― 풀밭 길을 이리저리로 걷는 아버지의 습관을 나는 회상했다. 그리고 나는 그것을 지금 반복했다. 그가 실종된 형의 사진을 가지고 벽촌으로 다니면서 "초라한 과수원의 파수꾼은 나다!"라고 생각났다.

길 끝에서 되돌아오며, 나는 머리를 치켜들고 판자와 장작의 더미 위에서 하늘로 솟아 있는 서글픈 구조물을 바라보았다. 그 앞에서 나는 상상 속에서 무릎을 꿇었다. 보다 가까이 갔을 때 구조물 모습은 조각품으로 변했고 같은 방식으로 가지런히 서 있는 나무들이 내가 생각했던 것처럼 '조상들의 고귀한 기념비'로 나타났다.

내가 보다 오래 머무르면서 이리저리 걸어 다니고 방향을 바꾸고 선채로 머리를 돌려 여기저기를 바라볼수록 더 뚜렷하게 계절 따라 시들어가는 과수원의 시설들이 인상에 남았다. 그 과수원은 하나의 작품으로, 다시 말해 다른 손에 의해 다른 형식으로 전용될 수 있는 유용함을 지니고, 인간의 생각을 전해주고 존중해주는 형식으로 존재했다. 예를 들어 가축들이 다니는 황량한 비탈에 움푹 팬 곳들이 차례차례 문자 형태로 존재했고, 눈이 내릴 때는 하얀 줄들과 더 하얀 줄들이 점차 뚜렷하게 나타났다. 이끼와 겨우살이덩굴이 자라고 있는 뒤편 과일나무 가지에선 '싹'이 트고 있었다. 뿌리 주변의 곰팡이 색깔은 부싯돌의 섬광을 떠올리게 했다. 그리고 과수원 중앙에 있는 숲길로부터 남풍이 불어왔는데, 그것은 후에 늘 닫혀 있는 농기구실로도 들어올 수 있었다.

그때 나는 무엇인가 이중적인 것을 생각했다. 하나는 챙 달린 모자를 쓰고 나무줄기에 붙어 기생하고 있는 버섯 앞에서 형의 편지를 생각했는데, 그곳에서 그는 그와 같은 '버섯'에 대해 쓰고 있었으며, 그것을 가지고 부활절 전 토요일 저녁에 부활절 축제에 갔었다(그에게는 부활절 축제가 "가장 신선하고 가장 유쾌한 것"이라고 했으며, 그다음 "그 축제도 역시 지나가 버렸으며, 소시지는 한 번도 나를 즐겁게 할 수가 없었다"고 했다) — 그리고 다른 하나는 막대기의 끝부분에 윗부분이 두 갈래로 나누어진 개암나무 지팡이에 대한 생각이었다. 동물들에게 자주 잔인했던 아버지가 이전에 풀을 벨 때 양단했던 뱀을 찔렀던 지팡이다. 지팡이에 찔려 있는 양단된 뱀을 땅에 박힌 막대기에 묶어 그날 하루만이 아니라 계속해서 오랫동안 세워놓았기 때문에 그곳은 햇볕을 받으며 익어가는 과일들보다 더 선명하게 기억에 남는 장소가 되었다. 뱀은 이제 사라져 버렸고, 텅 빈 과수원 구석에서 앞서 일했던 사람들을 생각했고, 동시에 한 어린애가 눈을 잃었던 일을 생각했고, 사라진 자를 슬퍼하는 단조로움을 벗어나 '영원한 이별의 제국(그러니까 형)'에서 나왔다. 나는 승리감에 찬 목소리 대신 오히려 말 그대로 체념의 목소리로 계속 말했다: "그렇지, 내가 이야기해야겠지!"

형이 농업학교에 다녔던 3년 동안 찍은 학급 사진들이 많았다. 첫 번째 사진에서 학생들은 모두 열려진 셔츠 깃, 걷어 올린 소매를 하고 있었으며 무릎까지 내려오는 검은색 앞치마를 두르고 있었다. 그들은 햇살이 비치는 어떤 넓은 가로수길에 모여 있었다. 과일나무에는 꽃이 가득 피어서 잎은 하나도 눈에 띄지 않았다. 뒷면으로는 아직 대단히 작은 넝쿨들을 가진 포도밭이 있었고, 그 넝쿨들은 수직의 줄에서 위쪽 산봉우리의 예배당을 향해 뻗어 있었다. 꽃이 핀 과일 나무들의 하얀색은 봄날 구름색을 똑 닮아 있었다. 그림자의 길이는 짧고 때는 정오의 휴식 시간이었다. 형은 한 번도 머리를 빗질할 시간을 갖지 못했다. 그의 머리카락은 이마로 흘러내렸다. 사진 촬영 후 곧 모두가 다시 그들의 일을 해야 했다. 그들은 모두가 비좁게 함께 섰고, 한두 학생은 옆 학생의 어깨에 팔을 걸쳤으며, 이러한 몸짓을 그러나 아무도 불평하지 않았다. 가장 어린 학생 하나가 그의 양 옆 학생에게 몸을 기대었다. 태양 때문에 어느 학생에게서도 눈을 볼 수 없었다. 형은 다른 학생들보다 약간 커서 맨 뒤편에 서 있었다. 촘촘하고 키 큰 머리통으로 그렇게 보였다. 얼굴은 유일하게 앞에 있는 머리에 의해 가로막혔다. 마치 그 자신이 마지막 순간에 비로소 동참하는 것 같았다. 뒤쪽 가로수길에는 옷을 얇게 입은 부인이 멀어지고 있었다.

다음 사진은 주변 환경에 관해서는 정확히 알 수가 없었지만 학급에 관해서 더 많이 알 수 있었다. 장소는 가문비나무가 줄지어 서 있는 길로 숲 앞의 길이 아니라 바로 가로수길의 한 부분이었다. 앞에는 가로등 전주가, 뒤에는 기와지붕이 보였다. 모두가 상의를 입고 있었다. 많은 학생들은 심지어 새 모이 주머니 크기의 매듭을 가진 넥타이를 매고 있었다. 그리고 조끼단추에서 여기저기 밑의 주머니로 시계의 쇠줄들이 흐르고 있었다. 전면에 한 학생은 책상다리를 하고 앉아 무릎에 작은 포도주 통, 손에는 병을 비스듬히 들고 있었다. 사진은 길 주변에 있는 시든 꽃을 보아 가을을 느끼게 했다. 그리고 특히 한 젊은이는 다른 학생들이 만년필이나 수건을 꽂는 자리에 새 꼬리 길이만큼 곡식이삭을 꽂고 있었다. 형은 첫째 줄에 앉아 있었고 셔츠를 잠그지 않고 있는 학생들 편에 속해 있었다. 큼직한 소매부리를 가진 그의 상의는 수건을 꽂을 주머니도 단춧구멍도 없었다. 그는 두 손을 무릎 위에 포개고, 옆으로 주변을 바라보고 있는 그런 학생들 가운데 하나였다. 단정하게 앉았지만 동시에 강제성은 없었다. 그는 어떠한 행동도 하지 않았다. 그렇게 그는 앉아 있었다. 그들 모두는 더 이상 작년처럼 소년들이 아니라, 젊은 청년들이었다. 입술은 사진을 위해서만 꾹 다문 것이 아니었고, 한 학생은 두 손으로 엉덩이를 받치고 서 있었다.

마지막 사진에서 그들은 작은 모습으로 창문의 절단면을 가진 벽만을 볼 수 있는 학교 밖에 서 있었다. 학생들 앞에는 둥그런 의자들 위에 선생님들, 즉 창백한 성직자들과 부유한 농부들, 나이 많은 친척들 그리고 견진자의 대부(代父)들이 앉아 있었다. 졸업생 모두가 넥타이를 매고 있었고, 어떤 학생도 다른 학생의 어깨 위에 팔을 두르지는 않았다. 그들은 어른이었다. 형 역시 스무 살짜리로 양손을 등 뒤로 붙잡고 있었다. 그는 이제 교육받은 젊은 농부로, 그의 말과는 다른 말을 쓰는 지방으로 돌아왔다. 그의 시선은 그가 속한 북쪽을 바라보는 것이 아니라 남쪽을 향하고 있었다. 1938년의 모든 슬로베니아 젊은 농부들은 턱을 내밀지 않고 똑바로 앞을 바라보았다. 그들은 어떠한 국가도 구체화하지 않았지만 무엇인가 다른 것이 있었다. 형의 머리는 세월이 지나면서 점점 더 무거워졌다. 좋았던 눈은 고통을 당한 것처럼 각도가 더 좁아졌다. 보이지 않는 다른 쪽 눈은 둥글게 부풀어 올라 마치 이전부터 더 멀리 보는 듯 했다.

어린 시절 이야기는 거의 아버지로부터 시작되는 것이 우리 집 특징이었다. 언제나 반복해서 이야기되는 것은(비록 아무도 함께 체험하지는 못했지만 모든 것을 들어서 알고 있었다), 어떻게 지금의 저곳 늙은이가 어린아이였을 때 몽유병자로서 걸어 다녔는가 하는 것이었으며—어느 날 밤 잠자리에서 일어나 그의 이불을 들고 다른 사람들이 아직 깨어 앉아 있는 책상 쪽으로 걸어와 그곳에 이불을 내려놓고 다시 침대로 돌아와 너무 추워서 덜덜 떨었다는 것이다—또 어린애가 낮 동안 자주 길을 몰라 생각 없이 방황하다가, 마침내 집으로 가는 길을 발견했지만 집으로 들어갈 용기가 없어서 그가 돌아왔다는 표시로 새벽녘에 밖에서 일요일 전날 풍습으로 마당을 쓸었다는 이야기, 또는 그가 어린애치고는 대단히 화를 잘 내었기에, 어느 날 누군가에 대해 화를 내고 방안에서 뛰어나와 나무통 반 토막을 들고 가까스로 문을 열고 들어와 그에게로 돌진했다는 이야기, 더 끔찍했던 것은 그다음 그의 태도였는데, 그는 그 나무통을 다른 사람 발 앞에 던졌다는 것이다! 아버지가 어린 시절의 자기 자신에 관해 그같이 전해오는 이야기를 하는 것은 특이했다(여자 이야기꾼은 보통 그의 딸이었다). 그는 그 이야기를 할 때 낄낄 웃는 얼굴을 하거나 눈물을 글썽이거나 혹은 이전의 화가 계속되고 있는 듯이 두 주먹을 불끈 쥐곤 했다. 그리고 마지막에는 승리자처럼 좌중을 바라보았다.

    그와 반대로 형의 어린 시절에 관해서 다만 일화 하나를 알고 있다. 그는 언젠가 누이 곁에서 상당히 긴 마을 링켄베르크를 달려갔는데, 그녀에게 처음부터 끝까지 쉬지 않고 방귀를 뀌었다고 했다. 그밖에 그에 관해서는 눈의 실명에 관한 수난사가 있었다. 그는 17살에 처음으로 국경 저 멀리 농업학교로 떠났다. 그는 첫 방학에 벌써 들판이나 초원에서 새로운 경작 방법뿐만 아니라, 특히 한 가지 사실, 즉 슬로베니아어를 할 줄 아는 사람이 되어 가족에게 돌아왔다고 했다. 이 언어는 그때까지 독일어의 사투리—전 지역의 사투리—였다. 그러나 지금 그 언어는 형의 필기 언어가 되었고, 그의 작업노트를 넘어 편지나 메모지에서 사용되었다. 게다가 그가 항시 가지고 다녔던 것은, 주머니칼과 가는 끈 외에 작은 사전과 메모용 종이쪽지 및 연필이었는데, 한 전쟁터에서 다른 전쟁터로 옮겨갈 때도 옆에 지니고 다녔다. 그리고 다른 주민들은 도시에서든, 관청에서든 혹은 열차에서든 그를 따랐고, 마침내 동족이 되었다. 아버지는 물론 원하지 않았고, 어머니는 할 수가 없었다. 누나는 그 당시 벙어리였고, 사랑의 번민 때문에 얼이 빠져 있었다. 그리고 나 자신은 아직 태어나지 않았다. 마침 어머니가 슬로베니아어를 아주 약간 할 수 있었음에도 불구하고 이 언어는 형에게 이르러서야 마르부르크에서 보내 온 첫 번째 편지에서 '모국어'로 불렸다. 그리고 그는 그 단어에 '우리'를 맨 앞에 붙였다("우리 모국어"). 그리고 첨가했다. "우리가 무엇이든 그것이 우리다. 그리고 아무도 우리를 독일인으로 규정할 수 없다." 그는 이미 거의 다 자라 집을 떠났고, 나와는 다르게 자발적으로 외국에서 철두철미 외국인으로서가 아니라 "우리의 가장 특색 있는 것(편지)", 즉 그의 언어를 만났다. 침묵과 방귀의 17년 후 그는 슬로베니아어를 말하는 자의식이 강한 사람으로, 또 많은 빈 종이 쪽지에 규칙에 얽매이지 않는 글씨를 쓰는 사람으로 등장했다(그것에는 마을 한복판에서 모자를 비스듬히 쓰고 한쪽 다리로 서고 다른 쪽 다리는 멀리 쭉 뻗는 사진 한 장이 어울렸다). 그렇게 그는 남쪽에서 그의 공부기간 동안 향수에 괴로워하지 않았던 가족 중 최초의 사람이었다. '대도시 마리보르' 곁에 있는 학교는 그의 또 다른 고향이 되었다. 그리고 그는 반란을 일으켰다가 처형을 당한 농부 그레고르 코발의 역사를 가진 슬로베니아를 여행하고 돌아왔다. '코발'은 코바리드의 묘지에 흔한 이름들 중 하나로 그곳 목사관의 오래된 세례명부에서 곧장 찾게 되었는데, 그의 탄생은 17세기 말엽부터 표시되어 있어서 형은 그를 우리들의 조상으로 결정했던 것이다.

형은 물론 그를 결코 폭도로 치지는 않았고, 훗날 전쟁 중에도 잠깐 그곳에 머물렀다. 형은 우리에게 부드러운 남자로 여겨졌고, 그의 편지에서 유추할 수 있듯이, 몇 명의 어린이를 만났다는 것도 사실로 여겨졌다. 그는 심지어 믿음이 깊은 사람이었다. "믿음이 깊은"이란 말은, 그가 그렇게 자주 사용했던 교회, 하늘 혹은 그 밖의 현실과 다른 장소를 의미하는 것이 아니라, 항상 일상적인 것을 의미했고, 실제로 아침에 일어나는 일, 작업하러 가는 일, 식사하는 일, 반복되는 사무들과 연결되어 있었다. 가장 신성하고 가장 유쾌했던 부활절 진행에 따라, "모든 것이 생기 있고 엄숙하게 수행되는 곳을 집"이라 부른다고 러시아에서 온 어느 편지에서 말하고 있다. 그리고 오순절은 그에게 "아침 일찍이 큰 낫을 가지고 정원을 향해 밖으로 걸어 나가 성스러운 시간에 풀을 베는 영광스러운" 축제였다. 들판에서 행하는 미사 때 탁자 위에 펼쳐놓은 하얀 수건 한 장은 "무엇인가 불쌍한 영혼을 위한 것이었다." 집에서 큰소리로 다른 사람과의 합창에서 노래 불렀던 할렐루야를 그는 앞에서 "자신을 위해 조용히 웅얼거렸다." 그리고 또 "나는 세상의 쓸모없음을 알게 되었고 우리들의 신앙보다 더 아름다운 것은 없다는 것을 체험으로 알게 되었다"고 마지막 편지에 썼다(물론 신앙이라는 것은, 그에 의하면, 오직 모국어에서 활기를 띠었다. 왜냐하면 제1차 공화국의 종말 후에 교회에서도 오직 독일어로 기도하고 노래 불러야 했을 때, 그것은 그의 귀에 더 이상 "성스러운 것이 아니고", "더 이상 내 머릿속에 갖고 싶지 않은 유일한 고통"이었다). 그의 깊은 신앙심에는 또한 먼 곳에서 집과 토지를 마력으로 불러내는 내면의 풍자도 속했다. 얼마 안 되는 헥타르(*면적의 단위.)를 그는 "부동산"이나 혹은 "코발-토지"로 불렀다. 집의 방들은, 부엌, 가축우리, 그리고 헛간을 모두 합쳐 "방들"이었다. 그리고 그의 편지들을 꼼꼼히 읽기 위해 모두가 "식탁에 모일 수" 있는 "존경스런 가족"이었다.

그와 같은 풍자는 그를 전쟁 동안에도 힘으로 저항하는 것을 그만두게 했다. 단지 편지에서 그는 분노를 표현했고, 이웃 가족이 독일어 쓰는 외국 땅으로 이주했다는 소식에서, "유일한 소망이 갈기갈기 찢기고, 폭력을 쓰고 싶은 충동을 가졌다. 그러나 양친과 누나에 대한 생각이 분노를 억눌렀다." 그래서 어머니가 그녀의 아들이, 소위 말해 "경작휴가" 후에 파르티잔에 들어가 전사가 되기를 원했다는 것은 차라리 하나의 전설이었다. 내 생각으로는 그가 단순히 사라져 버렸고 아무도 그가 어디로 갔는지 알 수가 없었다. 그가 일찍이 목청을 높여 용맹스런 파르티잔 노래를 같이 불렀다는 것은 생각할 수 없었고—더욱더 생각할 수 없는 것은 그가 다른 몇 사람과 함께 어떻게 은폐된 숲 속의 빈터를 통해 비밀 개간지에 들어갔는가 하는 것이며 그리고 그곳에서 군인들의 어깨를 바라보며 다음과 같은 연설을 했다는 것이다. "나는 여러분에게 지금 집에서 볼링놀이터에 볼링핀 대신 포탄이 구멍을 뚫었을 때 자주 뇌까렸던 말을 하고자 합니다!"—그 말은 전선에서 보낸 그의 편지들 가운데 하나에서 "젠장"이란 단어의 다른 표현이었다. 그는 노래를 잘 불렀지만 그러나 목에 힘을 주고 질서정연하게 부른 것이 아니라, 책상 주변에 둘이나 셋 정도 자기 또래의 삐딱하고 단순하지 않은 머리를 가진 그런 사람 중 하나였다. 그리고 그는 또한 춤추는 사람이기도 했지만, 그러나 발을 격렬하게 구르는 자가 아니라, 무도장의 가장자리에 한쪽 다리로 선 명랑한 사람이었다.

그가 사라진 후 마을에서는 그를 죽은 사람으로 간주했다. 그리고 마을에서는 목사 몇 분을 제외하고는 모든 다른 죽은 자들처럼 그는 곧 잊혀졌다. 그에 관해 말할 수 있었던 같은 연배의 사람들은 거의 모두가 전쟁에서 돌아오지 않았다. 그리고 그의 신부로 알려졌던 처녀도 다른 사람과 결혼했고 침묵했다. 사람들은 5월 기둥(* 옛 관습에 따라 봄에서 초여름 사이, 특히 민속 축제 때 꽃이나 리본으로 장식하여 광장에 세우는 높은 기둥.)을 기어오르는 것에서 또 교회의 독창 음악에서 그를 회상하기에는 너무 일찍 집에서 나갔고, 허리에 천을 두른 젊은 농부에서 귀향 후 곧 "들판 위에서 청색인간 대신 잿빛(* 세계대전 때 독일군의 제복 색깔.)인간"이란 그의 유머에 따라 "군인 그레고르 코발"이 되었다.

   그래도 집에서는 그를 존중했다. 내 어린 시절 그에 관한 이야기가 너무 많아서 지금 그는 전체 시간을 내내 옆에 있었던 것 같았고, 심지어 모든 대화에서 추가의 목소리를 들은 것 같았다. 그래서 모두가 부재자의 모습을 향해 텅 빈 구석지로 머리를 돌렸다. 특히 어머니가 그를 부르며 이야기하는 동안, 아버지는 그의 일, 즉 과수원뿐만 아니라 옷이나 책을 지켜주는 파수꾼 역할을 했다. 병실에서 부모님이 이마에 이마를 맞댄 것은 부부의 사랑이라기보다는 사랑하는 아들에 대한 애도 때문이며, 또 두 사람은 형의 귀향을 간절히 바라며 다리를 만들었다는 것은 단순히 나의 뒤늦은 공상일까? 확실한 것은 아버지와 어머니가 서로 자신의 방식에서, 공교롭게도 무신론의 어머니가 말한 것처럼, "인간의 아들에 대한 본보기"로써 실종된 자를 열광적으로 높이 평가했고, 그리고 그에게 어머니는 형 친구의 보고에 따라, 곧 '방'을 준비하고 문지방을 닦고, 집 문을 화환으로 장식했다는 것이다. 한편 아버지는 반짝반짝 청소가 된 경쾌한 4인승 마차에다 이웃으로부터 빌렸던 말을 앞에 메고, 콧잔등에는 기쁨의 눈물을 흘리며 열린 하늘로 그를 향해 쫓아 나섰다고 했다.

   누나만이 그와 같은 상황변화에 늘 반대된 행동을 했다(양친이 말한 것처럼, 그녀는 사랑의 파탄에 대한 책임을 그에게 돌렸기 때문이다). 그녀는 그가 자주 여자들에게 한눈을 팔았으나, 그의 무지 때문에 어떠한 행복도 얻지 못했다고 반론을 제기했다. 또 누나는 특히 더위를 무릅쓰고 가파른 비탈에서 하는 농부의 일을 "짜증나는 일거리!"라고 몹시 비난했다. 형은 농업학교에서 슬로베니아어를 구사하는 정치가로 고향에 돌아와 집과 마을에서 불화를 일으켰다고 했다. 그리고 특히 그가 이미 전쟁 발발 이전에 모든 것에 절망하면서 그를 사랑했던 처녀가 그에게 간절히 부탁했던 결혼식을, 그가 이른 시간에 죽게 될 것이라는 이유로 거절하면서 그 처녀의 순결한 영혼을 거부하는 죄를 지었다고 했다.

실제로 형의 편지들이나 메모지 기록들은 세월이 지나면서 더욱 더 절망이 뚜렷해졌다. 맨 처음에 절망을 주었던 것은 "보이는 그대로 곧 우리를 대신하게 될" 경작기계들이었다. "그래서 나는 더 이상 집으로 돌아올 필요가 없다." 그리고 다음은 전쟁 초반에 "영원한 군인"으로 머물겠다고 그는 생각했다. 그가 쓴 저주의 문구는 점점 더 빈번해져 갔다. 그는 바로 "아름다운 시기"에 하루 종일 행군하면서 "새가 노래하는 것"을 들을 수 없었고, "길가의 꽃들도 볼 수 없었으며", 벙어리가 되는 것을 두려워했다. "일 년 동안 나는 말도 할 수가 없었다. 우리는 이제 이미 누군가 오면 사라져 버리는 산에 사는 동물처럼 인간을 피하게 된다. 우리에게 필요한 것은 일체감이었다. 다른 것으로는 아무것도 우리 마음을 달랠 수가 없다." 일요일도 축제일도 없이 매일 매일이 똑같았다. 그는 옛날이 어떠했는지 생각하길 거부했고, "모든 것이 뒤바뀌길 가장 원했다." 그리고 마침내 그는 전쟁뿐만 아니라 세상을 저주했다. "이 저주받을 놈의 세상!"

듣는 사람으로든 읽는 사람으로든 나 개인으로는 당연히 희망 없는 형을 신뢰할 수 없었다. 모든 확고한 사실보다도 더 강력하게 나를 규정했던 것은 늘 외양이 아니었던가(필립 코발은 나름대로 외양을 가지고 있다)?

그리고 무엇이 이 외양이라고 설명할 수 있을까? 비록 실종자와는 다른 의견을 가졌지만 누나의 행동에서 일시중단이나 민첩하지 못함 그리고 신중함은 형에게도 동일하지 않았던가? 누나는 일상적으로 하는 얼굴 찌푸림을 멈추고 곧장 오빠 이야길 했다. 그리고 강하게 고정되어 있던 속눈썹이 드물게 실룩였다. 그것은 그녀가 잠을 깬 것 같았다. 그녀는 말을 하기 위해, 마치 잠자고 있는 자가 말하는 것처럼 혀가 무겁고 혼란되어서, 숨을 돌리는 것 같았다. 그리고 자신이 했던 모든 말에 머리를 조용히 옆으로 돌리면서 귀를 기울였다.

그와 같은 외형 모습은 특히 그레고르 형의 기록에서 볼 수 있었는데, 그 기록은 취소할 수 없는 과거를 논하고 있었고, 나에게는 동시에 탄식과 함께 한 존재의 현재 모습이었다. 그는 "내가 잘 지냈을 때…"라고 무엇인가 직설적으로 말하는 대신, 글자 그대로 번역해서, "나에게 아직 새들이 노래 불렀을 때…"라고 말하는 표현방법을 사용했다. 집에서 그는 봄을 이야기할 때 "벌들을 바지에 (꽃가루에 의해) 붙이고 있다"로 둘러서 말했다. 우리들의 "불행 속에 행복"을 나타내기 위해 그에게는 "불친절한 어머니, 좋은 식사"란 표현법이 있었다. 자신의 이름을 위해 그는 사전에서 "우유의 표피"라는 구역질이 나는 부차적 의미를 발견했다. 그리고 마침내 자기 자신을 위해 생물이나 사물의 전체 범위를 그려내는 색깔에 대한 표현들이 특별했다. "얼룩빼기들은 안녕하냐?" 하는 것이 배, 염소, 양, 닭, 완두콩에 대한 질문일 수 있었다.

그렇지만 또 그와 같은 모습들보다 더 영향력 있는 것은―나의 현재를 뛰어넘는―기록을 읽으면서, 형에 의해 현저하게 자주 사용되었던, 소위 말해 특별한 '미래' 시제로 된 문장들로 여겨졌다. 그는 그 시제가 슬로베니아어에 없기 때문에 그때그때 독일어로 바꾸지 않으면 안 되었다. "우리는 초록빛 길 위를 걸어갔을 것이다. 경계석은 변두리에 서 있을 것이다. 메밀 파종이 끝나면, 나는 일하고, 노래하고, 춤추고 그리고 어느 여인의 곁에 누워 있을 것이다."

의식적으로 나에게 남아 있는 것은 이중 결함이 외형을 결정한다는 것이다. 내 형의 기록들은 완전한 것이 아니었다. 그리고 나는 그에 대한 어떠한 개인적인 추억도 가지지 못했다. 그의 유품들은 대단히 단편적이어서 초기 그리스의 진리 탐구자들에 의해(손을 비비고, 말을 더듬고, 그리고 마침내 기쁨의 소리를 지르는 그런 사람으로 나는 그것을 마음에 그렸다.) 전수되어 온 몇 개의 미완성 기록들 같았다. 두 개의 개별적이지만 문맥에서 볼 때 서로 짐작할 수 있는 단어들, 즉 "춤추는 여성, 와인 다루는 여성"은 안뜰을 표시하고 그 세계를 밝게 했다. 그들의 광체는 완전한 문장이나 '완성'이 아닌 형태로 존재했다. 그리고 실종된 형을 생각할 때는 살아있는 인간에 대한 어떠한 생각도, 냄새도, 목소리도, 발자국소리도, 요컨대 어떠한 독특함도 없기 때문에, 그는 나에게 전설의 영웅이, 해체할 수 없는 바람의 모습이 될 수 있었다. 부재중에 대부로 명명되었던 그는 휴가 나왔을 때에 딱 한 번 나를 보았다. 그러나 당시 나는 두 살짜리 어린애였고 더 이상 확실한 것은 알지 못했다. "나는 세례 받는 어린애 위로 허리를 굽힐 것이다." 하고 다음번 전선에서 보낸 그의 편지에 쓰여 있었다.

나의 회상보다 더 명료한 이 말에서 나는 형이 언제나 나에게로 몸을 굽히는 것을 느꼈다. 그는 자주 어머니와는 반대의 모습이었다. 어머니가 나의 장래로 예견된 것에 대해 기꺼이 눈을 감았다면, 형의 건강한 눈은 호의를 가지고 나를 쳐다보았고 나와 함께 태양을 기뻐했다. 그리고 그의 보이지 않는 한쪽 눈은 아무것도 알아볼 수 없는 그냥 맹인의 눈이었다. 다른 사람의 외양과 경박함에 맞서 무거운 압박으로 나를 덮쳐누르는 한 인간의 모습이었다. 그와의 투쟁은 오늘날에도 계속되고 있다. 그리고 그것 때문에 나는 누군가를 나의 '조상'이라 부른다. 그 조상은 내가 부모를 가진 것처럼 똑같은 부모를 가지고 있다. 그렇다, 나는 그 레고르 코발을, 폭도의 후손을, 평화를 사랑하는 한 인간을 가졌다. 그는 심지어 누나가 인정하듯이, "결코 날카로운 채찍을 가지고 오지는 않았으며", 비록 내 자신의 상상 속에서 이런저런 적들에 대해 끊임없이 채찍을 들었음에도 불구하고, 나의 조상으로 정했다. 그리고 실제로 수없이 위험에 처한 많은 삶의 순간들 속에서 내 주위는 안정을 찾았다. 그 안정 속에서 나는 선택된 조상이 친절하게 나를 향해 허리 굽히는 것을 보았고, 나는 그 모습을 구체적으로 떠올렸다. 물론 나는 위협 속에서 안식을 찾기 위해 그를 여기로 불러올 수는 없었다―그와는 반대로 나는 안정을 찾았고, 그는 나의 입장에 도움이 되었다. 그러니까 조상들에게 매달린다는 것은 불가능했다(유일하게 활동적인 조상은, 내가 알기로는, 바로 나를 앞서 가는 문장이다).

그러나 그것 역시 외양일 수도 있다. 내 안에 잠재되어 있는 조상과 함께 나는 더 이상 혼자가 아니다. 똑바르게 앉아, 바르게 처신하라. 위험 속에서 행동할 수 있거나 그만두거나, 말할 수 있거나 침묵할 수 있는 것을 행동하거나 그만두고, 말하거나 침묵하라. 이러한 외양에 반대해서 무엇이 사실인가? "아득한 옛날을 생각해 보면, 식탁에 함께 앉아 내가 휘갈겨 쓴 것을 읽는 코발 가계의 모습이 나타날 것이다." 하고 형은 그의 마지막 편지에 쓰고 있었다. 외양, 그것은 살아있고 또 나의 실체일 수도 있다!

복하인에서 내 기억으로는 당시 비가 자주 내렸다. 그리고 여인숙 창문 앞에 세차게 흐르는 급류소리만이 나에게 영감을 준 것은 아니었다. 어떤 산길에서 두 발이 진흙 속에 빠진 일도 있었다. 과일나무에 새 쫓는 허수아비로 비닐주머니들에 물이 담겨져 불룩한 상태로 매달려 있었다. 내 옆에는 낯모르는 가족이 휴일을 즐기고 있었다. 나는 마른풀 건조대의 챙 아래 앉아서 국도 위의 한 여자 농부와 양쪽에 사다리 모양의 틀이 달린 마차를 끌고 가는 고삐 달린 말을 바라보았다. 너무나 세차게 쏟아지는 소나기가 아스팔트에서 다시 튀어 길가는 여인은 다리가 없는 것처럼, 동물은 발굽이 없는 것처럼, 마차는 바퀴가 없는 것처럼 움직였다. 번갯불에 의해 대낮에 집 담장이 번쩍하고 빛났다. 다시 태양이 비치고, 조용한 바닷가 해변에서는 덤불에서 떨어지는 물방울이 반짝거렸다.

그럼에도 불구하고 나는 매일 오후 정해진 목적지와 평평한 테이블지형의 장소로 걸어 나갔다. 그 장소는 야윈 평야에 있는 커다란 소나무숲처럼, '도브라바(떡갈나무를 가진 지역)'라고 불렸는데, 나무들로는 소나무와 떡갈나무가 서 있었다. 사람도 살지 않고 경작지도 없는—계곡 사이의 평지에 아주 기이하게—버려진 고원목장의 모습을 하고 있었다.

나는 세상에서 멀리 떨어지지 않은 이 높은 지대에서 완전히 혼자였다. 그러나 그곳에서 문명의 가까움은 느껴졌다. 세찬 급류소리가 들리는 여인숙에서보다 더 강하게 산림 트랙터소리, 건초를 뒤섞는 기계소리, 나무건조기의 송풍기소리를 들었고, 도처에서 피어오르는 연기와 자동차 창유리의 번쩍거림을 보았고, 아래쪽 호수 위에 대규모 선수단을 태운 조정 경기용 보트도 보았고 그리고 전주(電柱)들과 허공을 나는 새들 그리고 내 옆에 꿀벌들을 따라 빙하로 생긴 퇴석지 기슭에 희미한 사람 모습이 보였다. 특별한 생각 없이 나는 위로 올라갔다. 먼저 오래되어 더 이상 차가 다니지 않는 길로 들어갔다. 그 길 위로 타르 칠을 한 균열된 틈새에서 풀이 자라고 있었다. 그다음 짧고 부드러운 방목장 잔디가 무성하게 자라 이전의 강바닥을 가득 메우며 위쪽으로 뻗어가고 있었다. 여기서 나는 자리를 발견했다. 다시 한 번 반복한다면, 높은 자리는 나에게 너무 높았고, 우묵한 곳은 너무 우묵했고, 태양은 너무 뜨겁고, 그늘진 곳은 너무 추웠고, 바람을 막는 장소는 바람이 자고, 바람 부는 장소는 바람이 몰아치고, 바위덩어리는 기이했고, 망가진 벌집은 그림 같았다. 마침내 나는 풀밭으로 가서 앉았다. 배후에는 곡물창고의 판자울타리가 있었다. 그곳은 남쪽 벽이었고, 태양이 빛날 때는 내가 발견했던 대로 비바람에 갈색으로 메말라가는 나무에서 '그에 어울리는 따뜻함'이 발산되었다. 그래서 전체 장소는 기대에 상응하는 올바른 장소였던 것이다. 처마가 튀어나와서 나는 다리가 젖지 않고 걸을 수 있었으며, 날리는 빗방울들은 고향집의 이층난간을 생각나게 했는데, 그곳에서 나는, 지금 여기서처럼, 내부와 외부 사이의 경계에서 나의 구석자리를 가졌다. 다른 점은 그곳 상자 위에는, 난간의 끝에 화장실이 있었고, 밑으로 두엄을 넣어두기 위한 구덩이가 있었기 때문에, 여기와는 다른 냄새가 났고 평평한 테이블지형에서보다 더 많은 파리들이 날아다니고 있었다.

　나는 책을 한 권 가지고 있었다. 그것은 형이 가졌던 커다란 사전으로, 빗물이 스며들지 않도록 정돈된 선원용 배낭의 유일한 짐이었다. 과수원 작업 노트는 방안에서 읽을거리로 아주 적합했다. 개개 단어의 알

파벳은 이제 야외에서 사용하게 되었고 단어 의미들을 빠르게 익혀 갔다. 스무 살짜리가 오후 내내 낯선 나라의 어느 외딴 들판 오두막에 앉아, 사전의 한 페이지 한 페이지에, 아니 개별 단어에 몰두하다가, 이 단어로부터 위를 쳐다보고, 머리를 흔들면서, 웃으며, 발꿈치로 땅을 두드리고, 손뼉을 치다가(이때 메뚜기 떼들이 재빠르게 날아가고 나비들이 놀라 움찔하며 움직인다), 이따금씩 벌떡 일어나 밖으로 나가 비를 맞으며 주위를 한 바퀴 돈다는 사실이 얼빠진 것처럼 생각되었다. 여인숙과 그 장소에 있는 사람들은 날마다 길에서 배낭을 메고 가는 나를 보았을 때, '젊은 학자'나 혹은 '젊은 화가'로 여겼을 것이다(호수와 고적한 교회를 가진 도시 복하인은 19세기에 빈번한 시골풍경 테마였다). 그러나 젊은이는 그다음 그 자리에서 책을 가지고 웅크리고 앉아 갑자기 큰소리로 한 단어를 노래했는데, 그것은 지진이나 정신박약자 같은 짓이라 할 수 있었다.

게다가 나는 당시 연관성 없이 분열된 단어들을 지금까지 겪어본 적이 없는 깊은 통찰력을 가지고 읽었다 — 관찰력이 투철한 눈은 소리가 잘 들리는 귀와 일치한다 — 그것은 단순한 독서 이상이었다. 그것은 발견이 아니었던가? 그리고 시골 풍경 속에서 그들과 함께 나의 낯선 표현의 외침은 그에 일치하는 기쁨이 아니었던가? 그러나 그로 인해 무엇이 발견될 수 있었을까?

낯선 언어들은 어린 시절에 나를 무척 매혹했다. 검은 머리를 휘날리며 춤추는 여자모습이 새겨진 커피 깡통 하나가 집에 있었는데, 그것은 수년 후 아름다운 스페인어를 배우고자 하는 욕망을 일깨웠다. 그리고 기숙학교에서 선물로 받은 헝가리어 문법책에서 그 수수께끼 같은 필기

체에 마음이 끌려 초반 몇 과를 깨끗하게 다시 베껴 쓰기도 했다. 그와 반대로 마을에서 날마다 들었던 슬로베니아어는 오히려 나에게 반발심을 불러 일으켰다. 늘 반복해서 들었던 것은 슬라브어 음조라기보다는 많은 독일어 단어들이었다. 그래서 나는 마을 사람들의 사투리를 정상 언어로써가 아니라 조롱하기 위해 사용하는 이해하기 힘든 말로 들었다. 아버지는 놀이친구들이 카드놀이 하는 테이블에서 자주 그들의 말을 — 원주민 발음처럼 게뢲멜, 게구르겔 그리고 목구멍소리를 내뿜으며 — 흉내 내고 그리고 또 그에게 어떤 한 문장을 자신의 정확하고 리듬 섞인 슬로베니아어로 따라하도록 하면서 기를 죽였다(그것으로 그는 자신이 모임의 주인임을 과시했다). 그러나 이것이 '표준어'로 말해지는 곳에서는 나에게 그것은 실제 위협적으로 귀에 울렸다. 특히 그것을 말하는 장소들은 의사를 전달한다기보다는 사건 공고(公告)를 생각게 했다. 라디오에서는 날마다 짧은 방송이 외국어로 마치 재난보고처럼 보고되었다. 학교에서는 문법의 단순한 주입에 도움이 되는 의미 없는 문장들이 이야기되었고, 교회에서는 설교하는 신부가 자주 무의식적으로 이 목적에 더 잘 어울리게 여겨지는 독일어로 말을 바꾸었다 — 그리고 그는 조용히 슬라브어에서 한 구절 한 구절을 훈계의 울림을 가지고 멋을 부리며 말을 계속했다.

나는 노래보다는 기도에 더 귀를 기울였다. 우리를 불쌍히 여기는 구세주의 모든 탄원을, 또 우리를 위해 기도하는 사람들의 모든 탄원을 나도 진심으로 함께 했다. 마을 사람들의 식별할 수 없는 실루엣으로 가득 찬 어두운 교회 안에서 그들은 목소리와 함께 제단을 향해 몸을 돌렸는데, 그 소리의 음절, 즉 기도를 선도하는 성직자의 변전하는 음절과 뒤따르는 대중의 한결같은 음절에서 점차 열정이 솟구쳐 올랐다. 마치 우리 모두가 땅에 엎드려 절규하면서, 닫힌 하늘을 향해 귀찮게 하는 것 같았다. 이러한 외국어의 발음들은 나에게 충분할 정도로 길게 들릴 수가 없었다. 그들은 항상 계속되어야 했다. 연기도가 끝났을 때, 나는 음이 끝남을 느낀 것이 아니라, 갑자기 단절됨을 느꼈다.

이러한 행동을 나는 신부 양성 기숙학교에서 곧 잊어버렸다. 그곳에서 슬로베니아어를 말하는 몇몇 학생들이 나머지 학생들의 불만과 의심을 샀다. 그들은 학교나 라디오나 교회기관에서와는 달리 항상 나지막이 이야기했고, 멀리 떨어진 교실 구석에 함께 모여 소곤거려서, 이해력 없는 귀에는 그저 귓속말로만 들려왔다. 사각의 책상을 중심으로 주변과 등을 지고 또 빈틈을 보이지 않고 서서 은밀하게 공모자 일당은 그들만의 무엇인가를 꾸몄으며, 사방으로부터 울리는 방해소리를 들으며 그들의 비밀스런 계획을 더욱 강화했다. 그런데 나는 어떤가? 나는 그들이 머리를 맞대고 상의하는 것을 부러워했던가? 아니면 그들의 공공연한 공동 목표를 시기했던가? 사실은 그걸 뛰어넘는 혐오의 감정이었다. 내 자신도 포함되는 집단에서—혼자 또는 밀치거나 밀침을 당하면서, 책상 속 나만의 공간이나 잠에서 위안을 받으며—선택된 자들의 거만한 깃발을 우리와는 분리해서 보았다. 이들 슬로베니아 젊은이들은 즉각 침묵해야 했고, 빙 둘러 서 있던 곳에서 빠져나와 모두가 개별적으로 나처럼 고향 잃은 사람으로 지정된 의자에 본의 아니게 냄새를 풍기고 거칠게 숨을 쉬면서 자신을 자극하는 낯선 신체들 옆에 쪼그리고 앉았다. 그다음은 일당의 친밀한 속삭임 대신 오직 기숙학교 분수에서 끊임없이 솟구쳐 오르는 물소리만 들으며, 입을 다물고 여기 필립 코발처럼 뜰 안을 걸었다. 너희들의 사교적인 소수집단은, 말도 없고 의견도 다르고 방향도 없고 고개를 숙인 채 두 주먹을 쥐고 주위에 서 있거나 주위를 배회하는 다수집단보다 더 나를 역겹게 만들었다!

한참을 지나서야 비로소 나는 낯선 말을 쓰는 이들 학생들 중 하나로부터 그들은 우리와 맞서기 위해 결합해서 무리를 만들지는 않았다고 말하는 것을 들었다. 구석에 끼리끼리 모여 서 있는 것은, 우리들의 말에 낯선 혀를 가지고 대화를 해야 하는 시간을 지나, 드디어 모국어를 듣는 유일한 방법이라고 했다. 그러나 모국어 쓰는 것은 독일어 쓰는 동급생들뿐만 아니라 선생님들에게도 경멸을 받는 일이라고 했다. 그래서 아무도 자극하지 않기 위해 서로 낮은 소리로 대화를 했다는 것이다. 그들 사이에는 날씨, 학교, 집에서 만든 소시지나 베이컨에 대한 대수롭지 않은 이야기가 고작이라고 했다. 이러한 것을 대단히 안정된 기분으로 한 학생이 다른 학생에게 '성찬식에서처럼' 친밀한 음성으로 전했다고 했다. 비록 그들이 이미 말한 대로 가장 일상적인 이야기로 만족했다 해도, 하루의 몇 순간에 박해받은 말투로 그들끼리만 모여 대화를 나눌 때는 '진실한 가슴'을 느낀다는 것이다. "내가 전답(田畓)을 독일어 Acker 대신 슬로베니아어 njiva로 혹은 사과를 독일어 Apfel 대신 슬로베니아어 jabolko로 말한다면, 그것은 하나의 차이가 아닌가?!" 하고 그 학생은 말했다.

그러나 나에게는 어두운 교회에서 행해지는 연기도들이 있었고, 나의 영웅이었던 실종된 형의 모습이 있었다. 그들은 내가 그 지역에서 두 번째 언어를—첫 번째 언어를 위해—인간과는 달리 증오하지 못하게 했다. 그것은 지금도 또 이 세기의 마지막쯤에도, 심지어 악의 없이 독일어를 말하는 다수에게도 일어날 수 있는 일이었다.

우선 옛 사전(辭典)이 나의 편협함에서 나를 도와주었다. 그것은 지나간 세기의 마지막인 1895년에 아버지의 출생과 함께 출판된 슬로베니아 여러 지역들의 서로 다른 표현과 말투의 모음집이었다. 나에게 이제 막 순간순간 책상 건너편 어두운 풍경 속을 이동하는 태양의 도움으로 가장 작은 사물과 인물들이 공간과 더불어 모습이 드러났는데—물가에 앉은 처녀의 각이 진 손, 지평선에 서 있는 나무의 구부러진 모습, 삼거리에서 지나가는 처녀를 보면서 고개가 돌아가는 젊은이—나는 당시 그 세세한 표현들을 곡물창고 처마 밑에서 사전의 도움으로 알게 되었다. 그것들은 지금까지 내가 소년시절을 생각해보면 거의 언제나 부족했던 것이었다. 단어 하나하나가—형이 확실하게 밑줄을 그어 놓았기 때문에 나는 많은 것을 건너뛸 수 있었다—흔한 이야기나 에피소드처럼 타입이나 특성이나 역할담당자로 축소되지 않고 마을 사람들이 집에서 반복하는 것과 똑같이 내 앞에서 조립되기 시작했다. 나는 인간과 사물에서 단지 밝은 윤곽만을 보았다. 단어들은 시골 사람들을 표현하고 있었다. 비교하는 표현 역시 시골지역에서 왔다. "그는 혀를 암소가 그의 꼬리를 사용하듯이 사용한다.", "너는 바람 없는 안개처럼 그렇게 느리구나.", "너희들 집은 화재 현장처럼 을씨년스럽구나." 도시들은 위협적이지 않고, 오히려 정복되기를 기다렸다. 사람들은 자동차로 '쏟아져 들어'오거나 혹은 썰매로 '미끄러져 들어'왔다. 저주하는 말이 아주 자주 나왔고, 죽음을 뜻하는 다른 말로도 "그는 저주하기를 그쳤다"란 표현을 썼다. 이 사람들이 죽음을 나타내는 말로 수많은 다른 명칭들을 가졌다면, 여성의 성기를 나타내는 명칭은 더 많았다. 한 골짜기의 주민으로부터 다음 골짜기의 주민에 이르기까지 사과와 배가 자라는 장소의 이름이 바뀌고 그 이름의 종류도 하늘의 별처럼 많았다(농부의 농기구에 따라 이름을 부르거나 혹은 '풀 베는 여자들' 또는 '풀 베는 사람', 혹은 단순히 별무더기처럼, '촘촘히 씨 뿌려진'으로 불리는). 이들 민족은 한 번도 독자적인 정부를 세워보지 못했고 그래서 모든 국가적인 것, 공적인 것 그리고 개념적인 것을 지배자의 언어, 즉 독일어와 라틴어에서 글자 뜻대로의 번역이 대신하게 되었는데, 그것은 사전의 독자가 여기서 '실체' 같은 단어 대신 '은신처'를 발견했을 때처럼 인위적이고 비정상적으로 보였다. 그 대신 구체적인 것, 사물들 그리고 유용한 애칭들이 직접 존재했는데, 집안일에 관한 것은 여인들에 의해, 집밖의 일에 관한 것은 남자들에 의해 이름이 정해지는 것으로 보였다. 뜨거운 재로 구워지는 빵은, 예를 들면 '아래쪽 재떨이'로 번역되었고, 배(*서양 배는 전구처럼 생김.) 종류는 그에 걸맞게 '아가씨'로 불렸다. 의미 있는 특징 하나는 큰 공간들을 나타내는 단어들에서 그 축소형을 만들 때는 두 번째 단어를 덧붙여서가 아니라 한 음절을 추가하면 될 수 있다는 것인데, 이들은 공간에서 존재를 부르는 이름이었다. 공간은 재차 그의 존재를 위한 일종의 은신처가 되었다. '산림'이란 말 속에는 '산림의 여자 주민'이란 말이 들어 있었는데, 그것은 관대한 여자 주민을 의미할 뿐만 아니라, 숲 속 식물, 즉 하나의 특정한 숲 속 꽃, 하나의 야생 벚나무, 한 그루 야생 사과나무, 한 사람의 전설적 인물 그리고, 숲의 심장인 '백합꽃'을 의미했다. 익숙한 이름들보다는 다른 이름들을 통해 사전의 독자는 비로소 사물의 의미를 발견하게 되었다.

온순하지만 세련되지 않은 시골사람이, 생각은 재빠르게 하지만 행동은 느리게 하는 변칙적인 태도를 조롱하면서 그의 앞에 나타났다. 부지런한 시골사람("일에서는 우리가 훨씬 앞서 있다"는 말은 형의 편지에 있었다). 어른들 언어에는 아이들 표현이 들어 있었다. 단(單)음절에는 무언의 절망이, 다(多)음절에는 활기에 찬 기쁨과 동경이 들어 있었다. 고귀함이나 행진하는 군대나 토지 같은 것은 없었다(토지는 단지 소작되었다). 옛날 전설속의 영웅이었던 유일한 왕은 모습을 바꾸고 유랑하면서 잠깐 나타났다가 다시 사라지곤 했다. 그러나 동시에 사려 깊게 생각해보면 그들은 전혀 특별한 슬로베니아 국민이 아니거나 세기 전환기의 국민이 아니었다. 나는 그것을 글자의 힘을 빌려 모호하고 시간성이 없는 탈역사적인 것으로 인식했거나ㅡ혹은 변함은 없지만 단지 계절에 의해 규정된 현재 속에서, 즉 날씨, 수확 그리고 가축의 질병에 관한 법칙에 순종하는 현세에서 사는 것으로 인식했다. 그리고 동시에 모든 역사의 피안에, 혹은 전에, 혹은 후에, 혹은 옆에서 사는 것으로 인식했다ㅡ나는 이러한 고정 이미지에는 형의 확인 표시들이 역시 한몫하고 있다는 것을 의식했다. 전쟁, 공권력, 개선행렬 같은 단어들에 단지 차용어들만 사용했던 미지의 백성으로 알려지는 것을 원하지 않듯이, 명칭을 만들었는데, 가장 수수한 것은, 집에서는 창턱 아래 공간, 또 외부의 들판 길에서는 제동 걸린 수레바퀴에 의해 불꽃이 튀기는 자갈이 깔려있는 장소였고, 가장 독창적인 것은, 아이들만이 꿈을 꿀 수 있는 피난처, 은신처, 생존할 수 있는 장소의 명칭이었다. 덤불 사이에 있는 보금자리들, 초라한 집 뒤에 또 초라한 집, 숲속 깊은 곳에 있는 비옥하지만 비어있는 밭들ㅡ그 국민은, '여러 민족들'에 맞서 자신들을 결코 선택된 민족으로 생각하지는 않는다(왜냐하면 그 국민은 매 단어에서 확실하게, 자신의 땅에서 살고 자신의 땅을 경작하지 않는가?).

형의 작업노트가 다른 언어로의 우회로 없이 곧장 그의 작업으로 들어가 과수원을 변형시켰던 것처럼, 그렇게 이제 그의 사전은 과수원을 넘어 전체 어린 시절 풍경으로 들어갔다. 어린 시절이라? 그것은 나만의 특별한 어린 시절이었던가? 그것은 내가 명칭의 도움으로 발견했던 나만의 개인적인 장소와 사물이었던가? 틀림없다. 사건은 아버지의 집에서 일어났다. 난로 뒤에 있는 공간을 나타내는 단어에서, 지하실에 있는 포도즙 통을 받치는 각목, 요리용 화덕에서 재가 빠지는 구덩이, 가축우리에 돌로 테를 두른 물이 담겨 있는 곳, 정원에 자라고 있는 포도 덩굴로 덮인 정자(亭子), 쟁기질할 때 마지막 밭고랑 등에서 나는 그때마다 우리 집에서 그에 상응하는 것을 떠올렸다. 그렇다, 또 그 중 한 단어는 '우리' 큰 낫의 두툼한 뒷부분을 나타냈고, 또 한 단어는 씨를 발라내지 않은 '우리'의 복숭아를, 또 한 단어는 '우리'의 자두의 파란색 빛깔을 나타냈다. 그것은 우리의 땅속을―부식질(腐植質) 아래 자갈층이나, 무가 자라는 땅 구덩이를―지상의 빛 속으로 끌어올렸다. 그래도 내가 여태까지 삶에서 한 번도 마주치지 못했던 모습들을 읽어서 알아챌 수 있고 동시에 우리 집에만 속할 수 있는 많은 단어들이 존재하지 않았던가? 우리의 말(馬)은 실제로 '등에 검은 줄무늬'가 없었으나, 이제 그에 대한 표현을 보고 나는 마을 공유 경작지에서 똑같은 줄무늬를 가진 말을 바라보았다. 나는 이전에는 의성어(擬聲語) 동사를 통해 고향 벌떼의 '죽이 끓는 것 같은' 이동소리를 뒤따라 아버지의 버려진 벌집에서 내 마음 속으로 퍼지는 여왕벌 소리를 들어본 적이 없었다. 그렇다, "자작나무로 만든 파이프에서 윙윙 소리가 났는데" 그것은 내가 내는 소리였고, 나는 이 모든 단어의 독자가 되었다. 그리고 같은 방식으로 그 독자는 "딸기들이 가지런히 달려있는 풀밭으로" 깊이 들어가, 즉각 이 딸기나무 줄기를 꺾어들고 지벤베르크 산(山) 뒤의 마을 숲에서 나왔다.

여기서 나는 동화작가인 나의 선생님을 생각했다. 그는 내가 여행 중에 후견인으로 일종의 조력자였다. 그가 썼던 동화들은 이야기가 없었고, 대상들의 단순한 묘사였다. 그리고 그때그때 개별적 사물 그 자체만을 다루었는데, 그것은 당연히 민간동화에서 소도구로 혹은 사건이 일어나는 장소로 낯익은 것이었다. 그의 동화에는 숲속에 있는 오두막 외에는 아무것도 나타나지 않았다. 마녀도, 길 잃은 어린이도, 휘날리는 불길도 없었다(기껏해야 굴뚝에서 연기가 한번 푸욱 하고 솟구쳐 올랐다가 차가운 공기 속으로 곧 날아가 버렸다). 지벤베르크 산 뒤에 개천이 흐르고 있었는데, 너무 맑아서 사람들은 개천 바닥을 길과 혼동할 정도였고 검은 자갈이 깔린 바닥에서는 물고기 지느러미가 바쁘게 움직였다. 그리고 마침내 물소리가 들렸고, 둥글게 돌출한 바위 위로 빠르게 흐르면서 그 소리가 끊임없이 울려 퍼졌다. 무엇인가를 이야기하고 있는 그의 동화들 중에서 유일한 것은 가시나무 덤불의 묘사였다(물론 자신이 온통 가시에 찔린 악한 유대인은 없었다). 이 덤불은 들어가기 어려운 황야의 중앙에 넓은 모래 지역으로 둘러싸여 있었는데, 끝맺는 문장과 함께 갑자기 일인칭 화자가 나타나 모래 한주먹을 마른 덤불에 뿌리고, "그리고 또 한주먹을, 그리고 또 한주먹을, 그리고 계속해서 뿌렸다." 그의 "한-사건-동화"는, 저자에 의하면, "태양 동화"여야 했고, 일상적인 "신비의 부가물인 달빛" 없이 일어나야 했다. "태양과 사물", 그것을 동화적인 것으로 충분하다고 여겼다. 그것이 "실상(實狀)"이라고 했다. 동화의 분위기는 단 한 번 나무 꼭대기를 올려다보는 것으로 충족될 수 있다고 했다.

그리고 옛 사전은 나에게 한-단어-동화의 모음집으로, 비록 읽는 사람이 이것을 딸기가 주렁주렁 달려있는 줄기처럼 현실로 체험할 수는 없다 할지라도, 그에 걸맞은 세계상들의 힘을 가지고 영향을 미쳤다. 그렇다, 내가 깊이 생각했던 모든 단어 주변에 세계가 형성되었는데, '속이 빈 밤 껍질'이나 '파이프에 남아 있는 축축한 담배', 또 순수한 '여우비'와 하얀 족제비는 동시에 '아름답고 새침한 아가씨'를 의미했다. 그리스 진리탐구자들의 미완성 문서와 비교할 수 있는 형이 쓴 많은 편지구절들이 농장의 모습을 나타내고 있듯이, 그 개별적 단어들은 나에게 지난 역사의 인물을, 즉 신화의 세기에 말을 더듬는 사람들 앞에서 노래를 불렀다는 전설적인 악사 오르페우스를 생각나게 했다. 그 가운데서 몇몇 특별한 표현들이 있었다. 전승 가치가 있는 것으로 사람들은 그의 시나 노래를 생각했던 것이 아니라, 그가 밭고랑을 '직물결합', 쟁기들을 '구부러진 막대기', 씨앗늘을 '실', 파종기를 '사랑과 미의 여신' 그리고 비를 '제우스의 눈물'로 불렀던 것을 생각했다.

동화의 어휘들은 나를 겨누고 있었다. 그 어휘들에는 놀라운 것, 혐오스러운 것, 악한 것을 나타내는 표현들이 풍부하게 들어있었지만, 그래서 바로 서로 멋지게 함께 어울렸고, 전체 속에서, 즉 사전 속에서 자리를 잡았고, 결코 혼자서 영향을 발휘할 수는 없었다. 교사는 내가 무서운 것에 대해 저항력이 없으며, 음울함과 소름끼치는 것에 대해 절도를 잃었다고 자주 나무랬다. 그에 대해 서술법칙이란 한 문자 한 문자를, 한 음절 한 음절을, 확실하고 또 확실한 표현을 창작해야 한다고 했다. 심지어 마지막 호흡은 완전하게 삶의 호흡과 일치되어야 한다고 했다. 그리고 이제는, '여우비', '쥐똥', '구역질나는 침', '지렁이 똥', '한편 구석에 곰팡이가 핀 신발', '바위 아래 것(살무사)'이라는 이름의 독사(毒蛇), '두더지 땅(무덤)'이라는 장소 이름 등에 몰두해서, 읽는 사람은 무서움과 비극에 대한 그의 허약함으로부터 자유로워짐을 느꼈다. 그리고 그는 이름의 관찰에서 세계의 본보기를, 즉 최초의 농촌주민과 시골집을 세계시민과 세계적 대도시 주택으로 만드는 계획을 알았다. 모든 단어 범주가 곧 세계범주인 것이다! 그리고 결정적인 것은, 그 범주가 그때마다 하나의 낯선 단어로부터 나온다는 것이었다. "그것을 위해 단 하나의 단어가 있다면 좋겠는데!"라는 탄식은, 하나의 체험을 전하고자 원한다면 늘 다시 들을 수 있는 말이다. 그리고 인식의 순간들에는 "그래, 바로 그것이야!"보다 "그래, 그것은 그 단어야!"란 말이 훨씬 자주 동반되지 않았던가?

읽는 사람은 자기 자신의 언어보다 다른 사람의 언어에 감동하지 않았던가? 그는 독일어가 아니라 오직 슬로베니아어에다 한-단어-마력을 덧붙여 쓰지 않았던가?—아니, 두 언어는, 즉 한쪽 단어들은 왼쪽에, 다른 언어의 단어들은 번역되어 오른쪽에 나란히 쓰여 있었다. 이 단어들은 공간을, 반복된 기호를 구부리고, 각을 만들고, 크기를 정하고, 윤곽을 그리며 작성했다. 파괴적인 언어의 혼란(*창세기 11장 9절.)처럼 그렇게 교묘하게 서로 다른 언어가 존재함을 보게 된다. 바벨탑은 남몰래 건축된 것이 아니지 않은가, 또 그것은 공중에 떠서 하늘까지 이르지는 못했지 않은가?

매일 매일 나는 모험심에 싸여 지혜의 책을 펼쳤다. 도대체 내가 체험했던 모험을 표현할 단어가 있는가? 소년시절과 풍경의 체험을 어떻게 하나로 말할 수 있을까? 그 표현은 있었다. 그것은 독일어로, '친자(親子)관계'라고 불렀다! 나는 마음에 전율을 느끼고 손뼉을 쳤다.

나는 오후에 책상 위에서 언제나 새롭게 단어들의 서사시에 열광했다. 그리고 웃었다. 나를 즐겁게 만드는 웃음이 아니라 깨닫고 함께 웃는 웃음이었다. 그렇다, 구름 낀 하늘 아래 명랑한 장소를 나타내는 단어가 하나씩 있었다. 무더운 더위에 쇠파리에게 물린 소가 이리저리 뛰는 모습, 갑작스럽게 난로에서 솟아오르는 불, 삶은 배에서 나오는 물, 소 이마의 얼룩, 눈 위에 엎드려서 일하는 남자, 여름옷을 걸친 여자, 반쯤 빈 휴대용 물통 속에서 물이 철벙거리는 소리, 과일 껍질에서 씨앗들이 떨어지는 소리, 저수지 물 위로 얇은 돌팔매질, 겨울나무에 매달린 고드름들, 삶은 감자에서 익지 않은 부분, 그리고 진흙 땅 위에 웅덩이. 그렇다, 그것이 바로 그 단어들이다!

그러나 그런 의도는 도대체 아직 유효한가? "두 개의 도리깨로 교대해서 두들기다"란 문장은, 실제 그런 도구들은 이미 오래전부터 하는 일 없이 박물관에 진열되어 있기 때문에 실효가 없는 것은 아닐까? 오래 산다는 것은 오히려 "쓰러져가는 신체의 울림"을 나타내는 단어가 아닐까? 지나간 세기에는 아직 순수하게 '이주(移住)'로 불렸던 표현이, 제2차 세계대전 사건들은 그것을 강요된 '강제이주'로 해석하면서, 그의 순수함을 잃지 않았던가? 옛날 책에서는 저항운동 하는 사람들, 즉 빨치산들은 16~17세기 무기인 '쌍 갈고리 양날 창', 즉 저 노후한 찌르는 무기를 필수품으로 갖지 않았던가? 그렇다, 수집의 시대에 이목을 끌면서 한때 무엇인가가 있었다가 지금은 아무것도 아닌 장소들에 대한 많은 표현들, 즉 '이전에는 보리가 자랐던' 휴경지, '이전에는 곡물창고가 서 있던' 자리, '이전에는 덤불숲이 뿌리를 내리고 있던' 돌 많은 평지들이 존재하지 않았던가? 그리고, 비록 그들이 지금은 사용되지 않지만, 그 당시 특별히 발견된 명칭들로 표시되지 않았던가? 그리고 연구자들은 항상 단어들을, 심지어 뒤쪽 계곡에 사는 원주민이 단어 맞추기 놀이로 사용했던 그 원전을 책에 수용하지 않았던가? 그래서 단어들을 이해하는 데는 동화의 힘보다는 오히려 설문조사가 더 영향력이 있다고 여겼다. 즉 그 단어는 나와는 어떨까? 우리와는 어떨까? 지금은 어떨까?

그렇지만 그것은 동시에 동화들이었다. 왜냐하면 물어보는 모든 말에 대한 대답으로서, 비록 내가 그 사물을 결코 본 적이 없다 해도, 또 이 사물이 오래전에 세상에서 없어졌다 해도, 그 사물로부터 늘 하나의 그림, 혹은 좀 더 정확히 말해 하나의 가상(假象)이 나타났기 때문이다.

어느 날 오후 나는 고원지대에서 형이 십자표시를 해놓았던 마지막 단어를 보았다. 앞서 보았던 것처럼 거기에는 날짜가 표시되어 있었고, "들에서"란 말도 추가되어 있었다. 그는 그 책(*단어 모음집.)을 전쟁 초기에는 항상 가지고 다니다가 마지막쯤에 가서야 윗옷과 함께 '세례선물'로 집에 남겨두었다. 나머지 넓은 부분에는 연필 흔적이 더 이상 없었고, 늘 닫혀 있었던 것으로 보였다. 페이지들 사이에는 전쟁 전에 넣어둔 풀

잎 줄기나 전쟁 때 넣어둔 파리들은 더 이상 없었다.

나는 앉아서 한 단어를 눈여겨보았고 끝나면 뒤에서부터 다른 단어들로 페이지를 넘겼다. 그것은 땅의 공간들에 대한 계획일까 혹은 단순히 그의 메모리일까 혹은 그저 그의 찬미사(讚美辭)일까? 인간들의 언어가 그 사이 내가 살았던 시절에, 나의 시절에, 너무 감정이 메말라서 우리 이야기하는 사람들이 무엇인가를 강조하고자 했을 때, 그것은 오직 전쟁을 통해만 가능했을까? 왜 스무 살짜리는 누군가 상대방이 입을 열 수도 있다는 생각 때문에 벌써 혼자 피곤하게 되었던가? 왜 말하는 것이, 자신의 말도 역시, 그를 자주 반향이 없는 방으로 추방했던가? ('비둘기 집 창'은 다른 놀이로써 세간에 널리 알려진 내용 없는 놀이에 적합했다.) 왜 단어들은 아무것도 더 이상 표현하지 않았는가? 왜 그는 좀처럼 보기 힘든 올바른 단어에서 영혼을 감지했는가?

귀로에 나는 매번 마을의 어떤 집 옆을 지나갔었는데, 그 집 한쪽 벽은 갈라진 틈 없이 표석(漂石)으로 치장되어 있었다. 나는 보고 있던 옛 단어들에서 고개를 들어, 책의 위쪽 가장자리 넘어 공중을 바라보았다. 시선은 똑바로 남쪽 산맥의 발치에 있는 지평선까지 뻗어 나갔다(그런 광경을 슬로베니아어 표현으로는 단어 그대로 번역해서 "하부-날개"라고 했다). 멀리 뿌연 베일 속에서 황량한 급경사면이 보였는데, 그곳은 내가 있는 작은 고원지대의 가장자리에 개별적으로 서 있는 소나무를 통해 가깝게 보였다. 풀이 높이 자란 경사면은 위쪽 산봉우리까지 이전 가축들이 다니던 길의 확연한 모습에 의해 명암의 차가 나타났다. 이 길들은 층계 형태로 나 있었는데, 산기슭의 전체 너비를 차지했고, 서로가 교차하는 그런 방식으로 그물망을 이루고 있었다. 가로로 나 있는 넓은 길은 세로로 난 좁고 가느다란 길에 의해 끊어지게 되었는데, 그 길로 지금은 오후에 내린 빗물이 황토색으로 계곡을 흐르고 있었다. 멀리서 보면 대단히 느린 움직임이어서, 나는 종유석에 매달려 있는 석순을 생각했다. 대체로 거의 사장된 가축이 다니는 언덕 비탈길에, 이전에 오르고 내려 다녔을 소 떼를 생각했다. 아늑한 모습, 둔중하고 늘 가다 멈추고 그리고 풀을 뜯던, 그리고 양이나 개라면 경사 길을 뛰어다녔을 텐데, 조용하게 움직이는 소들의 모습을 생각했다. 그들의 젖통이들은 풀줄기 위로 내려 뜨려져 있었고 발굽들은 자주 진창에 빠져 있었다. 많은 소들이 한 층계에서 다른 층계로 미끄러졌고 그것이 빗물 흐르는 고랑을 만들었다. 소 한 마리가 자기 앞에서 가던 놈을 올라타고 등 위에서 한참을 질질 끌려갔다. 어떤 놈은 꼬리를 치켜들고 오줌을 누었는데, 그 소리가 너무 강력해서 나는 쇠똥이 뒤따라 찰싹하고 떨어지는 소리를 실제로 들었다고 믿었다. 그다음 또 비탈길에서 오줌에 김이 나는 것을 보았다. 소떼의 행렬은 너무 느려서, 거대한 산을 횡단할 때, 그것은 마치 역사가 시작된 이후 일어났던 민족 이동의 민중을 생각나게 했다―공허한 그물망 같은 길들, 공허한 산길들의 얽힘, 공허한 꼬불꼬불한 산길―이러한 공허한 외형들은 그들의 가벼운 불규칙성과 함께, 세련되지 못한 자연 특유의 인상을 강하게 주었다. 광산이나 자갈 채광장의 층이 진 땅과는 달리, 거기서는 산봉우리와 계곡 사이에, 기계를 가지고 안전모를 쓴 자들이 커브를 그리며 움직이는 것이 아니라, 목표 없는 다수가 거의 한 자리에서 머리를 숙이고 움직이거나 혹은 뒷자리로 미끄러져 갔다. 화물 운반인들과 노예들의 행렬, 어디에서 와 어디로 가는 도중인지, 다리 골절이나 긴급도살이 아니라면 언덕이 그들의 체류지는 아니었다.

여기서 나는 다시 선생님을 생각했다. 역사 전문가로서 그는 지구상에서 사라져버린 민족들에 대한 특이한 애착을 보였고, 그의 수업은 늘 마야(Maya)에 대한 탐구 작업에서 얻은 보기를 가지고 시작되었다(그래서 그는 학생들에게서 마야라는 별명을 얻었다). 그는 학창 시절에도 몇 해 동안 유카탄[*멕시코의 남동부에 있는 주(洲)로 반도(半島)임.]을 자세하게 조사했다. "지리학자로서 내 피부는 갈색이 되었고, 역사가로서는 창백하게 되었다 ― 오늘날과 같이 그렇게 창백하게." 마야는, 하고 그는 말했다, 결코 국가를 이루지는 못했을 것이다. 왜냐면 그 반도에는 '국가를 이루는 강'이 없었기 때문이다. "그와는 반대로 유프라테스 강과 티그리스 강 혹은 나일 강을 관찰해보라!" 또 바퀴도 도르래나 케이블 권양기(捲揚機) 같이 그들에게는 낯설었다고 했다. 유일한 바퀴 모습을 아이들의 작은 놀이기구에서 발견했다고 한다. 국가 건설의 주된 장애는 마야인들이 둥근 지붕 건설 능력이 없었다는 점이라고 한다. 그들은 방이나 홀들을 전혀 갖지 못하는 '외견상 둥근 천장'만 알았다. 주민을 유일하게 결합시키는 것은 종교였다고 한다. 바퀴 대신 롤러가 존재했는데, 그것으로 유일하게 정글 안에서 성전으로 가는 종교의식 행렬을 위해 제방에 도로들이 만들어졌다. 그러나 모든 농부의 집들 사제노 사원으로 허락되었다. 천체(天體)가 주민들의 생활을 지배했다. 그래서 천체는 신으로 주시되었다. 왜냐면 그들에 의해서 매일의 생활을 위한 행동 지시사항들을 알아차릴 수 있었기 때문이다. 햇볕 속에서 건립했던 돌비석은 동시에 파종할 시기를 가리키고 있었다. 돌에 새겨 넣은 상형문자들은 동시에 그에 걸맞은 시계로 작용했다. 그와 같은 오래된 글자들에서 조상들이 숭배되었다. 모두에게 공통되는 최초의 인간은 옥수수로 되었다는 것과 그래서 각자가 그것을 자신의 기원으로 믿고 있다는 사실은 민간신앙에 속했다.

마야의 몰락은 개인의 신앙심이 공적인 예배를 배제한 데서 시작되었다. 더욱이 '비사교적이고, 다른 사람과 거리를 두었던,' 단지 규정된 예배의식을 통해서만 다른 사람들과 결합되었던 가족들은, 하고 교사는 말했다. 모두가 자신을 위해 마음대로 규칙을 어기고 자신의 작은 예배당을 세우는 쪽으로 옮겨갔다―집 자체가 이미 어떤 신성물이란 생각을 잊어버린 채―그리고 결합은 깨졌다. 그것은 석주에 새겨진 그림문자의 분석에서 체험할 수 있다. "우리의 계산에 따르면 900년경에" 하고 그는 말했다. "스페인 사람들이 자유의 사바나(Die Savanne der Freiheit)라고 불렀던 초원에서 멀지 않은 곳에 있는 원기둥에 최후의 비문(碑文)을 조각했다. 석주(石柱)의 주요재료였던 부싯돌에 의한 불꽃을 상상해보라, 그리고 불이 꺼짐도!" 피라미드 모양의 층계에서 주민들의 종말이 특히 눈에 띄게 된다. 계단 계단은 성스러운 부조물(浮彫物)과 조각한 돌들을 가지고, 샛별의 표시, 모든 마을 사람들에게 그늘을 주는 나무 표시, '시간'을 공동으로 의미하는 태양과 날 표시를 가지고 풍부하게 장식되어 있었다―그렇지만 가장 높은 계단 위에는 '몇 개의 난잡하고 거친 끌 흔적!'만 있었다.

이 계단은 나에게 가축이 다니는 텅 빈 비탈길로 여겨졌다. 그 비탈길은 실제로 고향의 과수원에 있는 경사면보다 훨씬 큰 피라미드 모습을 하고 있었으며, 위로 갈수록 가늘어지는 많은 사람들의 발자국을 지나 하늘이 높이 보였다. 나는 형에 의해 십자표시가 된 단어들이 위로 올라

가다가 중단된 것을 보았다. 경사의 각 라인에는 앞면이 밑으로 진흙 속에 파묻힌 무너진 비문 기둥이 있었다. 폐허 같은 전체 장소에 뿌연 김이 내리 덮일 때까지 진흙땅으로부터 물이 솟아나오면서 땅바닥 비문의 글자들을 씻었다. 그 폐허에는 한 번도 벚나무가 자란 적이 없었다. 슬픔에 대한 욕구가 나를 감동시켰고 나는 형의 책과 함께 일어섰다. 텅 빈 비탈에는 어떤 풀줄기도, 또 아무것도 움직이는 것이 없었다. 물조차도 응고되어 있었다. 흐르는 물과 함께, 바람에 휘날리는 풀과 함께, 흔들리는 나뭇가지와 함께 호흡할 수 있는 순수하게 살아있는 존재는 없지 않았던가? 그러나 나는 개별적인 죽음만을 애도하려는 것이 아니라, 이것을 벗어난 어떤 것, 즉 파멸을 슬퍼했다. 파멸, 그것은 특별한 인간과 함께 그들의 응집력을 제거한다는 것을 뜻한다. 다수의 말하고 서술하는 자들과 구별하여, 단어들을 통해 사물들에게 생기를 불어 넣을 수 있는 특별한 능력이 있고, 지금 나처럼 그것을 끊임없이 연습하고 그리고 모범을 보이는, 형과 같은 어느 한 사람을 제거한다는 것은, 언어 자체를—가치 있는 관습과 평화의 관습을—죽이는 것을 뜻하고 그리고 용서하기 어려운 범죄였고, 세계대전들 중 가장 비인간적인 전쟁을 의미했다.

   그렇지만 소망했던 슬픔은 나에게 이루어지지 못했다. 그 대신 나에게는 늘 농부들의 초창기 반란에서 그들의 표어였던 그 표현이 머릿속을 감돌았다. "오랜 권리!" 그렇다, 우리는 그때부터 붕괴될 수 없는 하나의 요구를 가졌다. 그리고 그것은 우리가 일으켜 세우는 것을 중단하자마자 붕괴되어버렸다. 그러나 누구에게 우리의 정당함을 요구할 것인가? 그리고 왜 우리는 그것을 항상 제삼자에게, 즉 한편으로는 황제에게, 다른 한편으로는 신에게 요구하는가? 왜 우리는 어느 누구에게도 사이에 끼어들지 못하게 하면서, 우리의 권한을 자기보존(自己保存)처럼 겸손하게 스스로 지키지를 못하는가? 드디어 하나의 유희, 우리가 누구와도 겨룰 수가 없었던 유희, 고독한 유희, 격동의 그 유희―아버지, 그 위대한 유희!

심사숙고하기 위하여 가축이 다니는 텅 빈 비탈길로부터 다시 책으로 되돌아 왔다. 쪼그리고 앉거나 일어서서 있을 때처럼 맨발로 나는 들판 오두막 앞에서 이리저리 걸어 다녔다. 형이 마지막으로 표시한 단어는 이중의 의미를 가졌다. 그것은 번역해서 '강하게 하다'도 되고 '시편을 노래 부르다'도 되었다(이 개별적인 단어들 속에, '소위 말해 숨 막히는 이야기들' 속에 자신을 집중하는 것은 나의 일상적인 명상과는 완전히 반대되는 것이었다. 그것은 끊임없이 나의 머리와 시선을 위로 들게 했다). 나는 책 읽기를 중단하고 고개를 위로 들었다. 개천을 걸어서 지나갈 수 있는 자리를 나무로 표시하고, 책상의 푸르스름한 공간속으로 다시 접근해 갔는데, 그 뒤로는 물결 모양의 기복이 있는 산등성이 보였다. 지기 직전의 태양은 그 위에서 비스듬하게 어두운 소나무 숲을 더욱 더 밝게 비췄다. 층층을 올라가는 길은 짙게 그늘이 져서 꼭대기까지 이어져 있었는데, 그 위에는 빛이 희미하게 비치고 있었다. 빛은 작은 형체들을 비탈 위에서 하나하나 비추고 있었다―풀덤불, 얽힌 발자국, 두더지가 파서 헤친 흙더미, 실개천에 한 줄로 늘어선 새들, 그 옆에 한 마리 살아있는 산토끼―하나가 다른 하나와 간격을 두고 연결되어 있었다. 나는 책과 산을 번갈아 바라보면서 계속 책을 읽었다. 나는 낯선 무리 속에서 이런저런 익숙한 얼굴을 찾아보듯이 기대하면서 단어들을 바라보았다. 이전에 어두운 교회 안 신자들의 연(連)기도가 지금은 태양 아래서 다양한 단어들의 소리 없는 연기도로 옮겨갔다. 한숨을 쉬고, 갈망하고, 온 몸이 긴장되었다. 격렬한 분노는 흐느낌이 되었다. 개똥벌레, 6월, 버찌, 벌초기, 소금쟁이, 오리온 별자리. 메뚜기, 휘청대는 판자다리, 호두 껍데기의 칸막이 벽, 채찍의 가장 윗부분……. 가벼운 고통의 단어에서 문자의 교환을 통해 강력한 기류가 형성되고, 이것에서 다시 다른 철자를 통해 폭풍이 되었는데, 그 폭풍은 동시에 나르는 모래와 흐르는 모래를 위한 이름이 되었다. 조용한 부름들은 마침내 인간모습으로 바뀌고 그리고 나는 계단 위에서 단어의 빛에 둘러싸여 부재자들이 나타나는 것을 보았다. '처녀이기를 포기한' 그런 사람으로서 어머니. '하인이기를 포기하지 않은' 그런 사람으로서 아버지. '미친 사람'에서 작은 자음추이를 통해 '기쁨에 찬 인간'으로서 누나. '조용한 사람'으로서 여자친구. '엄한 숭배자'로서 선생님. '걸어가면서 바람을 만드는 사람'으로서 마을의 정신박약자. '발꿈치로 마구 문지르는 자세'의 형태에서 적(敵). 그리고 무엇보다 먼저 '믿음이 깊은 사람'으로서 형. 그 말은 동시에 '침착한 사람'에게 알맞은 말이었다. 그리고 나는? — 읽는 사람이자 동시에 보는 사람이었다. 또 모든 것이 그에게 달려있고 그 없이는 어떠한 유희도 존재하지 않고 각 플레이어의 주요 특징을, 예를 들어 아버지의 하얀 머슴 발과 형의 찢어진 눈꺼풀 각도를 함께 체험했던 제삼자였다.

이러한 그림문자는 산허리로부터 한 순간 반짝거렸다. 그다음 다시 특징 없는 텅 빈 형태, 즉 태양이 졌다. 나는 되돌아가는 것을 결정할 수 있다는 것, 되돌아가는 것은 비애와는 다르다는 것을 깨달았다. 맹창들의 텅 빈 모습처럼, 가축이 다니는 비탈길들의 텅 빈 모습들이었다. 그들은 우리 모습의 표현이었다. "형님, 당신은 그곳에서 회청색 속을 걸어가셨을 것입니다!"

나는 두 눈을 감았다. 나는 두 눈이 축축하다는 것을 느꼈다. 그러나 그것은 내 자신이나 내 식구들의 슬픔 때문이 아니라, 눈물은 사물들과 그 단어들로부터 흘러나왔다.

눈을 감자 가축이 다니는 비탈길의 잔상이 또 회색 바위의 모습이 떠올랐다. 25년이란 시간의 간격 속에서 나는 그곳 테이블지형에 서있는 연령을 알 수 없는 인간을 본다. 이 사람은 맨발로 넓은 검은색 외투를 입고 손가락을 허공에다 휘젓기 시작했다. 손이나 주먹을 가지고 무작정 흔드는 것이 아니라 무엇인가 서술하는 것 같은 균형 잡힌 행동이었다. 그것은 '그'였던가. 혹은 '나'였던가? 그것은 변함없이 나였다. 나는 더 이상 어린애처럼 허공에다 글을 쓰지 않고, 회색 암석계단들 위에 놓인 종잇조각 위에다 연구자처럼 또 손으로 일하는 일꾼처럼 단정하게 선(線)들을 그렸다. 그것은 나의 이야기를 위해 정했던 행동이다. 문자에 문자가, 단어에 단어가, 종이에 제목으로 나타나야 했으며, 태곳적부터 돌에 끌로 파서, 그러나 알아볼 수 있게 그리고 내가 그린 단순한 선(線)들을 통해 계속 전달되어야 했다. 그렇다, 나의 부드러운 연필 흔적은 내 조상이 썼던 언어를 모범으로 삼아 딱딱함 그리고 간결함과 결합되어야 했고, '단조로운 피리새 소리'를 위한 표현은 '철자'로 단어가 되어야 했다. 왜냐면 단어가 없이 검거나 붉거나 초록으로 덮인 땅은 단지 황무지이고, 어떤 드라마, 어떤 역사 드라마도 나는 유쾌한 세상의 사물들과 단어들의—즉 존재의—드라마보다 더 인정하고 싶지 않았다. 가축이 다니는 피라미드 모습의 비탈길을 위협하는 용암덩어리는 '기다란 배

(梨)'를 위한 단어의 모습으로 부드럽게 변화되었다! 하얀 마로니에 꽃의 어두운 내부를 위해, 젖은 눈(雪) 밑에 있는 찰흙의 노란색을 위해, 사과에 남아있는 꽃의 잔재를 위해 그리고 강물에서 튀어 오르는 물고기 소리를 위해 나는 하나의 표현을 발견할 것이다!

나는 두 눈을 다시 뜨고, 초원 오두막 앞에서 마치 내가 도움닫기를 원하는 것처럼 점점 더 빨리 왔다 갔다 했다. 그리고 다시 중단했다. 나는 숨 쉬는 가슴부분이 계기(計器)가 되는 것을 느꼈다. 그래서 나는 갑자기 소리를 지르기 시작했다. 이전부터 낮은 목소리 때문에 무시를 당했던, 또 종교적인 숙소에서 감시자들에 의해 그의 기도에는 "감정이 들어있지 않다"고 질책을 받았던 필립 코발은 그를 아는 모두가 그를 그때부터 다른 눈으로 주시했을 거라고 외쳤다.

비교할 만한 것은 그때까지 바로 기숙학교에서 딱 한 번 일어났다. 그가 어느 날 자기 스스로는 노래할 수 없다고 확신하고 있었는데 선생님으로부터 요구를 받아 불안하게 일어서서 숨을 들이 마시고 자신을 짓누르는 학급의 중앙에서 그의 가장 깊은 내부의 낯설고 미숙한 노래를 시작했을 때, 그 노래는 듣는 사람을 처음에는 웃게 했고 다음에는 이상하게 부끄러워 하며 시선을 돌리게 했다. 그때부터 그는 이미 노래하는 일은 그의 내부에 아주 깊숙이 숨어 있어야 한다고 생각했다. 혼자만 있었던 고원지대에서 그로부터 나오는 것은 노래나 포효나 부르는 소리가 아니고, 맑은 외침소리로, 그것은 바로 당당하게 그의 권리를 찾는 소리였다. 그는 형의 책에서 간결하거나 흔들거리는, 또 단음절이거나 혹은 다음절인 단어들을 큰소리로 외쳤다. 그 외침소리들은 땅으로 퍼져나가 텅 빈 가축길 위에서 메아리가, 다시 말해 '세상소리'가 되었다.

그리고 모든 외침에서 나는 선조의 열려진 귀를, 그들의 즐거워하는 눈썹곡선을 그리고 그들의 명랑한 표정을 알아차렸다.

나는 책을 공중으로 들어 올려, 입술을 갖다 대고, 그 자리에서 허리를 굽혀 절을 했다. 그다음 나는 오두막의 귀퉁이에 있는 개암나무에서 줄기를 하나 잘라내어 그곳에 장소의 이름과 해(年)를 새겼다—"도브라바, 슬로베니아, 유고슬라비아 1960"—그리고 그 줄기를 미래를 향한 우리들의 기념기둥으로 삼았다. 마치 미래에 대한 희망이 없는 스무 살짜리처럼(절대로 그의 왕은 나타나지 않을 것이다). 그의 기대는 확고하게 현재에 있었다. 그리고 약하거나 혹은 조심스럽게 그것을 반복하는 소리가 있었다. 그 소리는 모든 방향, 모든 계곡에서 테이블지형으로 울려 퍼지는 막사의 명령소리에 의해, 사격 연습하는 회색복장 군인들의 총소리에 의해 그리고 지역공동묘지에서 삽으로 흙 파는 소리에 의해 오래지 않아 들리지 않게 될 것인가? 아니다, 내가 있는 곳에서는 아직도 맹창들과 텅 빈 가축길들이 다시 돌아온 왕국의 무늬로서 내 마음을 끌었다. 기관차의 휘파람소리와 똑같이 비둘기 울음소리도 인디언의 울부짖음이 될 수 있었다. 여전히 나는 어깨에서 어휘들이 실린 책이 들어있는 선원용 배낭의 끈을 감지했다. 어머니, 당신 아들은 오늘도 변함없이 하늘 아래를 걸어갑니다!

세상을 돌진해 가면서, 나는 이번에 정신에 대해 깊게 깨닫게 되었다.

자유의 사바나—동경의 땅

　나는 당시 태양의 잔상이 내 눈앞에서 사라질 때까지 고원 지대에 머물렀다. 그것은 내 몸 안에서 마치 하나의 축이 천천히 회전하는 것 같았다. 그 축과 함께 주위의 사물 역시 같이 회전했다. 북쪽 산 너머 연기처럼 피어오르는 구름이 고향 집 위에 떠 있는 것같이 생각되었다. 곡식 창고의 서쪽 벽에는 통풍을 위해 하트 모양, 다이아몬드 모양, 창끝 모양, 클로버 잎 모양으로 구멍이 나 있었고, 그 검은 구멍들을 통해 아버지의 해묵은 고독이 휘몰아쳤다.
　나는 그 장소를 뒤로하고 떠났다가 다시 걸어서 그곳으로 돌아왔다. 작은 새 한 마리가 고원지대의 가장자리에서, 마치 바로 아래에서 거인과의 투석전에서 승리하기를 원했던 난쟁이의 손에서 빠져 달아나듯이 하늘높이 날아 올라갔다가 총을 맞은 것처럼 공중에서 아래로 쏜살같이 떨어져 내려왔다. 산으로 둘러싸인 평야 끝에 있는 호수는 석양빛 속에서 젤리처럼 보였는데, 그럴 때 나는 익사 위험에 빠져 투명한 날개로 맹렬하게 날갯짓하는 벌들이 호수에 가득 찬 것으로 생각했다.

나는 매번 고개를 숙이고 그쪽으로 갔다가 고개를 들고서 되돌아왔다. 마을 입구에 있는 집들 중 하나에 게시판이 부착되어 있었고, 그곳에는 "여기 지하실에서 1941년 지정된 날에 파시즘에 대한 저항으로 사람들이 모였다"라고 쓰여 있었다(내가 지나왔던 슬로베니아의 여러 곳에서 그런 비슷한 게시판이 부착된 건물을 여럿 보았다). 나도 투쟁을 하고자 원했다. 그리고 지하실에서가 아니라 공개적인 길거리의 평화로움 속에서 집회 없이 나 혼자 그것을 결심했다. 그리고 말했다. "투쟁과 함께 문장을 하나 지어라!" 그다음 비로소 그것은 신탁처럼 의미가 다양한 문장이라는 것을 알아차렸다. 한 번은 이러한 기분 속에서 어떤 나무 오두막으로 방향을 바꾸어 들어가, 그곳에 있는 모탕에서 묵중한 도끼를 치켜들었다. 그때 나이가 많은 부인이 와서, 톱으로 잘려진 통나무를 잘게 쪼개줄 것을 요청했다. 내가 나무를 패자 장작들은 사방으로 튀어 날아갔다. 하나는 이마로도 날아왔다. 그리고 나는 한 시간쯤 후에 저녁 식사와 함께 '나뭇조각들을 만들다'를 '빛을 쪼개다'로 말하는 몇 마디 새로운 단어들을 얻었다. 한 번은 나에게 공이 길 위로 굴러왔는데, 그것을 아주 잘 받아 찼기 때문에 모두들 함께 경기하자고 했다(오늘날도 나는 때때로 국가대표 팀의 공격수 꿈을 꾼다). 신발은 발목을 감쌌고, 단순한 토시가 아닌 아버지의 가죽끈은 손을 든든하게 했다.

필립 코발은 저녁이면 으레 '검은 땅'이란 여관 식당에서 구석자리를 차지하고 앉아 있었다. 아무도, 심지어 순찰 도는 군경찰조차도 그의 이름을 물어보지 않았다. 모두에게 그는 단지 '손님'으로 불렸다. 여기 걸려있는 티토 원수(元帥)의 사진조차도 그에게서 몸을 돌려 하늘을 나는 폭격기 편대를 바라보고 있었다. 식탁들 위에는 다양한 형태의 오스트리아식 구운 과자들이 가득 꽂혀 있는 바구니들 대신―그것은 때때로 집단무덤에 거꾸로 박혀있는 시체를 상기시킬 수 있었다―흰 빵들을 넣어두는 단순한 형태의 그릇들이 있었고, 테이블보 위에는 고풍스런 표현으로 '빵 보자기'란 말이 적혀 있었다. 때는 한여름이었고, 가끔은 너무 더워서 밖에 나와 앉아 있었다. 집에 들어오면서 급류로부터 불어오는 바람을 관자놀이에 고마운 살랑거림으로 느꼈다. 넓은 홀을 향해 열려 있는 창 옆에 여러 계단으로 된 받침대가 있었는데, 안쪽 여자 요리사에게 주문된 음식이 들어있는 접시를 넘겨받기 위하여, 그 위로 웨이터가 매번 올라가곤 했다. 받침대 옆 콘크리트 바닥에는 깊은 홈이 파져 있었는데, 그 홈들은 마치 피아노 건반 같았다. 자전거를 세워두는 장소는 대부분 텅 비어 있었다. 그 장소 안에는 위로부터 피뢰침이 연결되어 있었다. 번개 없이 지나가는 날은 거의 하루도 없었다. 야외에서 저녁에는 번갯불이 번쩍거렸는데, 그 번갯불은 학교 다니면서 배웠던 고대 그리스어 '세상을 보는 눈' 같았다. 계절은 7월이었고, 개똥벌레들이 바로 관목 숲 위로 날아가면서 풀 속으로 숨거나 그곳에서 사라졌다.

  웨이터는 나보다 약간 젊어보였다. 아마 지금 막 직업교육을 받고 온 것 같았다. 그는 작고, 마르고, 갈색으로 좁은 삼각형의 얼굴을 하고 있었으며, 바위가 많고 사람 없는 어느 내륙지방 출신으로 보였다. 소농가의 많은 아이들 가운데 하나로, 돌담이 둘러있는 외딴 농가에 태어나, 양치기나 자신만이 아는 여러 장소에서 산(山) 열매를 모으며 성장했을 것이라는 생각이 들었다. 다른 사람들은 항상 여자 친구를 아름답다고 했는데, 내가 이 말을 그에게 사용했던 첫 번째 인간이었다. 나는 그에게 인사, 주문 그리고 고맙다는 말 외에는 결코 다른 말은 하지 않았다. 그는 손님들과 대화하지 않았다. 꼭 필요한 말만 했다. 밖으로 보이는 아름다움은 그의 모습보다는 끊임없는 주의력과 친절한 조심성에서 왔다. 아무도 그를 부르거나 팔을 높이 들 필요가 없었다. 홀이나 정원의 가장 뒤쪽 구석에 서서, 그곳은 자유스런 순간에 그리고 겉으로 보기에는 어느 먼 곳을 꿈꾸듯이 바라보며 그가 서 있는 자리였는데, 장소를 전체적으로 관망하고 있다가, 손님의 사소한 표정 변화에도 뒤쫓아 왔다. 아니, 달리 말하자면 예절의 이상형으로 '공손한 사람'의 모습을 하고 손님에게 달려왔다. 오전에 그는 벼락이 칠지라도 밤나무 밑 식탁에 식탁보를 덮었다가 빗방울이 떨어지기 전에 다시 식탁보를 걷었다. 모든 손님들이 특별한 격식을 가졌던 축제적인 사교, 세례 혹은 결혼식에서 좌석 정돈에 주의하듯이, 의자들을 제자리에 정돈하고 있는 그를 가끔 홀에서 만나는 것은 특별했다. 그가 철제 식사도구를 나란히 정돈하거나, 양념 병의 플라스틱 덮개를 깨끗하게 씻는 것처럼 값싸고 낡은 물건들을 다루는 그의 면밀성도 특별했다(식당에는 거의 그런 것들만 있었다). 한 번은 그가 저녁 전에 어두운 빈 방에 서서 움직이지 않고 앞을 바라보다가, 조금 떨어진 곳에 있는 벽감 쪽으로 걸어가 그곳에 있는 배가 불룩한 유리병 앞에서 부드럽게 몸을 굽혔는데, 그런 행동은 홀 안을 가득 채운 손님들에 대한 친절로 보였다. 다른 한 번은 저녁 식사 때에 자주 그렇듯이 손님들이 활기를 띠고 모여 있는 홀에서 그는 커피 한 잔을 식탁으로 가져오기 전에, 카운터 위에 조심스럽게 올려놓고 그 잔의 손잡이를 똑바로 밀었다. 그런 다음 그 작은 커피 잔을 팔을 멀리 치켜든 자세로 붙잡고 그것을 주문한 사람에게 곧장 전달했다. 그 외에 눈에 띄는 것은 주정뱅이들을 쏘아보는 냉정한 엄격함이었다. 그럴 때마다 그는 늘 행동을 필요로 했는데, 그때 나는 그의 반쯤 감긴 눈이 반짝이는 것을 보았다.

낮 동안 내내 나는 방에서 혹은 야외에서 웨이터를 부모나 여자 친구보다 더 생각했다. 그리고 그것도 일종의 사랑이라는 것을 깨달았다. 그러나 그것이 나를 그에게로 또 그의 주변으로 끌지는 않았고, 더구나 그는 휴일에는 나타나지도 않았다. 그가 다시 등장했을 때는 검고 흰 옷 색깔이 홀 주위에 활기를 주었고, 그 모습에서 색채감을 느꼈다. 그와 같은 호감은 그가 근무하면서 항상 유지했던 공손한 태도에서 나왔다. 어느 날 나는 버스 정류장의 입석(立席) 구내식당에서 사복을 입고 손님으로 서 있는 그를 만났다. 그리고 여관의 웨이터와 회색 양복의 젊은이 사이에는 아무런 차이도 없었다. 젊은이는 팔에 우산을 걸고 아래쪽 받침대 위에 발을 세운 채 움직이는 버스들에 눈길을 주며 천천히 소시지를 먹고 있었다. 그리고 이러한 거리감은 친절 및 균형감과 함께, 보는 사람에게 깊은 감동을 주면서 전형적인 아름다움을 느끼게 했다. 오늘까지도 나는 어려운 일을 당하면 그 복하인 지역 출신의 웨이터가 어떻게 행동했었는지 곰곰이 생각해 본다. 그것은 실제로 별 도움이 안 될지 모르지만, 그래도 그의 모습이 되살아나고 이 순간을 위한 평정심을 유지할 수 있었다.

'검은 땅'이란 여관에서 마지막 날 나는 손님들과 여자 요리사도 이미 가버린 한밤중에 주방 옆에 있는 열린 방을 지나 가다가 그곳에서 웨이터가 그릇이 가득 들어있는 큰 통 앞에 앉아 테이블보로 물기를 닦아 말리는 것을 보았다. 후에 내가 위에서 창문을 통해 바라보니까, 그는 밑으로 흘러가는 시냇물의 다리위에 바지와 셔츠 차림으로 서 있었다. 오른쪽 팔의 안쪽에 그는 접시 더미를 가지고, 거기서 접시를 하나씩 꺼내 왼손으로 차례차례 균형 있고 우아하게 경기용 원반처럼 물속으로 미끄러져 들어가게 했다.

'검은 땅'이란 여관의 침대가 네 개 있는 방에서 젊은 필립 코발이 보낸 밤들은 거의 모두가 꿈이 없는 그런 밤이었다. 몇 년 전 기숙학교의 공동침실에서 잠을 잘 때의 생각이 났다. 침대 위에서 통증이 반복되는 머리를 베개에 고정하고 마치 하늘아래 폭풍우와 눈발이 휘몰아치는 넓은 평원 한가운데 혼자 누워, 이불을 끌어올려 양쪽 귀까지는 따뜻했으나 회오리바람이 그의 머리를 얼어붙게 했다는 생각이었다. 그것이 이제는 사납게 흐르는 개울물 소리로 바뀌어서 벽을 통해 밀려들어와 꿈을 대신했던 것이다.

한 번은 산골짜기 급류일꾼으로 연금을 받고 있던 아버지에 관한 꿈을 꾸거나, 가족의 역사를 썼다고 하는 단순한 노트에 관한 꿈을 꾸었다. 그 내용은 책으로 출간되었다. 그리고 현실에서처럼 형의 야전 우편국 번호와 필립의 세탁물 숫자를 쓴 그 떨리는 글자행렬들은 들어있지 않았고, 필기체가 아닌 인쇄체의 텍스트가 가득 쓰여 있었다. 산골짜기 급류일꾼은 농촌 작가가 되었다. 그는 세기 전환기에 슬로베니아 농부들의 적합한 후계자로 그들의 이야기들을 모았고, 그 이야기들은 일상의 시간에 따라 번역되어서 '저녁 사람들'로 불리기도 했고, 그들의 등장

전에는 저녁바람 혹은 저녁 나방의 이야기로, 그들이 사라진 후에는 '저녁신문들'이 되었다. 그리고 그 꿈의 책을 주의 깊게 읽는 독자는 젊은 웨이터였다.

내가 파란색 선원용 배낭과 개암나무 지팡이를 가지고 보힌스카 비스트리차 정거장에 들어섰을 때는 아침 바람이 불고 있었다. 나는 남쪽으로 계속 가고자 했다. 출발선로 배경에는 산맥을 통과하는 터널이 보였다. 중부 국경에서처럼 여기서도 건물의 이층은 거실로 사용되었고, 작은 나무상자 속 자갈밭에는 아욱 꽃들이 바람에 펄럭이고 있었다. 꽃향기가 기분을 무척 상쾌하게 했다. 두 국가의 작은 정거장들은 에나멜로 된 작은 간판 위에 글씨를 공유하고 있었는데, 그것은 '아드리아 바다 위의 정점'이란 말이었다. 그런 저런 땅 모습, 즉 이전 황제제국의 땅 모습을 가리키고 있었다. 그 옆에는 화장실로 들어가는 석조입구가 있었고, 문은 고향의 십자가 성상(聖像)처럼(안에서 사용하는 데는 단지 구덩이만 이용했다), 파란 하늘색으로 칠이 되어 있었다. 어떤 나무 오두막에는 소뿔들이 걸려 있었는데, 물소의 뿔처럼 묵직했다. 정거장 채소밭은 삼각형으로 뻗어 있었는데, 콩과의 덩굴나무들로 울타리가 둘러져, 양념거리 텃밭은 서양자초의 녹색 물결이 출렁거렸다. 삼각형의 정점에 버찌나무가 한 그루 서 있었는데, 바닥은 떨어진 열매들로 검게 얼룩져 있었다. 앞뜰의 밤나무에서 제비들이 보이지 않게 날카로운 소리를 내며 앉아 있었고 그곳 나뭇잎들은 끊임없이 살랑거렸다. 대기실에는 검게 칠한 널빤지 마루가 깔려 있었는데, 높은 철제난로와 함께 낡은 버스로 만든 가건물이 집으로 사용되었고, 유리가 없는 것처럼 보이는 양쪽 창문들이 거실 빛 속에 자리하고 있었다. 출입구 곁에 반쯤 가라앉은 콘크리트 바닥에는 황제시대의 주물철강으로 된 날을 위로 세운 칼처럼, 신발 터는 발판으로 치장된 장식기둥을 양쪽에 가진 채 서 있었다. 전체 시설은 넓은 공간에 그리고 동시에 모든 개별적인 것에 그렇게 조각되어 있었다. 나는 거기서 부드러운 영혼의 숨결을 느꼈다. 그들은 옛날 제국 시절에 설계해서 만들어졌던 것으로 지금도 그것을 생각해보면 결코 나쁘지는 않았다.

내 옆에는 면도를 하지 않은 뺨에 마른 땀과 구두 윗부분까지 진흙이 묻은 군인들이 침묵 속에서 기다리고 있었다. 나의 시선은 그들을 지나 남쪽 산맥을 바라보았다. 그곳은 벌써 해가 비치고 있었다. 복하인 지방의 하늘에는 전혀 구름이 없었다. 그것을 보고 나는 산맥을 걸어서 넘어갈 결심을 했다. 그리고는 곧 그 길로 접어들었다("다시 터널이 아니길!" 그리고 "나는 시간이 충분하다!"). 결심과 함께 마치 하루가 처음 시작되는 것처럼 힘차게 땅을 밟고 전진했다. 그래, '전진'은 동시에 '투쟁'이 아니었던가?

내가 그때까지 알고 있었던 유일한 산은 여기 있는 마씨브 산보다 약간 높은 팻첸 산이었다. 그늘이 많은 카렌 산에는 이따금 여름에도 눈 얼룩이 보였다. 그러나 산 위로 천천히 올라가는 것은 차라리 하나의 산책이었다. 그리고 나는 그와 같은 산책을 항상 아버지와 함께 했었다. 중간쯤 올라가서 우리는 어느 헛간의 먼지 나는 마른풀을 덮고 밤을 보냈는데, 그곳에서 나는 두 눈을 크게 뜨고 주변을 둘러보았다. 우리가 농가에 접근해가자 개 한 마리가 어김없이 쫓아 나왔는데, 주인도 뒤따라 뛰어 나오며 소리를 지르고 지팡이를 휘둘렀다. 평야지대에서 오는 소농(小農)에 대해 산지농민들의 철저히 굳어버린 불신은, 그들이 목초를 마구 짓밟고, 가축을 불안하게 만들고, 산림지대에서 자라는 버섯을 모조리 훑어간다는 것이었다. 가까이 오면서 비로소 낯선 사람들 중 하나가 지붕 골조 조립공으로 널리 알려진 목수임을 알고 태도를 바꾸어 베이컨, 빵 그리고 포도즙으로 반갑게 환영해 주었다. 유고슬라비아가 시작되는 산 능선에서 아버지는 한쪽 다리는 이쪽에, 다른 쪽 다리는 저쪽에 버티고 서서 나에게 그의 짧은 연설 한 구절을 들려주었다. "우리 이름이 무얼 뜻하는지 여길 보라. 다리를 넓게 벌린 사람이 아니라 경계선 인간이다. 너의 형은 중간 인간이다. 그리고 우리 둘은 경계선 인간들이다. 코발이란 팔다리로 기어가는 그런 사람을 가리키는 말로, 발걸음이 가벼운 등반자이기도 하다. 경계선 인간, 그것은 변두리 존재이지만, 그러나 부차적 인물은 절대 아니다!"

산 위에서 나는 감사하는 마음으로 여러 번 낯선 지역을 둘러보았는데, 집과는 달리 어느 누구도 나를 의심하지 않았고, 나에게 던졌던 몇 마디 질문도 전혀 유도 심문이 아니었다. 그밖에 나는 머리를 숙이고, 말없이 떼 지어 날아가는 새들 옆으로 펼쳐진 여름 목초지를 보며, 전쟁터로 행진하면서 새소리도 듣지 못하고 "무엇이 길옆에 피었는지"도 보지 못했을 형을 생각했다. 나는 끊임없이 산을 오르며 마치 내 몸이 군대 복무든 학업이든 가을에 시작하기 위해 건강해짐을 느꼈고 그리고 가까운 적과 대적하기 위해 훈련하고 있는 느낌이 들었다. 도마뱀들은 옆에 구르는 돌 틈 속으로 몸을 숨기거나 새들같이 관목숲 속으로 바스락

거리며 숨었다. 오랜 시간을 거쳐 내가 인식했던 인간의 흔적은 산골 마을의 마지막 집 앞에 물에 젖은 검은 빨래 덩어리였다(그때 나는 슬로베니아 언어에 그와 같은 '마을 끝자락에 있는 집주인'을 가리키는 독자적인 단어가 있다고 생각했다). 그다음 나는 풀밭에 나있는 길을 따라 갔는데, 그 길은 짐승들의 발자국으로 보아 자주 통행할 수는 없어보였다. 그리고 내가 들었던 것은, 점점 더 멀어져가는 주민들의 소리 대신, 곤충들의 한결같은 윙윙 소리였다. 내 등 뒤로 계곡지역이 사라지고 그 대신 율리 알프스지방의 지평선에 유고슬라비아 산들 중 가장 높은 트리글라브 산, 독일어로는 드라이코프 산이 보였다. 내 앞과 뒤로는 황무지 외에는 아무것도 없었다.

  나는 다시 꼬불꼬불한 길로 들어섰다. 직선 길을 원했지만, 그곳은 물 때문에 직선 길이 있을 수 없었다. 걷는 것을 신중하게 시작하기도 했지만, 또 과감하게 서두르기도 했다. 나는 덤불숲과 계곡 물줄기를 지나 위로 올라갔다. 민둥한 산등성이가 가깝게 보였고, 풀이 무릎 높이까지 까칠까칠하게 자라고 있는 수목 생육한계선에서, 앞쪽에 움직이지 않는 구름을 보았는데, 그곳에서 바로 그 순간 첫 번째 번갯불이 지나갔다. 나는 냉정할 수가 없었고, 오히려 겁이 났다. 바로 어제 저녁 여관에서 벼락 맞아 죽은 사람 이야기를 들었기 때문이다. 나는 계속 올라갔다. 나는 자주 위험에 최면 걸린 사람 같았고, 경솔하거나 기뻐서가 아니라 공포에 사로잡혀, 유행가를 중얼거리거나 장단을 맞추면서 위험 속을 뛰어갔다. 산맥을 넘어가면서 너무 겁이 나, 바지에서 나는 후다닥 소리를 천둥소리로 들었다. 그가 멀리에서 산 정상에 석조 건물로 여겼던 것이, 산 능선에서 보니까 전쟁 요새의 폐허로 나타났다. 숙소의 창문들은 총을 쏠 수 있는 총구멍들이었다. 적어도 폐허는 그에게 머리를 가려주는 지붕이 되었다. 급히 뛰어 들어가자 마음이 가라앉았다. 침착하게 그는 먼 목초지를 바라보았는데, 그곳은 주변에서 유일하게 얼룩진 장소로, 비가 오는 게 고작이었는데도, 우박이 내려 하얀색을 하고 있었다. 몸은 기진맥진해지고 시선은 앞을 전망할 수 없고 하얀 우박은 천을 표백하는 풀밭에 하얀 시트가 깔려있는 것처럼 보였다. 그곳에 주저앉자 곧 정신없이 쓰러져 잠이 들었다. 강행군 뒤에 쓴 어떤 편지에서 형은 정신없이 곯아떨어진 잠을 "의지 없는 잠"이라고 불렀다.

내가 정신을 차렸을 때는 황혼이었다. 총구멍들을 통해 바라보이는 것은 남쪽 계곡분지에 있는 개별적인 집의 불빛들이었다. 나는 밖으로 나와 비를 맞으며 올라갔다 내려갔다 하다가, 마침내 머물기로 결심했다. 날이 어두워지자 유혹하듯 요새에 매달린 벌집들이 마치 작은 호텔 객실처럼 보였다. 능선 위로 피어오르는 안개는 구름으로 변했다. 나는 그런 모습을 처음 보았다. 특히 아래쪽 잔디에서 뚜렷하게 보았다. 그곳에는 작은 꽃들이 안개에 덮여 있다가 다시 밝게 빛나곤 했다. 매 한 마리가 깃털이 뽑힌 듯 날개를 움직이지 않고 떠가는 구름 주위를 빙빙 돌았다. 토치카 내부에 보관된 오래된 신문들을 깔고 앉아 가져왔던 음식을 먹었다. 어쨌거나 오늘은 더 이상 아무런 일도 일어날 수 없었다―그때 요마에 관한 전설이 떠올랐다. 그 요마는 바위 틈새에서 나와 사방으로 혀를 날름거리다가 마지막에는 사악한 인간으로 변신해 벼락을 맞아 죽었다는 이야기다.

금방 어두워지지는 않았다. 황혼의 윤곽은 희미한 빛으로 소멸되어 갔다. 그 가운데 파란 배낭의 윤곽이 유일했다. '산맥 능선 위 선원용 배낭'을, 여러 시간을 주위가 얼어있는 얼음 바다에서 수영하는 꿈을 꾸며 자고 있던 그는 의아하게 생각했다. 갑자기 그는 얼굴에 비몽사몽 속에서 부드럽게 만지는 손가락들을 느꼈으며, "내 사랑!" 하고 말하는 친밀한 목소리를 들었다. 그렇지만 그가 어둠 속에서 눈을 떴을 때, 주위에는 아무도 없었다. 단지 바스락 소리가 점차 가까워지고, 소음이 들렸는데, 그것은 야생 짐승 대신 선원용 배낭이 옆으로 넘어지면서 나는 소리였다.

날이 밝자 나는 위쪽 능선을 따라 천천히 출발했다. 마치 옛날에 어린애가 맨발로 들길에서 아버지 곁을 따라가듯 그렇게 걸어갔다. 마침내 나는 하루를 시작하는 모든 개별적인 것들을 어스름 속에서 다시 한 번 자세히 보고 싶었다. 나는 다시금 현재의 '존재'를 체험해보고 싶었다. 그렇지만 그것은 실패로 끝났다. 이전에는 이른 아침 길바닥 먼지 속에 작은 흔적들을 만들며 산발적으로 떨어지는 빗방울과 함께 원시세계가 깊은 감명을 주었다. 그러나 여기서는 모든 것이 원시세계였다 ― 그전과 똑같이 어두운 하늘에서 떨어지는 비, 용암이 갈라진 틈에서처럼 검은 땅에서 솟아오르는 연기, 회색일색인 습기어린 차가운 광석, 덤불 숲 넝쿨에 발이 걸려 무릎을 꿇음, 바람 한 점 없음, 그래서 아무것도 흐릿함 속에서 그 본래의 형태를 구별할 수가 없었다. 다른 것과의 연결은 부족했지만 화자에게만 감지될 수 있는 땅의 친밀함은 어린애의 계승자인 나에게 그곳 산맥 능선에서는 부족하지 않았다. 그러니까 무엇인가를 흉내 내거나 모방하기보다는 뒤를 따라가면서 새롭게 할 수 있는 가능성이 주어졌다. 내가 하룻밤을 보낸 폐허가 다된 군대 요새의 어두움을 벗어나, 태양이 떠올랐을 때, 무엇인가를 고대하듯 바라보며 혼자 걸어가는 희미한 빛 속에서 여러 형체들, 심지어 밤의 형체들이 풀려져 가는 것을 보았다. 태양이 아직도 멀리 있다는 기분은 전혀 들지 않았다. 그리고 나는 아버지와 함께 갔던 어린 시절의 길 대신, 새벽녘에 바위조각과 나무뿌리 위에서 비틀거리기도 하고 오싹하기도 하고 땀도 흘리면서, 완전히 흠뻑 젖어 눅눅해진 선원용 백을 무거운 배낭으로 등에 지고, 군인이었던 형이 황야를 지나 이미 앞서서 패전했던 전투지를 향해 들길 대신 군용도로로 힘들게 행진했던 일을 반복했다. 내가 서쪽으로 가는 것이 확실했지만, 그 당시 형처럼 동쪽으로 가는 것이 아닐까 하고 걱정했고, 내가 정확히 내 목표지점을 향해 갔음에도 불구하고, 매 발자국과 함께 나의 전부였던 그 장소에서 멀어지게 한다는 생각이 나를 불안하게 했다. 최초로 마멋 다람쥐의 위험을 알리는 휘파람 소리가 동반자들보다 차라리 나에게 중요하지 않았던가? 회색빛 산토끼가 시끄러운 소리와 함께 내 옆을 지나 덤불 속으로 절망적인 도주의 모습을 보여 주지 않았던가?

그 모든 것이 나를 걱정스럽고 불안하게 했다. 그러나 의연하게 걸어갔다. 날이 밝아오자 비는 그쳤고 나는 내리막길로 아직 보이지 않는 이손초 계곡을 향해 내려갔다. 분명하게 보이는 뚜렷한 길이 없어서 길을 만들면서 가야 했다. 아버지가 산 위에서 대화하면서 보였던 그 경쾌한 태도를, 나도 멈추거나 길을 벗어남 없이 이 바위에서 저 바위로 균형을 잡고 재빠르게 뜀뛰기를 하면서 똑같이 느꼈다. 나는 동시에 어떤 장소에서 산을 기어 올라가야 했을 때는 더 큰 즐거움을 느꼈다. 그때 나는 아버지처럼 기어갔지만, 똑바른 자세였다. 마치 아버지가 나에게 지시했던 신체적 일에서처럼 손가락과 발바닥 사이에서 공동으로 끌어당김 같은 것은 결코 느끼지 못했다! 태양 속으로 자취를 감추었다가 그다음 실제로 모습을 나타내듯이 나는 작은 암벽 기슭에 활기 있게 도착했다.

나는 이제 남쪽의 수목 생육한계선에 있었다. 그리고 멀기는 했지만 조용하고 쾌적한 도보여행을 했다. 계속 걸어가면서 악천후 날씨나 사나운 짐승 혹은 낭떠러지 앞에서 느끼는 공포감과는 다른 어떤 것이 나를 사로잡았다. 선생님은 젊은 지리학자로 그의 단독 탐험에 대해 이야기하면서 마치 '마지막 사냥꾼들'이 그의 뒤에 남아있는 것처럼, 자신은 거기서 항상 처음으로 자유롭게 느꼈다고 말씀하셨다. 나는 그와 반대로 모든 취락지역으로부터 멀리 떨어진 지역에서 괴물에 대한 걱정이나 불안을 떨쳐버릴 수가 없었다. 그곳은, 확신하건데, 나 이외는 어느 누구도 오래도록 오지 않았던 곳이다(내가 여기 있다는 것을 사람들은 알지 못했다). 그 괴물은 바로 내 자신이었다. 세상의 모든 근거는 사라져버렸고, 그 자리에서 창백한 나의 외관은 내면에서 갑작스럽게 나타난 예민한 존재에게 쫓겨 맹목적으로 '혼자'라는 이름의 괴물과 함께 두리번거렸다. 그리고 그것은 또 다시 충격이자, 동시에 자각이었다. 그것은 내가 스스로 그렇게 만든 것인가, 아니면 우연히 일어난 것인가? 그것은 우연히 일어나 나의 내부로 왔고, 그것이 바로 나였다. 가끔 젊은이는 보통 잠을 깬 상태에서, 그리고 그가 생각했던 대로 무엇인가가 그를 위협했을 때, 그런 일을 겪었다. 처음에는 근심이 놀라움으로 변해 갔고, 놀라움은 공포로 진전되고, 그 공포는 얼어붙은 마음의 해방을 고대했다. 하지만 그런 일은 일어나지 않았다. 그 대신 낯선 존재는 나였다. 그는 낯선 사람일 수가 없었다. 그것은 나였기 때문이다. 그리고 이 '나'라는 단어를 큰 글자로 썼다. 왜냐하면 그것은 어떤 사람이 아니고, 거대한 공간을 지배하면서 그에게 말을 하고 글을 쓰게 하는 필명(筆名)이었기 때문이다. 공포가 놀라움이 되었고(그 말의 수식어로는 '끝없는'이 적합했다), 악한 정신이 선한 정신으로 되고 그리고 얼어붙은 마음에서 한 인간으로 되었다. 내 상상 속에서 불길한 손가락 대신 축복의 손이 그 인간을 가리켰다―지금 막 창조된 것처럼 '나'라는 말이 나타났던 것이다. 둥근 두 눈, 엿듣는 것 외는 아무것도 하는 것이 없는 두 귀[오늘은 나에게 다시는 나타나지 않을 것이다. 그 어울리지 않는 '완전한 나!'에 대한 경탄은 영원히 나에게서 사라진 것으로 여겨진다. 그리고 그것은 아마도 45세의 이 사람을 자주 그의 비참한 이성(理性)과 함께 혼자 두었다는 잘못과 관련이 있을 것이다. 한편 나는 스무 살짜리를 아직 친절한 마음에서 순수하게 본다. 어리석은 짓? 그는 당시 그곳 황무지에서 공포를 이겨냈다].

 침착하게 나는 내 자신을 짐으로서가 아니라 피난처로 등에 지고 길을 계속 갔다. 이미 숲에서 내 뒤에 바위가 쾅 하고 부딪히는 소리가 났다. 그리고 바위 조각들이 나무들 사이에서 계곡 쪽으로 굴러 떨어졌다. 배설물 더미의 파리 떼에게 쫓겨, 대가리를 똑바로 세운 초록빛 이끼 색깔을 한 뱀 한 마리가 이끼에서 스르륵 소리를 내며 왔는데, 그 뱀은 나를 향해 쉿소리를 내었고, 그것은 나를 깜짝 놀라게 했다. 섶나무 더미 아래 해골은 수노루 것으로, 두개골에는 뿔이 달려 있었는데, 나는 그것을 머리와 함께 한 조각 끄집어내었다가 다시 던져 버렸다. 길 없는 숲 속의 빈터에 가슴 높이까지 양치류들이 빽빽하게 자라서, 지나가는 데 시간이 걸렸다. 걸어가는 동안 아래쪽 양치류 지역에서 소리도 없고 보이지도 않지만 새들이 훅 하고 날아가는 소리를 들었다. 그와 같은 태평함과 함께 풀이 자라 표면을 덮은 좁은 산길의 모습이 기뻤다. 그 길 따라 산 아래로 내려가면 옛날 길과 연결되었다. 그리고 그 길에 새로 생긴 마차의 바퀴자국을 보고 또 브레이크 자국과 함께—그렇게 가파르게 지나갔다—잔디가 심어진 중앙 분리대를 보니 더욱 기뻤다. 그것은 심지어 나에게, 가느다란 홈과 함께 브레이크 핀에 의해 뽑힌 잔디덩이들, 깊숙이 파져 검은색으로 빛나는, 기름 묻은 물로 가득 찬 바퀴 도랑들, 말편자 자국들, 옆에 따라간 사람의 구두바닥에 뚜렷한 글자흔적을 가진 장화 발자국들이 합쳐 완전한 관현악단을 배치한 것 같이 여겨졌다. 그리고 이 대단히 섬세한 짧은 멜로디는 지금까지 음악에 대한 나의 이상이었다. 그다음은 최초로 참새소리와 개 짖는 소리가 들려왔다. 다시 비가 오기 시작했음에도 불구하고, 나는 숲 가장자리에 앉아 나무딸기 중 익은 것을 골라 따먹었다. 여기서는 북쪽 계곡과는 달리 벌써 익은 것이 있었다. 나는 신발을 벗고 '하늘의 물'에 지친 발을 씻었다. 나는 너무 땀을 흘려서 몸에서 김이 났다. 회중전등 유리면에서 소나무 잎이 붙어 있는 내 얼굴을 보았다. 딸기가 갈증을 해소하지 못했기 때문에 걸어가면서 계속 더운 빗물을 마셨다. 마을 입구에 피어있는 라일락 역시 빗물로 검게 얼룩이 져 있었다. 그 옆에는 외형상 비슷한 크기로 자란 무화나무의 첫 열매들이 달려 있었다. 마을의 계단식 지형 기슭에 하얀 암석지대가 밝은 녹색의 줄무늬로 굽이쳐 지나갔는데, 그 지역을 사람들은 쏘차 혹은 이손초로 불렀다.

  나는 이틀 동안을 헤매 다니다가 여기 도착했다. 그리고 후에도 늘 그렇듯이 내가 헤맨 기간이 너무 짧은 것을 확신하면서 생각했다. 확신?

나는 인생에서 한 번도 확신을 느껴보지 못했다.

　스무 살짜리는 상부 이손초 계곡에서 그 당시 하루 밤, 하루 낮을 머물렀다. 그는 계곡의 중심지 톨민 시장에서 잠을 잤다. 대규모 농민 폭동에서 사용되었던 도끼와 갈퀴가 엇갈려 표시된 그 지역의 문장(紋章)에는 강물이 꼬불꼬불 흐르고 있었다. 그는 지하층에서 방을 빌려 사는 개인집에서 숙소를 정했다. 식탁보에는 거미들이 앉아 있었고, 지하실의 눅눅한 공기는 밤중이 되자 악취 때문에 토할 정도로 역겨워졌다. 옆방에서 동거인이 새벽녘까지 끊임없이 구토하는 소리가 들렸다. 내가 일어났을 때, 양친은 이미 일하러 밖으로 나가고, 어린애만 말없이 가슴에 고양이를 껴안고 위쪽 거실용 부엌에 서 있는 것을 발견했다. 나는 얼마간 돈을 책상 위에 놓아두고, 여관 식당에서 아침을 먹으면서 빵을 바라보며 깊이 숨을 들여 마셨다.
　오래된 길과 마을들이 있는 계단식 지형 위에서 나는 냇물을 따라 코바리드 또는 독일어로 카르프라이트를 향해 걸어갔다. 이손초가 그다음 아래쪽 계곡에 접근해 있었다. 맞은편에 건초를 만들기 위해 창문도 굴뚝도 없는 석조건물이 세워진 목초지가 있었다. 나는 도로와 강의 접점에서 강변으로 내려와 비를 맞으며 돌출된 바위 위에 옷을 벗어놓고 물속으로 뛰어들었는데, 그 물줄기는 빠르게 흘러오다가 내 앞에서 속도가 약해지고 내 몸을 두고 두 쪽으로 갈렸다. 물은 내 어깨까지 다다랐다. 물은 산간지방에서 이곳으로 흘러와, 몹시 차가웠고, 뛰어든 순간 꼴깍하고 물을 마시게 되었다. 나는 곧 온힘을 다해 강을 거슬러 수없이 고개를 들락거리면서 수영을 했으나 내가 옷을 벗어놓은 바위가 늘 같은 높이에 있는 것을 알아차렸다. 그렇게 나는 한자리에 머물러 있었던 것이다. 나는 물 위로 머리를 들고 주변을 눈여겨 살펴보았다. 물속에서 보니 주변은 또 하나의 낯선 지역이었다. 사방에서 반짝거리며 밀려오는 유유한 물줄기는 혀 모양의 강변 모래톱에 의해 분할되기도 하고, 물안개에 둘러싸이기도 하고, 비 때문에 흐릿한 채, 뒤쪽 지평선에 어두운 침엽수림의 산에 의해 경계가 지기도 하면서, 이 이름 없는 강물은 끊임없이 움직이며 흘러가고 있었다. 쏘차? 이손초? 내 턱 끝에서부터 멀리 떨어진 태양에 의해 뱃머리 모습으로 빛나는 산 정상까지 차가운 물결과 따스한 빗물 외에는 아무것도 없는 적막함이 차라리 태고의 세계를 생각게 했다. 그것은 이것저것 묘사되는 세계가 아니라 홀로 고적하게 존재하는 세계이다. 그러나 그 후 강물 중앙에서 잇달아 세 사람의 수영 동료를 만났는데, 러닝셔츠 차림에 갈색 팔들을 보아하니 정오 휴식시간을 즐기는 노동자들이었다. 대단히 빠르게 헤엄쳐 가면서 한 사람이 소릴 지르면 다른 사람은 더 크게 환호했다. 그리고는 곧 다시 사라졌다(나는 그들을 그 후 위쪽 길에서 자갈 실은 화물차의 대열에서 보았다). 쏘차 혹은 이손초? 강물에 더 적합한 것은 여성적인 슬로베니아식 표현일까 아니면 남성적인 이탈리아식 표현일까? 나를 위해서는 남성적이어야 했고, 세 사람의 노동자를 위해서는 여성적이어야 한다고 생각했다. 위쪽 길을 계속 걸어가면서 어깨가 따뜻해짐을 느꼈고, 신발은 천천히 통나무배로 변해가는 상상을 했다.

그 후 나는 처음으로 어떤 토착인이 하는 말에서 코바리드란 이름을 들었는데, 그 소리가 마치 어린애의 입에서 나오는 것처럼 울렸다. 그래,

이름들은 언제나 세계를 젊게 했다! 그리고 고향에서와는 달리, 내 앞에 시골마을은 없었으며, 나는 대도시의 한 지역에 책방과 꽃가게를 가지고 중앙으로 돌출된 숲과 주변의 공장 옆에 비에 젖은 암소들과 함께 서 있었다. 알프스의 끝머리임에도 불구하고, 코바리드 혹은 카르프라이트는 젊은 사람들에게 남쪽의 이상향으로 여겨졌다. 주택들 입구에는 협죽도(夾竹桃)가 서 있고, 교회 출입문이나 석조건물들 그리고 여러 빛깔의 둥그스름하게 돌출된 포장도로 곁에는 월계수가 서 있었다(그 도로는 몇 발자국 지나가면 중부 유럽에서 많이 자라는 가문비나무 숲으로 이어져 있었다).

마치 집들이 나무, 바위, 대리석으로 뒤섞여 있듯이, 모두가 슬로베니아 말과 이탈리아 말을 뒤섞어 사용했다. 그리고 그 모두가 합쳐져서 대담하게 반짝거렸다. 산(山) 이름을 그대로 따온 여관에는 카드놀이 하는 사람이 앉아 있었고 상대방에게 그 판의 끝에 짤막한 웃음과 함께 우승카드를 보여주었다. 흔들리는 연단 위에서 한 부인이 두 손으로 건물 외벽의 아욱 밭에서 시들은 잎들을 따내고 있었고, 마지막에는 붉은 빛나는 화분을 그곳에다 세웠다. "여기가 나의 기원이다!" 나는 그렇게 결정했다.

나무의자에 앉아 있으니까 북쪽에서 모퉁이를 돌아 버스가 왔다. 그러나 내가 기다리던 버스는 아니었다. 유고슬라비아 버스들과는 달리 레커 칠을 해서 반짝거렸는데, 버스가 정지했을 때, 협죽도 나무들의 뾰족한 싹들이 비쳐보였다. 내가 위를 쳐다보았을 때, 내 고향마을의 주민들이 버스창문마다 익숙한 모습으로 앉아있었다. 부지중에 나는 나의 자리를 다른 사람이 눈치 채지 못하게 멀리 떨어진 곳에서 찾았다. 마을 사람들은 군림하는 자세로 앉아 있었다기보다는 차라리 쪼그리거나, 웅크리고 앉아 있지 않았던가? 그리고 그들이 일어날 때는 그냥 벌떡 일어서지 않았던가? 그리고는 고통스럽고 경직된 자세로 버스에서 힘들게 나왔으며, 운전수는 디딤대에서 많은 사람들을 도와주지 않으면 안 되었다. 밖에서 그들은 차가 다니지 않는 안전한 장소에 떼를 지어 서 있었고, 시선을 두리번거리며 길을 잃지 않으려는 듯 서로를 찾고 있었다. 평일이었음에도 불구하고 그들은 축제일처럼 옷을 차려입고 있었다. 그것은 그 지방 전통 옷차림이었다. 다만 그들을 안내하는 신부만이 하얀 옷깃을 단 여행용 검은 수도복을 입고 있었다. 남자들은 모자를 썼고 갈색 신사복 속에 금색단추를 단 비로드 조끼를 입고 있었다. 부인들은 무지개색으로 아른거리는 술 장식이 달린 어깨 덮는 수건을 걸치고, 팔에는 접었다 폈다 할 수 있는 커다란 핸드백을 들고 있었다. 모두가 같은 모양이었다. 나이가 많은 부인들은 둥글게 머리를 땋아 이것을 화관으로 묶고 있었다. 나는 간격을 두고 옥외계단 아래 모퉁이 위에서 어스름 속에 앉아 있었다. 두서너 사람이 나를 찬찬히 쳐다보았으나 나를 아는 사람은 아무도 없었다. 다만 신부만이 멈칫했다. 낯선 젊은이의 모습에서 신학교 도주학생이자 종교의 배신자 코발 필립이 그에게 떠오른 것이 아닐까 하고 나는 생각했다. 그는 어디쯤 있는 것일까?

그들은 한 줄로 서서 음식점에 들어가 그곳에서 오래 머물렀다. 나는 그들을 기다리기로 결심했다. 늦게 온 버스 한 대가 내가 찾아갈 목표지점인 카르스트 방향으로 출발했다. 내 옆에는 마치 개집처럼 피라미드형으로 쌓아놓은 장작더미가 있었고, 그 위로 벽에 "시간은 불확실하다"(*Mors certa, Hora incerta. 죽음은 확실하고, 시간은 불확실하다.)라는 라틴어

격언의 절반이 써 있었다. 나는 마을 사람들의 행동에서 그 말의 뜻을 알 수 있다고 생각했다. 어머니와 잘 맞는 말이라고 생각했다. 익숙한 핸드백의 모습 하나만으로도 충분한 증거가 되었다.

   나는 앉은 자리에서 마음이 편안해졌다. 내게는 시간이 충분했다. 링켄베르크 주민들도 야외로 나갔을 때, 노인들은 역시 얼굴이 붉었다. 술에 취한 것이 아니라 서투른 감흥에 취했던 것이다. 나는 그들의 지역 언어를 들었다. 마을에서 흔히 행해지는 혼합어와 말끝을 흐리는 법 없이 분명한 목소리로 하는 순수한 언어를 처음 들었다. 명령에 따르듯이 그들은 차에 올라타기 전에 모두 함께 버스 벽면으로 몸을 돌렸다. 벽면에는 창이 없었으며 오직 큰 노란색 홈이 가로로 파져 있었다. 이것과 마을 주민들의 어두운 등 모습은 뚜렷하게 대조를 이루었다. 나는 몇 사람 비슷한 나이 또래의 부인들이 서로의 손을 붙잡고 있는 것을 보았다. 그리고 남자들은 팔을 교대로 들었다. 무릎을 굽히지 않는 사람은 아무도 없었고, 나에게 떠오르는 것은 추방된 우리 코발 가족뿐 아니라, 마을의 소시민들 전부였다. 링켄베르크란 마을은 예부터 유배지 마을이었다. 모두가 하인 같고, 가난하고, 모든 상황에 부적합했다. 신부 자신도 나에게는 성직자라기보다는, 여기서는 집단속에서 머리를 짧게 깎은 뼈마니가 굵은 쇠수로 여겨졌다. 사람들이 그들을 경건하고 소박하게 접대했었기 때문에, 그들의 얼굴이 집을 향하고 서 있을 때, 내 눈에는 통곡의 벽 가느다란 홈 앞에 서 있는 듯 했다. 그리고 유람객들은 동시에 순례자들이었다('펠레그린'은 순례자란 말로 마을에서 빈번하게 쓰이는 이름이었다). 순례를 위해 파마와 옷차림도 단정했다. 그때 처음으로 나는 민속 복장을 입는 의미를 알았다(훗날 다시 한 번 어떤 늙은 부인의 사진에서 그런 차림을 보았다. 그녀는 거의 눈을 감고, 카르스트의 오두막 앞에 서서 팔에 하얗고 검은 상복을 걸치고 있었다. 그것은 한때 결혼식 옷이기도 했다). 그 모임에는 또 어린 사내애가 하나 있었는데, 그는 재빨리 이층 베란다에 기어 올라가 그곳에서 홈통 속을 손발을 이용해 기어가다가, 벽의 절반쯤 와서는 관객의 박수갈채를 받으며 땅으로 가볍게 내려왔다. 여행이 끝났다는 것과 귀향을 알리는 표시였다.

유람버스가 큰 커브를 돌아 북쪽으로, 소위 말하는 알프스 공화국으로 떠나가면서 점점 작아졌다. 마치 피곤한 눈초리로 보는 것처럼 작아졌고, 장난감 자동차처럼 쥐어짜는 소리가 들렸다. 그 버스를 타고 마을사람이자 일꾼들은 모국에서 유형지로 다시는 안 볼 것처럼 사라졌다. 사라진 무리는 나에게 점잖고 품위 있게 여겨졌다(양손의 혈관조차도 고귀하게 보였다). 그리고 뒤에 남은 토박이 유고슬라비아 주민들은 조잡하고 일상적이듯 담배연기를 내뿜으며, 가래침도 뱉고, 성기도 긁으면서, 남방 특유의 활기를 띠며 움직이고 있었다.

나는 아무도 없는 광장을 지나 벽 쪽으로 걸어가 섰다. 외부에서 누군가가 본다면 나는 홈을 따라 목을 빼어 머리를 세우고 지붕이 튀어나온 부분을 꼼꼼히 살펴보는, 황제시절의 건축물 관찰자였다. 나는 안쪽으로 들어와 두 팔을 하늘로 치켜들어 보았는데 마치 나무의 그루터기 같은 느낌이 들었다. 혼자 투덜대며 침도 뱉었다. 위쪽으로 뻗어 올라가는 것은 아무것도 없었다. 통곡의 벽은 혼자 생각이었고 수평선은 모두가 비슷한 평형구조 모습이었다. 무슨 특징을 알리는 선들이 아니라 도로 먼지와 거미줄이 붙어있는 공허한 외형은 북쪽 혹은 남쪽으로 난 두 개의 집 가장자리에 아무것도 걸리는 것이 없었다. 내 출생의 장소인가? 가까이에서 보면 노란색으로 빛나는 벽은 허물어지고 부서져 있었다. 그러나 다른 한편으로는 남쪽에서 자라는, 불꽃이 너울대는 모습의 실측백나무가 열매들에 의해 밝게 보였고, 도처에서 참새들의 지저귀는 소리가 가득했다—무성한 나뭇잎들 속에 커다란 새의 눈—바닐라 향기가 나는 협죽도 꽃은 아무것도 아니었다. '협죽도', '실측백나무', '월계수'는 내가 좋아하는 꽃 이름은 아니었다. 나는 그들과 같이 자라지 않았고 또 그들에 의해서 야기된 환경 속에서 살아본 적이 없었다. 우리 같은 사람들은 월계수를 기껏해야 수프에 들어있는 메마른 잎 정도로 알고 있다. 그리고 이러한 문제는 서술을 통해 보다 강화된다. 내가 처음 보았던 야자나무에 관해 이야기하고자 한다면, '종려나무'란 이국 말이 사이에 들어와 비늘모양의 줄기, 철썩이는 잎과 함께 나무 자체가 나에게서 사라져 버린다. 나는 지금 막 북쪽 혹은 남쪽 창가에 휘날리는 눈(雪)을 새로운 이름으로 부를 수도 있다. 또 내륙지역에서 성장한 사람이 훗날 다양하게 체험했던 '바다'를 회상하고자 할 때, 그에게 익숙지 않은 '바다'란 단어와 함께 실제 바다를 벗어나게 되듯이, 바람, 풀, '소나무', '떡갈나무(아버지의 유용한 목재)', '양아욱', '서양자초' 등도 새로운 이름으로 부를 수 있다. 예나 지금이나 어린애에게 단순한 이름들이나 혹은 전혀 몰랐던 물건들을 언급하는 것은 마음이 편치 않았다. 그렇디, 소년시절을 시골에서 보냈던 나는 '중심지' 혹은 '전철', '공원' 혹은 '높은 집' 같은 도시적인 것을 입이나 손에 올리고 싶지 않았다. 심지어 소설문장을 위해 중요해진 나무 그리고 얼룩진 줄기와 흔들리는 둥근 씨앗들이 자주 마을 사람들을 머릿속에 떠올리게 했고, 기운을 내게 했다. 그리고 그 나무는 남쪽과 도시를, '플라타너스'와 함께 하나로 구현했

는데, 그처럼 치우치는 감정을 조절하기 위하여 매번 변화가 필요했다
—마치 내가 마주하고 서 있는 실측백나무는 나하고 아무런 관계가 없
었지만 하늘 아래 서 있던 외형상 통곡의 벽처럼 나에게 말을 했고, 내가
지금 명령한 것을 나에게 다시 명령했다. "무언가 있지 않으면 안 된다!
이국땅에서 이러한 물건들은, 고향에서 성자상이 새겨진 옥외기둥이나
회양목처럼 정확히 내 몫이다."

저주하는 심정에서 벗어나 처음으로 평온함 속에서 그것을 조용히 생
각할 수 있었다. 이미 알려진 모든 대상을 새로이 이름 짓기 위하여 법칙
을 발견하는 것이 도대체 무슨 탐험인가? 그대 추종자들이여! 역겨운 경
계인물이여!? 다른 언어에는 "낯선 문들이 너의 발꿈치를 찍을 것이다"
라는 적절한 문장이나, "끝없이 세상을 이리저리 옮겨 다니는" 그런 사
람을 위한 단어는 없지 않은가?

저녁에 출발했던 버스가 비파바 평야를 나와 마지막 산과 계곡의 좁
은 길을 지나 카르스트의 해안 고지대쯤 와서는 이미 밤길을 달리고 있
었다. 버스 천정의 채광창을 통해 달빛이 비쳐 들어왔으며 위치는 거의
바뀌지 않고 똑바로 갔다. 그러는 사이 수많은 커브 길과 방향들이 바뀌
면서 나는 방향감각을 잃어버렸다가 어느 정류장의 여관 간판을 보고
비로소 다시 찾게 되었는데, 그 간판은 포도송이와 물고기 정물화로 채
색이 되어 있었다. 그다음 어둠 속에서 최초의 포도나무가 비쳐 보였고,
그 뒤로 곧 넓은 포도밭의 첫 줄이 버스의 헤드라이트 불빛 속에 나타났
다. 사람이 가득 탄 버스 안에서는 끊임없이 서로 서로 이야기하느라고
바빴다. 기사도 개폐식 의자에 앉아있는 옆 사람, 즉 차장(장거리 버스에

의무적으로 타고 있어야 할 인물)과 이야기를 했다. 동시에 확성기에서는 버스 속도와 일치하면서 민속음악이 들리다가 또 뉴스에 의해 중단되기도 하면서 라디오 방송이 들렸다. 서서 움직이는 것은 주로 군인들이었다. 그들은 한 정류장에서 떼를 지어 올라타, 중앙통로나 혹은 뒤쪽 좌석에 떠밀려 자주 다른 사람의 무릎 위에 앉기도 하고, 다음 정류장에서 한꺼번에 쏟아져 내려 곧 어느 돌담 뒤로 사라졌다. 긴 여행에서 휴식은 필수적이었다. 운전수는 식당이거나 서서 먹는 간이식당에서 차를 세웠고, "5분", "10분" 하면서 휴식 시간을 주었다. 나는 매번 함께 내려서 원주민들이 단숨에 다 마시는 포도주를 맛보았다. 이제부터는 나도 찢어진 좌석들 그리고 추잉검이 붙어있는 뚜껑 없는 재떨이를 가진 이 쿨렁대는 야간 시외버스의 진짜 승객이 되는 것 같았다. 그곳에서는 모든 것이 빠른 속도로 이루어졌고 동시에 편안했다. 이 수다스럽고 무신경하고 제멋대로인 여행객에 나도 한 패가 되었다. 나는 거기서 인생을 위한 길을 발견한 것 같았다. 나는 때때로 안전한 느낌을 가지지 않았던가?

　우리가 마지막 휴식 후 다시 차에 올라탔을 때, 우리 가운데 낯선 군인 한 사람이 있었다. 그는 군복 차림이었으나 모자는 없었다. 그는 손에 덮개로 감싼 끈 달린 총을 가지고 있었는데, 그것을 양쪽 무릎 사이에다 똑바로 세우고 있었다. 그는 그의 동년배들과는 떨어져 내 앞줄에 앉아 있었다. 나는 첫눈에 무기를 본 게 아니라 그의 얼굴을 보고 무엇인가 일어날 것 같은 생각을 했다. 우리와? 그 군인과? 나와? 나는 주의 깊게 그의 머리가르마와 구부러진 등을 찬찬히 살펴보았다. 그걸 보다가 문득 거기에 겹쳐있는 나를 보았다. 짧게 깎은 곤두선 머리, 젊은 군인과 같은 나이 또래가 그와 닮은 모습이었다. 마침내 그는 자신의 모습을 알게 될 것이다(제3자에 의해 매번 잘못 관찰되었거나 혹은 과대평가되어 서술되었음을 그는 알고 있었다. 누군가가 그를 잘 묘사했어도, 그는 자신의 모습을 한 번도 믿을 수가 없었다. 그렇지만 "나는 누구인가?"라는 질문은 짧은 기도처럼 항상 절박했다). 마침내 그는 자기 앞에 어린 시절부터의 주인공을 만났다. 그를 닮은 사람, 아주 틀림없었다. 세상 어디에선가에서 그와 똑같이 자랐고 그리고 어느 날 아주 확실하게 진정한 친구가 되었고, 자신의 부모처럼 그를 꿰뚫어 보는 대신 말없이 이해하고 그리고 그를 안다는 미소와 함께 편안하고 자유롭게 이야기했다. 마침내 그는 속일 수 없는 거울 속을 보는 것 같았다.

이 사람의 모습은 처음에 그의 마음에 들었다. 젊은 남자가 남의 눈에 띄지 않게 그곳에 앉아 있었는데, 얼른 보아서는 같은 또래와 거의 구별할 수가 없었다. 특별히 혼자 떨어져 자신을 고립시키지는 않았지만, 다른 사람들과는 뚜렷하게 구별이 되었다. 주위에서 일어나는 일은 아무것도 놓치는 법이 없었고, 적합한 일에는 관심을 보였다. 긴 여행 동안 곁눈질 한번 하지 않은 채 머리를 똑바로 세우고 자리에서 움직이지 않았다. 드물게 움찔거리는 눈썹을 가진 반쯤 감긴 두 눈은 명상과 동시에 경계의 인상을 주었다. 그는 먼 장소를 생각할 수도 있었고, 한 손으로 침착하게 옆 사람의 머리맡 그물선반에서 떨어질 것처럼 흔들거리는 짐을 붙잡을 수도 있을 것이다. 그 짐은 순식간에 다시 정돈되고, 마치 아무 일도 일어나지 않은 것처럼 단 한 번의 눈 깜박거림으로 보였는데, 그것은 눈바람 속에서 순간적으로 보였다가 사라지는 남극지방에 있는 어떤 산 같았다. 특히 두 귀는 젊은 사람을 위해 대단히 의미 있는, 현재 있는 것과 없는 것의 두 가지 의미를 동시에 표현했다. 두 귀는 달리고 있는 버스에서의 모든 소란을 알아차릴 수 있었고 또 동시에 부서져 바다로 떨어지는 빙하들이나, 대륙의 도시에서 더듬거리며 앞을 향해 걸어가는 맹인들 혹은 고향 마을에서 언제나 변함없이 흐르고 있는 시냇물소리를 들을 수도 있을 것이다. 두 귀는 가냘프고, 햇살이 비쳐 보이고, 유리 같이 약간 좌우로 쫑긋 세워진 것 말고는 특징도 없었다. 전혀 움직임이 없었다. 미동(微動)도 하지 않고 있으나 소리를 듣고 있다는 생각, 그래, 유일하게 활동하는 장소로 안과 밖이 마주치는 귀를 이용해 글자 그대로 주의 깊게 경청해야 한다는 생각은, 여행 내내 기다리는 태도에서 또 모든 것을 각오하고 꼼짝하지 않는 태도에서 왔다. 항상 무슨 일이 일어난다 해도, 그에 대해 준비를 했다. 옆을 스쳐도 놀라는 법은 없었다.

　그것은 긴 여행이었다. 병영(兵營)에 도착하자 온 몸은 피곤했지만, 계속해서 새로운 것을 볼 것이 많았다. 나는 그 후에도 자주 비파바에 있었다. 마을, 도시, 슬로베니아의 '신성한' 산 나노스 기슭에 있는 '영지(領地. 흰색으로 자리 잡고 있는 석회암들)', 차에서 내려 모습을 추스르며 그곳을 걸어가는 사람들, 세속적인 토산품에 상품설명과 상표를 전시한 많은 건강 상품들, 같은 이름의 하천과 함께(많은 물줄기들이 모여 조용히 바위 틈새에서 솟아 나와 움푹한 곳에 모아져서 웅덩이를 이루었다가 소리 없이 그리고 갑자기 모두가 한데 합쳐 미친 듯이 물거품을 일으키며, 석조건물들과 돌다리 사이로 시끄럽게, 야생 무화과나무의 가장자리를 도는 물결과 함께 흐르면서, 넓은 계곡으로 나가, 그곳에서 곧 다시 합쳐 조용히 흘렀다) 또 그 강의 이름을 따서 명칭을 붙인 포도주(풀냄새 나는 쓰디 쓴 백포도주)와 함께, 내가 세상일 수 있다는 것과 내 자신에게도 이처럼 책임이 있다는 것을 잊지 않기 위하여, 가능한 한 그 장소를 늘 다시 보고자 했다. 그러나 내가 그곳에서 첫 번째로 본 것은 군인이었다. 나는 그 군인을 예리하고 동시에 냉정하게 사건을 살피는 탐정처럼 조심스럽게 몰래 관찰했다. 그러면서 몇 가지를 알게 되었다. 내가 어렸을 때 만났던 상대방과의 일처럼 그렇게 엄청난 일은 결코 일어날 수 없었다. 그래서 조심성은 전혀 필요치 않았다. 나는 그가 신발을 벗고 맨발로 주위를 둘러봄 없이 계속해서 똑바로 걸어갔으면 했다. 그는 왼손으로 포장된 총을 붙잡고 있었으나, 나에게는 자유로운 오른손이 보다 더 의미 깊게 여겨졌다. 그는 손의 엄지와 집게손가락으로 원을 만들고 있었다. 나는 그를 따라 처음엔 극장으로 들어갔다. 그곳에서 그는 한 번 대중과 함께 웃고 즐겼다. 그다음에 '파르티잔'이라는 술집으로 갔는데, 그곳에는 나와 종업원만이 민간 차림이었다. 무엇으로 나는 나를 자칭할 것인가? 이러한 질문을 가진 유일한 사람은 나였다. 부대 군인들은 나를 간과했다.

  그 군인은 식탁에서 단순히 이야기를 듣는 사람으로 다른 군인들과 한패가 되었다. 그리고 여기서 군인들의 모습은 변하기 시작했다. 이따금 비몽사몽 중에 얼굴 하나가 내 눈에 띄었는데, 눈 깜짝할 사이에 그 얼굴의 표정이 변했다. 내가 한순간도 놓치지 않고 보고 있었던 상대인물은 그의 표정을 계속 바꾸었다. 진지함은 즐거움으로, 즐거움은 조롱으로, 조롱은 경멸로, 경멸은 연민으로, 연민은 방심으로, 방심은 쓸쓸함으로, 쓸쓸함은 절망으로, 절망은 어둠으로, 어둠은 변용으로, 변용은 태평함으로, 태평함은 진지하지 못한 태도로 바뀌었던 것이다. 그는 그 사이 아무것도 듣지 못했고, 바깥쪽 복도는 탁구 경기자들로 혼란스러웠으며, 홀을 진동하는 뮤직 박스를 지나 날아가는 파리를 피해 고개를 돌렸다. 물론 그가 주의해서 들었을 때는 방에서 책임자의 모습을 보였다. 몇 사람은 그들 문제에 대해 답변을 들었기 때문에 그에게서 몸을 돌려 사라졌다. 가버린 사람들 대신에 새로운 사람들이 와서 그의 판단을 물었다. 비록 그가 혼자 앉았을지라도 도처에서 주시되었다. 동료들은 그에게서 어떤 표시나 더 나아가 어떤 약점의 노출을 기다렸다. 나는 그가 외톨이란 것을 알았다. 그는 혼자였다. 그러나 자주 그의 표정이 바뀌었다. 다른 사람들은 그를 주시했다. 왜냐하면 그가 그들보다 강한지 어떤지 알아내기 위하여 은밀히 감시했기 때문이다. 그리고 그는 여행할 때와는 달리 그것을 잘 의식하고 있었고, 그를 매우 특징 있게 했던 마음의 평정을 점차로 잃어갔다. 그에게 자연스러움이란 더 이상 없었고 가장 부자연스러운 인물이 되었다. 그는 얼굴 표정뿐만 아니라 태도 또한 끊임없이 바꾸었다. 다리를 포개었다가, 쭉 뻗었다가, 의자 밑으로 잡아끌었다가, 구부린 오른쪽 다리로 형식에 얽매이지 않고 왼쪽 무릎 위에 헛되이 놓으려고 했다. 완전한 모습은 사라지고 가까운 곳과 먼 곳의 쾌적한 공동생활은 구경꾼에게 침착함, 신중함, 부드러움 그리고 무엇보다도 순수함을 전달했는데, 그 대신에 멍한 두 눈, 붉은 두 귀, 기울어진 어깨 그리고 둥글게 해서 잔을 잡으려다 넘어뜨린 손, 이런 것들의 야릇한 모습이었다. 나 역시 그랬던가? 여행의 끝이자, 꿈의 종말인가? 질문은 놀라움으로, 놀라움은 혐오감으로 변했다. 혐오감에서 혐오감의 인식이 (나에 대한, 다른 사람에 대한, 인간에 대한) 우리 세대의 병이 되었다. 병의 인식은 경탄으로 변했다. 놀라움은 중단되었다. 무슨 연유로 나를 꼭 닮은 사람은 나를 만났던가? 소년이 열망했던 친구로서인가?

지금부터 종신토록 나의 동반자로, 무서울 수가 없는 적으로서인가? 대답은 빙글빙글 돌았다. 친구-적-친구의 적-적의 친구…….

때는 한밤중이었고 여인숙은 텅 비어 있었다. 뒤쪽 벽 옆에 세워져 있는 낡은 뮤직박스가 둥근 유리 뚜껑으로 덮여 있었다. 빛을 받아 반짝거리던 검은 유리뚜껑은 집게 팔에 의해 끌어올려져, 바퀴처럼 똑바로 서 있고 그 안에서는 검은 음반이 돌고 있었다. 모양이 그래서 그런지 음악 소리도 귀에 거슬렸다. 군인과 나, 즉 우리 둘은 크고 어두운 홀을 넘어 같은 방향을 바라보았다. 동시에 그 끝에 있는 회전하는 음반과 함께—빛 속에 반짝이는 가느다란 홈들—나는 델타처럼 여러 개의 줄이 있는 수직선을 다시 보았다.

우리 둘은 밖으로 나왔다. 나는 그의 뒤를 따라가서 우리 둘은 사람 없는 빈 광장에 섰다. 황제시대부터 전해져 내려 온 돌로 만든 난쟁이 상들의 맞은편에서 꾸물거리며, 우리는 아스팔트를, 우리들의 조국을, 하늘 높이 떠있는 달을, 우리들의 가축을, 아무것도 없는 옆을 바라보았다. 오, 슬로베니아 언어, 어떤 살아있는 언어가 그밖에 또 있을까? 그 언어는 두 사람을 위해 특유한 형식, 즉 두 개의 수 또는 양수(兩數)라는 형식을 가졌다. 그동안 그 말은 사라졌으나, 문자에서는 아직 사용되고 있었다.

우리는 강을 따라 병영으로 가는 우회로를 걸어갔는데, 그때 그와의 간격은 점점 더 멀어졌다. 모래톱에서 나는 군인 대신 그의 끈 달린 구두의 흔적을 보았다. 이리저리 발을 동동 구른 흔적, 발자국이 찍힌 자리에 또 다른 발자국이 찍혀 모든 게 희미하게 지워지고, 그 언저리에 진흙덩어리가 어지럽게 널려 있어 원 안에서 마치 삶과 죽음의 싸움이 벌어진 것 같았다.

　나는 그를 병영의 창에서 다시 보았다. 그는 어둠 속에 서 있었지만, 나는 그를 그림자 모습에서 알아보았다. 그는 손에 사과 같은 둥근 덩어리 혹은 굴릴 수 있게 보이는 둥근 돌 같은 것을 들고 있었다. 그가 담배를 피웠을 때, 나는 한순간 섬뜩했지만 익숙한 기분이 들었다. 나는 여행에서 그랬던 것처럼 또다시 그를 탐색했다. 그러나 그때 나는 아무것도 폭로하길 원하지 않는 어떤 학자의 눈을 생각했다. 그는 그러기 위해 알려진 것을 감추었고, 감춘 부분을 넓혀갔다.

　따스하고 조용한 밤이었다. 나는 주차된 버스를 발견하고 그 안으로 들어가, 맨 뒷좌석에 선원용 백을 머리에 베고 몸을 쭉 뻗고 누었다. 처음은 좀 불안했으나 그곳이 곧 나의 좌석이 되었다.
　그럼에도 불구하고 잠을 잘 수는 없었다. 버스는 곧 출발할 것처럼 부르릉거렸고, 달빛은 전조등처럼 눈부시게 감은 두 눈을 비추었다. 나는 가을과 군대복무기간을 생각했다. 지금까지와는 달리 갑자기 그런 생각이 들었다. 삶의 긴장들을 그때그때 혼자 떠맡았고, 그것이 일상적인 일이어서, 지금 그런 생각하는 것도 당연하다는 듯이 마음이 편안해졌다. 그러나 만족스럽게 생각하는 것은 아니었다. 규인들은 공동으로 산을 넘거나 혹은 교량을 가설한 후에, 모두가 지쳐 길가 어딘가에 누워 있을 것이라는 생각도 들었다. 나도 피곤에 지친 모습이었으면 했다. 내가 이미 마을 주민이거나 노동자가 아니라면, 지쳐있는 모습이 나의 유일한 증명이었을 테니까!
　그다음 나는 군(軍) 주둔지에서 왔던 장교가 징병검사 후 시골 젊은이들에게 했던 연설을 생각했다. 구두 뒷굽을 힘차게 부딪히며, 또 연단을 주먹으로 치면서 먼 곳을 바라보았고, 그곳에서 전사자들 묘지 사이로 툰드라의 찬바람을 의식하고 숨을 깊이 들이쉬었다가, 발밑에 서 있는 나약하고 겁에 질린 사람들 귀에 끊임없이 고함을 질렀다. 곧 이어 그는 양철로 된 쳄발로 악기로 연민과 공포를 불러일으키는 팡파르 후에 — "전선에서의 죽음보다 더 아름다운 죽음은 없다!" — 공동으로 애국가(愛國歌)를 서툴게 부르며, 차렷 자세를 취하고, 손 모서리로 이마를 치면서, 트랩도어를 통해 어둠 속으로 되돌아갔다. 젊은 필립 코발에게는 그 장교가 얼빠진 사람이자 공익을 해칠 우려가 있는 사람으로 느껴졌지만, 그곳에 모여 있는 그의 동년배들에게는 자연스런 사건이었다. 연설을 위해 햇볕을 가린 시청의 '다목적 홀'에서, 당시처럼 오늘날도 젊은 이들은 머리를 움츠리고 있을 것이다. 그러나 고독의 체험은 동시에 자유로운 빛을 발산하지 않았던가?

버스 안에서 누운 채 이윽고 바다가 보였다. 전쟁이 선포되어 있었다. 해협의 이편과 저편에는 물결 위에서 흔들거리는 좁은 원반 위에 서 있는 두 개의 경비초소 이외 다른 것은 아무것도 없었으며, 전쟁만이 오직 유일한 현실임을 곧 체험하게 될 것이라고 말하는 목소리만 들렸다.

내가 잠을 깼을 때는 어디에 있는지 알 수가 없었다. 놀라움이 아니라 홀린 상태였다. 버스가 서 있는 곳은 낯선 지역이었다. 달은 아직 빛을 발하며 창백한 낮달로 변해 있었다. 달은 둥글고 작은 구름의 모습으로, 둥글고 작은 태양 맞은편에 떠있었다. 나는 어떻게 이전 장소에서 이곳으로 왔는지를 몰랐다. 기껏해야 나는 빈번하게 클러치 페달 밟는 소리와 자동차 창문을 가볍게 스치는 나무 가지를 기억했다. 버스문은 열려 있었고, 나는 차 바깥으로 나와 운전수를 보았는데, 그는 나에게 뜻밖에도 아주 스스럼없이 아침 인사를 했고 군인청년에게는 마치 옛 동료에게 하듯 그의 아침 식사를 내놓았다.

  버스는 비포장 구간에 섰다. 거기서부터 내가 여태 한 번도 가본 적이 없었던 마을로 가는 들길이 뻗어 있었고, 또 승객들이 어느 집에서 나와 그 길로 몰려왔다. 여기가 바로 정거장이었다. 그들은 무리를 지어 움직였고 근무를 위해 어디론가 외부로 가는 옷차림을 하고 있었다. 그들 중에는 지방 경찰관이 한 사람 끼어있었는데, 그는 제복을 입고 다른 사람들 곁에서 품위를 지키며 걸어오고 있었다. 가까스로 그들은 차에 올라탔고, 멀리 있는 마을은 얼핏 보아서 사람이 살지 않는 곳으로 느껴졌다. 현실에서 밀려난 듯이 엷은 회색 돌로 만든 표지물이 바람 부는 공허한 주변지역과 하나가 되어 있었다. 내가 가까이 접근했을 때는 라디오 소리가 들렸고, 휘발유 냄새도 났으며, 무뚝뚝하고 못생긴 늙은 부인도 만났는데, 그녀는 편지 한 통을 흔히 보는 노란색 통속에 던져 넣고 있었다. 왜 그녀는 나를 "마침내 집에 돌아온 죽은 대장장이의 아들"로 알고 인사를 했으며, 바람을 막아주는 높은 벽 뒤 농가 앞마당 의자 위로 초대했고, 몸을 씻도록 물 한 양동이를 가져왔고, 웃옷에 떨어진 단주를 달아 주었고, 양말을 꿰매 주었고 — 형과 달리 나는 내 물건 챙기는 데 전혀 소질이 없었다. 형에게는 10년이 지나도 새것 같은 셔츠를 나는 첫째 날에 찢어 놓았다 — 또 딸의 사진을 보여 주었고, 방을 제공했을까? 나는 그것을 마치 동화처럼 말없이 받아들였고, 그 장소의 이름이나 바람 부는 탁 트인 지역의 이름에 대해서는 아무런 질문도 하지 않았다. 그 지역의 경계를, 이전에는 전혀 본 적이 없는 그 통과지점을 나는 자면서 지나 왔던 것이다. 그리고 그곳은 지금까지의 여행지와는 완전히 다르게 아무것도 나에게 낯익은 것이 없었다. 나는 그렇게 해서 카르스트에 오게 되었음을 알게 되었다.

리놀륨이 편편하게 펼쳐진 부엌식탁, 신문의 일면 표제어들(다른 언어를 통해 더 이상 은폐될 수 없는), 그리고 물통과 함께, 어느 동화에나 있는 놀라움과 불안스러움은 곧 가라앉았다. 물통 덮개는 전쟁 중에 저항운동가들이 굴속에서 암호 발신자로 활동했던 것을 기억나게 했다. 그럼에도 불구하고 카르스트는 실종된 형을 이야기하게 된 동기의 땅이다. 그러나 도대체 어떤 모습이 이야기될 수 있을까?

나는 카르스트 지역에 대한 매력을 이미 어렸을 때부터 잘 모르는 상태에서 느끼기 시작했다. 어려서부터 나는 대접모양의 분지를, 그 안에 형의 과수원이 있었는데, 돌리네(*석회암지대에 생기는 오목한 곳.)로, 가장 눈에 띄는 카르스트 모습으로 여겼다. 그것이 야운펠트 평야에서 내가 흥미를 가졌던 유일한 것이었다. 도브라바 숲에 있는 몇 개의 폭탄 폐허들은 쓰레기 구덩이로 크기가 충분했다. 그리고 드라우 강은 U자형 계곡 아래 깊이 숨겨져 배나 보트도 다닐 수 없게 흐르고 있어서(기껏해야 파르티잔들이 옛날 한때 밤에 빨래 통을 타고 건너다녔다는 게 고작이었다) 링켄베르크 마을의 어느 누구에게도 강 옆에 산다는 의식이 없었다. 평지에서 땅이 우묵 팬 곳은 외형보다는 그 유일한 모습 때문에 우리의 흥미를 끄는 장소였다. 이곳은 멀리 카르스트 북쪽의 여러 지하 동굴이 무너져 내리자 그 빈 곳에 위로부터 흙이 미끄러져 내려와 쌓여서 주발 모양의 비옥한 토양이 형성되었다고 학교 다니면서 배웠던 것이다. 한때 무엇인가 일어났던 곳은, 장래에 또다시 무엇인가 완전히 다른 것이 일어나리라고 나는 어린애같이 믿었다. 그래서 소위 말하는 돌리네를 보는 내 시선은 기대 반 두려움 반이었다.

지리와 역사 선생님이 나에게 가르쳐준 대로, 지형은 오랜 세월을 거치면서 변화되어 왔다. 그렇게 형성된 카르스트는 내 동경의 목표였다. 나는 그때까지 카르스트 하면 단순히 암석이라든가, 지면에 붉은 흙을 가진 돌리네를 생각했었다. 한 번은 내 기억 속에서 내가 어린애였을 때 창문 옆 걸상에 앉아 산 넘어 미지의 해안을 생각하면서, 와락 울음을 터뜨렸는데, 너무 격렬해서 일시적으로 우는 어린애 울음과는 달리 마치 비명 같았다. 그것은 내가 자발적으로 발성했던 최초의 고유한 단어였음을 이제야 비로소 알 수 있었다.

나는 그 선생님의 이야기 방식을 내 카르스트 이야길 하는 데 사용했다(비록 그 당시 창문가 걸상에 앉아 큰소리로 우는 어린애의 울음과 걸맞게, "오, 날개 달린 바위들이여!" 하는 순수한 음성도 존재했지만). 선생님은 그의 가슴 속 이야기를 시작했다. 마야족의 이야기를 차근차근 시작했지만, 그것은 역사적인 사건 대신 지하에서 발생된 것이었다. 한 민족의 역사는 땅의 성질에 의해 미리 결정되는 것이며, 그리고 이 땅이 모든 변화의 단계에 관여한다면 적법하게 이야기될 수 있고, 또 유일하고 진실한 역사서술은 항상 동시에 토질탐구를 같이 행하지 않으면 안 된다고 했다. 그는 심지어 땅의 형태 하나로 한 민족의 순환과정을 읽을 수 있으며, 주민에게서도 민족과 같은 순환과정들이 형성될 수 있음을 믿는다고 했다. 또 마야족의 땅 유카탄 반도도 속이 움푹 팬 석회암벽으로 일종의 카르스트 지역이라고 했다. 그러나 이곳 카르스트, 즉 '자연 그대로의 카르스트', 다시 말해 트리에스트 만(灣) 위에 있는 고원지역과는 구별되는 카르스트라고 했다. 세상의 모든 비교 가능한 외형적 모습들이 그들의 이름을, 즉 '전환된 형태'의 이름을 가졌다는 것이다. 지중해 쪽으로 보이는 분화구들은, 탑이나 원추형이란 전의적 표현으로 불리게 되었다는 것이다. 유럽에 내리는 불충분한 비와 내륙에서 흘러온 물줄기들은 웅덩이가 많은 석회질 산에 즉시 스며들게 되었는데, 중앙아메리카의 폭우는 바위 구멍들에서 모아졌다가 뿜어져 나와, 심지어 민물호수에서 바다로, 소금기 많은 대서양으로 흘러들어갔는데, 마야족은 그들의 시대에 이것을 이용해 배에 돛을 달고 바다로 나갔다고 했다.

선생님의 이론에 따르면 원형 카르스트 지역에서 살던 사람들은 훗날 마야족으로 '전환된 사람들'임에 틀림없다고 했다. 그들은 들일을 하기 위해 테라스(* 강이나 바닷물의 침식, 땅의 융기 등으로 인해 강, 호수, 바다의 연안에 생긴 계단식 지형.)나, 돌리네로 가는 대신 산으로 올라가지 않았던가? 그들은 성전(聖殿)을 원시 숲속에 세우는 대신 헐벗은 산봉우리 위에 세우지 않았던가? 훗날 마야족이 인간제물을 헌납했던 그 인공 동굴은, 그들에게는 피난처가 아니었던가? 그들이 세운 모든 건축물은─사원도 들판에 선 외딴 오두막집도─나무나 옥수숫잎 대신, 집이나 닭장, 지붕이나 문지방 그리고 여기저기 그들의 배수구는 서로 가리지 않고 모두 돌로 이루어지지 않았던가?

그럼에도 불구하고 들길에서 버스를 향해 걸어가는 사람들과 나를 맞이했던 대단히 뚱뚱한 부인과 그녀를 뒤따랐던 사람들을 나는 인디안 행렬로 생각했다. 이들을 민족이라고 할 수 있을까? 슬로베니아인 혹은 이탈리아인이라는 것은, 나에게 그들의 중요한 특징으로 여겨지지 않았다. 그러나 카르스트인들은 그들의 지역과 100개나 되는 마을의 크기에도 불구하고, 아주 작게 혹은 많게 스스로 한 민족이 되었다. 나는 그들을 항상 한 사람씩, 두 사람씩 혹은 세 사람씩 보았다. 여러 사람이 합쳐 있는 곳은 고작해야 교회나 기차나 카르스트 극장뿐이었다. 혼자서는 묘지에 서 있었고, 단독이나 혹은 두 사람은(보통 남자와 여자) 아래쪽 그들의 돌리네에서 갈퀴질을 했고, 세 사람은(보통 노병들인데) 카드놀이를 하면서 돌로 지은 음식점에 앉아 있었다. 한 번도 나는 그들을 어느 소규모 모임이나 친목단체로 체험하지 못했으며, 어떤 공동의 목표를 가지고 모이지도 않았다. 여기서도 역시 티토 사진은 부족하지 않았으나, 저 위 고지대에서는 정치 조직이나 국가의 힘이라는 게 단순한 형식문제로 여겨졌다. 볼모지에서 가용면적이 너무 불충분하고 작아서 공동체라는 것은 말도 안 되었다. 마을을 멀리 벗어나 돌리네 땅에서 개인이 소유할 수 있는 경작지는 사과나무 그늘 정도의 크기가 고작이었다. 왜 저 톨민지역의 농민 반란은 카르스트로 퍼져갔으며 더 이상 '옛 권리'가 아니라 '최후의 해방'을 위해 "우리는 어떠한 권리도 원하지 않는다. 우리는 전쟁을 원한다. 그리고 전체 땅은 우리와 하나가 될 것이다"라는 슬로건을 가지고 싸웠을까? 왜 여기서는 세월이 지나면서 다른 곳에서보다 더 많은 학교들이 건립되었던가? 왜 나는 복하인에서 온 웨이터와 비파바에서 온 군인이 특징 없는 군중 속에서 통행인으로 곧 서로를 알아보게 될 것이고, 그리고 비록 한 번의 시선교환이기는 하지만, 고향의 고원지대를 떠나온 자로서 인사를 했을 것이라고 생각했던가? 고향에서는 지구를 현대적인 둥근 공 모습이나 볼링공 모습 대신 평지로 이야기한다. 그럼에도 불구하고 독자적인 민족은 (주변을 통틀어) 카르스트에서 만나보지 못했다. 그 대신 '아래쪽' 혹은 '바깥쪽' 같은 곳에 존재하는 주민들, 그들의 공동생활 그리고 개별적인 지역들의 차이나 마을과 마을의 차이를 가지고 중심지역에 따라 달라지는 마을 의식을 느낄 수 있었으며(형의 사전에는 전체 슬로베니아의 카르스트가 대부분 언어 습득 장소로 표시되어 있었다), 마을들은 모두가 가장 가까운 마을로부터 걸어서 한 시간 정도인 자연 속에 자리 잡고 있었고, 어느 마을도 빈민 마을, 서민 마을 혹은 부유한 마을로 구분해서 부를 수는 없었다. 길은 모두에게로 통했고, 이름을 가진 길은 거의 없었다. 높이가 비슷한 산 위로 도시의 남쪽에는 위쪽 교회 앞쪽에 히말라야 삼나무, 북쪽 변두리에는 그 대신 밤나무 그리고 서쪽 변두리에는 전몰장병 기념비에 이탈리아식 이름이 있었다. 빌라와 같은 비상 숙박소는 생각할 수 없었다. 이전 로마인들처럼, 배를 건조하기 위해 카르스트 지역의 나무를 벌목했고 그 영향으로 흙 부분이 씻겨 내려가 최초로 물을 흡수하는 암석지대가 들어나게 만들었던, 베네치아인들이 세운 유일한 성(城)이 남아 있었다. 그 성은 베네치아 총독령의 휘어진 성벽 위 요철형 성첩(城堞)들과 그 외에 단조로운 형식과 직선 형식에서 별다른 특징이 없는 이오니아식 기둥머리의 소용돌이 장식을 한 채 암벽 정상에 황야의 성처럼 황량하게 붕괴되어 있었다.

   집에서 언제나 한 사람은 명령하고, 다른 사람은 서약하는 민족. 카르스트에서 나는 그럴 필요가 없었다. 또한 어떠한 추방된 왕도 애도할 필요가 없었다. 또 고향에서처럼, 몰락한 국가의 비밀 표시로써, 텅 빈 가축길과 맹창을 찾는 일이 더 이상 필요치 않았다. 여기 집들에는 토대나 장식으로 만든 홈 같은 것이 없었다—그리고 나노스산 위에 중부 유럽의 구름층이 머물고 있는 북쪽을 바라보면서 나는 말한다. 당신들은 그래야 한다!

　이미 그 당시 자신을 둘러보는 이러한 자유는 어디에서 왔던가? 어떻게 풍경이 무언가 자유를 의미할 수 있을까? 나는 지난 25년간 배낭이나 여행가방 또는 트렁크를 등에 지고 여러 번 카르스트에 들어갔다(그곳에서 나는 그와 같은 물건을 가진 유일한 인간이었다)—왜 나는 이미 첫날 마치 팔과 두 손이 항상 자유롭듯이, 도처에 끌고 다녔던 선원용 백이 내 어깨로부터 사라져버린 듯 자유로웠을까?
　대답으로써 나에게 우선 카르스트에 부는 바람이 머리에 떠올랐다(그리고 또 태양도). 바람은 보통 남서쪽에서 불어왔다. 아드리아 해안으로부터 고지대로 불어와, 앉거나 선 상태에서는 거의 느껴지지 않게 지속적으로 이곳을 넘어갔다. 한두 번 똑바로 카르스트의 신비한 장소를 스쳐가는 바닷바람은 결코 약해지지 않는 강한 힘을 지니고 있었다. 실제로 바로 앞에 존재하거나 혹은 멀리 저 밖으로 항해하는 듯이 자유롭게 불어가는 아주 조용하고 영향력 있는 바람이었다. 소금기를 얼굴에서 느낀다는 것은 분명히 상상이지만, 그러나 길 가장자리의 야생약초들, 즉 사향초, 샐비어, 로즈마리[우리들 작은 채소밭에서보다는 모두가 더 강인하고 작고 자연스러웠다—모든 꽃잎과 침엽(針葉)은 동시에 향료의 엑기스였다], 마디가 있는 아프리카산 박하나무의 향 다발, 만나물푸레나무의 꽃순, 나무에서 떨어지는 소나무 송진, 매운 음료를 생각나게 하는 노간주나무의 둥근 열매 향기는 (거기에 도취할 위험은 없이) 사실이었다. 이 바람은 아래쪽 바다로부터 불어오기 때문에 단순한 상승기류는 아니다. 그것은 사람의 어깨를 아주 부드럽게 붙잡기 때문에, 걸어가는 사람은 비록 바람이 그에게 마주 불어올지라도, 그 바람에 의해 운반됨을 느낀다. 혹 남쪽에 그들의 가장 큰 축제를, 어떤 시기의 황량한 고원지대로 되돌아가서, 그곳에서 비밀리에 바람을 칭송하고 자신들에게 바람에 의해 세계-질서를 전수케 하는 데서 찾는, 그와 같은 오래된 해안(海岸) 민족은 없을까?

　나도 역시 반복해서 카르스트바람을 그와 같은 축제로 체험했다―그렇지만 어떤 법칙으로? 그것이 도대체 법칙이었던가? 옛날에 어머니가 나에게 탄생의 순간을 이야기해 주셨다. 나는 형과 누나 뒤에 태어난 마지막 아이임에도 불구하고, 끝까지 더 이상 움직이지도 못하면서 그녀 뱃속에서 버텼다고 했다. 마침내 나는 세상에 태어나서 첫 신음 후에 울음소리를 내질렀다고 했다. 산파는 그 소리를 '승리의 팡파르'로 불렀다고 했다. 어머니는 아마도 그 이야기로 나를 즐겁게 하려고 했을 것이다. 그러나 나는 그 이야기에서 탄생 대신 죽음에 관한 전율을 느꼈다. 사람들은 나의 첫 번 순간 대신 나의 마지막 순간을 설명했다. 그리고 나는 마치 팡파르 소리 아래 처형장으로 질질 끌려가는 것처럼 숨이 막혔다. 실제로 나는 어머니에게 나를 태어나게 했다고 항상 반복해서 비난을 했다. 나는 그 비난에 대해 전혀 깊은 생각을 해보지도 않았고, 그것은 마음속에서 울어 나온 것으로, 상투적인 하소연이라기보다는 적이 나를 추적했을 때, 또 동상 걸린 손이나, 손가락 거스러미가 화끈거릴 때, 또 가끔은 아무 뜻 없이 창문을 쳐다보면서 내뱉는 작은 저주였다. 어머니는 나의 한탄에 마음이 상해 그때마다 눈물을 글썽이곤 했다. 그러나 내 태도는 전혀 진지하지 않았다. 청소년기에는 무엇인가 규칙적인 것이 권태와 불만의 변덕스러움과 다투었고, 미래에 대한 즐거움은 대상이 없었기 때문에 당연히 침묵했다. 대상은 이제 카르스트 풍경으로 떠올랐다. 그리고 어머니에게 비록 늦었다 해도, "나는 태어난 것에 동의합니다"라고 말할 수 있었다. 그리고 카르스트 바람이 당시 나에게 머리칼 끝까지 세례를 주었다고 감히 말할 수 있었다(내가 오늘도 그 바람의 세례를 받듯이). 그러나 세례바람은 세례자에게 이름을 주지는 않았다. 바람은 이름 없는 '즐거움'이었고, 마차길 중앙 부분에 자라는 잔디 위를, 다양한 나무들의(모두가 다르게 불렸다) 살랑거림 위를, 분지 위로 날아가는 새 깃털을, 많은 구멍이 뚫린 바위를, 옥수수가 자라고 있는 돌리네를, 클로버가 자라고 있는 돌리네를, 세 그루 해바라기가 자라고 있는 돌리네를 스쳐 흘러갔다. 주변에 있는 여러 가지 모습들을 스쳐갔다. 꽃이 줄기나 가지에 배열되는 모양에 대해 나는 선생님들보다 더 많이 배웠다. 그것은 외형상 혼란스러움 속에서 모두가 똑같이 특징을 선명하게 보이며, 사람 없는 황야에서, 이런저런 모습을 서로 분명하게 구별해서 나타냈다. 그리고 모두가 다른 것의 보충으로 보였다. 나는 가장 무익한 것에서 하나의 가치를 발견했고, 그것들을 모두 귀중하게 다루는 마음이 되었다. 카르스트 바람을 체험하지 못했더라면 나 역시 바람 없는 케른텐의 마을에 관해 아무것도 이야기할 수 없었을 것이다. 나의 석주 비문에는 연속적인 비문이 쓰여 있지 않을 것이다. 그것이 법칙일 수는 없지 않은가?

그러나 맞바람, 즉 북쪽에서 불어오는 악명 높은 아드리아 해안의 건조하고 찬 재넘이 바람[부리야(Burja) 혹은 보라(Bora)], 다시 말해 고원지대

위로 윙윙 불어오는 쌀쌀한 바람은 무엇이었던가? 거기서는 아무런 향기도 맡을 수 없었고, 볼 것도 들을 것도 없었다. 외부 어디엔가 있었다 해도, 돌리네로 내려가는 길은 존재했다. 돌리네는 바람 아래 놓여 있었고, 그곳에는 두려움 없이 카르스트 짐승들, 즉 토끼와 흑멧돼지 그리고 앞으로 나가려는 작은 노루가 모이는 곳이었다. 주발의 반원 같은 지평 위에 나무들이 한결같이 비스듬히 서 있었고, 그 밑에는 까칠까칠한 잔디가 바람에 떨고 있었으며, 콩 덩굴과 감자포기들도 바람에 흔들리고 있었다. 돌리네의 보호 없는 고원 지대의 폭풍 속에 서 있다가, 그곳에 쌓아올린 수많은 돌 벽 뒤에 앉게 되면, 한 순간에서 다른 순간으로, 즉 윙윙 하고 스치는 찬바람 속에서 평화롭고 따스한 온천 속으로 잠기는 것 같았다. 이러한 보호 속에서 재넘이바람은 대진하고 있는 두 군대가 한편은 화살과 창을 적의 머리위로 날려 보내고, 다른 한편은 적의 발부리에 던졌던 고대의 전쟁을 생각나게 하거나 살랑대는 서풍 속에서 자연의 여러 모습을 보듯, 인간이 만든 작은 나무울타리 같은 돌 벽이나 옆 관목 숲에서 벤 막대들을 가느다랗게, 구부러지게, 중간 중간은 크게 묶어서 울타리나 문이나 성문이나 작은 문의 원래 모습을 식별할 수 있게 했다. 자연이 크리스탈의 완성을 위해 시간을 필요로 하듯이, 탐구하는 눈도 원모습의 인식을 위해 시간이 필요했다. 황야의 암석지대나 초원지대에 나있는 길 자체도(카르스트의 모든 길은 그와 같이 목적지가 뚜렷하지 않았다), 자주 다녀서 저절로 생긴 길이 아니라, 그 길은 이용 가능한 땅과 오아시스와 돌리네의 정점 위에서 외곽 벽들과 적당하게 거리를 두고 만든 길들 그리고 아치모양으로 만들어진 중앙 분리대가 뚜렷한 삼각형을 보이는 건축작품이었다.

이러한 현상들은 사람이 살지 않는 곳을 제외하고는—외딴 농가는 고원지대 어디에도 없었다—여러 마을에서 볼 수 있었다. 마침 재넘이 바람이 개별적인 것을 서로 다가서게 해서 저항력과 아름다움의 조화를 인식하게 했다. 북쪽 건물 앞면들은 바위와 바위로 연결되어, 그 안에 조그만 틈도 없이, 교회당의 신도석 정도의 길이로, 크고 부드러운 둥근 천장 속에서 폭풍 때문에 구부러져, 바람을 아주 잘 피할 수 있었다. 그리고 위가 둥근 모습을 하고 있으며, 뒤편에 있는 무화과나무들보다 높고, 영주의 마차 폭 크기만 한 대리석 입구를 가진 담 벽들이 사각의 공간을 둘러쌓고 있었다[입구는 차도와 보도 사이에 경계가 되는 하얀 돌과 그 꼭지 부분에 IHS[*예수(Jesus)란 이름의 그리스어의 첫 글자들.]란 글자가 표시되어 있었다]. 끊임없이 울리는 굉음 때문에 사람들은 눈과 귀가 절반은 멍멍해진 채 이곳을 전시장이나 수집된 귀중품들의 판매소로 알고 발을 들여놓았다. 이곳에는 톱질모탕이 포도넝쿨을 받치는 시렁과 함께 있었고, 섶나무 다발들은 옥수수 이삭으로 만든 벽 앞에 호박더미와 어울려 있었고, 장식으로 짜 만든 마차는 목재 기둥이 받치고 있는 난간과 함께 있었고, 버팀기둥이 있는 천막은 장작더미와 함께 어울려 있었다(너의 개암나무 지팡이와 버섯을 싼 보자기를 마당 의자 위에 놓는다면 잘 어울릴 것이다). 카르스트의 집들, 외부에서 보면 굴뚝이 서로 얽혀 있는 낡은 성곽인 독자적인 집들은 내부에는 더욱더 장식이 잘 되어 있었고, 어떠한 아치형의 지붕도 필요 없었으며, 다만 바깥쪽으로 날씨에 대항해서 가운데가 가볍게 불룩했다.

그곳 어느 건물에서도 나는 사람들이 예술품이라고 부르는 것을 보지 못했다. 그런데도 내 마음은 안마당에서 모든 것을 바라볼 때나—또는 단순히 그 옆을 지나갈 때—마치 그림 전시회 속을 지나가듯, 심지어 호화롭고 성스러운 시간 속을 걸어가듯 가슴이 뛰었던가? 그리고 왜 어린애나 엉덩이를 대고 앉을 등받이가 없는 작은 의자에 나도 한 번 앉아보고 싶다는 마음이 들었을까? 게다가 카르스트 주민들이 만들어 낸 많은 제품들이 시골 장터, 즉 돌리네 분지에 둥글게 자리 잡고 있는 것이 눈에 띄었다. 모든 나긋나긋한 바구니들, 배가 불룩한 소달구지들, 길쭉한 보조의자, 둥근 곡선을 가지고 장식된 건초 갈퀴들이, 나무로 된 중세의 교회 마돈나상이 적당하게 앞으로 불룩 나온 배를 가졌던 것처럼, 돌리네의 어머니인 비옥한 땅에 경의를 표하는 것처럼 보였다.

나는 카르스트의 버팀대나 도구들 없이는 선조들의 유산, 즉 형의 과수원이나 아버지가 만든 지붕 트러스나 가구들에서 그 진가를 평가할 수 없었다. 나는 그때까지 우리 집에 있는 이런저런 것들, 즉 맹창이나 그 안에 입상, 그 옆에 100년쯤 되는 벽화의 단편 그리고 안쪽 집안에 장식 양탄자 혹은 로마식 모자이크의 잔여분 등을 치장하고자 했다. 구석에 있는 형의 손풍금이 진줏빛 광택이 나는 건반과 함께 하나의 장신구로써 희미하게 빛났다. 그리고 페인트롤러로 2~3년마다 한 번씩 새로운 도안을 넣어 벽을 색칠하는 것이 중요한 일거리였다. 우리가 사는 곳에서 주민들은 무취미한 사람들로 특징지어졌고 물건은 유용함과 단순 가능한 것 외에는 아무런 의미가 없었다. 그러나 지금 나는 이러한 상황 속에서 잘못 알고 있거나 이런저런 경우 잘못 말했던 표현을 이해했다. 아버지의 책상은 공간을 의자들, 창틀, 문틀과 함께 사람이 살 수 있게 만들었을 뿐만 아니라, 무엇인가 부드러움과 사랑스러움을 발산했다. 그 책상은 꼼꼼한 솜씨만을 보여준 것이 아니라, 그 남자가 등장하면서 자주 변덕스럽고, 성깔 있고, 냉혹하게 의견을 말할 수 있는 그런 태도도 그리고 그가 혼자라는 것도 전해 주었다. 그가 옆에 있으면 두려워하고 위축되었던 사람들이 그가 만든 물품들 앞에서는 안도의 숨을 쉬었고, 그 물품들로부터 크기의 감각을 배웠다. 카르스트 입구 위로 IHS란 철자는, 나무로 된 헛간의 합각머리에 아버지가 건초를 위해 톱질해 놓은 공기구멍들로써, 나에게 긴 세월로 연결되었고, 비바람을 맞으며 엷은 회색으로 변색된 두꺼운 세모꼴 널빤지를 나는 깊은 인상을 가지고 심지어 예술품일 수도 있는 유일한 것으로 쳐다보았다. 집에서 더 이상 다른 장식을 사용하지는 않았다. 형의 과수원에 있는 짧은 잔디 길은 카르스트에서 북쪽의 모든 길을 받아들여, 해양의 수평선으로 뻗어나가 똑바로 카르스트의 중앙선으로 합류했다. 마치 그곳 흙이 허물어지지 않도록 보존하기 위하여 형이 예전에 구축했던 도랑 입구에 있는 돌로 된 제방이, 그 사이 폐허가 되었다가 이제는 빈틈없고 균형이 잘 잡힌 둥그스름한 카르스트 담으로 계속 뻗어나가듯이 — 마치 그가 알프스 지역에서 땅 밑으로 가라앉아서 여기 바닷가에서 남쪽 태양에 의해 상량식에서처럼, 이전보다 더 고귀하게 치장되어 다시 첫날처럼 온전하게 나타났다. 그리고 우리들의 대륙에는 중국과 상응해서, 유럽적인 벽이 통과하고 있다는 것이 분명해졌다.

그러나 시골의 사물이나 주민들의 일에 깊은 신뢰를 보낼 수가 있을까? 카르스트에는 계절마다 존재했던 우주도 태양도 구름도 없는 무풍 상태의 시간과 함께 무슨 일이 있었던가? 윤곽도 소리도 희미한 광택도 없는 차가운 지구 위에서 갑자기 각자의 인생이 소멸되어야 했고, 각자가 마지막 존재여야 했다. 어딘가 다른 곳에서와는 다르게, 깨어있는 순간에만 국한되지 않는 답답함 그리고 또 평화로운 수탉들의 울음소리와 점심때 울리는 종소리들을 통해서도 시(市)에서 몰아낼 수 없는 답답함(빈 집에서 울리는 텔레비전 수상기, 요란한 소리를 내며 가는 텅 빈 버스들, 검은 운전대들, 그 앞에 복장 때문에 오래전부터 놀림을 받는 운전수들)? 어떠한 생기 없는 위성도 그와 같은 날에는 뼈를 태운 재로 뒤덮인 듯한 카르스트 지역보다 더 창백할 수는 없었다. 그곳은 수많은 요철(凹凸) 지형들, 소위 고랑이 진 수많은 석회석 지대들이 칼날같이 예리하게 불룩불룩 튀어나와 있어 발을 들여놓을 수가 없었다. 그러나 그것이 바로 도시가 마을 사람에게 전달할 수 있는 무엇인가를 나에게 제시한 것이었다. 하나의 길을.

시골서 집으로 걸어가는 것은 가능한 한 직선으로, 모든 단축을 마음에 두면서, 한 구간 한 구간을 좁혀가는 것이다. 빙 돌아가는 것은 잘못된 일이고 오직 곧바로 목적지를 향해 걸어가야 한다! 그러나 불행한 자들, 절망한 자들은 목적 없이 걸어간다. 그들은 발작하듯이 갑자기 그곳에서 들판으로 뛰어 가기도 하고, 닥치는 대로 숲속으로 들어가기도 하고, 덩굴식물이 자라는 묘지들을 지나 아래쪽 개천지역으로 돌진해 갈 수도 있었다. 그리고 누군가가 한번 그런 식으로 가게 되면, 사람들은 혹 그가 무사히 돌아오지 못할까봐 두려워했다. 어머니는 그녀의 병에 관해 경고를 받고, 즉석에서 마을로 뛰어나가려고 했다. 그러자 모두가 그녀 앞에서 현관문을 닫았다. 그녀는 문의 손잡이를 거의 뜯어낼 정도였다. 또한 산보객들의 어슬렁거림과 방랑자들의 활보도 마을 사람들에게는 낯설었다. 사냥이나 숙련된 등산도 낯설었다. 사냥꾼이란 항상 외지인들이었다. 밖에 나가는 것은 그저 일터나 교회, 어쩌다가는 술집에 예정에 없이 들러 가는 것이 고작이었고 그리고 나면 다시 집으로 돌아왔다. 보통은 그저 운송수단인 두 다리와 그 위에 비스듬히 얹혀있는 신체는 실제로는 춤출 때나 비로소 협력해서 작용했다. 불구자나 바보천치의 걸음걸이가 아닌, 이목을 끄는 걸음걸이는, 링켄베르크 사람들에게 점잔빼는 것으로 여겨졌다. 슬로베니아 언어에는 그들을 "걸어가면서 바람을 만든다"라고 번역할 수 있는 말이 있다.

 그래서 카르스트에 바람이 멈추면, 그곳에서 걸어가는 것이 바람을 만들었다. 바람과 함께 명상에 잠겨, 이전에 그런 적이 없었던 것처럼 해방감을 느끼며, "친구여, 그대는 시간을 가졌다"라는 위대한 생각이 나에게 다시 떠올랐다. 시간을 가진다는 것은 마을 사람에게 그의 특별한 보행을 돕는 것이었다. 당연히 그는 특정한 사람의 주의를 끄는 대신 어깨 들어올리기, 팔 흔들기 그리고 머리 돌리기를 하면서 주변에다 자신을 알렸다(가끔 인간이든 짐승이든 한 존재가 누군가를 유심히 바라보게 되면, 그도 부지불식간에 활기찬 표정을 감추고 그저 약간 호의를 보이듯이 이쪽에 주의를 갖는 것처럼). 걸어가는 사람이 자신도 모르게 의식적으로 추적자 앞에서 공포 때문이 아니라, 길을 가고 있다는 순수한 즐거움 때문에 주위를 둘러보는 활동이 그런 것이다. 그래서 아스팔트에 난 틈새일지라도 어떤 모습을 발견한다는 확신을 가지고 목적 없이 걷는다면 더 좋았다. 그렇다, 걸음걸이 태도를 발견한다는 것, 완전한 걸음의 발견자가 된다는 확신은 나에게 내가 지나 왔었던 몇 곳 자유로운 지역 가운데서 카르스트를 돋보이게 했다. "일어나서 걸어가라!" 함은 어딘가 대도시 간선도로나 말라버린 하천도랑에서 밝은 낮이나 (보다 효과적인) 아주 깜깜함 밤에도 할 수 있는 일이지만 — 그러나 카르스트에는 내가 그곳에서 벅찬 숨을 쉬면서 확신을 가지고 새로운 사건을 말하기 위한 어떠한 출구도 없었다. 이 지역을 볼 때마다 매번 새로운 원형, 자연 그대로의 풍경, 대상의 진면목 등 그 힘이 나의 기대에 너무 강력하게 다가와서 나는 그들을 종교적 신념으로 부를 정도였다. 따스한 해빙 바람은 첫째 날처럼 여겨졌다. 그리고 걸어가는 자는 자신을 바람에 에워싸여 아직도 늘 지금 현재를 체험했다. 물론 그는 여행객처럼 무작정 돌진해가지 않고, 느리게 걸어가며 몸을 돌리기도 하고, 움직임을 멈추고 허리를 굽히기도 했다. 무엇인가 발견된 장소들은 그것을 보려고 애쓸 필요가 없었다. 그것을 보기 전에 지역 풍경과 바람이 그의 역할을 다했다. 시간을 가진다는 생각으로 나는 카르스트에서 결코 서둘지 않았다. 내가 피곤해질 때까지 그저 걸어 나갔다. 그리고 그것은 느릿느릿한 걸음이었다.

　이 발견들은 과거에 속했고, 이제는 돌이킬 수 없이 상실해 버린 것이요, 세상의 어떤 비결을 통해서도 더 이상 결합될 수 없고, 어린애 같은 발견자만이 아직 광채를 씌울 수 있는 마지막 여분이거나, 잔여분 그리고 어떤 것의 파편들이 아니었던가? 소위 자연 그대로의 부분들은 마치 동굴 속에서는 촛불에 반짝거리며 보물을 보증하다가 밖의 밝은 곳에서는 강탈자의 손에 감자 모양의 회색 돌로 플라스틱 잔들보다 가치가 떨어진 종유석들과 유사하지 않은가? 그렇다. 발견된 것을 가져가서는 안 된다. 그것은 가방에 가득 넣어 끌고 가야 하는 물건들 문제가 아니라, 오히려 발견자에게 자신을 식별하게 하면서 종유석들과는 반대로 꽃이 피고 열매가 열릴 수 있게 내부가 각인된 그 모습들을 같은 땅으로, 즉 이야기의 땅으로 옮기는 것이 문제였다. 그렇다. 자연과 카르스트의 작업들이 태곳적인 것이라면, "옛날 옛적"의 의미에서가 아니라 "시작하라!"의 의미에서다. 내가 돌로 된 추녀의 물받이 모습에서 '중세'를 생각하지 않고, 여기 저기 전혀 새로운 건축이 없는 것처럼, '지금!(천국의 아이디어)'을 생각한다면, 그러면 나는 현재의 돌리네 분화구 속에서, 지구가 갑자기 내려앉았던 선사시대의 순간을 결코 느끼지 못하고, 오히려 신뢰할 수 있고 언제나 다시 형식 이전의 모습으로 풀이 베어져 줄줄이 눕혀있는 텅 빈 분지에서 무엇인가가 솟아오르는 것을 보았을 것이다. 이것만은 붙잡지 않으면 안 되었다! 지금까지 어느 곳에서도 카르스트와 같이 모든 개별 분야에서(몇 대의 트랙터, 공장들 그리고 슈퍼마켓들 모두) 가능한 미래를 위한 모델로 여겨지는 그러한 땅을 만나지 못했다.

어느 날 나는—고의적으로, 호기심에서, 지식욕에서 자주 그랬던 것처럼—덤불과 돌출한 암석들이 교차되는 길 없는 초원에서 길을 잃었다. 내가 있는 곳이 어딘지 알 수가 없었다. 그 지역, 즉 그 국경지역에 관해서는 군사 비밀지도 외에는 다른 지도들은 존재하지 않았다. 들판에 몇 발자국씩 떨어져 있는 것이 보통인 100여 개의 농가들로부터 바람은 개 짖는 소리나 아이들 고함소리 같은(아주 멀리서 들리는) 어떠한 삶의 표시도 실어오지 않았다. 한 시간가량 나는 장난하듯이 제멋대로 많은 돌리네 곁을 지그재그 형태로 뚫고 나갔다. 돌리네의 경작되지 않는 붉은 땅에 창백한 바위덩어리가 자리하고 있었으며, 그 사이로 갑자기 나타나는 원시림 나무들과 그들의 수관은 걸어가는 사람의 발치 높이에 있었다. 이제 나는 황무지에 관해 말할 수 있었다. 그리고 황무지란 일반적으로 물이 없는 곳이란 것을 이 지대에서 처음 체험했다. 풀이 덮여 경작할 수 있는 것처럼 보이는 예견할 수 없는 황무지, 그곳은 살랑거리는 바람 속에서 지역사정에 밝지 못한 수많은 사람이 목말라 했던 곳이고, 귀에는 물푸레나무의 부드러운 흔들거림이 그를 조롱이나 하듯 산속 맑은 실개천이 흐르는 소리로 들렸다. 이미 어떠한 새소리도 더 이상 들리지 않았다(더욱이 농가들 주변도 똑같았는데, 때때로 여기저기서 작은 동물의 울음소리가 들렸다). 도마뱀이나 뱀은 아니었다. 그때 길을 잃고 덤불숲을 헤매던 나는 황혼 속에서 갑자기 운동장 크기만 한 거대한 돌리네 분지 옆에 멈추어 섰다. 그 분지는 위가 높고 촘촘한 원시림에 의해 차단되어 있었는데, 그 안으로 밀고 들어온 것은 길을 발견하기 위해서였다. 돌리네는 상당히 깊게 보였다. 또한 대지의 단계 단계가 돌 벽으로 둘러싸여 한결같이 부드러운 경사면을 이루고 있었다. 모든 계단마다 그곳에서 자라는 식물 열매의 종류에 따라 녹색이 달랐고, 가장 강한 녹색은 아래쪽 경작이 안 된 대지 부분에서 마치 올림픽 경기장의 조명잔디처럼 마술적으로 빛났다. 나는 지금까지 여러 돌리네에서 기껏해야 하나나 둘 정도 일하는 사람을 보았는데, 지금 여기서는 전체 주민이 일하는 것을 놀라서 바라보았다. 위에서 아래까지 층이 진 땅위의 작은 밭과 정원에서 많은 사람들이 서둘지 않고 차근차근 일을 하고 있었다. 그래서 구부린 자세나 두 발을 벌리고 쪼그려 앉은 자세가 편안해 보였다. 그리고 넓은 분지에서 한결같이 나지막한 소리가 들렸는데, 그것은 내 귀에 카르스트의 기본적인 소리로 남았다. 갈퀴 긁는 소리였다. 사람들은 포도나무 잎 아래 반쯤 몸을 숨긴 채 일을 하고 있었다. 그곳에서 그들은 포도넝쿨을 구부러진 말뚝에 묶거나 물을 뿌리고 있었다. 올리브 나무숲에서는 오로지 일하는 사람들의 손만 보였다. 나무는 한 계단

한 계단 늘 다른 품종이었고, 그 가운데는 심지어 흐르는 물로부터 너무 멀리 떨어져 거의 생각할 수 없는 오리나무나 버드나무 같은 강가 나무들도 있었다(그들에 관해 나는 알프스 마을 주민이 다음처럼 말하는 것을 들은 적이 있다. "저들은 나무라 말할 수 없고 그저 벌거벗은 도구다. 소나무나 떡갈나무 그런 것이 나무지"). 거기서 나는 다양한 녹색을 구별할 수 있어서, 모두에게 독특한 이름을 줄 수도 있었다. 나는 그들을 모두 합쳐, 핀다르(*그리스 서정시인 B.C. 518~446.)여, 다른 올림픽 송가로 짜 맞출 수도 있었다! 돌리네는 마치 사물들의 모습을 뚜렷하게 나타내고 확대했던 렌즈처럼 마지막 빛을 모으는 것 같았다. 어떤 돌담도 다른 것과 같지 않다는 것을 알 수 있었다. 하나는 두 줄의 돌들로 이루어졌고, 다음 것은 이들 사이에 하나의 지층을 가졌고 그리고 외형상 바위덩어리 더미는 토지 주변에 하나의 거주지, 즉 들판 오두막이라는 사실을 알 수 있었다. 원추형 덩어리들은 위로 갈수록 작아지면서, 동물의 머리 형태나 추녀의 홈통 형태로 정상의 홍예머리를 하고 있었고, 그로부터 하나의 긴 관이 아래쪽 빗물통으로 연결되었는데, 바닥에 있는 구덩이는 우연히 만들어진 틈이 아니라 독수리 날개 길이만큼의 '작은 움막' 입구 위를 가로지른 나무들보가 있었는데, 그곳에는 해시계가 새겨져 있었다.

 누군가가 허리를 굽힌 채 걸어 나오고, 소년이 손에 책을 들고 남자를 향해 일어섰다. 그리고 그 소년은 다시 부친 숙소의 나무 냄새와 여름 더위를 견디며 그곳에 앉았다. 학교에서 곧바로 가족이 일하고 있는 밭으로 갔다가 집으로 돌아와 신발을 벗은 채 책상에서 숙제를 하고 있었다. 그는 한쪽 구석에 베이컨, 빵, 포도즙 항아리를 담아 놓은 하얀 천을 덮은 바구니를 본다. 그리고 다른 쪽에선 쐐기풀 관목을 본다. 그곳으로부터 바람 한 점 없는 공간에 언제나 새롭게 꽃가루 안개가 흩날렸고, 널빤지 틈새와 옹이구멍들로 비쳐 들어오는 햇살이 땅에 그물 같은 그림자를 만들었고, 밖에서는 밭의 양쪽 끝에서 일하고 있는 부모님의 목소리가 들렸다(처음엔 한 음절로 된 대화 소리, 다음엔 논쟁—아버지의 욕설, 어머니의 조소—끝으로 밭 가운데서 함께 "새참을 먹는 시간!"). 그는 혼자 카드놀이를 하고, 천둥소리를 귀 기울여 듣고, 긴 의자에 몸을 쭉 뻗고 누워 꿈을 꾸다가 곧 폭격기 편대가 공중에서 사격을 하는 것 같은 벌들의 윙윙 소리에 잠이 깨어, 사과를 먹고 있을 때, 나뭇잎의 밝은 잔상이 그를 덮고 있었고, 줄기에는 꽃이 시들어가고 있었다. 소년은 밖으로 나가, 어떤 남자에게 말을 걸고, 숨을 깊이 내쉬고, 들판 오두막을 세상의 중심으로 인식했다. 또 그곳 길가 기둥에서 십자가상을 움푹하게 파낸 자리는 옛날부터 이야기꾼이 앉아서 이야기하던 곳이었다.

  내가 내려다보았던 그 공간은 매우 호감이 가는 곳이었고, 그와 같은 힘이 깊은 곳에서 솟아올라, 대규모 원자 폭탄도 이 돌리네에는 피해를 끼치지 못할 것이라고, 즉 폭발 충격도 그 영향도 무시될 것이라고 생각했다. 그리고 내 발치의 비옥한 분지에서 세계 파멸 후 나머지 인류가 그들의 생활을 다시 시작하는 행동을 미리 앞당겨 예견해 보았다. 그렇다. 살림 터전으로, 또 자족의 터전으로, 그렇게 황무지의 숨겨진 장소가 나타났고, 그리고 땅은 변함없이 그들 주민을 부양할 것이다. 지구상의 어떤 것도 없어지지 않았다. 더 이상 아무것도 충만하지는 않았지만, 적어도 생명력 있는 본보기가 모든 원소 물질에 그리고 모든 원소 형태에 존재했다. 필요한 것은 가지고 있었지만, 동시에 드물었기 때문에 시초의 인상을 주었다. 손에 가지고 있는 것만이 가치가 있는 것이 아니라 눈앞에 있는 모든 것, 즉 곡식도 바위의 고사리식물 그늘도 똑같이 귀중했다 — 그와 같은 상상의 나래 속에서 카르스트 사람들이 나에게 확신을 주었지만, 그들은 예전부터 적은 양의 옥수수, 밀, 포도와 그만큼 똑같이 적은 새들과 꽃들의 부족함 속에서 위협을 받으며 살아왔고[어쨌든 '넝쿨식물'도 '앵무새'도 아니고, '버들초(草)'도 '초롱꽃'도 아니었다], 수많은 명칭들과 함께 사물 자체가 보호되고 확증되는 듯이 모두가 애칭을 지니고 있었다. 나는 카르스트 땅으로 가라앉은 농장의 모습을, 돌로 지어진 들판 움막에서 찬양노래로써 트랜지스터의 졸렬한 연주와 함께, 하늘 아래서 원폭의 피해를 막을 수 있게 모든 적의 침입에 보호되어 존재하는 하나의 목표로 오늘날도 생각하고 있다. 그림? 키메라(*그리스 전설에 나오는 괴물로 머리는 사자, 몸은 산양, 꼬리는 뱀의 모양을 하고 있다.)? 신기루? — 그림, 왜냐면 그것은 효력이 있기 때문이다.

　카르스트에서 나의 시간은 오로지 걸어가는 것, 멈추는 것, 계속해서 걸어가는 것뿐이었음에도 불구하고, 내가 쓸모없는 게으름뱅이라는 통상적인 나쁜 양심은 결코 갖지 않았다. 매번 새로 도착할 때마다 느끼는 자유의 감각은 무아경으로부터 오는 것은 아니었다. 나는 그것을 어쩌다 알았던 게 아니라 확실하게 알았다. 고원지대에 들어선 후 관자놀이에 쏴쏴 소리를 들으며 언제나 반복해서, "이제야 도착했구나!" 하고 남몰래 말하지 않았던가? 그렇게 나 혼자를 다수 속에서 보았다. 웅덩이를 막는 일, 밧줄을 감아올리는 일, 관솔개비를 쪼개는 일, 어머니의 회복을 위해 일정한 시간에 예배의식을 갖는 일 등 아버지의 매일 매일 행동들과 유사하게, 나도 카르스트에 관한 나의 연구를 가지고 어떤 좋은 일에 그리고 중요하고 훌륭한 일에 봉사하겠다고 생각했다. 많은 충동이 함께 작용했다. 나를 조상들에게 가치 있게 보이는 일, 그들이 존재하는 이유를 내 방식대로 보존하는 일, 선생님이 탐을 내는 유일한 학생이 되는 일, 결투에서 저항하기 어려운 위장 공격으로 — 병적인 강박관념 — 거만한 적을 두들기는 일, 사람이 살지 않는 황량한 곳으로 걸어가 다양한 궁핍을 견디어 내면서 여인들 가운데서 가장 애정이 풍부한 여인의 사랑을 얻는 일 — 그러나 그 모든 것을 넘어 내가 호기심과 욕망으로 부르는 유희를 축하할 만한 무엇인가가 있었다.

 어떤 종류의 유희인가? 그전부터 꿈을 믿었던 나는 꿈 이야기를 가지고 대답을 한다. 똑같이 유리로 만들어진 노선버스와 공중 케이블카의 네모진 객실에서 언제나 같은 승객을 만났다. 모두가 한마디 말도 주고받지 않고 카르스트로 같이 타고 갔다. 우리가 이동하고 있다는 것은, 희미하게 빛나며 높이 솟아있는 그리고 새파란 하늘 때문에 약간 과장되어 보이는 종점에 있는 인디언 바위로 인해 뚜렷해졌다. 그 위로 어린 애들이 너나없이 기어 올라가는 바위였다. 우리 중 어느 누구도 빠진 사람은 없었다. 그러나 여행을 계속하는 동안 무언가 새롭게 나타나는 것은 없었다. 단지 조용히 서 있는 차량이 전부였다. 그리고 여행객들은, 모두가 다른 사람들과는 거리를 두고 혼자였으며, 부부는 한 쌍도 없었다. 그렇지만 나는 길에서 이사람 저 사람을 창구 직원으로, '나의 구두 수선공'으로, 가겟집 아가씨로 알아보았고 우리는 서로 인사를 했다. 그러나 한번 승차하고 나면 어느 누구로부터도 서로 안다는 일상적인 표시가 없었다. 우리는 시선을 교환하는 대신, 움직이지 않고 하나같이 기다리면서 얼굴을 마주하고 그곳에 앉아 있었다. 누구나 맘대로 갈 수 있는 어느 활기찬 정거장으로부터 우리들의 출발이 반복되면 될수록,

객실 속의 불빛은 더욱 화려하게 빛났다. 여행의 종점에, 땅의 심장에 곧 도착할 것이라는 기대감에 마음이 들떠 있었다. 그 황홀한 마음은 강한 인간들에게는 주어질 수 없었다. 사소한 일을 모두 함께 받아들이는 그러한 행복은 결코 발생하지 않았다. 우리는 그런 일을 한 번도 겪어보지 못했다. 그 대신 마지막 여행에서 동반자 중 한 사람이 승차하면서 나에게 미소를 지었는데, 그것으로 자신을 나에게 인식하게 했고, 동시에 나도 그를 인식했다. 두 사람 간 인식의 축제: 황홀함과 합일 대신 감동과 화합, 그리고 '축제'에 대한 동사를 '동요되지 않고 열망하다'로, 또 오르가스 지역을 '데메테르(*농업의 여신.)의 땅' 혹은 '강' 혹은 '곡식밭'으로 번역했다.

실제로 카르스트는 궁핍한 지역이다. 그리고 가는 길에는 어떠한 기괴한 인디언 바위도 없었다. 경계선을 한참 지나서 나는 산 위에 바람뿐만 아니라 모든 것이 변했다는 사실에 놀랐다. 졸졸 흐르는 개천의 물도 없었고, 또 수로도 없었다. 색깔이 연한 활엽수 대신 거무스레한 소나무 꼭대기들, 갈색의 점토 벽과 짙은 회색 슬레이트 지붕들이 오랫동안 나의 길 동반자였는데, 이제는 거칠고 묵직한 하얀 석회석 지역이 시작되었고, 그 위에 잔디밭은 손바닥 넓이만큼도 안 되었다. 더 이상 부드러운 초원이 아니라 거친 고원 목장이었다. 아래쪽 평지는 도시들과 하천들을 뚜렷하게 볼 수 있었고, 심지어 이륙하는 제트기를 가진 공항과 군인들이 훈련하는 연병장이 아주 가까웠음에도 불구하고, 고원지대에는 마치 그대가 저 멀리 넓은 바다에 있는 듯이 고요가 깃들고 있었다. 처음에는 참새들이, 지금은 나비들이 그대 앞을 날아갔다. 너무나 조용해서 떨어지는 꽃잎을 뒤쫓아 나비가 땅을 배회할 때 그대는 바스락거리는 소리를 듣는다. 소나무에는 햇볕 속에서 지난해의 메마른 솔방울들이 높은 곳에서, 다음 것은 눈높이에서 그리고 계속 낮은 곳 순서로 살랑거렸다. 해가 질 때까지 끊임없이 매미 우는 소리, 그러면서 싱싱한 새 솔방울에서 송진이 쉴 새 없이 방울져 떨어져 내렸다―길의 먼지 위에 검게 커지는 얼룩.

   길에서 멈추더라도, 그대는 사람을 오래 만나지 못할 것이다. 흐릿한 사바나 속으로 줄지어 서 있으면서 그대를 호위하는 좌우의 검은 모습들은 노간주나무들이었다. 시간이 가고, 날이 가고, 해가 지나면서 그대는 하얀 꽃이 핀 야생의 버찌나무 앞에 선다. 첫 번째 꽃에는 꿀벌, 두 번째에는 뒹벌(*땅속에 집을 짓고 사는 벌로 꿀벌과 비슷하나 통통하고 암컷은 흑색, 수컷은 황색이다. 수컷은 가을에만 출현하고 암컷이 월동한다.), 세 번째에는 파리, 네 번째에는 개미 한 쌍, 다섯 번째는 딱정벌레, 여섯 번째 꽃 위의 나비 한 마리. 멀리 길 위에서, 마치 물 있는 장소처럼 반짝이는 것은 은빛 나는 뱀이었다. 줄지어 쌓아놓은 장작더미를 가까이에서 바라보면 위장된 무기창고로 보였고, 둥근 돌무더기 옆은 비품이 들어 있는 지하벙커 입구였다. 그것을 발로 건드려보니까, 바위 모습은 판지(板紙)였다. 발자국을 옮길 때마다 잔디 중앙 분리대로부터 메뚜기들이 튀어나왔다. 검은색으로 죽어있는 도롱뇽이 거의 눈에 띄지 않게 마차 바퀴 속에서 앞으로 움직였다. 허리를 굽혀 자세히 보면, 그 죽은 도롱뇽은 송장벌레에 의해 운반되고 있었다. 보다 큰 짐승, 즉 하얀 얼굴의 여우나 나뭇가지를 휘감고 다니는 산쥐는 이 작은 생명체들 다음에 형제처럼 나타날 것이다. 저기 개별 나무에서 불어오는 쏴쏴하는 바람 소리를 다음 순간에는 그대 얼굴에서도 느낄 것이다. 그대가 쉬는 곳은 동굴인데, 그 안에 가기 위해 램프는 필요가 없었다. 왜냐면 다른 쪽 끝부분으로부터 또 위 천정으로부터 몇 개의 구멍에서 빛이 들어왔기 때문이다. 여기서 그대의 열이 난 이마에 물방울이 떨어졌다. 그리고 벽감 속에는 메추라기 알들이 놓여 있었다. 총알이 아니라 급류속의 둥근 돌보다 더 둥글고 더 밝은 알을 그대는 손에 들고 걸어갈 것이다. 그리고 그것은 박쥐들의 배설물 냄새와는 달리 카르스트 동굴에 널리 퍼진 찰흙냄새를 방안으로 가져올 것이다.

그대는 맨몸으로 갈 수도 있다. 검은 갈색 등이 억세게 보이는 흑멧돼지가 꿀꿀거리면서, 코로 냄새를 맡으며 토끼만한 작은 새끼 두 마리를 데리고 덤불숲에서 오른쪽으로 나와 그대의 왼쪽으로 소리를 내며 다가오는데, 그대는 안중에도 없었다. 그대는 두 다리로 땅을 밟고, 두 어깨는 힘차게 위로 들며, 두 눈은 감동적으로 하늘을 본다.

다음번 휴식 장소에서 그대는 정적 속에서 길게 끄는 개구리 울음소리를 듣는다. 이 황야에서 부드러운 단 한 가닥 소리. 그대는 그곳으로 가까이 가서 길의 긴 구간을 차지하는 어떤 연못가로 오게 된다. 물은 맑고 표면 위로는 깃털 한 가닥이 떠다닌다. 붉은색 흙 위에 육각형의 노루발굽 흔적이 나있었다. 그리고 해독되기를 원하는 설형문자처럼 다수의 새 발자국들이 화살모양으로 사방팔방 찍혀 있었다. 그 위로 하늘에서 그와 대응되는 모습을 본다. 벌집 모양의 구름 속에서—소란스런 바다를 "바다가 흐른다"고 표현하듯이, 우리에게는 양털구름을 말하는 "하늘에 꽃이 핀다"라는 카르스트식 표현이 있다—하늘빛의 한 부위가 너의 발 모습으로 나타났다. 깃털은 날아가고, 기다란 연못은 바람 속에서 파도의 굴곡처럼 움직일 것이다. 물가에서 옷 다발을 베개로 하고 사지를 쭉 펴라. 너는 잠이 들것이다. 잠자는 사람의 손 하나는 땅에 누워있는 무릎 사이에 끼어있고, 다른 손 하나는 귀에 대고 있다(우리의 의심에 찬 눈초리는, 형제여, 엿듣는 데서 온다). 그대는 꿈속에서 연못의 소리를 호수로 듣는다. 그리고 그곳 갈대숲에 그대의 개암나무 지팡이를 노(櫓)로 가진 마스트 없는 작은 배를 본다. 그곳 빈곳에 돌고래 한 마리가 떠오른다. 등에는 과일들이 쌓여 있어 돌리네처럼 아치형을 이루고 있었다. 짧고 기분 좋은 잠은 그런 잠일 것이다. 그리고 그대는 귓바퀴에 떨어지는 빗방울에 의해 깨어난다. 이보다 더 부드러운 자명종은 없을 것이다. 그대는 일어나 옷을 입는다. 그대는 세상을 벗어나 있었던 것이 아니라, 바로 여기에 있었다. 실제로 지금 오리 한마리가 초원으로부터 낮게 연못으로 날아와 부드럽게 내려앉아 이리저리 헤엄을 친다. 지나가는 송아지가 물을 마신다. 그대는 비를 맞는다. 그대는 너무 조용히 있어서, 나비들이 그대에게 내려앉는다. 하나는 무릎에, 다른 하나는 손등에, 그리고 세 번째는 눈썹을 그늘지게 한다.

그대가 카르스트로 계속 길을 가는 동안 하늘이 다시 파랗게 될 때, 나무들은 ('날씨' 분위기가 북쪽 나노스 산위로 통상적인 어두운 구름 낀 날씨와 직면해서), 시계방향으로 돌면서 모두가 특성대로 쏴쏴 소리를 낼 것이고, 그대는 떡갈나무의 붕붕 소리가 확실하고도 중요하게 나이든 사람에게 신탁(神託)의 소리일 수 있다는 것을 이해할 것이다. 그대는 신탁의 말을 받아 쓸 것이다. 그리고 그대의 일용품들이 달그락대는 소리는 태양 아래 가장 평화로운 소리들 가운데 하나일 것이다. 그것은 그대를 수많은 촌락과 도시로 인도할 것이다(카르스트 극장에, 카르스트 댄스홀에,

카르스트 뮤직 박스에). 그들은 밤이 되고 하늘이 다시 어두워지면 여기저기 적막이 깃든 구름 덮인 황야에서 둥그스름한 불빛으로 식별된다. 그곳에서 하얀 빵과 카르스트 포도주와 그리고 독특한 햄 소시지로 대접을 받는다면, 그대는 중앙 분리대에서 자라고 있는 로즈메리로부터 들판 가장자리 담 곁의 천리향을 넘어 초원에 있는 노간주나무까지 그대가 가는 길에서 다시 한 번 그 맛을 즐기리라. 그대에게 이제 더 이상 필요한 것은 없다. 그대가 보낸 그런 시절의 어느 날 저 아래쪽 깊이 양지바른 안개층의 지평선에 아드리아 해(海)가 있을 그 장소에 오게 될 것이다. 트리에스트 만(灣)에 있는 증기기선과 범선을 몽팔콘의 조선소 기중기, 미람마레 성(城)과 두이노 성(城) 그리고 티마포에 있는 성 지오반니의 바실리카 회당의 작고 둥근 지붕들과 구별하는 지형을 잘 아는 사람들, 그다음 그대 발치에 있는 돌리네 분지의 땅에, 두 개의 돌 더미 사이에, 아주 현실적으로 앉을 자리가 여러 개 있는 반쯤 썩은 작은 배를 노와 함께 발견하는 사람들, 그리고 그것을 전체를 위한 부분으로 자기도 모르게, 그대는 이제 자유롭다며, 십계명을 모셔놓은 궤로 신중하게 생각할 것이다.

물론 걸어가는 일은, 심지어 중심지에서 걸어가는 일도, 어느 날 더 이상 할 수 없거나, 더 이상 효과가 없을 것이다. 그렇지만 그다음 이야기도 거기 있을 것이고 걸어감도 반복될 것이다!
그 당시 나는 첫 여행에서 겨우 2주일 정도를 거의 매일 모습을 바꾸어가며 카르스트에서 여행을 했다. 나는 형의 흔적을 찾는 일뿐만 아니라 날품팔이꾼, 신랑, 주정뱅이, 편지를 써주는 사람, 상가 집에서 밤

샘하는 사람의 역할을 했다. 가브로비차에서는 교회 탑에서 떨어진 종을 보았다. 그것은 위에서 놀고 있던 아이들이 떨어뜨려서 땅에 비스듬히 꽂혀 있었다. 스코포에서는 황야로 나오면서 돌리네에서 혼자 갈퀴질하는 노파를 놀라게도 했다. 플리스코비차에서는 유일하게 평일에도 닫히지 않는 교회에서, 제단 장식 보(褓) 위로 꿈틀거리는 검고 노란 말벌들을 보았다. 후르세비차에서, 즉 카르스트에 있는 모든 다른 마을처럼 개천 없는 마을에서 돌로 된 성(聖) 네포묵 입상(立像)을 보았다. 그 상은 다른 곳에서는 대개 다리 곁에 있었다. 코멘의 영화관에서는 영화를 보고 달이 비치는 밤거리로 나왔다. 배우 리차드 위드마크가 결투를 벌였던 모자베 사막보다 더 밝고 더 조용한 콘스탄예비차의 밤나무 숲에서 길을 잃었다. 그곳은 유일하게 카르스트의 키 큰 나무들이 자라고 있고 또 걸어 갈 때 발목 깊숙이 지난해에 떨어진 나뭇잎이 바스락거렸고, 과일껍질이 와삭거리는 소리는 세상의 어떤 소리와 비교할 수 없었다. 테미차에서 어떤 문을 지나갔다. 그 문을 지나자 들길은 초원과 황야로 뻗어 있었다. 나는 토마예에서 슬로베니아의 시인 스트렉코 코소벨의 상갓집 앞에서 허리를 굽혀 인사를 했다. 그는 어렸을 적에, 그가 사는 지역의 소나무들, 바위들, 조용한 길들의 건강함을 찬양했고, 그곳에서 출발하여 전쟁 말기에 ─ 외국의 군주국 종말과 유고슬라비아가 건국될 때 ─ 수도 류블랴나로 이사를 왔다("곤경에 빠져"). 그곳에서 그는 내가 아는 웨이터의 형으로, 내가 아는 병사의 형으로 새로운 시대의 선언자로 활약했다. 그리고 그런 것을 위해 오랫동안 부끄럽지 않게 카르스트의 '평온('티신나'의 명사)'을 위해 대단히 열성적으로 활동했고 ─ 그의 쫑긋 세워진 귀를 보라! ─ 그다음 곧 생을 마감했다.

아메리카 인디언 노파는 당시 나를 숙박시켜 주었고, 죽어버린 이웃 마을의 대장장이 아들 취급을 했다. 나는 그녀의 착오에 대해 굳이 해명을 하지는 않았다. 그녀의 말투가 너무 확실했기 때문에 나를 누군가 다른 사람으로 취급하는 것이 오히려 기뻤다. 그래서 나는 오랜 시간이 지나서야 마침내 그녀 앞에서 나의 본 모습을 이야기하게 되었다. 나는 카르스트에서 나의 어린 시절 사건들을 이야기했다. 그에 대해 노파는 마치 들어보지 못한 것에 대해서 믿어야 할지 놀라워하면서 머리를 흔들거나 끄덕였다. 그리고 나의 장난스런 이야기를 즐거워했다. 물론 그것은 자세하게 개별적인 것에서 출발해서 모순 없고 감흥이 넘치지 않으면 안 되었다. 그와 같은 꾸민 이야기는 내 기쁨의 일부였고, 여기서 자유로움도 동시에 왔다.

노파는 내가 어렴풋이 알거나 알아낼 수 있는 첫 번째 인간이었다. 나는 부모에게 항상 '너무 진지했거나(어머니)' 혹은 '너무 세상 물정을 모르는(아버지)' 존재였다. 누나는 나를 단지 그녀의 정신착란의 비밀스런 동맹자로 보았다. 그녀의 두 눈은 만날 때마다 자주 소심함으로 굳어 있다가, 내가 그녀를 마침내ㅡ그것은 항상 이루어지는 것은 아니었다ㅡ자연스럽게 웃음 짓게 하였을 때 비로소 풀어졌다. 모든 것을 이해하는 선생님도 한번은 내가 학급 소풍 때 이유 없이 들판을 가로질러 숲으로 돌진해 갔을 때, "꺼져버려라! 혼자서!"라고 말씀하셨다. 내가 돌아왔을 때, 처음과는 다른 음성으로 최종판결을 언도했다. "필립, 너는 옳지 못한 일을 했다." 리파(독일어로는 '린트')라고 부르는 마을에서 카르스트 인디언 노파는 그와 반대로 그 젊은 남자에게 첫눈에 신뢰감과 감동을 주었다. 2~3일 후 노파의 집에서 그가 끊임없이 자신을 무시("나는 결코 무엇이 될 수 없다")하는 것에 대해 정색을 하며 반박을 했다. 그것은 놀랍고도 명백한 해방선언이었다. 노파는 오늘날도 나에게 용기를 주고 나를 보호해 준다. 노파는 또 내가 어떤 단어로 입을 벌리기 전에 유머를 이야기하는 사람이었다. 집에서 나는 자주 어머니에게 웃는 것을 못하게 했다. 왜냐하면 음탕한 이야기를 하는 남자들의 사회에서 여자들이 연달아 키득거리는 웃음을 생각했기 때문이다. 그리고 동급생들에게서 나는 놀이 방해꾼으로 취급을 받았다. 왜냐면 재치 있게 이야기를 시작해서 요점을 이야기하려는 순간에 나는 식탁에 긁힌 자국이나 화자의 웃옷에 단추가 떨어졌음을 가리키며 흥을 깨곤 했었기 때문이다. 단지 그 노파만이, 우리 둘은 한번 오래도록 같이 있었는데, 나에 관해 200년 전의 대화에서처럼 삼인칭으로 말하면서, "그는 정말이지 재미있는 인간이다!"라고 놀라서 외칠 수 있었다. 그것은 매번 나의 작고 우연한 발언들 가운데 하나였으며, 보고 듣는 나의 태도는 하숙집 노파를 만족시켰다. 노파는 나에게 항상 명랑하고 활기차 보였다. 그것은 어떤 배우가 아주 침착한 그의 관객으로부터 받는 그런 것이었다―소위 말하는 유머는 행복한 재치 외는 아무것도 아니란 말인가? 한번은 훗날 내가 출발하기 좀 전에 우리 둘이서 부엌 식탁에 앉아 내가 말없이 밖의 마당을 바라보았을 때, 노파는 나에게 무언가 다른 것, 즉 반대되는 것이나 추가적인 것을 이야기했다. 나의 내면에는 격렬하고 남모르게 뜨겁고 외부를 향해 힘차게 치밀어 오르는 절박한 울음 같은 것이 있었다. 그것이 아니라면, "분노도 할 수" 있고, 그것이 나의 강함을 결정할 수도 있었다. 노파는 덧붙여 말하길, 어느 날 리파의 어두운 교회에서 어떤 남자가 혼자 우뚝 서서 부드럽고 힘찬 목소리로 찬송가 부르는 소리를 엿들었는데, 그것은 아주 특별했다고 했다. 그 남자는 손바닥으로 두 눈을 가렸다고 했다. 노파가 그다음 나에게 그것을 재연해 보이기 위해 일어섰을 때 우리는 정말이지 그 자리에 없는 남자를 생각하고 눈물이 핑 돌았다.

  때때로 나는 노파의 일을 도와, 작은 가족용 돌리네로 같이 가서 경작을 했다. 우리는 그곳 붉은 땅에서 첫 감자를 캤고, 마당에서는 겨울을 위해 땔감을 톱질했다. 나는 독일에 있는 노파의 딸에게 날마다 편지를 써 주었고, 딸의 방을 하얗게 칠했다(마치 그녀가 언젠가는 그곳으로 돌아올 것처럼). 나는 아래쪽 돌리네에서는 소금기가 밴 땅을 말리는 바람이 불지 않는다는 것을 알았다. 집에서처럼 나는 신체적인 일을 우선 극복해야 했고, 부지런히 일하면서 그저 빨리 끝났으면 했다. 나는 다른 때보다도 일을 서툴게 했다. 그러나 노파는 아버지와는 달리 나에게 휴식을 허용하면서, 내가 일을 잘못했다는 것을 깨닫게 했다. 일해야 하는 그 순간에 내가 어떤 모습이었으며, 어떻게 움직였는지를 이야기해 주었다.

  노파는 내가 전부터 즉석에서 할 수 있도록 일과 마주 서 있는 것이 아니라 멀리 떨어진 구석에 서 있다가 불려오게 된다는 것을 지적해 주었다. 일에 대한 나의 부끄러움은 사실은 거절하기 위한 불안감이었다. 다른 사람에게 도움이 될 수 없다는 두려움만은 아니었다. 빈둥빈둥 서서 방해가 되고, 엇갈려 오고 가면서 고생은 배가 되고 또 잘못된 조력으로 마침내 하루의, 어쩌면 심지어 전 여름기간의 일이 파괴되는 것을 두려워했다(얼마나 자주 아버지는 작업장에서 나를 욕하면서 소리쳤던가, 그리고 내가 망치를 가지고 일을 시작하자마자 두말없이 그곳에서 내쫓아버렸다). 내가 일을 서로 연결해서 처리해야 했을 때, 나는 그것을 무리하게 했다.

내가 무언가를 분리해야 했을 때, 나는 그것을 찢어버렸다. 내가 무언가를 차근차근 잘 넣어야 했을 때, 나는 그것을 우격다짐으로 밀어 넣었다. 내가 누구와 함께 톱질을 했을 때, 나는 리듬을 찾지 못했다. 나는 받아야 할 기와를 받지 못하고 허공으로 떨어트렸다. 장작더미는 내가 등을 제대로 대지 못하자, 미끄러져 버렸다. 비록 빨리하는 것이 문제가 아니었는데도, 나는 너무 서둘렀다. 그것은 활기 있게 일하는 것으로 보이긴 했지만, 한 동작 한 동작을 차례차례 신중하게 해치웠던 내 옆 사람이 매번 나보다 일을 빨리 완료했다. 내가 모든 것을 동시에 하려고 원하면, 모든 개별적인 일은 불균형 속에 빠져들었다. 나는 작업하는 사람이 아니라 서투른 사람이었다. 나는 기껏해야 곁에서 붙잡는 조수 정도였다. 다른 사람이 한번 행동할 때, 나는 너무 자주 내 대상물을 손으로 어설프게 잡았기 때문에 그것을 상하게 하거나 깨뜨리거나 했다. 내가 도둑이었다면, 나는 가장 작은 물건에 수없이 많은 지문을 남겼을 것이다. 내가 유익한 일을 해야 하는 그 순간부터 나의 시선은 굳어지고, 다른 것에, 특히 나의 행동에 더 이상 신경을 쏠 수가 없었다. 맹목적으로 나는 나에게 위임된 일을 자주 생산품이나 도구 할 것 없이 부서질 때까지 흔들거나, 잡아당기거나, 뒤집거나, 밟거나, 휘두르거나 했다. 나는 세간에 떠도는 잘 모르는 일에 관해서, 심지어 낫이 풀 베는 소리나 바퀴 달린 바구니 속 상자에서 감자가 덜커덩거리는 소리에 무감각했다. 잘 들렸지만, 그러나 내가 가장 좋아하는 소리, 즉 이 나무에서 저 나무로 울려 퍼지는 서로 다른 쏴아 소리로는 받아들일 수가 없었다. 지시하는 것이 보다 용이할 수 있었다—"우유 가게로 양철통을 운반하라!", "내가 아마포를 팽팽하게 늘리는 것을 도와라!"—나는 그럴 때 그 즉시 숨을 멈추고 그 일에 달려들었다. 얼굴이 벌게졌다. 입을 벌리고 헉헉거렸다. 내 몸은 걸어가거나, 읽거나, 배우거나 혹은 그저 조용히 그곳에 앉아 있는 것같이 더 이상 일체가 아니었다. 몸통은 배와 일체감을 상실했고, 허리 굽힘은 더 이상 버섯을 수집하거나 사과를 집어 올리는 것처럼 유기적이 아니었고 꼭두각시처럼 즉석에서 꺾었다.

무엇보다 나는 카르스트-인디언 노파와 함께 일하면서 그녀를 돕도록 요구될 때, 내 어려운 문제가 이미 시작되었음을 알았다. 그리고 그때까지 모든 일에 준비를 위한 시간이 충분하기를 원했다. 나는 준비하는 대신 즉각 방어하는 자세로 내 몸의 손과 팔을 비틀고, 심지어 발가락을 구두 속에서 비꼬았다. 내가 신체노동을 피하는 것은 양친의 모습에서 온 것이 아닌가 하고 자문했다. 아버지의 초췌한 가슴과 꺾인 무릎을 어머니의 무거운 엉덩이와 같이 어려서부터 이미 부끄러워하지 않았던가? 그 부끄러움은 그다음 마지막 두 학년에서 변호사들, 건축가들, 의사들 그리고 그들의 부인들을 보면서 더욱 심해지지 않았던가? 비록 그들이 아주 공손하게 자녀들의 발전을 물었다 해도 모두가 좋은 풍채와 기품이 있었다.

내가 어떻게 일했고 어디에 나의 어려움들이 근거하고 있는가 하는 인식이 이제는, 내가 하루하루 품팔이하는 일에서 더 많은 즐거움을 찾을 때까지, 일하는 방법을 가지런히 정리하는 데 도움을 주었다. 나는 노파를 주시하면서 내가 하는 일들을 중단하는 것을 배웠다. 일 진행이 처음에는 정말 정글처럼 혼잡스러웠는데 점점 밝아졌고 나의 작업 영역은 하얀 벽과 붉은 땅으로 여러 색깔로 보였다. 붉은 땅, 내가 한때 그 흙을 한줌 쥐고 고향으로 갔을 때, 나에게서는 심지어 흙냄새가 났다.

나는 스스로에게 명령했다: 아버지로부터 떨어져라!

어느 날 하숙집 노파는 나를 마을 밖으로 불러내서 인접한 황야의 카르스트 농경지로 데리고 갔다. 돌리네 속에 들어있지 않은 드물게 보이는 경작지였다. 조그만 담벼락에 둘러싸여 잡초로 우거져 있었지만 도랑 기복은 아직 뚜렷했고, 땅은 연한 붉은색을 띠고 있었다. 입구는 나무로 된 울타리로 폐쇄되어 있었고, 그 곁 담의 이쪽저쪽에 돌계단들이 사람 하나 갈 수 있는 횡단로로 나 있었다. 바닥에는 사각형의 빈 터가 있었는데, 그곳을 통해 빗물이 길에서 들판으로 흐를 수 있었다. 여기서 노파는 팔을 벌리고 다음과 같이 말했다. "To je vaša njiva!(이것이 그대의 밭이다!)"

나는 벽 위로 올라가 채소를 심은 지 얼마 안 된 것 같은 땅을 향해 허리를 굽혔다. 밭은 좁고 가운데는 약간 불룩했다. 뒤로는 서로 다른 다양한 과수나무들이 경계를 이루고 있었다. 노파는 단순히 잘못 생각한 것일까, 혹은 나를 즐겁게 만들려고 그런가, 아니면 그녀는 내가 첫눈에 이미 숙고한 대로 어리석은 사람일까? 내가 그녀에게 몸을 돌렸을 때, 그녀는 넓은 얼굴로 대단히 작고 매혹적인 소리로 어린 소녀의 웃음을 웃었다. 그것은 진심어린 웃음이었다.

인디언 노파뿐만 아니라, 마을에 있는 모든 사람들이 나를 오래전부터 아는 사람이거나 그의 아들로 취급해 주었다. 나도 그런 존재일 수밖에 없었다, 왜냐면 카르스트에는 아무도 낯선 사람이 오지 않기 때문이다. 오디세우스 왕이 자주 술에 취해 있었던 것처럼, 나 역시 그의 후계자로 형을 찾는 탐구과정에서 한번은 취한 사람으로 땅바닥에 누워 있었다. 집에서는 기껏해야 모스트(*포도즙.)를 마셨고, 그것도 목이 말랐을 때였다. 그래서 술을 잘 마시는 동급생들과는 거리를 두고 있었다. 그들 중 하나가 함께 간 비엔나여행에서 술에 취해 괴로워하다가 청소년 숙박소의 이층 침대에서 지독한 냄새를 풍기며 술을 토해 나에게 흘러들게 했던 적이 있었다. 알코올 냄새, 독특한 꿀꺽거림 그다음 일어나는 취한 사람의 변화는 나를 섬뜩하게 했다. 나는 포도주를 맛보듯이 홀짝홀짝 마셨다. 그러나 카르스트에서, 야외에서, 태양 아래서, 향기로운 바람 속에서 그 술은 스무 살짜리의—다시 무슨 말을 더하랴?—입에 끌리기 시작했다. 나는 마신 후에 잔을 입에서 떼었다가 또다시 한 모금씩 그렇게 마셨다. 그리고 첫 잔을 들 때 옆 사람과 연대감도 느꼈고 또 두 개의 저울 접시에서처럼 같은 무게로 흔들리는 동등함도 느꼈다. 나는 그것을 잘 알고 있었고, 기쁘게 소망했으며, 서로의 관계들을 꿰뚫어보았고, 여러 층으로 나누어진 거리감을 즐겼는데, 그것이 나에게는 정상의 세계였다. 방향을 돌릴 필요는 없었다. 왜 사람들이 '포도주'를 '알코올'로 비방하는지 이해하기 어려웠다.

내가 혼자 마실 때 그랬다. 그러나 함께 마실 경우—동료들이 텔레마쿠스(*오디세우스의 아들.)에게 달려왔다—나는 실제로 절제를 못했다. 나는 다른 사람들처럼 술잔을 단숨에 마시거나 비우지는 않았지만 술맛도 모른 채 마시면서 마지막까지 남아 있는 그런 사람이 되고자 했다. 어느 날 밤 닭이 새벽을 알리자 동료들은 모두 술에 취해 정신이 없었고, 그때 나는 자리에서 일어나 내가 생전 처음으로 술이 취했다는 것을 알았다. 두서너 걸음 가다가 쓰러졌다. 나는 잔디에 엎드려 얼굴을 땅에 대고 손가락 하나 까딱할 수 없었다. 그렇게 땅을 가깝게 느껴본 적은 지금까지 한 번도 없었다. 나는 땅 냄새를 맡았고 그걸 뺨에 느꼈고 땅 속 깊은 곳에서 지하개천, 즉 티마포가 쏴쏴 소리를 내며 흐르는 것을 들었고 그리고 마치 내가 무언가를 창조나 한 것처럼 말없이 웃었다. 그다음 사람들이 나의 팔과 다리를 들어 집안으로 운반하는 것이 내가 이룬 성과였다. 마침내 나는 오래도록 자립을 마음에 두고 살았으나, 술 때문에 어찌할 바를 모르고 있는 모습을 보였다. 나는 남몰래 자주 분노에 차 있었기에 아무도 가까이 오지 않았었는데, 이제는 거부하지 않고 도움을 받았던 것이다. 일종의 구출이었다.

다음날 사람들이 나에게 전날에는 나의 취기를 전혀 알아차리지 못했다고 이야기하는 것을 들었다. 또 내가 "대단히 엄숙하고 자부심이 강한" 사람으로, 두 눈이 "초롱초롱" 빛났으며, 모든 것을 마치 진실인 양 "발언"했었다고 말했다. 그리고 마지막에는 문법에 대해, 특히 '수동태'에 관해 말했는데, 그것은 슬로베니아 언어에서는 존재하지 않는, 그래서 슬로베니아 국민은 자신을 "고통의 국민"이라고 한탄하는 것을 중지할 것을 요구했다는 것이다.

그 당시 나는 또 처음으로 누군가가 죽는 것을 보았다. 나는 마을을 걸어가고 있었는데, 하마터면 어떤 부인에 의해 넘어질 뻔 했다. 그 부인은 문에서 황급히 나와, 길 위에서 고함을 지르며 구부린 무릎으로 마치 고통 속에 누워 있듯이 이리저리 뒹굴었다. 그 여자는 긴 의자 위에 뉘어졌으나, 머리를 뒤로하고 쭉 뻗어 버렸다. 나는 그녀의 마지막 숨소리 같은 그렇게 깊고 고통스러운 소리를 지금까지 들어본 적이 없었다. 죽은 자에게서 아직 잠시 동안 아래 입술이 점점 늘어지는 리듬 속에서 공기를 들어 마시는 것처럼 움직였다. 이 움직임 역시 굳어졌을 때, 나는 귀를 멍하게 하는 침묵 속에서 입술이 아직도 무슨 말인가를 하고 있으며 그 말은 사방으로 퍼져 나간다는 상상을 했다. 나는 그 낯선 여자를 안다는 생각이 들었다. 죽은 자를 위해 끊임없는 울려 퍼지는 로자리오 기도 때에 나는 두 눈이 감겨왔음에도 불구하고 그들과 함께 관 옆에서 철야를 했는데, 그것을 친족들은 당연시 여겼다. 죽은 자의 얼굴은 부드럽게 보였다. 그렇지만 수축되고 찌푸린 눈꺼풀은 아직도 고통을 나타내고 있었다. 내가 알지 못하는 이 죽은 자 앞에서 발견했던 진기한 경이감. 나를 그녀에게 가치 있게 증명하는 진기한 서약.

그리고 또 다른 성실의 서약으로는 스무 살짜리가 그 당시 카르스트에서 올렸던 '결혼식'을 들 수 있었다. 그것은 어느 일요일 미사 후에 벽으로 둘러싸인 음식점 넓은 마당에 흔들거리는 한 그루 뽕나무 아래서 일어났다. 서로 뒤섞인 작은 무리의 사람들이 휴일의 정장 차림으로 쾌활하게 마치 '평화 속을 걸어가는' 축복이 그들 모두와 함께하듯이 정문으로 들어 왔을 때, 나는 한 잔의 포도주를 마시면서 앉아 있었다. 아이들은 날리기도 하고 원을 그리며 뛰기도 했으며, 어른들은 서로 얼굴을 마주보며 끊임없이 대화를 나누었고, 한 남자가 다리 하나로 꼬마 소녀와 춤을 추었다. 그들은 잘 모르는 나에게도 당연하다는 듯이 남자들은 모자를 벗어 들면서 인사를 했고, 여인들은 미소로서 인사를 했다. 그리고 기다란 식탁에 자리를 잡았다. 그곳에는 더 많은 식탁보가 필요하게 되었고, 그것은 고원지대에서 불어오는 바람에 불룩하게 부풀면서, 시간이 흐름에 따라 포도주에 의해서뿐만 아니라 나무에서 떨어지는 오디

열매에 의해 연한 붉은색을 띠었다. 조용한 목소리로 이야기를 즐기는 이러한 모임에서 나는 한 젊은 여자를 보게 되었는데, 그녀는 말없이 눈도 깜박이지 않고 주의를 기울여 이야기를 듣고만 있었다. 마침내 그녀는 가볍게 고개를 돌려 나를 바라보았다. 그녀의 얼굴은 진지했고, 이야기를 듣고 있던 여인에서 말하는 여인으로 변했다. 상대는 나였다. 웃지도, 입술을 비죽거리지도, 움직이지도 않고 "당신이야" 하고 말하듯 나를 바라보고 있었다. 나는 놀라서 옆으로 고개를 돌릴 뻔 했다. 그렇지만 시선을 멈추고, 마음을 가라앉히고 내 자신도 진지해졌다. 그것은 너무나 강력한 충격이어서, 마치 내가 20년 동안 의식도, 영혼도 없는 무가치한 생활을 영위해 온 것 같았다. 여인의 두 눈을 마주하고서 이제야 세계가 나에게로 오는 것 같았다. 그것이었다. 그것은 세계를 뒤흔든 사건이었다. 그것은 내 부인의 모습이었다. 이 여인과 젊은 남자는 이제 결혼하게 되었다. 여러 생각을 가지고 단계적으로 격식을 갖춘 감격스런 마음으로 — "수르숨 코르다(마음을 드높이)!" — 카르스트 태양과 해풍에 의해 인도되는, 그리고 두 사람이 알고 있는 예식으로, 진중한 태도와 경외심을 가지고 말이나 몸짓 없이 서로를 마주보며 여기 이러한 이야기 외에는 어떠한 증인도, 어떠한 서류도 없이 결혼했던 것이다. 눈과 눈을 마주보며 서로 밀고 당기며 너는 내가 되고, 나는 네가 될 때까지 그렇게 한 사람이 다른 사람과 가까워졌다. 뽕나무 아래서 흠모의 대상이 된 여인. 그대는 단 한사람의 여인으로 남아 있다가, 나에게로 넘어 왔다. 나의 여자로.

나는 이 기간에 실종된 형의 얼굴을 두 번에 걸쳐 알아보았다. 철길이 뻗어나간 터널에서 그날 밤 나는 한 장소가 다른 명칭에 의해 비로소 진짜 의미를 갖는다는 것을 배웠다—선구적 터널이 고문 터널로—그래서 나는 지금 형의 편지들에 특별히 언급된 카르스트 마을들을 피했다. 이웃 마을들을 탐구하다보면 이 마을들에 관해서 보다 분명한 모습을 그릴 수 있다고 믿었기 때문이다. 이름들이 날마다 귀에 울렸지만, 언제나 부근 마을로만 갔었다. 그렇지만 어린 시절의 장소들은 내가 실제로 발을 들여 놓았던 그 장소들보다 훨씬 더 강력한 빛을 발하지 않았던가? 예를 들면 야운펠트의 동쪽 끝에는 성(聖) 루치아라는 작은 마을이 있었는데, 그곳에는 유일하게 교회가 하나 있었고, 양친이 결혼한 곳이어서 자주 언급되었던 곳이었다. 나는 그곳에 직접 가본 적은 없었고, 주변만 빙빙 돌았다. 나는 성 루치아라는 마을에 관해 숲 속 깊은 곳에 있는 밭고랑이나 저녁 종소리 그리고 닭 우는 소리 외는 아무것도 아는 것이 없었지만, 집에서부터 걸어서 한 시간 정도인 그곳은 오늘날까지도 나에게 또 다른 새로운 세계가 시작되는 곳 같았다. 그래서 나는 그와 비슷한 이웃 마을 어느 음식점 앞에서 햇살이 비치는 시간에 형이 마당 입구로 들어오는 것을 보았다. 그는 혼잡함 속에서 나타났다. 교구에서는 교회 헌납식 축제가 벌어지고 있었고, 카르스트 고원지대로부터 많은 사람들이 순례를 왔기 때문이다. 형은 정말 들어왔던가? 아니, 그는 단순히 그곳 입구 아래, 문지방 위에 서 있었다. 그리고 많은 사람들이 들어오고 나갔지만, 그의 주위로는 빈 공간이 형성돼 있었다. 그 공간은 나에게 보는 순간과 함께 그의 시간, 즉 세계대전 전의 시간을 반복했다. 형은 그의 스무 살짜리 동생보다 더 젊었고, 이제 막 그의 젊은 날의 마지막 축제를 보내고 있었다. 그는 소매를 넓게 접어 만든 저고리를 입고 있었고, 내 모습은 안중에도 없었다. 그의 두 눈은—그는 양쪽을 보았다—깊은 공허에서 벗어나 끝없는 동경에 잠겨 있었다. 나는 동행자들 사이에 앉아 있었지만, 동시에 확실한가를 확인하기 위해 일어났다. 형의 두 눈은 진한 검정색으로 그것은 여름날 도처에서 피어나는 라일락의 검정 열매 색깔이었으며, 활기차게 반짝거렸다. 우리는 움직이지 않고 서로 간격을 두고, 도달하기 어렵게, 말을 붙이기 어렵게, 슬픔, 냉정함, 경솔함 그리고 고독 속에서 하나가 되어 마주 서 있었다. 나는 이마에 태양과 바람을 느꼈고, 어두운 통로의 양편에 수도사의 사진을 든 축제 행렬을 보았고, 그 해 중반에 나는 형을 경건한 선임자, 젊은 순교자, 그리운 사람으로 가슴깊이 새기게 되었다.

다른 한번은 나에게 형 그레고르를 이야기해주는 텅 빈 침대를 보았다. 나는 여러 번 카르스트 열차를 타고 가거나 혹은 독특한 작은 역들에서 체류하기도 했다. 이들은 실제 마을에서 멀리 떨어진 황야에 존재했고, 자주 오솔길로 지시표도 없이 도달할 수 있었다. 어두운 밤에 우연히 안내를 해주는 현지인과 함께 느릿느릿 길을 더듬어 가면 많은 간이역들을 발견할 수 있었다. 기차가 도착하기 직전에는, 비록 내가 자주 유일하게 열차 기다리는 사람이었음에도 불구하고, 전 지역이 밝아졌고 그리고 멀리 있는 다양한 시설들, 공장의 크기와 저택의 모습들이 보였다. 즉 흰 자갈밭, 히말라야 삼나무 아래 분수들, 밝은 청색으로 좋은 냄새가 나는 등나무 작은 가지들 속에 화려한 건물 전면, 방패모양의 맹창 등이었다. 여기에도 역시 꼭대기 층은 사람이 살고 있었다. 그리고 역무원이 아래쪽 좁은 사무실의 반짝이는 계기판 앞에 마치 우주로켓 캡슐 안에서처럼 앉아 있었다. 거기서 일하는 여자가 역무원의 머리맡에서 창문들을 지나 방들을 통해 걸어 나갔다. 황야의 정적 속에서 늘 반복되는 날카로운 전화벨 소리, 그리고 명령적으로 질서를 명하는 종소리. 선로 구간들은 거의 언제나 협곡(峽谷)에서처럼 카르스트 암석에 깊이 깎여 들어가 있었다. 그리고 가까이 다가오는 기차들의 떨거덕거림과 덜컹덜 컹하는 소음들은 굴속에서 울리는 철길의 소음과 일치했다. 정거장에서 종소리에 이어 강력한 덜거덩 소리가 황야로 울려 퍼졌다. 그래서 기차가 다음 순간에 바위 동굴에서 재빨리 빠져나오는 것 같았다. 협곡으로 가는 많은 길들 가운데 하나로 다시 사라졌다가, 귀가 잘못 듣지 않았나 하고 생각할 때, 새롭게 예상치 않았던 방향에서 한참 뒤에야 기차가는 소리가 들렸다. 그것은 출항하는 외국행 기선의 카랑카랑하고 규칙적으로 반복되는 경적소리 같았다. 그리고 마침내 뒤쪽 어둠 속에서 카르스트에 바퀴 구르는 소리가 휘파람 소릴 내면서, 윙윙거리면서, 떨림소리를 내면서, 강력하게 울려 퍼지면서, 기관차 앞면에 삼각형 불빛이 보이다가, 점점 더 가까이 오면서 사라졌다. 육중한 검은색 차량들을 달고 화물열차는 숨 가쁘게 통과하고 있었다. 다양한 길이의 차량들, 막대가 세워진 짐 싣지 않는 차량들이 무한이 긴 혁대의 모습으로 묵직한 두들김소리, 쇠밍치소리, 철써거림 그리고 북치는 소리를 내면서 적막 속에 강철의 흔적과 높은 아우성 소리를 뒤에 남겼다. 마치 인간 세상은 이겨내기 어렵다는 듯이.

  그와 같은 밤에 나는 어떤 카르스트 역에서 마지막 열차를 기다리고 있었다. 아직 시간이 많이 남아 있어서, 나는 히말리아 삼나무 옆 잔디밭에 앉거나, 자갈 위를 이리저리 걸어 다니거나, 대기실 책상 옆에 놓인 지팡이로 나뭇결무늬를 그렸다. 또 초록 줄이 그려진 철제난로를 바라보기도 했다. 난로에 연통은 없었다. 밖의 별빛아래 박쥐의 그림자 모습이 보였다. 언제나처럼 따뜻한 저녁이었다. 등나무 향기가 라일락 향기보다 유연했다. 나는 오스트리아 수도 비인과 이탈리아의 국경도시 트리에스트 선로구간을 슬로베니아에서 지하로, 즉 카르스트 동굴의 굴착으로 통하게 하려 했다는 황제시절의 계획을 회상했다. 이리저리 걸으면서 불빛이 비치는 어느 지하실 창문 곁을 지나갔다. 그곳은 이전에 내 눈에 띄지 않았던 곳이다. 나는 허리를 굽히고 아래 넓은 장소 안을 들여다보았다. 책들이 쌓인 벽과 침대가 사람이 살 수 있게 설치되어 있었다. 침대에는 시트가 깔려 있었고, 덮개는 사용자를 위한 것처럼 정돈되어 있었다. 베개 위에 침실용 램프의 둥그런 불빛. 그곳은 도망병이었던 형이 숨어 살았던 곳이 아닌가! 나는 고개를 돌려 건물 층에서 위쪽으로 높은 창문들 가운데 하나에 어떤 여인의 실루엣을 보았다. 그녀는 형을 돌보아 주었으며, 그는 그녀의 집에서 안전했다.

나는 내 목적을 알았다. 나는 형 찾는 것을 생각지 않았고, 그에 관한 이야기를 하고자 했다—또 다른 기억이 나에게 떠올랐다. 즉 형 그레고르는 전선에서 보낸 편지에, 모두가 그리워하는 목적지로서 전설의 땅을 언급하고 있었는데, 그 땅은 우리 슬로베니아 선조들의 언어에서는 "동경의 땅"으로 불렸다. 다음과 같은 문장에서 "우리는 어느 날 동경의 땅에서 동경하는 왕과 결혼식을 올리려고 가는 멋지게 장식을 한 부활절 밤의 경쾌한 사륜마차에서, 모든 것을 다시 발견할 것이다: 신이여, 나의 소원을 들어 주소서!" 그의 경건한 소망을 나는 이제 현실에서 저술(著述)하는 일로 전용할 수 있다고 확신했다. 나는 정거장 지하실의 빈 침대를 묘사한 것처럼, 세기 전환기에 비인의 광학기계 제작자에 의해 만들어진, 정거장 정면에 있는 온도계, 그 옆에 세발짜리 나무로 된 등받이 없는 의자, 대기실의 포도 넝쿨로 된 장식무늬 그리고 우리 가족이 사는 집안에서 귀뚜라미 울음소리를 묘사했을지도 모른다. 그러자 기다리던 기차가 도착했다. 황량한 지역을 통해 꼬불꼬불 구부러지면서, 먼 곳 천둥소리처럼 들리다가 점점 가까워지면서 요란한 바퀴소리 그리고 협곡에서 둥글게 휘어지며 비치는 조명등 불빛과 함께 기관차가 마침내 정거했다. 힘차게 식식거리는 거대한 덮개 그리고 코를 골거나 글자 맞추기 퀴즈를 풀거나 뜨개질을 하면서, 도시에서, 바다에서, 외국에서 집으로 돌아오는 사람들로 점령된 차량들의 접합점과 틈새들이 내부의 작은 등불에 의해 비쳐보였다.

그 당시 카르스트에서, 낮이나 밤이나 깨어있는 순간들이 그렇게 밝았다면, 꿈은 그렇게 어두웠다. 꿈은 나를 상상의 천국에서 추방했고 지옥으로 밀쳐 버렸다. 나는 모든 사교모임에서 벌 받은 자와 악한 자를 혼자 겸하게 되었다. 나는 잠자는 것을 두려워했다. 모든 꿈은, 집이나 나의 가족들이 아닌, 내 죄를 주제로 한 것이었다. 나는 꿈속에서 늘 넓은 대지를 보았지, 사람은 결코 보질 못했다. 그리고 넓은 대지는 폐허였고 지붕은 집안으로 쓰러졌고, 정원은 빠른 속도로 미끄러져 가는 뱀들과 함께 잡초만 무성했다. 번번이 나는 타락한 사람으로 잠을 깼다. 심지어 낮의 태양, 따스한 해빙바람, 걸어감, 내 작은 방의 창 밑 마당에 쌓여있는 메마른 양파더미들은 낚시그물을 생각게 하면서 시간과 함께 그들의 힘을 잃어 갔다. 그리고 나는 순간순간 고향으로 서둘러 가겠다는 결심을 했다.

나는 유고슬라비아 여행의 마지막 정거장으로 가는 길에서 비로소 안식을 얻었다. 나는 형의 학교를 찾아보기 위해 마르부르크, 이곳 명칭으로는 마리보르로 갔다. 찾는 일은 그러나 불필요했다. 전쟁 전 사진에 의해 나에게 익숙한 예배당을 가진 언덕이 벌써 기차에서 보였다. 또 주변도 25년 전에 비해 변화된 것은 아무것도 없었다. 파괴된 것도 없었고, 새로 건축된 것도 없었다. 붕괴된 것은 색칠이 된 커다란 벌집이었고, 과일 나무들 사이 잔디밭에 있는 잡다한 작은 상자들이었다. 나는 넓고 바람이 잘 통하는 녹지를 돌아 다녔고, 본관건물 앞에서는 종려나무의 부채꼴 잎, 포플러 나무의 가지들 사이로 넝쿨을 내려뜨리고 있는 머루나무, 부드러운 너도밤나무 껍질에 무성하게 자라는 원시세포들, 옆 건물의 현관문을 향해 올라가는 많은 계단들을 관찰했다("그곳에서 그는 저녁에 다른 사람들과 함께 앉아 있었다"). 그리고 나중에 나는 이러한 작업, 이러한 농장, 이러한 모범적인 땅이 나의 기숙학교였으면 하고 소망했다. 나는 다시 허리를 구부리고 무엇인가를 가져가기 위해 주워 모은다는 심정으로 포도밭 언덕을 올라갔다. 그와 더불어 발밑의 흙더미는 점점 더 높아졌다. 간직하라! 간직하라! 간직하라! 편암질 토양의 산맥에는 석탄 파편들이 포함되어 있었는데, 나는 그것을 파내어서 그걸 가지고 25년 후 오늘 하얀 종이 위에 떨리는 검은 줄을 그었다. 그대들은 이제 할 일을 했다.

예배당은 위쪽 암석층에 서 있었다. 아래쪽 농업학교는 무사한 반면 ─ 올리브나무 숲의 희미한 빛을 가진 나무 꼭대기들, 암호문처럼 무늬가 들어 있는 갈색 기와지붕들 ─ 그 작은 성전은 폐허가 되어 있었다. 그곳은 마치 지붕도 없고 사람이 살지 않는 내 악몽의 집 같았다. 돌로 된 제단은 깨어져 있고, 프레스코 벽화는 산 정상에 올라온 자들의 이름 낙서로 범벅이 되어 있었다(길가에 서 있는 십자가상의 푸른색 기둥을 보고 추측할 수 있었다). 십자가 아래로 땅에 떨어진 예수의 상은 목이 잘려 돌조각들 아래 파묻혀 누워 있었고 머리에는 가시 면류관 대신 철사 줄이 감겨 있었다. 입구는 나무뿌리에 의해 파손되어 있었다. 나 혼자만 서 있는 것은 아니었다. 젊은이 한 사람이 내 옆에 서서 팔짱을 끼고 깊이 숨 쉬는 소리를 들었다. 그리고 조금 후에 한 그룹이 지나갔는데 그들은 직장에서 소풍을 나온 사람들 같았다. 우연히 그들은 예배당 쪽으로 다가와 다리를 넓게 벌리고 서서 무심한 모습으로 폐허를 둘러보고, 기도하는 사람을 똑같이 무심한 시선으로 바라보았다. 그다음 계속 걸어가면서 조소라기보다는 미심쩍음과 당혹감에서 모두가 표정이 굳어 입술을 삐죽이는 미소를 흘렸다. 그때 나는 비로소 시대를 초월한 꿈속에서 빠져나왔다. 그리고 나는 이야기의 뚜렷한 상, 여기 이 땅의 뚜렷한 상을 갖게 되었다. 나는 어떤 이야기도 원하지 않았던 것이 아니라 어떤 다른 이야기를 원했던 것이다. 말없는 그 경건한 사람이 이야기의 구체적인 모습으로, 이야기의 백성으로 여겨졌다. 똑바른 자세로 마음이 깨어있고, 환한 표정으로 생각을 가다듬고, 동요됨이 없이 굳건한 자세로 순수하고 정정당당한 인물로.

　바깥쪽 정면에서 나는 형의 이름을 발견했다. 그는 이름을 가장 아름다운 글자체의 대문자로 회반죽 칠을 해놓았다. 아주 높게 칠이 되어서 당시에는 아마 받침대 위에 올라서지 않으면 안 되었을 것이다. GREGOR KOBAL. 그것은 학교를 떠나기 전날 일이었다. 적의에 찬 고향으로 다시 돌아왔을 때 그를 기다린 것은 연인 대신 낯선 언어였고, 세월과 함께 여기서 친구가 되었던 젊은이들을 그곳에서는 적으로 만나게 되는 전쟁이었다. 나를 둘러싸고 있는 정적. 풀밭에는 잠자리 한 쌍의 날갯짓에 의해 빗방울이 후드득 떨어지는 소리가 들렸다.

 이른 저녁에 나는 아래쪽 도시에 있는 드라우 강의 커다란 다리 위에 서 있었다. 내가 태어난 마을로부터 동쪽으로 100킬로미터 정도 떨어진 이곳은 다른 이름의 강이 되어 있었다. 고향에서는 둥근 계곡 속으로 가라앉아 야생나무 숲에 가려져 강변은 거의 접근할 수 없고 물은 소리 없이 흘러 여기 마르부르크에 나타났다. 그 강은 멀리 뚜렷하게 빛나는 평야의 물줄기로 빠르게 흐르면서 모래 해안 여기저기서 이미 흑해를 예감케 하는 독특한 바람이 느껴졌다. 형이 보았던 그 강물은 나에게 수많은 작은 깃발들이 펄럭이는 모습으로 풍요롭게 보였다. 철교 위를 달리는 열차의 실루엣들은 사라진 왕국의 맹창을 떠오르게 했고, 톱니모양의 기복을 이루며 흐르는 물결들은 텅 빈 가축길을 생각나게 했다. 전쟁 전과 다름없이 뗏목들은 차례차례로 강 하류로 흘러왔다. 저녁 퇴근시간이 되자 다리 위에는 점점 사람이 많아졌고 모두가 재빠르게 바람을 맞으며 움직이고 있었다. 가로등불은 하얀색으로 빛났다. 다리 옆쪽으로 해안 굴곡들이 보였다. 그때부터 나의 시선은 어느 곳에서나 다리 위에 서면 해안 굴곡을 찾았다. 등 뒤로 끊임없이 지나가는 사람들에 의해 내 발밑이 흔들리는 느낌이 들었다. 그래서 다리가 바람과 밤과 가로등과 통행인들과 더불어 나에게 익숙해질 때까지 나는 두 손으로 난간을 붙잡고 있었다. 그리고 생각했다. "아니다, 우리는 고향이 없는 것은 아니다."

 다음날 고향으로 가는 열차에서 나는 그것이 도주의 마지막 가능성인 양 칸막이 객석으로 비집고 들어갔다(더구나 앞차들은 운행되지 않았다). 낯선 사람들 사이에 끼어서 팔도 없고 다리도 하나뿐인 듯, 심지어 턱도 이웃사람의 턱과 부딪히지 않도록 하기 위하여 바짝 당긴 채였다. 시간이 지나면서 나는 마음속에 커다란 만족감을 느꼈다. 나는 사람들 사이에 뒤섞여 있었다. 그와 같이 같은 무리에 끼어 있다는 것이 심지어 유쾌하기까지 했다. 나만 그런 것은 아니었다. 어떤 남자는 억압적인 상태에서도 책을 읽고 있었고, 어떤 부인은 뜨개질을 하고 있었으며, 심지어 그 와중에 사과를 먹는 아이도 있었다. 국경선 앞에서 열차를 자신만을 위해 가진다는 슬픈 사치.

 오스트리아를 다시 보는 것이 기뻤다. 카르스트에서는 중부 유럽의 짙푸른 녹색이 부족하다는 것을 알게 되었던 것이다. 그것은 나에게 태어나면부터 익숙했던 것이다. '우리들의 산' 팻첸을 친근한 쪽에서 다시 바라보는 것이 더없이 좋았다. 특히 피곤함 속에서 혀를 깨물 것 같은 외국말로 몇 주일을 보낸 후 친밀한 독일어로 둘러싸여 있다는 생각이 들면서 기분이 좋았다. 그리고 평온함을 느꼈다. 블라이부르크 시(市)로 가는 국경역 길에서 나는 다양한 색깔의 구름으로 둘러싸여 해가 지는 하늘에서 보다 깊숙이 또 다른 하늘을 보았다. 그리고 이 공간은 후광 속에서 붉게 빛나고 있었다. 나는 나의 탄생지를 걸어가면서 마치 손님처럼 요구도 기대도 없이 주변 사람들에게 친절하겠다고 굳게 다짐했다. 나무의 꼭지들이 그의 어깨를 넓게 했다.

고향에 돌아온 자는 소도시에서 그곳 공동체의 바쁜 활동에 빠져들게 되었다. 그 공동체는 그가 없었던 동안에도 희생물을 찾으며 활동을 계속했던 것으로 보였다. 그런데 상상도 안했던 적이 다시 거기에 나타난 것이다! 이미 귀로에서 그들은 그를 자동차로 추월해서 다른 사람들에게 그가 오는 것을 통고했다. 그들의 기습대는 저녁 산보객으로 위장해서 그를 기다렸다. 어깨에 걸친 개(犬) 줄은 사실은 총의 멜빵이었다. 길모퉁이마다 들리는 휘파람 소리와 외침 소리는 포위 구실을 했다. 그러나 이날 그들은 적이라고 생각한 상대방에게 아무런 피해도 끼칠 수가 없었다. 그는 마치 어느 멀리 떨어진 나라에 관해 이야기하듯이 무관심하게 그들의 눈을 바라보았다. 그러자 그들은 그에게 본의 아니게 인사를 하거나 아니면 페스트 퇴치 기념 조각상 쪽으로 눈을 돌리거나 했다. 그리고 그들이 동물들을 향해 몸을 돌린 것은 어쩌면 주변이나 네 다리 친구들에 대한 불안에서 그랬는지도 모른다. 실제 도시로 들어가는 매 발자국마다 가슴속 심장에 뜨거운 분노를 느꼈고 동시에 격한 증오와 구역질이 일어났다. 나는 그들이 거기서 행진할 때나 으스대며 걷거나 총총걸음으로 걷거나 살금살금 걷거나 신발을 끌며 걸을 때, 또 그들이 차를 타고 앉아 서로 이를 드러내며 웃을 때, 또 나뭇가지의 삐걱거리는 소리나 나무벌레의 나무 갉아먹는 자연의 소리와 비교해서, 그들의 목소리는 심술궂고 화를 잘 내고 경건한 체하면서 하늘의 푸름과 땅의 녹색을 가치 없게 만들 때, 또 그들이 말했던 모든 단어들은 다른 것보다 더 애정이 없는 "운전 그만둬!"에서부터 "시(詩) 한 편 그리고 등등"의 말투일 때, 그들에게 불을 내뿜고 싶었다. 이들 동시대 사람들은 아주 말쑥한 사람들이었다. 이발도 단정히 하고 깨끗한 옷을 입고 모자와 단추 구멍에는 번쩍이는 휘장들이 달려있고 이런저런 냄새를 풍기면서 손톱을 다듬고 광택이 나는 구두를 신고 있었지만 (그때 그들의 사람 맞이하는 눈초리가 제일 먼저 나의 먼지 낀 신발을 보고 있는 것이 눈에 띄었다) 전체 모습은 솔직히 잘못이 있고 비난 받아야 할 추함과 꼴사나움을 가졌다. 그것은 악의에 찬 게으른 눈빛 때문에 그렇게 여겨졌다. 어쩌면 나의 상상인지 모른다고 생각했지만 그러나 멸시하는 듯이 쳐다보는 눈초리는 어쩔 수 없었다. 무기력한 분노 속에서 다음으로 급히 움직여 갔다. 스무 살의 나이에 되살아난 것은 이들 가운데 적지 않은 사람들이 한때 고문도 했고, 사람도 죽였고, 미소를 띠며 동의하기도 했다는 사실이었고 또 과거로부터 전해오는 것을 그들의 후손들이 사회에서 비판 없이 성실하게 수행하고 있다는 것이다. 이제 그들은 복수심에 불타는 패배자로 의기소침해서 너무나 오래 계속되는 평화 시대로 가고 있는 것이다. 그들은 온 종일 열심히 일했었지만 그 일은 그들에게 기쁨을 주지는 못했고 누군가를 감옥으로 보내거나 또는 엄중한 훈계를 주는 것으로 만족했다. 그토록 자신을 미워했고 현실에 대해서도 만족하지 못하고 있었다. 나에게는 솔식히 말해 내가 응답할 수 있는 그리스도의 눈빛에 대한 갈망이 있었다. 바보들, 병신들, 미친 사람들, 오직 이들이 정신에 활기를 주고, 고향을 노래하는 사람들이다. 그리고 다음에는 추적 받는 자들을 비유하는 존재로 소도시에 나타나서, 나를 진정시켰고 마을 사람에게 작은 땅을 넘어 초원, 항구, 바다를 가진 넓은 땅을 가리키는 동물이 있었다. 석양 속에서 갑자기 교외에 나타난 토끼 한 마리가 지그재그로 자동차와 보행자 사이를 지나 중앙광장을 비스듬히 가로

질러 달려갔다. 그리고 아무도 알아차리지 못하게 다시 사라져 버렸다. 토끼, 허겁지겁 쫓기는 문장(紋章) 무늬의 상징적 동물.

나는 그를 뒤따라 가다가 어느 초라한 집으로 들어갔다. 지금까지는 소문으로만 알고 있던 집이었다. 그 집은 술고래들의 집합지로서 악평이 나 있었다. 나는 그곳에서 시민군 몇 사람을 다시 만났다. 그들은 타락한 자와 탈선한 자들의 모습으로 변해 앉아 있었다. 그들은 마침내 민간인이 된 것처럼 가까이하기 쉽고 신뢰감을 주는 태도였다. 그들은 전쟁뿐만 아니라 무엇인가를 이야기하려고 애를 썼다. 나에게 기억나는 것은 그들에게서 진기하게도 유년시절의 달콤함에 대해, 도둑맞은 젊음에 대해 부드러운 찬미가와 비가를 들은 것이다. 그리고 나는 그들을 개별적인 존재로, 도망자와 내쫓긴 자로 보았다. 그들은 그들과 같은 사람들이 뒤섞여 있는 속에서 시간을 보내고 있었다. 그들은 고급 사교계에서가 아니라 여기 떠들썩한 모임에 받아들여지기를 꿈꾸었던 사람들이었다. 떠들썩한 모두가 뒤섞여 어지럽게 이야기를 했지만 나는 모든 단어를 이해할 수 있을 것 같았다. 담배연기가 자욱한 이 집에서 나에게 중요하게 와 닿는 모습은 개인 개인이 보이는 방종과 공동의 절박한 진지함이 혼합되다가 정돈되는 것을 조망할 수 있는 질서의 모습이었다. 여종업원이 가는 곳은 자리가 생겼고, 요리사의 팔은 김이 구름처럼 피어오르는 속에 요리접시를 쭉 내밀었다. 카드를 뒤섞을 때 나는 소리는 개의 귀 흔드는 소리나 새 날개가 퍼덕이는 소리를 생각나게 했고 주사위가 굴러가는 소리는 음악을 대신했다. 전화벨이 울릴 때마다 모두가 불러주길 기대하며 고개를 번쩍 들었다. 카운터 뒤의 여주인은 아무것도 놀랄 것이 없다는 눈빛이었다. 이 지방에서 몹시 낯선 농부아낙 한 사람이 안으로 들어와 식탁 위에 그녀의 아들을 앉히고 그 옆에 방금 빤 빨래 보따리를 놓고 술 한 잔을 시켰는데, 그걸 마시느라 오랜 시간을 보냈다. 내 곁의 사람은 내가 누구냐고 묻고 대답을 듣기 위해 귀를 기울였다. 우리는 어깨를 나란히 하고 서 있었다. 뒤쪽으로는 채소밭이, 앞쪽으로는 자동차들이 소리 내며 지나가는 모습이 보였다. 또 마치 이름 없는 자유로운 대도시에서처럼 어두운 버스가 밝은 버스를 추월해 달리는 모습도 보였다.

사람 없는 평야, 달은 없고 별만 가득한 하늘아래서의 귀향길. 내가 오랜 기간을 떠나 있다가 다시 마을로 돌아 갈 때면 언제나 가슴이 뛰었다. 바로 축제 같은 기분이 들었다. 그 장소는 자석처럼 나를 끌어 당겼지만, 나는 마음속으로 허둥대지 말자고 다짐했다. 밤은 이 지역에서는 드물게 온화했고 유일한 소리로는 여기저기서 개 짖는 소리가 들렸는데, 그것은 어느 곳에도 대규모의 농가가 없었음에도 불구하고 규모가 큰 농가를 생각나게 했다. 별은 너무 많고 심지어 소용돌이 모양 흩어져 있어 개별 모습들은 서로 뒤섞여 분간할 수 없었고 총체적으로 지구를 덮어 가리고 있는 우주도시를 상상하게 했다. 은하수는 그의 주요 교통로로 보였고 주변의 별들은 해당 공항의 활주로를 장식하고 있었다. 전체 도시가 이미 환영 준비 완료. 나는 에베레스트 산보다 곱이나 더 높은 화성에 있는 산과 그에 매달려 있는 하늘나라 취락지의 지류를 생각했다.

다시 지구로 돌아와 멀리서부터 링켄베르크 마을의 불빛이 비치는 몇몇 창들이, 이름이 같은 어두운 링켄베르크 산으로 들어가는 것을 허락하는 것처럼 나타났다. 이것은 마치 선사시대의 움막이 현대의 주거단지로 변모된 것 같았다. 두꺼운 책이 든 선원용 자루를 매고 고생스러웠던 나는 장소의 경계를 나타내는 우유진열대가 있는 삼각형의 길을 만나자 기뻤다. 만약 자루가 없었다면 나는 공중으로 훌쩍 뛰었을 것이다. 지붕들 위에, 특히 비바람에 낡은 지붕 널빤지 위에 비치는 은빛 광택 속에서 그들은 탑을 향해 허리를 구부렸다. 도로 수선공으로 보이는 사람이 수위실 문 옆에 서 있었다. 그는 약간 동요하는 목소리로 응답을 기대하지 않고 나에게 인사를 했다. 그 소리는 아주 멀리 떨어진 곳에서처럼 울려 퍼졌는데, 높은 첨탑에서 회교사원의 기도시간을 알리는 의식적(儀式的)인 독촉의 울림을 가졌다. 도로에서 멀리 떨어져 과수나무 가로수 끝에 있는 장소에 마을의 어느 한 가족이 긴 의자 위에 말없이 무릎을 맞대고 앉아 있었다. 마치 인간세계에서 볼 수 있는 여름밤의 이상적인 모습 같았다. 나는 묘지 쪽으로 길을 돌아갔다. 새로 쌓아올린 무덤은 없었다(내가 훗날 귀향 때도 항상 그랬다). 우리 집으로 가는 길에서 이웃 여자가 말없이 팔을 반쯤 올리고 내 옆을 지나 달려갔다. 속수무책의 낙인이 찍힌 모습. 나는 내 귀에 들리는 쏴쏴 소리가 여인숙의 환풍기 소리인지 아니면 나의 기분에서 온 것인지 구별할 수가 없었다.

　우리 집에는 모든 공간에 불이 켜져 있었다. 밖에 있는 의자 위에는 누님이 혼자 앉아 있었다. 그녀의 시선은 들어오는 사람을 알아보았지만, 인사를 하지는 않았다. 얼굴은 절망 속에서 너무 순수하게 보여 나는 그것을 축복으로 생각했다. 나는 죽어 가는 어머니에 대한 비참함보다는 10년도 넘게 소식 없이 행방불명이 된 애인에 대한 슬픔이 보다 더 컸을 거라는 것을 이해할 수 있었다. "비탄에 잠긴 무희(舞姬)." 스무 살짜리는 이보다 더 아름다운 여인의 모습을 본 적이 없었다. 나는 누님의 얼굴에 나타난 불행을 따뜻한 키스로 위로해 주고 싶었다. 그리고 이런 기막힌 일이라니! 하는 연민의 정이 일었다. 그러나 그녀는 무감각했다.

산울타리 나무 아래로는 배들이 수확이 안 되고 썩은 채 쌓여 있었다. 나는 창문 곁으로 가서 방 안 침대 위에 누워 있는 부모님을 바라보았다. 그들은 나란히 비좁게 잠들어 있었다. 아버지는 다리 하나를 어머니의 엉덩이 위에 올려놓고 있었다. 그들은 이리저리 구르면서 자고 있어서 나는 이 얼굴 저 얼굴을 교대로 보았다. 완고한 아버지는 언젠가 한번 무력감으로 의기소침해서 어깨에 밝은 색 붉은 외투를 걸친 채 어머니의 가슴에 머리를 묻고 서 있었는데, 그것은 그가 부활절 밤에 걸치고 교회바닥에서 몸을 쭉 뻗고 엎드려 기도를 했던 외투였다. 그리고 어머니는 주검에 대한 공포로 두 눈이 휘둥그레져서 남편을 포옹함으로써 삶이 유지되길 원했다―수년 후 나는 따뜻한 태양이 비치는 침대 자리에 아주 잘 자란 고무나무를 발견했고, 한때의 아픈 구석을 기억했고, 그것을 비로소 올바르게 느꼈고 그리고 뻗어가는 장식용 덩굴식물이 몸이 쇠약한 인간에게 자신을 양보하게 될 그 순간을 미리 보았다.

나는 태어났다는 것을 그들에게 감사하며, 내가 사랑했던 두 사람에게 돌아갈 수 있을 때까지 백 번도 더 밤중에 집 앞에서 이리저리 서성거렸다―그리고 나는 아직도 따뜻하고 크고 텅 빈 두 손 외에는 인생에서 어떤 다른 모습을 부모님에게 보여드리지 못했다.

나의 이야기에서 나는 자주 숫자를 언급했다. 년 수, 킬로미터 수, 인간과 사물의 수를. 그러나 숫자는 이야기의 영혼과 서로 양립될 수 없다는 것을 늘 극복해야만 했다. 그래서 다시 한 번 동화를 쓰는 나의 선생님에 관한 이야기를 해야겠다. 그는 그 사이 연금생활을 하고 있었다. 나는 때때로 그를 방문했다. 그는 교외에서 오두막집을 가진 과수원에 몰두하고 있었다. 거기서 그는 가끔 밤도 보냈다. 창백했던 역사학자의 얼굴은 다시 갈색으로 그을린 지질학자의 얼굴로 되었다. 그의 어머니는 나이 많은 노파로 아직 살아계셨고, 내가 자주 그곳을 방문했지만 한 번도 얼굴을 직접 본 적이 없었다. 나는 항상 그녀가 문을 통해 아들과 말하는 것을 들었다. 그러나 옛날처럼 말로가 아니라 문 두드리는 소리로 표시를 했으며, 아들은 그 소리를 헤아리면서 어머니의 뜻을 추측했다. 동화 쓰는 일을 그는 포기했고 그 자리에 숫자들이 대신 등장하게 되었다고 했다. 그는 이미 소년시절에 남몰래, 자주 무의식적으로, 끊임없이 수를 헤아렸으며, 그것은 당시 그에게 병으로 여겨졌다고 했다. 그러다가 유카탄 원시림을 혼자 탐험하면서 그는 의식적으로 발걸음 수, 호흡수를 생명유지 수단으로 헤아리게 되었다고 했다. 그것은 그를 자주 위험에서 어떠한 동화보다 더 힘찬 마력으로, 어떠한 기도보다 더한 효력으로 도왔다고 했다. 이제 늙어서 그는 유행하는 글자체나 플라카트 그림들보다는 숫자들이나 심지어 가격표와 주유소의 야광 숫자들에 친근하게 되어 이들을 더욱 다감하게 느낀다고 했다. 고대의 작가는 숫자를 모든 술책을 능가하는 것으로 표현하지 않았던가? 수를 헤아리는 일. 그것은 그의 행동을 알맞게 하게 하고, 속도를 늦추게 하고, 정돈하게 하고, 하는 일에 마음을 쓰게 한다고 했다. 그리고 그는 신문 일면에 보이는 큰 표제의 세계로부터 자유롭게 되었다고 했다. 그에게 신성한 숫자는 마야문명의 숫자들, 9와 13이라고 했다. 그는 집 앞에서 9번 구두를 문질러 털었고, 아침에 그의 베개를 13번 털었으며, 13마리의 새가 그의 정원을 지나 날아가야 했고, 그가 일을 시작하기 전 잠시 숨 고르기를 할 때는 9번을 한다고 했다. 그는 저녁에 잠자기 전에 9번, 13번 몸을 회전한다고 했다.

늙은 선생님은 그런 식이었다―나는 그와는 반대로 생각하고, 또 오늘 이제 내 인생의 중반인 이 이야기의 끝에 죽을지도 모르고, 텅 빈 종이 위에 봄 날 태양을 눈여겨 바라보며, 가을과 겨울을 되돌아 생각하고 글을 쓴다. 이야기, 그대처럼 전혀 세속적인 것이 아닌, 전혀 공정함을 다루는 것이 아닌, 나의 가장 성스러운 것. 이야기, 장거리 전사(戰士)의 비호자, 나의 여신(女神). 이야기, 모든 탈 것들 중 가장 넓은 천상의 마차. 그대 혼자만이 나를 알고 그리고 나의 진가를 인정하는 이야기의 눈동자여 나를 비쳐다오. 하늘의 푸름이여, 이야기를 통해 여기 평지로 내려오라. 이야기, 참여의 음악이여, 우리를 용서하고 은혜를 베풀고 그리고 영감을 다오. 이야기, 철자들을 새로이 고르고, 어순을 정돈하고, 그대를 글자와 접합시키고, 그대의 특별한 전형에 우리의 일반적인 견본을 달라. 이야기, 반복하라, 다시 말해 새롭게 하라, 그것이 아닐 수도 있는 하나의 결정을 항상 새롭게 밀어내면서. 맹창과 가축 다니는 텅 빈 길, 그것은 이야기의 자극과 상표다. 이야기를 살게 하라. 이야기는 계속 진행되어야 한다. 마지막 생명의 호흡과 함께 비로소 파괴할 수 있는 동경의 나라에서 영원히 떠있을 이야기의 태양. 이야기의 나라에서 추방되어진 자, 그대들과 함께 슬픈 고대 소아시아 왕국으로부터 돌아오리라. 뒤를 쫓아라, 만약 내가 더 이상 여기에 있지 않다면, 너는 나를 이야기의 나라에서, 즉 동경의 나라에서 만날 수 있으리라. 잡초가 무성하게 뒤덮인 들판 오두막의 이야기꾼이여, 그대가 있는 곳을 명심하고 조용히 입을 다물어라. 외부를 향해 귀 기울여 들으면서, 그대를 내부로 가라앉히며 수백 년을 침묵해도 좋다. 그러나 그다음 왕이여, 어린애여, 정신을 집중하고, 몸을 일으켜 세워, 팔꿈치로 버티면서, 빙그레 미소 짓고, 깊이 호흡을 가다듬고 그리고 온갖 모순을 조용히 다스리며 다시 시작하라.
"그리고……"

■ 작품해설

  작품 『반복』의 배경은 슬로베니아다. 한트케(1942~)에게 슬로베니아는 남다른 인연과 의미를 지닌다. 그의 어머니 마리아 한트케(1920~1970)는 처녀 때의 성(性)이 시우츠(Siutz. 슬로베니아어로는 Siveč)[1]로 슬로베니아 태생이다. 그녀의 고향 그리펜읍 알텐마르크트는 오스트리아의 남쪽 지역인 케른텐 주(州)에 속해 있는 산골 마을로 독일어와 슬로베니아어의 이중 언어 지역이었으며 오스트리아인보다는 슬로베니아인들이 더 많이 살았던 곳이다. 그러나 이곳 주민들은 역사적으로 오스트리아와 같이 변천을 겪는다. 1차 세계대전 후 오스트리아-헝가리 제국이 붕괴되면서 유고슬라비아가 남부 케른텐 주를 점령하게 되지만 주민들의 반발로 어느 나라에 소속될 것인가는 주민투표에 의해 결정짓게 되었다. 주민투표는 1920년 연합군의 감시 하에 이루

---

[1] 윤용호 : 페터 한트케 연구. 고려대학교 출판부. 1995. 18쪽.
  윤용호 : 한트케의 소설 반복 에 나타난 슬로베니아 상(想). 독일문학 제84집, 43권 4호 2002. 159~261쪽.

어졌는데 투표구역이 유고슬라비아의 관할이었고 슬로베니아어를 사용하는 주민들이 다수였음에도 불구하고 오스트리아를 선택해서 오늘에 이르게 된 곳이다.

마리아의 아버지 그레고르 시우츠(1886~1975)와 어머니 우르슬라 시우츠(1887~1952) 사이에는 자녀가 다섯 명 있었다. 첫째 아들의 이름은 그레고르(1913)로 아버지와 같았으며 2차 세계대전에 참가해 1943년 전사했고, 둘째는 딸 우르슬라(1915)로 어머니와 이름이 같았으며 독신으로 살다가 죽었고, 셋째 게오르크(1918)는 아버지의 목수직을 물려받았으며, 넷째가 한트케의 어머니 마리아(1920)로 1971년 51세의 나이로 자살했다. 막내 한스(1922)는 형과 같이 2차 세계대전에 참가해 1943년 전사했다.

마리아는 2차 세계대전 때 케른텐 주에 주둔했던 독일병사 에리히 쉰네만과 사랑에 빠져 생명을 잉태하게 되었으나 유부남이어서 결혼을 못하고 아비 없는 자식을 낳아서는 안 된다는 가족들의 성화로 마침 그러한 조건에 구애받지 않고 그녀에게 마음을 기울이고 있던 브루노 한트케(1920~1988)라는 다른 독일병사와 아이의 탄생을 앞두고 내키지 않는 결혼을 하게 된다. 이렇게 해서 태어난 아이의 이름은 페터 한트케가 되었다. 그의 계부(繼父)는 생부(生父)와 마찬가지로 독일 태생이다. 다시 말해 한트케의 부계는 독일, 모계는 슬로베니아, 한트케가 태어나서 자란 곳은 오스트리아의 케른텐 주인 것이다. 한트케의 이복동생으로는 모니카(1947), 한스 그레고르(1949) 그리고 로베르트(1957)가 있다.

  이곳에서 태어나고 자라, 1966년 첫 소설 『말벌들』로 문단에 등장한 한트케에게 슬로베니아는 오늘날까지 써왔던 많은 작품들에서 중요한 문학적 토양이 되고 있다. 우선 소설로는 『말벌들』, 『소망 없는 불행』(1972), 『세계의 무게』(1977), 『쌩뜨 빅뚜와르산의 교훈』(1980), 『반복』(1986)이 있다. 또 슬로베니아가 1991년에 자주국가로 유고슬라비아에서 독립할 때 한트케는 그의 모계에 "지나가버린 현실"로 이어져 오는 슬로베니아를 회상하면서 『꿈꾸었던 동경의 나라와 작별』(1991)이란 작품도 썼다. 다음으로는 슬로베니아 작가들의 작품을 번역한 것으로 폴로리안 리푸스의 『생도 차츠』(1981), 구스타프 야누스의 『시집』(1961~1983)과 『문장 중간에』(1991)가 있으며, 대담으로는 요세 호르바트와 1993년에 가진 『다시 한 번 동경의 나라에 관해』(1993)가 있다. 특히 1986년 출판된 『반복』은 슬로베니아를 배경으로 한 소설로 1987년 슬로베니아 작가협회의 격찬(激讚)과 함께 빌레니카 상을 받기도 했다.

이와 같이 한트케의 문학 활동에 중요한 요인을 이루고 있는 슬로베니아 공화국은 면적 20,256제곱킬로미터에 인구는 약 200만 명으로 북쪽은 오스트리아, 동쪽은 헝가리와 크로아티아, 서쪽은 이탈리아와 국경을 접하고 있으며 국경의 일부는 아드리아 해(海)에 면하고 있다. 우리 대한민국(99,373제곱킬로미터)보다 훨씬 작은 나라다. 언어는 슬로베니아어를 쓰며, 수도는 인구 33만 명이 사는 류블랴나(Ljubljana)다. 남부에는 석회암 대지가 침식되어 형성된 카르스트(슬로베니아어로는

Kras) 지형이 세계적으로 잘 알려져 있다.

역사적으로 볼 때 슬로베니아는 10세기부터 신성로마제국, 14세기부터는 오스트리아 합스부르크가(家)의 지배를 받다가 1차 세계대전 당시에는 오스트리아-헝가리 제국의 지배 하에서 연합국에 가담한 세르비아, 몬테네그로와 전쟁을 치렀다. 1차 세계대전 때에는 오스트리아-헝가리 제국이 패배하고 민족해방운동이 활발해져 종전의 국가 체제가 해체되자 다민족국가인 세르비아-크로아티아-슬로베니아 왕국이 형성되고 1918년 12월 베오그라드에서 왕국의 성립이 정식으로 선포되었다. 2차 세계대전 중에는 독일·이탈리아·헝가리에 점령되었으나, 대전 후 유고슬라비아 사회주의연방공화국의 성립과 함께 그 연방의 하나가 되었다. 그 후 1985년 소련에 고르바초프의 등장과 함께 일련의 개혁정책 여파로 자유화물결이 일어 1990년 동·서독이 통일되는 등 공산주의 국가들이 시장경제를 지향하게 되면서 보다 급진적인 개혁의 소리가 높아갔고, 공산주의 해체를 불러오게 된다. 슬로베니아 공화국도 1989년 유고슬라비아 연방공화국으로부터 이탈을 명시한 공화국 헌법 개정안을 채택하고, 1990년 7월 주권을 선언했으며, 1991년 6월 독립을 선언한다. 이렇게 해서 6개의 공화국으로 구성되었던 유고슬라비아 사회주의연방은 해체되고 세르비아와 몬테네그로는 신 유고연방으로, 크로아티아, 보스니아-헤르체고비나, 슬로베니아, 마케도니아 공화국은 각각 독립하게 된다.

한트케의 작품은 1986년에 출판되어 이와 같은 급박한 역사변화와 직접적인 연관성을 찾을 수는 없다. 그러나 그의 모계를 통해 흘러오고 있는 슬로베니아에 대한 이러한 역사의식을 바탕으로 해서 "지나가 버린 현실, 슬로베니아"가 한트케의 문학 속에서 어떤 모습으로 재구성되어 있는지 살펴보는 것은 그의 문학을 이해하는 데 도움이 되리라 여겨진다.

주인공의 가족 구성은 다음과 같다. 선조는 슬로베니아인으로 이름은 그레고르 코발이다. 그는 이손초 강의 상류에 있는 톨민 지역에서 살았는데, 1713년 일어난 대규모 농민폭동 지도자들 중 하나로 이듬해에 동료들과 함께 처형된다. 자손들은 이손초 계곡에서 추방되고 그들 중 하나가 카라반켄 산을 넘어 오스트리아의 케른텐으로 도망 와서 살고 있다. 첫 번째로 태어나는 아이는 그래서 모두 그레고르란 이름으로 세례를 받는다. 주인공의 가족은 아버지 그레고르 코발(1895), 독일어를 쓰는 어머니, 1919년에 태어난 첫아들 그레고르 코발, 1920년에 태어난 딸 우르슬라 코발 그리고 20년 차이를 두고 1940년에 태어난 주인공 필립 코발로 구성되어 있다. 이 가족은 오스트리아 케른텐 주의 작은 마을 링켄베르크에 살고 있다.

이야기는 주인공이 전쟁 중에 실종된 형의 흔적을 찾아 1960년 6월에 슬로베니아의 도시 예세니체로 들어가면서 시작된다.

■ 수상연보

1942   1942년 12월 6일 오스트리아 케른텐 주의 그리펜 알텐마르크
       트 6번지에서 페터 한트케 출생
1967   게르하르트 하웁트만 상
1972   슈타이어마르크 주(州) 문학상
1973   만하임 시(市) 실러상
1973   게오르크 뷔히너 상. 상금은 1999년 반송
1975   영화 〈잘못된 활동〉 대본상
1978   밤비 감독상
1978   조르주 사둘 상
1979   독일영화 협회상
1979   클로스터노이부르크 시의 프란츠 카프카 상. 상금의 반은 신
       인작가 게르하르트 마이어에게 전함
1983   케른텐 주(州) 문화상
1983   프란츠 그릴파르처 상

1985 안톤 빌트간스 상 거절
1986 잘츠부르크 시의 문학상
1987 슬로베니아 작가협회의 빌레니카 상
1987 오스트리아 문학상
1988 브레멘 시의 문학상
1991 프란츠 그릴파르처 상
1993 아이히슈테트 가톨릭대학교 명예박사
1995 실러 기념상
1996 스릅스카 공화국(유럽 발칸 반도에 있는 보스니아 헤르체고비나 연방과 함께 보스니아 헤르체고비나를 이루고 있는 세르비아계 자치공화국)의 공로훈장
2001 프랑크푸르트 문학 하우스 블루 살롱 수상
2002 프랑크푸르트 알펜-아드리아 대학교 명예박사
2003 잘츠부르크 파리-로드론 대학교 명예박사

2004 지그프리트 운셀트 상
2006 2006년 5월 20일 뒤셀도르프 시의 하인리히 하이네 수상자로 지명. 그러나 시의회 의원 세 명이 세르비아를 옹호하는 한트케의 정치적 입장 때문에 심사를 거부(2006년 5월 30일), 2006년 6월 2일 한트케의 수상 거부
2007 베를린 앙상블 단원들이 뒤셀도르프 시의회의 이러한 행위를 예술의 자유에 대한 공격으로 간주하고 한트케를 위해 '베를린의 하인리히 하이네 상'이라는 이름으로 같은 액수의 상금을 모금해서 수여. 2006년 6월 22일 한트케는 그와 같은 노력에 고마움을 표시하고 상금을 코소보에 있는 세르비아 마을에 기부해 달라고 부탁. 2007년 부활절에 전달됨
2008 바이에른 예술 아카데미의 토마스 만 문학상
2008 스릅스카 공화국의 니에고스 최고 훈장
2009 라자르 영주의 황금 십자가상(세르비아 문인 동맹 훈장)

2009 프라하 시의 프란츠 카프카 문학상
2010 케른텐의 슬로베니아 문화협회에서 주는 빈첸츠 리치 상
2011 아직도 폭풍으로 네스토로이 연극상 수상

초판 1쇄 인쇄 2013년 3월 15일 | 초판 1쇄 발행 2013년 3월 20일 | 초판 2쇄 인쇄 2019년 10월 15일 | 지은이 페터 한트케 | 번역 윤용호 | 펴낸이 임용호 | 펴낸곳 도서출판 종문화사 | 편집 김진주 | 표지·본문디자인 민선영 | 인쇄제본 한영문화사 | 출판등록 1997년 4월 1일 제22-392 | 주소 서울시 은평구 연서로 34길 2 3층 | 전화 (02)735-6891 | 팩스 (02)735-6892 | E-mail jongmhs@hanmail.net | 값 17,000원 ⓒ 2013, Jong Munhwasa printed in Korea | ISBN 978-89-87444-96-3 03850 | 잘못된 책은 바꾸어 드립니다.